Le flux et le reflux

La maison biscornue

Agatha Christie

Le flux et le reflux

La maison biscornue

ÉDITIONS FRANCE LOISIRS

Le flux et le reflux a paru sous le titre original :
Taken at the flood.

Traduction nouvelle d'Élise Champon.

La maison biscornue a paru sous le titre original :
Crooked house.

Traduction nouvelle de Janine Lévy.

Édition du Club France Loisirs,
avec l'autorisation de la Librairie des Champs-Élysées
et du Masque-Hachette Livre.

Éditions France Loisirs,
123, boulevard de Grenelle, Paris.
www.franceloisirs.com

ISBN : 2-7441-7876-4.

Le flux et le reflux

Il est des marées dans les affaires humaines
Qui, prises à leur flux, conduisent au succès ;
Négligez-les, le grand voyage de la vie
S'en va alors tout droit mourir sur les hauts fonds.
Dès lors que vous voguez au sommet de la vague,
Obéissez sans frein au flux qui vous emporte
De peur que le reflux ne vous mène au naufrage

Prologue

Tout club a son raseur. Le Coronation n'échappait pas à la règle, et qu'on soit au beau milieu d'une alerte aérienne n'y pouvait rien changer.

Le major Porter, un ancien de l'armée des Indes, fit bruire son journal et s'éclaircit la voix. Tout un chacun entreprit d'éviter son regard, mais sans résultat notoire.

— Tiens, tiens ! Le *Times* annonce le décès de Gordon Cloade. En termes voilés, comme de bien entendu : *Le 5 octobre, au cours d'un bombardement ennemi.* Sans autre précision ni adresse. En fait, ça s'est produit juste à deux pas de chez moi. Une de ces grandes bicoques en haut de Campden Hill. Je peux vous dire que je l'ai senti tomber. Je suis de la défense passive, vous savez. Cloade venait de rentrer des États-Unis. Envoyé en mission d'achat. S'était trouvé une femme là-bas. Une jeune veuve au berceau – l'âge d'être sa fille. Mrs Underhay. Il se trouve que j'ai connu son premier mari au Nigeria, dans le bon vieux temps.

Le major Porter ménagea une pause. Personne ne manifesta le moindre intérêt, personne ne lui demanda de poursuivre. Face à lui, une forêt de journaux obstinément déployés à hauteur de visage, mais il en aurait fallu davantage pour décourager le major. Il possédait une inépuisable réserve d'interminables récits cernant préférablement des gens dont personne n'avait jamais entendu parler.

— Intéressant, reprit-il sans faiblir, fixant d'un œil absent une paire de chaussures vernies à bout extrêmement pointu – sophistication bottière qui lui inspirait le plus profond dégoût. Comme je vous le disais, je suis chef d'îlot. Drôle de truc, l'effet de souffle. On ne sait jamais ce que ça va donner. Là, c'est le sous-sol qui a écopé et la toiture qui a giclé sur la maison d'en face. Mais le premier étage : pratiquement intact. Six personnes dans les lieux. Trois domestiques – un couple et une femme de chambre –, Gordon Cloade, sa femme et le frère de sa femme. Ils étaient tous au sous-sol, sauf le frère – un ancien commando… Lui, il avait préféré le confort de sa chambre au premier et, crénom de Zeus ! il s'en est sorti avec quelques bleus ! Les trois domestiques ont été tués sur le coup. Gordon Cloade a reçu la baraque sur le râble. On l'a dégagé mais il est mort pendant son transport à l'hôpital. Sa femme aussi a subi le choc de plein fouet : complètement déshabillée par la déflagration ! Mais elle était vivante. Devrait s'en remettre, à ce qu'on dit. Elle fera une riche veuve – Gordon Cloade devait bien peser plus d'un million de livres.

Le major Porter fit une nouvelle pause. Son regard remonta des chaussures vernies – pantalon rayé, veste noire – jusqu'à une tête en forme d'œuf ornée d'une colossale moustache. Un étranger, évidemment ! Ça expliquait les chaussures. « Vraiment, songea le major tout en continuant son histoire, c'est à se demander où va ce club. *Même ici,* il faut qu'on soit envahi par des étrangers ! »

Que l'étranger en question semblât lui prêter la plus vive attention n'adoucissait en rien les préjugés du major Porter.

— Elle ne doit pas avoir plus de vingt-cinq ans, poursuivit-il. Et la voilà veuve pour la seconde fois. C'est ce qu'*elle* pense, en tout cas…

Il suspendit son récit, guettant une manifestation de curiosité… un commentaire. L'absence totale de l'une comme de l'autre ne le fit pourtant pas renoncer :

— Pour tout dire, j'ai mon idée là-dessus. Drôle d'affaire. Comme je vous le disais, j'ai connu Underhay, le premier mari. Un type bien – commissaire de district au Nigeria à l'époque. Complètement mordu par son travail, un type impeccable. Il a épousé cette fille au Cap. Elle avait atterri là-bas avec une troupe d'acteurs. Elle traversait une mauvaise passe, elle était jolie et sans défense, et tout ce qui s'ensuit. Elle écoutait ce pauvre vieux Underhay s'extasier sur son district, les grands espaces… et susurrait des : « Comme c'est merveilleux ! » et « Comme j'aimerais tout quitter ! » Bref, elle l'a épousé et elle a tout quitté, en effet. Pauvre vieux, il était très amoureux, mais dès le départ ça n'a battu que d'une aile. Elle détestait la brousse, les indigènes lui flanquaient la pétoche et elle s'ennuyait comme un rat. Son idée de la vie, c'était de traîner en ville, rencontrer des théâtreux et parler métier avec eux. La solitude à deux en pleine jungle, ça n'était pas du tout sa tasse de thé. Attention, je ne l'ai jamais vue, hein, je tiens tout cela d'Underhay. Il était malheureux, le pauvre garçon.

Il a fait ce qu'il fallait : il l'a renvoyée chez elle avec la promesse de lui accorder le divorce. Quand je l'ai rencontré, c'était juste après. Il était à bout de nerfs, et d'humeur à se confier. Un drôle de type, d'un autre temps par certains côtés – un catholique, alors forcément il était contre le divorce. Il m'a dit : « Il existe d'autres moyens de rendre la liberté à sa femme. » « Allons, mon vieux, je lui ai dit, ne faites pas de bêtise, aucune femme au monde ne vaut qu'on se colle une balle dans la tête. »

» Il a assuré qu'il ne pensait pas du tout à cela. « Mais je n'ai pas de famille, il a dit. Personne pour s'inquiéter de moi. L'annonce de ma mort ferait de Rosaleen une veuve, et c'est ce qu'elle souhaite. » « Et vous, que deviendrez-vous ? », j'ai demandé. « Peut-être bien, a-t-il répondu, qu'un certain Enoch Arden apparaîtra un de ces quatre matins quelque part, à des milliers de kilomètres d'ici, et commencera une nouvelle vie. » J'ai remarqué que ça pourrait la mettre dans une drôle de posture, un jour. « Oh non, il a dit, je jouerais le jeu. Robert Underhay serait mort et bien mort. »

» Et puis j'ai oublié cette histoire, mais, six mois plus tard, j'ai appris que Underhay était mort des fièvres quelque part en pleine brousse. Ses indigènes étaient de toute confiance et ils sont revenus avec un récit détaillé des circonstances de sa mort et un mot griffonné de sa main disant qu'ils avaient fait tout ce qu'ils avaient pu pour lui, qu'il craignait bien d'être en train de claquer quand même, et terminant par un éloge de leur chef. Cet homme lui était entièrement dévoué, les autres aussi d'ailleurs. Ils auraient juré n'importe quoi pour peu qu'Underhay le leur ait demandé. Et voilà… Underhay repose peut-être au fin fond de l'Afrique équatoriale, ou peut-être pas – et dans ce cas, Mrs Gordon Cloade pourrait bien avoir un choc un de ces quatre matins. Et elle ne l'aurait pas volé ! Je ne l'ai jamais rencontrée, mais les croqueuses de diamants, je les repère de loin ! Elle l'a bel et bien démoli, ce pauvre Underhay. Oui, c'est une histoire intéressante.

D'un air vaguement désenchanté, le major Porter quêta l'approbation de l'assistance. Il croisa deux regards vitreux, celui, fuyant, du jeune Mr Mellon et l'attention polie de M. Hercule Poirot.

Sur ce, un homme aux cheveux gris et au visage remarquablement inexpressif replia son journal, se leva posément du fauteuil qu'il occupait près du feu et sortit.

Le major Porter en resta mâchoire pendante, et le jeune Mr Mellon émit un petit sifflement.

— Eh bien, en plein dans le mille ! remarqua-t-il. Vous savez qui c'était ?

— Crénom de Zeus ! répondit Porter quelque peu agité. Bien sûr, que je le sais. Je ne le connais pas intimement mais nous avons été présentés… C'est Jeremy Cloade, le frère de Gordon Cloade, n'est-ce pas ? Nom d'un petit bonhomme, dans quel pétrin me suis-je fourré ! Si j'avais pu imaginer… !

— C'est un juriste, crut bon de préciser le jeune Mr Mellon. Je parie qu'il va vous poursuivre pour calomnie ou diffamation ou quelque chose dans ce goût-là.

Car le jeune Mr Mellon n'aimait rien tant que semer l'affolement et la démoralisation partout où l'Ordonnance sur la défense du royaume n'en portait pas interdiction.

— Crénom, quelle affaire ! Vous parlez d'une guigne ! ne cessait de répéter nerveusement le major.

— Dès ce soir, insista Mr Mellon, tout Warmsley Heath sera au courant. C'est là que perchent tous les Cloade. Ils vont veiller tard dans la nuit pour décider de la suite qu'il convient de donner à cette affaire.

Les sirènes annoncèrent la fin de l'alerte. Mr Mellon cessa de martyriser le major et pilota affectueusement son ami Hercule Poirot jusqu'à l'air libre.

— Ouf ! s'exclama-t-il. On étouffe là-dedans ! Quelle terrifiante collection de vieux raseurs. Mais Porter est quand même de loin le pire de tous ! Il lui faut au moins trois quarts d'heure pour raconter le tour de la corde indienne, et le moindre quidam dont la mère a eu le malheur de passer par Poona, il connaît son histoire !

Cela se passait à l'automne 1944. À la fin du printemps 1946, Hercule Poirot reçut une visite.

*

Par un beau matin de mai, Hercule Poirot était assis à son bureau impeccablement rangé lorsque George, son valet de chambre, entra.

— Monsieur, murmura-t-il avec déférence, il y a là une dame qui demande à voir Monsieur.

— Quel genre de dame ? s'enquit Poirot, prudent.

Il prenait toujours grand plaisir à la pointilleuse justesse des descriptions de George.

— Entre quarante et cinquante ans, Monsieur, hasarderais-je. Allure négligée, vaguement artiste. Bonnes chaussures de marche, talons plats. Tailleur de tweed –

mais un chemisier à dentelle. Collier de perles égyptiennes contestables, et foulard en soie bleue.

Poirot réprima un léger frisson :

— Je ne crois pas avoir envie de voir cette dame.

— Dois-je lui dire que Monsieur est souffrant, Monsieur ?

Poirot le regarda pensivement :

— Vous l'avez déjà informée, subodoré-je, que je suis très occupé et ne puis être dérangé ?

George toussota :

— Elle dit, Monsieur, qu'elle est venue de province tout exprès pour voir Monsieur et qu'elle attendra le temps qu'il faudra.

Poirot soupira :

— Rien ne sert de lutter contre l'inévitable. Si une femme d'âge mûr en fausses perles égyptiennes a décidé de rencontrer le célèbre Hercule Poirot et si elle est venue de sa campagne tout exprès dans ce but, rien ne la fera renoncer. Elle s'incrustera dans le vestibule jusqu'à ce qu'elle parvienne à ses fins. C'est bon, George, faites-la entrer.

George se retira et revint une seconde plus tard pour annoncer cérémonieusement :

— Mrs Cloade.

La susdite, en tweed défraîchi et foulard flottant, entra avec un sourire radieux, et marcha, main tendue, sur Poirot, dans le tintinnabulement de ses perles qui s'entrechoquaient à chacun de ses pas.

— Ah, monsieur Poirot ! C'est un esprit qui m'a conduite vers vous.

Poirot cilla imperceptiblement :

— Certes, madame. Voulez-vous vous asseoir et me raconter…

Il ne put terminer.

— De deux façons, monsieur Poirot. Avec l'écriture automatique *et* avec le ouija. C'était avant-hier soir. J'étais en compagnie de Mme Elvary – une femme extraordinaire – pour une séance de ouija. Or, figurez-vous que les mêmes lettres revenaient sans arrêt. « H.P. H.P. H.P. » Évidemment, je n'en ai pas saisi tout de suite la signification, cela prend toujours un peu de temps, vous savez. Il faut pouvoir se dégager de toute cette gangue terrestre. Je me suis efforcée de penser à quelqu'un qui aurait eu ces initiales. J'étais certaine qu'il y avait un lien avec la séance précédente – une séance tout à fait poignante – mais je ne trouvais pas. Et puis j'ai acheté le *Picture Post* – encore l'influence de l'Esprit, vous voyez, parce que d'habitude j'achète le *New Stateman* – et vous étiez là : une photo de vous avec un article sur vos activités. C'est merveilleux comme tout a un sens, vous ne trouvez pas, monsieur Poirot ? De toute évidence, vous êtes celui que les Guides ont désigné pour élucider cette affaire !

Poirot l'observait songeusement. De façon curieuse, ce qui retenait surtout son attention, c'était la ruse de ce regard bleu clair. Cela donnait, en quelque sorte, du piquant à la méthode d'approche incohérente qu'elle avait choisie.

— Et que puis-je, Mrs… Cloade, c'est bien cela ? fit Poirot qui s'interrompit, les sourcils froncés… Il me semble avoir déjà entendu ce nom il y a quelque temps…

Mrs Cloade opina vigoureusement :

— Oui, mon malheureux beau-frère – Gordon. Immensément riche et *souvent* mentionné dans la presse. Il a été tué au cours du Blitz, il y a plus d'un an – un choc terrible pour nous tous. Mon mari est son frère cadet, il est médecin. Le Dr Lionel Cloade... Naturellement, ajouta-t-elle en baissant la voix, il ignore que je suis venue vous consulter, il n'approuverait pas. Je trouve que les médecins ont une vision du monde tellement matérialiste. Ils sont étrangement fermés à toute spiritualité. Ils mettent leur foi dans la Science, mais qu'est-ce que la Science, je vous le demande – que peut-elle ?

Il parut à Poirot que la seule réponse à cette question eût été une longue et fastidieuse recension embrassant Pasteur, Lister, Humphry Davy et sa lampe de sécurité, les bienfaits de l'électricité domestique et plusieurs centaines d'autres progrès analogues. Mais, à l'évidence, ce n'était pas cette réponse que Mrs Lionel Cloade voulait entendre. En vérité, sa question, comme tant de questions d'ailleurs, n'en était pas une. Simple figure de rhétorique, en somme.

— Mrs Cloade, de quelle façon pensez-vous que je puisse vous aider ? se contenta de demander Poirot, pratique.

— Croyez-vous à l'existence d'un monde spirituel, monsieur Poirot ?

— Je suis bon catholique, répondit Poirot prudemment.

Avec un sourire apitoyé, Mrs Cloade balaya la foi catholique :

— Aveugle ! L'Église est aveugle – partiale, insensée, totalement fermée à la réalité et la beauté du monde qui se cache derrière celui-ci.

— J'ai un rendez-vous très important à midi, signala Poirot.

Précision judicieuse, dont l'effet ne se fit pas attendre :

— Alors j'en viendrai tout de suite au fait, dit Mrs Cloade en se penchant vers lui. Monsieur Poirot, pourriez-vous retrouver une personne disparue ?

Poirot haussa les sourcils.

— Je le pourrais peut-être… oui, répondit-il sans trop s'avancer. Mais la police, chère madame, s'en chargerait beaucoup mieux que moi. Elle est équipée pour cela.

D'un geste négligent, Mrs Cloade balaya la police comme elle l'avait fait de l'Église catholique.

— Non, monsieur Poirot, c'est vers vous que j'ai été guidée – par ceux qui sont derrière le Voile. Maintenant, écoutez cela. Quelques semaines avant sa mort, mon beau-frère Gordon a épousé une jeune veuve, une Mrs Underhay. Son premier mari aurait trouvé la mort en Afrique. Pauvre enfant, quelle épreuve pour elle ! Un pays mystérieux, l'Afrique…

— Un continent mystérieux, rectifia Poirot. Oui, peut-être. Et dans quelle partie…

— Afrique centrale, enchaîna Mrs Cloade. La patrie du vaudou et des zombies…

— Aux Antilles, les zombies. Aux Antilles.

— … de la magie noire, continua Mrs Cloade sans se démonter, d'étranges et secrètes pratiques, un pays où un homme peut disparaître sans qu'on n'entende plus jamais parler de lui.

— Sans doute, sans doute. Mais on peut en dire autant de Piccadilly Circus.

Mrs Cloade balaya Piccadilly Circus :

— Monsieur Poirot, récemment, un esprit qui dit s'appeler Robert est, à deux reprises, entré en communication avec nous. Le message était le même à chaque fois : *Pas mort*... Nous étions très perplexes, nous ne connaissions pas de Robert. Nous lui avons demandé de faire encore un effort et nous avons obtenu ceci : « R.U. R.U. R.U. » et puis : *« Message R. Message R. »* « Un message pour Robert ? » avons-nous questionné. *« Non, de Robert. R. U. »* « Que signifie le U ? » Et c'est là, monsieur Poirot, que nous avons obtenu cette réponse très significative : *« Little Boy blue. Little Boy Blue. Ha ha ha ! »* Vous comprenez ?

— Non, pas du tout, dit Poirot.

Elle lui jeta un regard compatissant.

— La comptine, voyons ! C'est vrai que vous êtes étranger... La comptine qui dit : « *Under* the *Hay*cock fast asleep » – *Underhay*, vous comprenez maintenant ?

Poirot acquiesça. Il s'abstint de demander pourquoi, si le mot Robert pouvait être épelé, le mot Underhay n'avait pu relever du même traitement, et pourquoi il avait fallu recourir à cette espèce de charabia de services secrets.

— Et ma belle-sœur se prénomme Rosaleen, conclut Mrs Cloade triomphalement. Vous voyez ? On s'y perd un peu avec tous ces R, mais le sens est très clair : *« Dites à Rosaleen que Robert Underhay n'est pas mort. »*

— Ah, ah ! Et le lui avez-vous dit ?

Mrs Cloade parut désarçonnée :

— Euh... eh bien... non. C'est-à-dire... enfin... les gens sont tellement sceptiques, vous comprenez... C'est le cas de Rosaleen, j'en suis sûre. Et puis, quel tourment pour elle, pauvre petite – se demander où il est, ce qu'il fait.

— Quand il ne communique pas à travers l'éther ? Oui, j'en conviens. N'est-ce pas une curieuse façon pourtant de faire savoir qu'il est en vie ?

— Ah, monsieur Poirot, vous parlez en non-initié ! Et puis, que savons-nous vraiment de la situation ? Ce pauvre capitaine Underhay, ou major, ou je ne sais quoi, est peut-être prisonnier quelque part au cœur des ténèbres africaines. Mais si on pouvait le retrouver, monsieur Poirot, si on pouvait le rendre à sa chère petite Rosaleen, imaginez le bonheur de cette enfant ! Oh, monsieur Poirot, on m'a *envoyée* vers vous, vous ne pourrez pas, j'en suis sûre, refuser un ordre du monde spirituel.

Poirot la contempla avec circonspection.

— Mes honoraires sont très élevés, madame, annonça-t-il d'une voix douce. Extrêmement élevés, même ! Et la tâche que vous me proposez n'est pas facile.

— Oh, mon Dieu… naturellement… comme c'est ennuyeux. Mon mari et moi sommes plutôt gênés en ce moment. Très gênés, devrais-je dire, et, pour être franche, ma situation personnelle est pire que ce que croit mon cher époux. Guidée par les esprits, j'ai fait l'acquisition de quelques valeurs dont le rapport jusqu'à présent a été plutôt décevant, pour ne pas dire inquiétant. Elles se sont effondrées et sont pratiquement invendables maintenant, d'après ce que j'ai cru comprendre.

Elle posa sur Poirot un regard bleu plein de consternation :

— Je n'ai pas osé en parler à mon mari. Je vous le dis à *vous* simplement pour expliquer ma situation. Quand même, cher monsieur Poirot, réunir ce couple qui n'a pas eu le temps d'être heureux, c'est une si noble mission…

— Chère madame, la noblesse de la chose ne paiera pas mes billets de bateau, de train ou d'avion, pas plus que les frais de télégramme ou d'interrogatoires de témoins.

— Mais si on le retrouve, si on retrouve vivant le capitaine Underhay… eh bien, je crois pouvoir vous assurer qu'alors, il n'y aurait aucun problème pour vous… euh… rembourser.

— Ah ! Il est riche alors, ce capitaine Underhay ?

— Non. C'est-à-dire, non… Mais je vous garantis, je vous donne même ma parole, que… que le côté pécuniaire de l'affaire sera résolu.

Lentement, Poirot secoua la tête :

— Je suis désolé, madame, ma réponse est non.

Ce qu'il eut quelque mal à lui faire admettre.

Lorsqu'elle fut enfin partie, il se mit à réfléchir. Il se rappelait maintenant pourquoi le nom de Cloade lui était familier. La conversation au club, le jour de l'alerte aérienne, lui revint. La voix assommante du major Porter dévidant imperturbablement une histoire que personne n'avait envie d'écouter.

Il se souvint d'un froissement de journal, de la mâchoire affaissée du major Porter, de son expression atterrée. Mais surtout, il s'efforçait de se faire une opinion sur la dame d'âge mûr si pressante, qui venait de le quitter. Ce jargon spirite, cette volubilité floue, ces écharpes flottantes, ces chaînes et ces amulettes tintinnabulant sur sa poitrine – et puis soudain, contredisant tout cela, cet éclat rusé dans un regard bleu pâle.

« Mais pourquoi donc est-elle venue me voir ? se demanda-t-il. Et qu'a-t-il bien pu se passer à… (il jeta un coup d'œil à la carte qu'elle avait déposée sur son bureau)… à Warmsley Vale ? »

Ce fut exactement cinq jours plus tard qu'il tomba sur quelques lignes dans un journal du soir mentionnant la mort d'un certain Enoch Arden, à Warmsley Vale, un petit village à l'ancienne situé à quelques kilomètres du fameux terrain de golf de Warmsley Heath.

« Qu'a-t-il bien pu se passer à Warmsley Vale… ? » se demanda une nouvelle fois Hercule Poirot.

PREMIÈRE PARTIE

1

Un parcours de golf, deux hôtels, quelques coûteuses villas modernes donnant sur le terrain de golf, une rangée de magasins qui, avant-guerre, étaient dits « de luxe », une gare de chemin de fer, c'est là Warmsley Heath.

À gauche en sortant de la gare, une route mène vers Londres, et, à droite, un panneau signale le début du *« Chemin de Warmsley Vale »* qui passe à travers champs.

Warmsley Vale, niché au creux de collines boisées, est aussi différent de Warmsley Heath que faire se peut. C'est l'exemple même d'une minuscule ville-marché, tombée au fil des siècles au rang de simple village, avec une rue principale bordée de maisons du XVIIIe, de plusieurs pubs, de quelques boutiques vieillottes, et partout l'impression de se trouver à cinq cents kilomètres de Londres plutôt qu'à vingt-cinq.

D'un cœur unanime, les habitants de Warmsley Vale méprisent ce Warmsley Heath qui a poussé comme un champignon.

À l'orée du village, nichées dans leurs jardins de rêve, se trouvent quelques charmantes maisons dont l'une s'appelle *White House.* C'est là que Lynn Marchmont revint au début du printemps 1946, après sa démobilisation du corps des Wrens, les auxiliaires féminines de la marine britannique.

Un matin, le troisième depuis son retour, elle contemplait par la fenêtre de sa chambre la pelouse mal entretenue et, plus loin, les ormes au fond du pré. Elle huma l'air avec délectation. C'était une de ces douces matinées grises qui sentent la terre mouillée. Ce genre d'odeur qui lui avait tant manqué pendant deux ans et demi.

C'était merveilleux d'être rentrée à la maison, d'être là, dans sa petite chambre à elle, à laquelle elle avait si souvent pensé avec nostalgie quand elle était au-delà de l'océan. Merveilleux de ne plus porter l'uniforme, de pouvoir enfiler un chandail sur une bonne jupe de tweed, même si les mites n'avaient pas chômé pendant les années de guerre !

C'était bon d'avoir quitté les Wrens et d'être à nouveau une femme libre, même si elle avait vraiment beaucoup aimé s'en aller outre-mer. Elle avait fait mille choses excitantes, il y avait eu des fêtes, des rires, mais aussi l'ennui de la routine et le sentiment d'appartenir à un troupeau qui lui avaient parfois donné une affolante envie de fuir.

C'était dans ces moments-là, au cours du long, du brûlant été oriental, qu'elle avait le plus regretté Warmsley Vale, la vieille maison si fraîche et sa chère Mums – petit nom de tendresse un peu bêta dont elle n'avait jamais pu se résoudre à cesser d'affubler sa mère.

Lynn avait pour sa mère un sentiment mêlé d'amour et d'exaspération. Au loin, seul était resté l'amour, elle avait oublié l'irritation, ou si elle s'en était souvenue, c'était avec un pincement au cœur qui avivait son mal du pays. Sa chère Mums qui avait le don de la rendre folle… que n'aurait-elle donné pour l'entendre énoncer un bon vieux cliché de sa voix dolente. Ah ! rentrer chez soi et ne plus jamais, *plus jamais* devoir repartir !

Eh bien, voilà, c'était fait : elle était libérée du service, elle était de retour à White House. Depuis trois jours. Et déjà elle commençait à éprouver des impatiences, une espèce d'insatisfaction énervée. Tout était pareil qu'avant, la maison, Mums, Rowley, la ferme, la famille – trop pareil, presque. La seule chose qui avait changé et qui n'aurait pas dû, c'était elle.

— Chérie… ?

La voix ténue de Mrs Marchmont parvint à l'étage :

— Est-ce que ma fi-fille veut son petit déjeuner au lit ?

— Sûrement pas ! s'écria Lynn avec brusquerie. Je descends !

« Et pourquoi faut-il qu'elle dise *ma fi-fille* ? songea-t-elle. C'est complètement ridicule ! »

Elle dévala l'escalier et entra dans la salle à manger. Le petit déjeuner n'était pas fameux. Lynn avait déjà pu se rendre compte de l'invraisemblable quantité de temps et de patience qu'il fallait consacrer au ravitaillement. En dehors d'une femme de ménage, pas très consciencieuse, qui venait quatre matinées par semaine, Mrs Marchmont devait se débrouiller toute seule pour la maison, les courses, la cuisine. Elle avait eu Lynn à presque quarante ans, et sa santé n'était pas brillante. Lynn s'était aussi rendu compte avec consternation que la situation financière de sa mère avait beaucoup changé. Les revenus modestes qui suffisaient à leur confort avant la guerre avaient diminué à peu près de moitié à cause des impôts. Prix, frais, gages, tout avait augmenté.

« Oh, les lendemains qui chantent ! » pensa Lynn sombrement.

Elle parcourut rapidement les petites annonces du journal. « Ex W.A.A.F. cherche emploi requérant dynamisme et initiative. » « Ancienne W.R.E.N. ayant sens de l'organisation cherche poste à responsabilité. »

Dynamisme, initiative, autorité, voilà ce qu'on offrait. Mais que demandait-on ? Des bras pour la cuisine et le ménage, des notions de sténo. Des personnes prêtes à abattre une besogne routinière.

Bah, cela ne la concernait pas. Sa voie était toute tracée : elle allait se marier avec son cousin Rowley Cloade. Ils s'étaient fiancés sept ans plus tôt, juste avant que la guerre éclate. Aussi loin qu'elle s'en souvienne, elle avait toujours souhaité devenir la femme de Rowley et elle avait accepté de bon cœur son choix d'être fermier. Une bonne vie, peut-être pas très excitante, laborieuse sans doute, mais tous deux raffolaient du grand air et n'aimaient rien tant que s'occuper d'animaux.

Leurs perspectives n'étaient plus tout à fait les mêmes, cependant. Oncle Gordon avait toujours promis…

— Comme je te l'ai écrit, ma chérie, disait justement Mrs Marchmont de sa voix plaintive, ça a été un choc terrible pour nous tous. Gordon n'était en Angleterre que depuis deux jours. Nous ne l'avions même pas encore vu. Ah, si seulement il ne s'était pas attardé à Londres ! S'il était venu tout droit ici !

« Oui, si seulement… »

Loin de tous, Lynn avait été bouleversée d'apprendre la mort de son oncle, mais c'était seulement maintenant qu'elle commençait à en comprendre toutes les conséquences.

Car, aussi loin que ses souvenirs remontaient, elle avait vécu, ils avaient tous vécu à l'ombre tutélaire de Gordon Cloade. Le richissime homme d'affaires, qui n'avait pas d'enfant, avait pris toute sa famille sous son aile…

Même Rowley… Rowley et son ami Johnnie Vavasour s'étaient lancés en association dans le métier de fermier. Leur capital était mince mais ils étaient riches d'espoir et d'énergie. Gordon Cloade avait donné son aval.

À Lynn, il en avait dit davantage :

— Sans capital, on ne va pas loin dans ce métier. Mais l'important, c'est d'être sûr que ces garçons ont vraiment la volonté et l'énergie de réussir. Et cela, je ne le saurai pas, pas avant des années peut-être, si je les aide maintenant. Mais s'ils ont l'étoffe nécessaire, s'ils remplissent leur contrat, eh bien, Lynn, tu n'as pas de souci à te faire. Je les financerai comme il convient. Alors, ne te tracasse pas pour l'avenir, ma grande, tu es la femme qu'il faut à Rowley. Mais garde tout cela pour toi !

C'est ce qu'elle avait fait. Mais Rowley s'était bien aperçu tout seul de l'intérêt bienveillant que lui portait son oncle. C'était à lui de prouver au vieux que Johnnie et lui représentaient un bon placement.

Oui, ils avaient tous dépendu de Gordon Cloade. Oh ! sans être pour autant des parasites ou des oisifs : Jeremy Cloade était le principal associé d'un cabinet juridique et Lionel Cloade était médecin.

Mais derrière le travail, la vie de tous les jours, il y avait la certitude réconfortante que l'argent était là. Inutile de se priver, inutile d'épargner, l'avenir était assuré. Gordon Cloade, veuf sans enfant, y pourvoirait. C'est ce que lui-même leur avait répété à tous maintes et maintes fois.

Sa sœur, Adela Marchmont, veuve elle aussi, était restée à White House alors qu'elle aurait sans doute pu emménager dans une maison plus petite qui aurait demandé moins d'entretien. Lynn avait fréquenté les meilleures écoles et, sans la guerre, elle n'aurait eu qu'à choisir la formation qui lui plaisait, sans se soucier du coût. Les chèques de l'oncle Gordon qui tombaient avec une régularité réconfortante permettaient de s'offrir de petits luxes.

La vie avait été si bien réglée, si protégée. Et puis il y avait eu ce coup de théâtre : Gordon Cloade s'était remarié.

— Nous avons tous été sidérés, tu penses ma chérie, poursuivait Adela. Si une chose paraissait certaine, c'était bien que Gordon ne se remarierait jamais. Surtout avec tant de famille auprès de lui !

« Oui, pensa Lynn, tant de famille. Parfois, peut-être un peu trop, justement ? »

— Il a toujours été si bon – un peu tyrannique par moments, c'est vrai. Il n'aimait pas prendre ses repas sur une table nue, par exemple, il fallait toujours que je mette une jolie nappe. Mais il m'en a envoyé de magnifiques en dentelle de Venise quand il était en Italie.

— Oui, c'était toujours payant de lui faire plaisir, remarqua Lynn d'un ton sec. Mais dis-moi, comment a-t-il rencontré cette… seconde femme ? Tu ne m'en as jamais parlé dans tes lettres.

— Oh, en bateau, ou en avion, je ne sais pas au juste. Entre l'Amérique du Sud et New York, je crois. Après toutes ces années ! Et après ce défilé de secrétaires, de dactylos, de gouvernantes, etc.

Lynn sourit. Dans ses souvenirs, les secrétaires, gouvernantes et autres employées de Gordon Cloade avaient toujours fait l'objet d'une surveillance étroite et suspicieuse de la part de la famille Cloade.

— Elle est jolie, je suppose ? demanda-t-elle avec curiosité.

— Eh bien, ma chérie, personnellement, je lui trouve l'air assez stupide.

— Mais tu n'es pas un homme, Mums !

— C'est vrai, poursuivait Mrs Marchmont, que cette pauvre fille s'est trouvée sous un bombardement ; elle a été terriblement secouée, vraiment, et, à mon avis, elle ne s'en est jamais tout à fait remise. C'est une boule de nerfs, si tu vois ce que je veux dire, et parfois, je t'assure, elle a l'air à moitié demeuré. Non, je ne crois pas qu'elle aurait fait une bonne compagne pour le pauvre Gordon.

Lynn se remit à sourire. Elle doutait que Gordon Cloade eût épousé une femme de l'âge d'être sa fille pour sa conversation.

— Et puis, ma chérie, continua Mrs Marchmont en baissant la voix, cela m'ennuie de le dire, mais évidemment, ce n'est pas une dame.

— Oh, Mums, quelle expression ! Et puis quelle importance cela a-t-il aujourd'hui ?

— Ici, cela en a encore, ma chérie, répliqua Adela, imperturbable. Elle n'est pas *des nôtres*, voilà.

— Quel sort peu enviable !

— Vraiment, Lynn, je ne comprends pas ce ton ! Nous avons tous fait de notre mieux pour l'accueillir avec courtoisie, dignement, en mémoire de Gordon.

— Ah bon ? Elle habite à Furrowbank, alors ?

— Mais oui, bien sûr ! Où serait-elle allée en sortant de l'hôpital ? Les médecins lui ont conseillé de quitter Londres et elle s'est installée à Furrowbank avec son frère.

— Et lui, de quoi a-t-il l'air ?

— Oh, c'est un garçon épouvantable !

Mrs Marchmont, après un instant de réflexion, ajouta d'une voix que l'émotion faisait trembler :

— C'est un… un grossier personnage !

« Je parie qu'à sa place je serais grossière, moi aussi », songea Lynn dans un bref élan de sympathie.

— Et comment s'appelle-t-il ?

— Hunter. David Hunter. Il est irlandais, je crois. Personne n'a jamais entendu parler d'eux, comme tu peux bien penser. Elle était veuve d'un certain Underhay. Je ne voudrais pas manquer de charité, mais enfin, qu'est-ce que c'est que ce genre de veuve qui se promène en Amérique du Sud en temps de guerre, j'aimerais le savoir ? On ne peut s'empêcher de penser qu'elle cherchait le riche mari.

— Eh bien, dans ce cas, elle n'a pas cherché pour rien.

Mrs Marchmont poussa un soupir à fendre l'âme :

— Cela paraît tellement incroyable ! Gordon a toujours été si lucide. Et Dieu sait le nombre de femmes qui ont tenté leur chance ! Tiens, l'avant-dernière secrétaire, par exemple. C'était tellement flagrant ! Elle était très capable je crois, mais il a dû se débarrasser d'elle.

— Tout le monde a son Waterloo, j'imagine, dit Lynn évasivement.

— Soixante-deux ans ! Un âge très dangereux. Et si tu ajoutes à cela la perturbation de la guerre… Mais je ne saurais te dire le choc que nous a causé sa lettre de New York !

— Que disait-elle au juste ?

— Elle était adressée à Frances – je me demande bien pourquoi, d'ailleurs. Peut-être a-t-il pensé que, vu son éducation, elle serait plus compréhensive. Quoi qu'il en soit, il disait que nous serions sans doute surpris d'apprendre qu'il s'était marié, que tout avait été très soudain, mais qu'il était sûr que nous apprendrions tous très vite à aimer Rosaleen – entre nous, ma chérie, quel nom théâtral, non ? Je veux dire, cela sonne tellement faux… Il ajoutait qu'elle avait eu une vie très triste, et que, malgré son très jeune âge, elle avait traversé un grand nombre d'épreuves qu'elle avait surmontées avec un courage admirable !

— Le couplet habituel, murmura Lynn.

— Oh, je sais, et je suis bien d'accord avec toi. Si on n'a pas entendu cela mille fois…. Mais on aurait pu croire que Gordon, avec toute son expérience… enfin, c'est ainsi. Elle a des yeux immenses, bleu foncé, et on dirait qu'elle les maquille avec du charbon.

— Elle est séduisante ?

— Oh, je suis sûre qu'on la trouve très jolie. Ce n'est pas le genre de beauté que j'admire, voilà tout.

— Ce n'est jamais le genre de beauté que tu admires, remarqua Lynn avec un sourire ironique.

— Mais non, ma chérie. Les hommes, vraiment… mais bon, c'est ainsi, il faut se faire une raison. Même les plus équilibrés d'entre eux se conduisent comme les derniers des fous ! Gordon finissait sa lettre en disant que nous ne devions pas croire un instant que son mariage allait l'éloigner de nous, qu'il se sentait toujours une responsabilité particulière envers nous tous.

— Mais il n'a pas fait de testament après son mariage ?

Mrs Marchmont secoua la tête :

— Le dernier qu'il ait fait date de 1940. Je n'en connais pas les détails, mais, à l'époque, il nous avait laissé entendre que s'il lui arrivait quelque chose, nous serions tous à l'abri. Évidemment, ce testament a été annulé par son mariage. J'imagine qu'il l'aurait refait à son retour – mais il n'en a pas eu le temps. Il a été tué pratiquement le jour de son arrivée en Angleterre.

— Si bien qu'elle… que Rosaleen est la seule héritière ?

— Oui. Le testament qui existait a été invalidé par le mariage.

Lynn garda le silence. Elle n'était pas particulièrement intéressée, mais quel être humain aurait pris de gaieté de cœur le nouvel état de choses ? Gordon Cloade lui-même, elle en avait la certitude, n'aurait pas souhaité cela. Le gros de sa fortune, il l'aurait peut-être laissé à sa jeune épouse, mais il aurait sûrement pris des dispositions pour sa famille qu'il avait encouragée à dépendre de lui. Il n'avait cessé de les pousser à dépenser leur argent, sans se soucier de l'avenir. Elle l'entendait encore dire à Jeremy : « À ma mort, tu seras riche. » Et à sa mère, il avait souvent répété : « Ne t'en fais pas, Adela. Je m'occuperai toujours de Lynn, tu le sais, et je ne voudrais pas que tu quittes cette maison, c'est *ta* maison. Envoie-moi les factures des réparations. » Il avait encouragé Rowley à se lancer dans l'agriculture. Il avait insisté pour qu'Anthony, le fils de Jeremy, entrât dans les Guards, le régiment de la garde royale, et il lui avait alloué une pension confortable. Il avait encouragé Lionel Cloade à poursuivre des recherches médicales, qui n'étaient d'aucun profit immédiat, au détriment de sa clientèle.

Mrs Marchmont interrompit le fil de ses pensées.

— Regarde-moi tout ça ! gémit-elle, la bouche tremblante, en brandissant d'un geste dramatique une liasse de factures. Comment vais-je m'en tirer ? Mais comment vais-je m'en tirer, ma pauvre chérie ? J'ai reçu ce matin même une lettre de la banque m'annonçant que j'étais à découvert. Je ne comprends pas comment c'est possible. J'ai fait très attention, pourtant. Mais, apparemment, mes actions ne rapportent plus autant qu'autrefois. Ce sont les taxes qui ont augmenté, d'après le banquier. Et regarde tous ces papiers jaunes : pour les dommages de guerre, ou je ne sais quoi – il faut payer, qu'on le veuille ou non.

Lynn prit les factures et les examina rapidement. Il n'y avait aucune dépense extravagante. Ardoises pour le toit, réparation des clôtures, remplacement de la chaudière dans la cuisine, une nouvelle conduite d'eau. L'ensemble atteignait pourtant une somme considérable.

— Je suppose que je devrais déménager, conclut Mrs Marchmont, au bord des larmes. Mais pour aller où ? Où trouver une petite maison aujourd'hui ? Il n'y en a pas, tout simplement. Oh, ma chérie, tu viens à peine de rentrer, et me voilà qui t'ennuie avec mes histoires. Mais je ne sais pas quoi faire. Vraiment, je ne sais pas.

Lynn regarda sa mère. Elle avait soixante ans passés, et n'avait jamais été bien solide. Pendant la guerre, elle avait hébergé des réfugiés de Londres, elle s'était occupée de la cuisine, du ménage, elle avait fait partie des auxiliaires bénévoles, confectionné des confitures, distribué des repas dans les écoles. Elle avait travaillé quatorze heures par jour. Quel contraste avec les jours paisibles, les jours heureux d'avant-guerre. Épuisée, inquiète de l'avenir, elle était au bord de la dépression nerveuse. Lynn s'en rendait bien compte.

Elle sentit une colère froide monter lentement en elle.

— Mais cette Rosaleen – ne peut-elle rien faire ?

— Nous n'avons droit à rien, répondit Mrs Marchmont, le rouge au front. À rien du tout.

— Si, tu as un droit moral, répliqua Lynn. Oncle Gordon nous a toujours aidées.

— Ce ne serait pas convenable, ma chérie, de solliciter une faveur d'une personne dont on ne pense rien de bien. Et, de toute façon, son frère ne la laisserait jamais lâcher un sou !

Et, l'héroïsme cédant la place à la bonne vieille perfidie féminine :

— Si tant est que ce soit son frère, évidemment ! ajouta-t-elle.

2

Pensive, Frances Cloade observait son mari de l'autre côté de la table.

Frances avait quarante-huit ans. Elle était de ces longues femmes à la silhouette de lévrier qui portent bien le tweed. Son visage avait l'arrogance de la beauté ravagée qui ne s'abaisse pas au maquillage, en dehors d'une légère touche de rouge à lèvres mise à la va-vite. Jeremy Cloade était un homme de soixante-trois ans, sec et grisonnant. Son visage fatigué était sans expression. Ce soir-là en particulier.

Ce que, d'un regard rapide, sa femme avait tout de suite remarqué.

Une gamine d'une quinzaine d'années, les yeux rivés anxieusement sur Frances, faisait le service en traînant les pieds. Que Frances fronçât le sourcil, elle manquait lâcher ce qu'elle tenait. Un signe d'approbation ? Et la voilà qui rayonnait.

Si quelqu'un savait se faire servir, répétait-on avec envie à Warmsley Vale, c'était bien Frances Cloade. Elle ne s'attachait pas les domestiques avec des gages extravagants, et elle était exigeante, mais l'approbation chaleureuse dont elle récompensait l'effort, son énergie contagieuse et son autorité transformaient le travail de maison en quelque chose de créatif et de personnel. Habituée depuis toujours à être servie, elle considérait sans la moindre gêne que cela allait de soi et avait autant d'estime pour une bonne cuisinière ou une bonne femme de chambre que pour un bon pianiste.

Frances Cloade était la fille unique de lord Edward Trenton, qui entraînait ses chevaux de course près de Warmsley Heath. Les gens bien informés estimaient que sa faillite l'avait opportunément sauvé de désagréments bien pires. Il y avait eu des rumeurs concernant les notoires et très surprenantes défaillances de ses chevaux ; des rumeurs, aussi, d'enquêtes diligentées par les commissaires du Jockey Club. Mais lord Edward s'en était tiré avec une réputation à peine ternie, et il avait négocié avec ses créanciers un arrangement qui lui permettait de couler des jours extrêmement paisibles dans le Midi de la France. Et de ces bonheurs inespérés, il était redevable à l'habileté et aux efforts déployés par son homme de loi, Jeremy Cloade. Cloade en avait fait beaucoup plus qu'il est courant de la part d'un avoué, allant jusqu'à donner des garanties personnelles. Il n'avait pas caché l'admiration profonde qu'il éprouvait pour Frances Cloade, et, en temps opportun, lorsque les affaires de son père avaient été réglées de façon satisfaisante, Frances était devenue Mrs Jeremy Cloade.

Ce qu'elle en avait pensé, personne ne l'avait jamais su. Tout ce que l'on pouvait dire, c'était qu'elle avait admirablement rempli sa part du contrat. Elle s'était montrée une épouse loyale et efficace pour Jeremy, une mère attentive pour son fils. Elle avait servi les intérêts de Jeremy de toutes les façons et n'avait jamais eu un mot ou un geste suggérant que ce mariage eût pu être autre chose que le fruit de sa libre volonté.

En retour, les Cloade admiraient Frances et la respectaient infiniment. Ils étaient fiers d'elle et s'en remettaient à son jugement, mais aucun d'eux ne s'était jamais senti vraiment intime avec elle.

Ce que Jeremy Cloade pensait de son mariage, personne ne le savait non plus, car personne ne savait jamais rien des pensées ni des sentiments de Jeremy Cloade. « Un vrai morceau de bois » était l'expression consacrée à son sujet. Il jouissait d'une excellente réputation aussi bien sur le plan personnel que professionnel. Le cabinet Cloade, Brunskill & Cloade n'avait jamais touché à une affaire d'une légalité douteuse. On ne s'adressait pas à eux parce qu'ils étaient brillants, mais parce qu'ils étaient solides et sans tache. Le cabinet prospérait et les Jeremy Cloade habitaient, à quelques pas de la place du marché, une belle maison XVIIIe avec, derrière, un grand jardin à l'ancienne, clos de murs, qu'à chaque printemps les poiriers inondaient de fleurs blanches.

C'est vers une pièce donnant sur le jardin que mari et femme se dirigèrent en quittant la table. Edna, la jeune servante, qui respirait bruyamment sous le double effet de l'appréhension et des végétations, apporta le café.

Frances se servit. Le café était fort et bien chaud.

— Excellent, Edna, approuva-t-elle brièvement.

Edna s'empourpra de plaisir et sortit en s'étonnant toutefois des goûts de certaines personnes. Le café, selon Edna, n'était bon que très très clair, très très sucré et noyé dans plein de lait !

Au salon, les Cloade buvaient leur café, noir et sans sucre. À table, ils avaient parlé à bâtons rompus de choses et d'autres, de connaissances, du retour de Lynn, des perspectives de l'agriculture. Mais maintenant, en tête à tête, ils restaient silencieux.

Frances, calée dans son fauteuil, observait son mari perdu dans ses pensées. De sa main droite, il tapotait sa lèvre supérieure. Il en était totalement inconscient, mais ce geste était chez lui signe de grande tension intérieure. Frances n'avait pas souvent eu l'occasion de l'observer. Une fois, lorsque leur fils, Anthony, encore petit, avait été très malade ; une fois, en attendant le verdict d'un jury ; quand la guerre avait éclaté et qu'il guettait à la radio les mots fatidiques ; le soir où Anthony s'était embarqué.

Frances réfléchit quelque temps avant de parler. Leur vie conjugale avait été heureuse, mais sans effusion de paroles. Et chacun avait respecté la réserve de l'autre. Même le jour où était arrivé le télégramme annonçant la mort d'Anthony au champ d'honneur, ni l'un ni l'autre ne s'étaient laissé aller.

Il en avait pris connaissance, puis il avait levé les yeux vers elle.

— Est-ce que… ? avait-elle dit.

Il avait lentement incliné la tête, puis s'était signé et avait déposé le télégramme dans la main tendue de sa femme.

Ils étaient restés un long moment dans un profond silence. Puis Jeremy avait dit : « Je voudrais pouvoir t'aider, ma chérie… » Et elle, retenant ses larmes, consciente uniquement d'un vide, d'une douleur terribles, avait répondu d'une voix qui ne tremblait pas : « C'est aussi affreux pour toi. » Il lui avait tapoté l'épaule en disant : « Oui… oui… », puis il s'était dirigé vers la porte d'un pas incertain et pourtant raide, devenu vieux soudain, en répétant : « Il n'y a rien à dire… rien à dire… »

Elle lui avait été reconnaissante, passionnément reconnaissante, d'avoir si bien compris, et s'était sentie déchirée de pitié à le voir d'un coup transformé en vieillard. Avec la perte de son fils, quelque chose avait durci en elle, son amabilité facile, instantanée, s'était tarie. Elle était plus efficace, plus énergique que jamais – son bon sens abrupt était parfois un peu effrayant…

Jeremy Cloade avait recommencé à torturer sa lèvre d'un doigt hésitant. Frances n'y tint plus :

— Quelque chose ne va pas, Jeremy ? lança-t-elle à brûle-pourpoint.

Il sursauta, manqua laisser échapper sa tasse, se ressaisit, la posa sur le plateau d'une main ferme et, alors seulement, il regarda sa femme :

— Que veux-tu dire, Frances ?

— Je te demande si quelque chose ne va pas.

— Quoi par exemple ?

— Ne jouons pas aux devinettes, ce serait stupide. Je préférerais que tu me le dises, répondit-elle du ton neutre qu'elle aurait employé pour parler affaires.

— Il n'y a rien de particulier, murmura-t-il d'une voix peu convaincante.

Elle ne releva même pas cette dénégation. Elle se contenta d'attendre une réponse comme s'il n'avait rien dit. Il la regarda, indécis.

Et, l'éclair d'un instant, le masque imperturbable tomba de son visage, laissant voir un tourment si violent que Frances retint un cri. Déjà le masque avait repris sa place, mais elle ne doutait pas de ce qu'elle avait vu.

— Il vaudrait mieux que tu parles, dit-elle avec calme.

Il poussa un soupir – un long soupir malheureux.

— De toute façon, dit-il, il faudra que tu le saches ; tôt ou tard.

Et il ajouta ces mots très surprenants :

— Tu n'as pas fait une bonne affaire, Frances, j'en ai peur.

— Qu'est-ce que c'est ? Un problème d'argent ? attaqua-t-elle bille en tête, sans même essayer de trouver un sens à la remarque de son mari.

Pourquoi avait-elle parlé d'abord d'argent ? Elle n'aurait su le dire. Elle n'avait remarqué aucun signe de difficultés financières, hormis celles qui étaient liées à l'époque. Ils manquaient de personnel au bureau et ils étaient débordés de travail, mais il en était de même partout, et d'ailleurs, au cours du mois dernier, une partie des employés démobilisés étaient revenus. Alors ? Ç'aurait pu tout aussi bien être un problème de santé – il n'avait pas bonne mine ces derniers temps, il s'était surmené, il était épuisé. Néanmoins, d'instinct, Frances avait parlé d'argent. Et, à en juger par l'acquiescement silencieux de son mari, il semblait qu'elle était tombée juste.

— Je vois, dit-elle simplement.

Elle réfléchissait. En vérité, l'argent lui importait peu, mais Jeremy était incapable de concevoir cela, elle le savait. Pour lui, l'argent représentait l'ordre, la stabilité, un rang à tenir, un statut social.

Pour elle, l'argent était un jouet qu'on vous lançait sur les genoux. Elle avait passé son enfance et sa jeunesse dans l'insécurité matérielle. Il y avait eu des périodes fastes, quand les chevaux faisaient ce qu'on attendait d'eux. Et des périodes difficiles, quand les commerçants refusaient de faire crédit et que lord Edward en était réduit à d'ignominieuses manœuvres pour éviter l'huissier sur le pas de la porte. Une fois, même, il avait dû renvoyer tous les domestiques et ils avaient vécu de pain sec pendant huit jours. Une autre fois – Frances n'était encore qu'une enfant –, un huissier avait campé chez eux trois semaines. Elle avait trouvé chez cet indésirable un agréable compagnon de jeux qui lui parlait de sa petite fille à lui.

Quand on n'avait pas d'argent, on en trouvait, ou bien on partait pour l'étranger, ou alors on vivait quelque temps aux crochets de la famille ou des amis. Ou quelqu'un vous dépannait…

Mais il suffisait à Frances d'un regard sur son mari pour savoir que, dans son monde, ce genre de choses ne se faisait pas. Chez les Cloade, on ne concevait pas de quémander, d'emprunter ou de vivre sur le dos d'autrui. Et, réciproquement, quémandeurs, emprunteurs et pique-assiette ne faisaient pas partie de leur univers mental !

Frances se sentait navrée pour Jeremy et un peu coupable d'être elle-même si peu émue. Elle trouva une échappatoire dans l'aspect pratique des choses :

— Il va falloir tout vendre ? Le cabinet est en faillite ?

Jeremy Cloade se crispa. Elle comprit qu'elle y était allée un peu fort.

— Mon chéri, dit-elle gentiment, parle-moi. Je ne peux pas continuer les devinettes.

— Il y a deux ans, commença Cloade avec raideur, nous avons eu de graves problèmes. Quand le jeune Williams a filé, tu t'en souviens. Nous avons eu du mal à nous remettre à flot. Et puis, il y a eu des complications liées à la situation en Asie, après Singapour…

— Laissons les pourquoi, le coupa-t-elle. Cela a si peu d'importance ! Tu étais dans le pétrin et tu n'as pas réussi à en sortir, c'est cela ?

— Je comptais sur Gordon. Gordon aurait arrangé ça.

Elle eut un soupir d'impatience

— Évidemment ! Je ne vais pas lui jeter la pierre, le pauvre. Après tout, c'est humain de perdre la tête pour une jolie fille. Et pourquoi ne se serait-il pas remarié s'il en avait envie ? Mais c'est vraiment trop bête qu'il ait été tué dans ce bombardement sans avoir pu prendre de décisions, ou mettre ses affaires en ordre ou faire un autre testament. La vérité, c'est que, quelles que soient les circonstances, on ne croit jamais à sa propre mort. Les bombes, c'est toujours pour les autres !

— Sans parler du chagrin que cela m'a causé ni du fait que j'aimais beaucoup Gordon et que j'étais très fier de lui, dit le frère aîné de Gordon Cloade. Sa mort a été une catastrophe pour moi. À un moment où…

Il s'interrompit.

— Allons-nous faire faillite ? demanda Frances avec intérêt.

Jeremy Cloade lui lança un regard presque désespéré. Elle ne s'en rendait pas compte, mais les choses auraient été plus faciles pour lui si elle avait fondu en larmes ou manifesté un peu d'inquiétude. Ce calme intérêt pragmatique lui coupait bras et jambes.

— C'est bien pire que ça…, fit-il d'une voix rauque.

Il la regarda encaisser tranquillement le coup. « Dans une minute, je lui aurai tout dit, pensa-t-il. Elle saura quel homme je suis… Il faut qu'elle sache. Elle ne voudra peut-être pas le croire au début… »

Frances Cloade soupira et s'assit bien droite dans son fauteuil :

— Je vois. Détournement de fonds, ou peut-être n'est-ce pas le mot exact… Comme le jeune Williams.

— Oui, mais cette fois, tu n'as pas l'air de comprendre, c'est moi le responsable. J'ai utilisé des fonds de dépôt qu'on m'avait confiés. Jusqu'ici, j'ai réussi à dissimuler le trou…

— Mais maintenant ce n'est plus possible.

— À moins que je ne trouve l'argent – très vite.

De toute sa vie, il n'avait éprouvé une telle honte. Comment Frances allait-elle le prendre ?

Eh bien, pour l'instant, elle le prenait très tranquillement ; mais Frances, songea-t-il, ne faisait jamais de scènes. Ni cris ni reproches, jamais.

— C'est trop bête, dit-elle, sourcils froncés, un doigt posé sur la joue, que je n'aie pas d'argent à moi…

— Il y a ta dot, articula-t-il non sans embarras, mais…

— Mais je suppose qu'elle s'est volatilisée également, conclut-elle à sa place d'un air absent.

Il ne répondit pas tout de suite.

— Je suis désolé, Frances, parvint-il enfin à articuler d'une voix dure. Plus que je ne saurais dire. Tu as fait une mauvaise affaire.

Elle lui lança un regard aigu :

— Encore ! Mais que veux-tu dire exactement ?

— Quand tu as eu la bonté de m'accorder ta main, répondit Jeremy, plus raide et guindé que jamais, tu étais en droit de compter… eh bien.. sur mon intégrité… sur une vie sans inquiétudes sordides.

Elle lui jeta un regard effaré :

— Seigneur, Jeremy ! Pourquoi crois-tu donc que je t'ai épousé ?

— Ma chérie, tu t'es toujours montrée aimante et loyale, dit-il avec un pauvre sourire. Mais je me flatterais si je croyais que tu serais devenue ma femme – euh – dans d'autres circonstances.

Elle le regarda fixement, puis, soudain, éclata de rire :

— Jeremy, que tu es drôle ! Quel esprit romanesque se cache derrière cette austère façade ! Tu penses vraiment que je t'ai épousé pour te récompenser d'avoir sauvé Père de la meute, des commissaires du Jockey Club, etc. ?

— Tu aimais beaucoup ton père, Frances.

— Je l'adorais ! Il avait un charme fou et la vie avec lui était une fête. Mais j'ai toujours su que c'était une fripouille et si tu crois que je me serais vendue à l'avoué de la famille pour lui éviter l'inévitable, alors c'est que tu n'as jamais rien compris de moi. Rien !

Les yeux fixés sur son mari, elle songea qu'il était extraordinaire de partager la vie de quelqu'un pendant plus de vingt ans sans jamais savoir ce qui se cache dans sa tête. Mais comment savoir quand ce quelqu'un est à ce point différent de vous-même ? Une âme romantique, bien camouflée, certes, mais avant tout romantique. « Tous ces romans de Stanley Weymans dans sa chambre, songea-t-elle, j'aurais dû comprendre, pourtant ! Pauvre cher bêta ! »

— Je t'ai épousé parce que j'étais amoureuse de toi, tout simplement.

— Amoureuse de moi ? Mais que pouvais-tu me trouver ?

— Si tu me le demandes, Jeremy, je n'en sais trop rien. Tu étais tellement différent de l'entourage de Père. D'abord, tu ne parlais jamais de chevaux. Tu n'as pas idée à quel point j'en avais par-dessus la tête des chevaux et de la cote à Newmarket ! Un soir, tu es venu dîner – tu t'en souviens ? – et j'étais assise à côté de toi et je t'ai demandé ce qu'était le bimétallisme et tu me l'as expliqué, mais vraiment expliqué ! Ça a duré tout le dîner – six plats –, nous étions en fonds à l'époque, nous avions un chef français !

— Ç'a dû être terriblement ennuyeux.

— C'était fascinant ! Jusque-là, personne ne m'avait jamais prise au sérieux. Tu étais si courtois, et pourtant tu n'avais pas l'air de faire particulièrement attention à moi, ni de me trouver jolie ou séduisante, ou quoi que ce soit. Cela m'a piquée au vif. Je me suis juré que je t'obligerais à me remarquer.

— Oh, je t'avais remarquée, déclara Jeremy, la mine sinistre. Après cette soirée, je suis rentré chez moi et je n'ai pas fermé l'œil de la nuit. Tu portais une robe imprimée de bleuets…

Le silence tomba. Puis Jeremy s'éclaircit la gorge :

— Hum… c'est bien loin tout ça…

— Et maintenant, enchaîna-t-elle secourablement, nous sommes un vieux couple qui a des problèmes et cherche comment s'en sortir.

— Frances, après ce que tu viens de me dire, je me sens encore mille fois plus honteux…

— Écoute, parlons clair. Tu es en train de te répandre en excuses parce que tu as fait quelque chose d'illégal. Tu risques des poursuites – ou la prison. (Il tressaillit.) Je ne veux pas que cela arrive. Je me battrai de toutes mes forces pour l'empêcher, mais ne me prête pas une quelconque indignation morale. Nous n'avons pas le sens moral dans la famille, souviens-toi. Mon père était certainement très séduisant, mais il n'était pas blanc-bleu. Et mon cousin Charles, on a étouffé l'affaire, pas de procès, mais on l'a expédié aux colonies. Et n'oublions pas mon cousin Gerald qui a falsifié un chèque à Oxford. Mais il est parti se battre et il a obtenu la Victoria Cross à titre posthume pour sa bravoure, son dévouement et son endurance exceptionnelle. Ce que j'essaie de te dire, c'est que les gens sont comme ça, ni tout bons ni tout mauvais. Je ne pense pas être particulièrement irréprochable non plus – ou si je l'ai été, c'est que l'occasion ne s'est pas présentée qu'il en soit autrement. Mais ce que j'ai à revendre, c'est du courage et, ajouta-t-elle en lui souriant, je suis fidèle !

— Ma chérie !

Il se leva et vint déposer un baiser sur ses cheveux.

— Et maintenant, continua la fille de lord Edward Trenton en levant vers son mari un visage souriant, qu'allons-nous faire ? Emprunter ?

Le visage de Jeremy se referma instantanément.

— Je ne vois pas comment, dit-il.

— Hypothéquons la maison. Oh, je vois, c'est déjà fait… Que je suis bête ! Tu as déjà pensé à tout cela bien sûr ! Alors, il faut emprunter à quelqu'un ? À qui pouvons-nous demander ? À mon avis, il n'y a qu'une possibilité. La veuve de Gordon – ce mouton noir de Rosaleen !

Jeremy eut une moue dubitative :

— Il s'agit d'une grosse somme – et elle ne peut pas toucher au capital. Ses biens sont administrés en fidéicommis.

— Oh, je n'avais pas compris ça. Je croyais qu'elle en faisait ce qu'elle voulait. Et si elle meurt, que se passe-t-il ?

— Tout revient aux parents les plus proches de Gordon. Autrement dit, la fortune sera partagée entre Lionel, Adela et Rowley, le fils de Maurice… et moi.

— Tout nous revient…, répéta lentement Frances.

Quelque chose sembla traverser la pièce – un courant d'air froid, l'ombre d'une pensée…

— Tu ne m'avais pas dit que… je croyais que tout était à elle pour de bon – elle ne peut donc pas en disposer à sa guise ?

— Non. En vertu de la loi de 1925 sur les successions ab intestat…

Frances ne semblait pas écouter ses explications.

— Peu nous importe, en fait, déclara-t-elle quand il eut terminé. Nous serons sans doute morts et enterrés bien avant qu'elle fête ses cinquante ans. Quel âge peut-elle avoir ? Vingt-cinq, vingt-six ans ? Je parie qu'elle vivra jusqu'à soixante-dix ans au bas mot.

— Nous pourrions lui demander un prêt ! suggéra Jeremy sans y croire. Invoquer des raisons familiales ! Après tout, cette fille a peut-être bon cœur – nous en savons si peu sur elle…

— En tout cas, nous avons été raisonnablement aimables avec elle – pas rosses, comme Adela. Elle pourrait accepter.

— Mais il ne faut surtout pas qu'elle se rende compte qu'il y a… euh… urgence, s'alarma Jeremy.

— Bien sûr que non ! répliqua Frances avec impatience. L'ennui, c'est que ce n'est pas seulement à elle que nous aurons affaire. Elle est complètement sous la coupe de son frère.

— Un peu séduisant personnage.

— Oh si, répondit Frances avec un grand sourire. Il est séduisant, extrêmement séduisant, même. Et assez peu encombré de scrupules, j'imagine. Mais bon, de ce point de vue-là, je ne suis pas très encombrée moi-même.

Son sourire se durcit.

— Nous n'allons pas nous avouer vaincus, Jeremy, déclara-t-elle, les yeux dans les yeux de son mari. Nous trouverons une issue – même si je dois dévaliser une banque !

3

— Ah, l'argent ! s'écria Lynn.

Rowley Cloade hocha la tête. C'était un grand gaillard au teint rouge brique, aux cheveux blonds et au regard bleu réfléchi. Il affichait une sorte de lenteur qui paraissait plus calculée que naturelle et dont il usait comme d'autres usent de la repartie :

— Eh oui, aujourd'hui, tout se ramène à l'argent, semble-t-il.

— Mais je croyais que les fermiers avaient prospéré pendant la guerre ?

— Oh, oui, mais cela n'a eu qu'un temps. Avec les augmentations de salaires, les ouvriers qui ne veulent pas travailler, le mécontentement partout et la désorientation générale, dans un an, nous en serons au même point qu'avant guerre. À moins, bien sûr, d'avoir de gros moyens. Ça, oncle Gordon le savait. C'est là qu'il était prêt à donner un coup de pouce.

— Et maintenant…

— Et maintenant, Mrs Gordon va à Londres gaspiller quelques milliers de livres dans un manteau de vison, plaisanta Rowley.

— C'est… c'est dégoûtant !

— Oh, non…

Il se tut un instant avant de préciser :

— J'aimerais bien, moi, pouvoir t'offrir un vison, Lynn.

— Dis-moi, Rowley, comment est-elle ? demanda Lynn, curieuse de l'avis de quelqu'un de son âge.

— Tu la verras ce soir chez oncle Lionel et tante Kathie.

— Je sais, mais je veux que *toi,* tu me dises. D'après Mums, elle a l'air à moitié demeuré…

Rowley réfléchit :

— Eh bien… elle ne brille sans doute pas par l'intelligence, mais, à mon avis, c'est juste un air qu'elle a à force de faire attention.

— Attention ? Attention à quoi ?

— Oh, elle est sur ses gardes, elle fait attention, c'est tout. À son accent, d'abord, je suppose, un accent irlandais, tu verras ! Et puis, au bon couteau, à la bonne fourchette, aux allusions littéraires qu'elle ne comprendrait pas…

— Alors, c'est vrai qu'elle n'a… euh… aucune éducation ?

Rowley sourit :

— Oh, ce n'est pas une dame, si c'est ce que tu veux dire. Elle a de beaux yeux, une jolie peau – j'imagine que c'est ce qui a fait succomber ce vieux Gordon, ça et son allure de grande fille follement simple. Je ne suis d'ailleurs pas certain que ce soit affectation de sa part – encore qu'on ne puisse jamais jurer de rien, bien sûr. En gros, elle promène un sourire de brave gosse qui n'aurait pas inventé la poudre et elle fait ce que David lui dit de faire.

— David ?

— C'est le frère. Lui, par contre, il ne semble pas avoir grand-chose à apprendre en matière de coups tordus !… Et il ne nous aime pas trop.

— Pourquoi nous aimerait-il ? demanda vivement Lynn. Je veux dire, toi non plus, tu ne l'aimes pas, expliqua-t-elle devant l'air surpris de Rowley.

— Ça, non, par exemple ! Et tu en feras autant, tu verras. Ce n'est pas quelqu'un comme nous.

— Comment peux-tu savoir ce que j'aime et ce que je n'aime pas, Rowley. J'ai pas mal voyagé ces trois dernières années, tu sais. Je… je pense que cela a changé ma façon de voir.

— Tu as voyagé plus que moi, c'est sûr, répondit-il d'un ton égal.

Lynn le dévisagea, scruta chacun de ses traits.

Elle avait senti quelque chose derrière cette simple remarque.

Il lui rendit son regard sans rien manifester. Lynn se souvint qu'il était difficile de savoir ce que Rowley pensait.

« Quand même, songea-t-elle, le monde est sens dessus dessous. Avant, c'était l'homme qui partait à la guerre et la femme qui attendait à la maison. » Pour eux deux, ç'avait été l'inverse.

De Rowley et Johnnie, l'un avait dû rester à la ferme. Ils avaient tiré au sort et Johnnie Vavasour était parti. Il avait été tué presque aussitôt, en Norvège. Alors que pendant toute la durée de la guerre Rowley ne s'était pas éloigné de chez lui de plus de quelques kilomètres…

Et Lynn, de son côté, avait été en Égypte, en Afrique du Nord, en Sicile, et avait plus d'une fois essuyé le feu de l'ennemi.

Et Lynn, « qui s'en revenait de guerre », retrouvait Rowley « qui était resté à l'arrière ». Elle se demanda soudain s'il en était gêné…

— C'est le monde à l'envers, observa-t-elle avec un petit rire nerveux.

— Oh, je ne sais pas, répondit Rowley, le regard perdu au loin. Ça dépend.

— Dis-moi, Rowley, commença-t-elle, hésitante. Comment as-tu – je veux dire… Johnnie ?

Son regard froid, totalement insondable, la dissuada de poursuivre.

— Laissons Johnnie ! La guerre est finie et… et disons que j'ai eu de la chance.

— De la chance… tu veux dire… de ne pas avoir eu à partir ?

— Oui, une chance folle, tu ne trouves pas ?

Lynn ne savait comment prendre ces mots. Rowley n'avait pas élevé la voix, mais elle y avait perçu une sorte d'âpreté.

— Évidemment, cela ne va pas être facile pour vous, les filles, de rentrer dans vos foyers, ajouta-t-il avec un sourire.

— Oh, ne dis pas de bêtises, répondit-elle avec irritation.

(Pourquoi était-elle irritée ? Pourquoi, si ce n'est qu'il avait touché un point sensible ?)

— Très bien, dit Rowley. Parlons plutôt de notre mariage. À moins que tu aies changé d'avis ?

— Bien sûr que non. Pourquoi aurais-je changé d'avis ?

— On ne sait jamais.

— Tu crois que je… que je ne suis plus la même ?

— Pas spécialement, non.

— Alors, c'est toi qui as changé d'avis ?

— Oh, non, pas, moi. Les changements à la ferme, tu sais…

— Bon, dit Lynn, en proie à un certain désenchantement, alors marions-nous. Quand veux-tu ?

— En juin, par là

— D'accord.

Ils gardèrent le silence. La décision était prise. Malgré elle, Lynn se sentait affreusement déprimée. Pourtant, Rowley était le même Rowley. Affectueux, calme et, en toutes circonstances, adepte de la litote.

Ils s'aimaient. Ils s'étaient toujours aimés, mais ils n'avaient jamais beaucoup parlé de leur amour… alors, pourquoi commencer maintenant ?

Ils se marieraient en juin, ils vivraient à Long Willows – elle adorait ce nom – et elle ne partirait plus jamais. Partir, du moins au sens qu'avait ce mot pour elle désormais. L'excitation de la passerelle qu'on remonte, l'activité fébrile de l'équipage, le frisson au moment du décollage quand l'avion prend de la hauteur, la terre qui s'éloigne sous vos yeux, la côte qui approche et se dessine peu à peu… L'odeur de la poussière brûlante, du kérosène et de l'ail… le brouhaha de langues étrangères. Des fleurs inconnues, les euphorbes écarlates jaillissant fièrement d'un jardin poussiéreux… faire et défaire son bagage… pour quelle prochaine étape ?

Ce temps-là était bien fini. La guerre était terminée, Lynn Marchmont était de retour… le marin rentre au port, il a franchi les océans… Non, je ne suis plus la même qu'avant, se dit-elle.

Elle leva la tête et vit Rowley qui l'observait…

4

Les réceptions de tante Kathie se ressemblaient toutes. Elles avaient cette qualité d'improvisation brouillonne qui était la marque de la maîtresse de maison. Le Dr Cloade contenait difficilement son irritation. Il se montrait d'une inaltérable courtoisie envers ses hôtes, mais on sentait ce qu'il lui en coûtait.

À première vue, Lionel Cloade, maigre, les cheveux grisonnants, ressemblait assez à son frère Jeremy. Mais il ne possédait pas l'impassibilité du juriste. Il était brusque, impatient, et son caractère irascible avait heurté nombre de ses patients et masqué à leurs yeux son indéniable compétence et sa réelle bonté. C'était un chercheur dans l'âme qui avait fait de l'usage des herbes médicinales à travers l'histoire son violon d'Ingres. Cet esprit scientifique avait grand-peine à garder son calme face aux divagations de sa femme.

Lynn et Rowley appelaient Mrs Jeremy Cloade « Frances », mais Mrs Lionel Cloade était restée pour eux « tante Kathie ». Ils l'aimaient bien mais la trouvaient un peu ridicule.

La « réception », organisée officiellement pour fêter le retour de Lynn, était en fait strictement familiale.

— Oh, ma chérie, comme tu es jolie toute bronzée ! s'exclama tante Kathie en accueillant sa nièce avec tendresse. C'est l'Égypte, j'imagine. As-tu lu le livre que je t'ai envoyé sur les prophéties des Pyramides ? Il est passionnant, il explique tout, tu ne trouves pas ?

L'arrivée de Mrs Gordon Cloade et de son frère David épargna à Lynn de répondre.

— Je vous présente ma nièce, Lynn Marchmont – Rosaleen.

Lynn regarda la veuve de Gordon Cloade avec une curiosité poliment dissimulée.

C'est vrai qu'elle était jolie, la jeune femme qui avait épousé Gordon Cloade pour sa fortune. Et, comme l'avait dit Rowley, elle avait un air candide avec sa chevelure noire aux boucles souples, ses yeux bleus d'Irlandaise qu'on eût dit maquillés à la suie, et ses lèvres entrouvertes.

Le reste de sa personne – robe, bijoux, ongles vernis, étole de fourrure – était essentiellement coûteux. Une jolie silhouette, mais aucun talent pour porter la toilette. Pas comme Lynn Marchmont l'aurait portée en tout cas, si elle en avait eu l'occasion. (Mais tu n'auras jamais cette chance, lui murmura une petite voix intérieure.)

— Enchantée, fit Rosaleen Cloade.

Elle se tourna en hésitant vers l'homme qui la suivait :

— Je… je vous présente mon frère.

— Enchanté, fit à son tour David Hunter.

C'était un garçon mince à la chevelure et au regard sombres. Il arborait un air à la fois mécontent, méfiant et légèrement insolent.

Lynn comprit tout de suite pourquoi les Cloade le détestaient tellement. Elle avait rencontré des hommes de cette trempe pendant la guerre, des casse-cou indifférents au danger, et dangereux eux-mêmes. Des hommes imprévisibles, qui suivaient leurs propres lois et se moquaient du monde entier. Des hommes qui valaient leur pesant d'or en première ligne, mais qui, le reste du temps, rendaient fous leurs officiers.

— Alors, vous vous plaisez à Furrowbank ? demanda-t-elle à Rosaleen sur le ton de la conversation.

— Oh, oui. La maison est magnifique.

— Le pauvre vieux Gordon avait bien fait les choses, remarqua David Hunter en ricanant. Sans lésiner sur les moyens.

C'était on ne peut plus vrai. Quand Gordon avait décidé de s'installer à Warmsley Vale – ou plutôt d'y passer une petite partie de sa vie affairée, il avait choisi de bâtir. Il était bien trop individualiste pour accepter de vivre dans une maison déjà imprégnée d'une histoire.

Il avait engagé un jeune architecte moderniste et lui avait laissé carte blanche. La moitié de Warmsley Vale trouvait Furrowbank horrible et honnissait sa blancheur, sa masse carrée, son mobilier encastré, ses portes coulissantes, ses tables et chaises de verre. Les seules choses qu'on avait admirées sans réserve étaient les salles de bains.

Rosaleen avait prononcé « magnifique » avec une sorte de révérence tremblante. Le rire moqueur de son frère la fit rougir.

— Alors c'est vous le marin de retour au port ? dit David en s'adressant à Lynn.

— Oui.

Il promena sur elle un regard appréciateur qui – Dieu sait pourquoi – lui mit le feu aux joues.

Tante Katherine réapparut soudain. Elle avait le chic pour sembler se matérialiser soudain dans l'atmosphère.

Un truc qu'elle avait sans doute attrapé au cours de ses innombrables séances de spiritisme.

— Le souper ! annonça-t-elle hors d'haleine, ajoutant par manière de parenthèses : Mieux vaut ne pas parler de dîner, n'est-ce pas, on risque moins d'être déçu. Tout est un tel problème ! Mary Lewis m'a avoué qu'elle glissait dix shillings au poissonnier tous les quinze jours. Je trouve cela immoral !

Cette déclaration fut ponctuée par le rire nerveux du Dr Cloade, en grande discussion avec sa belle-sœur

— Allez, Frances ! disait-il. Ne me fais pas croire que tu gobais vraiment pareil bobard... Eh bien, passons à table.

Ils pénétrèrent en procession dans une salle à manger au mobilier miteux et, dans l'ensemble, hideux. Jeremy et Frances, Lionel et Katherine, Adela, Lynn et Rowley, la famille Cloade au grand complet – plus deux étrangers. Car, bien qu'elle en portât le nom, Rosaleen n'était pas devenue une Cloade comme Frances ou Katherine avant elle.

Elle était l'étrangère, nerveuse, mal à l'aise. Et David – David était le hors-la-loi. Par force mais aussi par goût. C'est ce que se disait Lynn en prenant place à table.

L'air était chargé d'électricité, parcouru de vibrations presque tangibles de... De quoi, en fait ? De haine ? Était-ce vraiment de la haine ? Était-ce possible ?

Quelque chose, en tout cas, de... *destructeur.*

« Voilà ce qui ne va pas, pensa-t-elle brusquement. Sans arrêt, depuis mon retour, j'ai cette sensation. Ce sont les cicatrices de la guerre. Partout, il n'y a que hargne et mécontentement. Dans les trains, dans les autobus, dans les boutiques, parmi les employés, et même parmi les fermiers. Et j'imagine que c'est pire encore dans les mines et les usines. Oui, de la hargne. Mais ici, il y a quelque chose en plus. Ici, c'est particulier. C'est délibéré ! »

Et elle se demanda, troublée : « Les détestons-nous à ce point, ces étrangers qui nous ont pris ce que nous considérons comme notre bien ? »

Et puis elle se dit : « Non, pas encore. Cela viendra peut-être, mais pas déjà. Non, ce sont eux qui nous haïssent. »

Cette découverte la frappa si fort qu'elle en oublia de faire la conversation à David Hunter, qui était son voisin de table.

— Abandonnerez-vous vos pensées pour revenir parmi nous ? demanda-t-il.

Son ton était agréable, amusé, pourtant Lynn se sentit mortifiée. Il devait la croire volontairement impolie.

— Pardon, je songeais à l'état du monde.

— Dans le genre banalités, on peut difficilement débiter mieux ! répliqua-t-il effrontément.

— C'est vrai, vous avez raison. On fait tous étalage de nos grands sentiments, on rebâtit tous la planète en mieux… et ça n'a pas l'air d'améliorer les choses.

— C'est qu'il est généralement plus facile de détruire. Nous avons inventé quelques gadgets assez efficaces dans ce domaine ces dernières années – avec la bombe atomique pour apothéose.

— C'est ce à quoi je pensais – oh non, pas à la bombe atomique. À la malveillance. La malveillance déterminée, agissante.

— Malveillance est le mot, approuva David avec calme. Mais je me permettrai de contester celui d'« agissante ». Pour cela, on était plus pratique au Moyen Âge.

— Comment cela ?

— Eh bien, on avait recours à la magie noire, aux maléfices, aux figurines de cire, on lançait des sorts les nuits de pleine lune. Pour détruire le troupeau de son voisin ou, mieux encore, pour tuer le voisin lui-même.

— Vous ne croyez pas sérieusement que de telles choses ont existé ? demanda Lynn, sceptique.

— Peut-être pas, mais en tout cas, ce n'était pas faute d'essayer. Aujourd'hui, ajouta-t-il en haussant les épaules, eh bien, avec toute la malveillance du monde, vous et votre famille ne pouvez pas grand-chose contre Rosaleen et moi. Est-ce que je me trompe ?

Lynn releva brusquement la tête. Tout d'un coup, la conversation l'amusait.

— Il est un peu tard, même pour un baroud d'honneur, fit-elle remarquer poliment.

David Hunter éclata de rire. Il semblait prendre plaisir à cette conversation, lui aussi.

— Vous voulez dire qu'on a déjà raflé la mise ? Eh oui, nous avons la belle vie !

— Et, par-dessus le marché, la situation vous amuse, on dirait !

— Posséder tant d'argent ? Je pense bien !

— Je ne parlais pas argent. Je faisais allusion à nous. Vous la trouvez bien bonne.

— De vous avoir damé le pion ? Eh bien, peut-être. Vous deviez tous être si sûrs de vous, si sûrs de l'argent du vieux Gordon, comme s'il était déjà dans vos poches.

— Oui, mais c'est ce qu'on nous avait toujours laissé croire. On nous a appris à ne pas épargner, à ne pas nous soucier de l'avenir, on nous a encouragés à échafauder toutes sortes de projets.

(Rowley, se dit-elle. Rowley et sa ferme.)

— En fait, il y a une seule chose qu'on ne vous a pas apprise, dit David d'un ton enjoué.

— Quoi donc ?

— Que rien n'est jamais acquis…

— Lynn ! lança tante Katherine en allongeant le cou du bout de la table où elle présidait. Sais-tu que l'un des contrôleurs de Mrs Lester est un prêtre de la IVe dynastie ? Il nous a raconté des choses extraordinaires. Il faut absolument que nous ayons une longue conversation toutes les deux, Lynn. Je suis sûre que l'Égypte a influencé ton psychisme.

— Lynn n'a pas de temps à perdre avec ces âneries superstitieuses, laissa tomber le Dr Cloade.

— Tu es tellement partial, Lionel !

Lynn se contenta de sourire à sa tante sans rien dire – les paroles de David ne cessaient de tourner dans sa tête, comme un refrain :

« Rien n'est jamais acquis… »

Il y avait des gens qui vivaient ainsi – dans un monde où le danger était omniprésent. C'était le monde de David Hunter… Ce n'était pas le monde dans lequel Lynn avait grandi, mais c'était un monde qui l'attirait pourtant.

— Sommes-nous fâchés ? demanda David de cette voix basse où perçait l'amusement.

— Oh, non !

— Bon. Et vous voyez toujours d'un mauvais œil l'accession indue de Rosaleen et moi-même à la prospérité ?

— Certainement ! assura Lynn avec fougue.

— Splendide ! Et que comptez-vous faire ?

— Acheter de la cire et me mettre à la magie noire !

— Oh non, pas vous ! s'exclama-t-il en riant. Vous n'êtes pas du genre à faire confiance à de vieilles méthodes périmées. Vous, vous utiliserez des moyens modernes et sûrement très efficaces. Mais vous ne gagnerez pas, n'y comptez pas.

— Qu'est-ce qui vous fait croire qu'il y aura une bataille ? N'avons-nous pas accepté l'inévitable ?

— Vous vous comportez tous avec une dignité folle. C'est tordant.

— Pourquoi nous haïssez-vous ? demanda Lynn à voix basse.

Quelque chose scintilla dans ce noir regard indéchiffrable

— Je doute de parvenir à vous le faire comprendre.

— Essayez tout de même.

David Hunter parut réfléchir.

— Dites-moi, demanda-t-il finalement du ton léger de la conversation, pourquoi épousez-vous Rowley Cloade ? Ce balourd !

— Qu'est-ce que vous en savez ? Vous ne savez rien de lui ! Vous ne savez rien. Vous ne pourriez pas comprendre, de toute façon.

— Et que pensez-vous de Rosaleen ? enchaîna David comme si de rien n'était.

— Elle est très jolie.

— Mais encore ?

— Elle n'a pas l'air de s'amuser beaucoup.

— Très juste. Rosaleen est une gourde, elle a peur. Elle a toujours été froussarde. Elle se laisse emporter comme une plume au vent et après elle ne sait plus où elle en est. Continuerai-je à vous parler de Rosaleen ?

— Si vous voulez, dit Lynn poliment.

— Oui, j'aimerais bien. D'abord, elle s'est toquée de théâtre. Alors elle s'est retrouvée sur les planches. Elle était très mauvaise, évidemment. Et puis, voilà ma Rosaleen dans une troupe de troisième ordre en partance pour l'Afrique du Sud. L'Afrique du Sud ! Le nom lui plaisait. La troupe est restée sur le sable, au Cap. Là-dessus, elle s'est embarquée dans un mariage avec un commissaire de district au Nigeria. Elle n'aimait pas le Nigeria – et je ne pense pas qu'elle aimait beaucoup son mari non plus. Si ç'avait été un de ces solides gaillards qui savent lever le coude et battre leur femme à l'occasion, ça aurait pu marcher. Mais c'était un intellectuel qui s'était constitué une vaste bibliothèque en pleine brousse et aimait à parler métaphysique. Alors le vent l'a remportée au Cap. Le mari s'est montré très correct et a convenablement pourvu à son entretien. Peut-être aurait-il consenti au divorce, mais rien n'est moins sûr : il était catholique. Quoi qu'il en soit, il est très opportunément mort des fièvres et Rosaleen a hérité d'une petite pension. Puis la guerre a éclaté et elle s'est trouvée sur un bateau en partance pour l'Amérique du Sud. L'Amérique du Sud ne lui a pas beaucoup plu alors elle est montée à bord d'un autre bateau et c'est sur ce bateau qu'elle a rencontré Gordon et lui a raconté sa triste existence. Ils se sont donc mariés à New York, ont vécu heureux pendant une quinzaine de jours, et, sitôt après son retour à Londres, il a été tué dans un bombardement et elle a hérité d'une vaste demeure, d'un tas d'inestimables bijoux et d'une époustouflante rente.

— L'histoire a une belle fin, remarqua Lynn.

— Eh oui, Rosaleen n'a pas une once d'intelligence, mais elle a toujours eu de la chance – et c'est tant mieux. Gordon Cloade était solide pour ses soixante-deux ans. Il avait encore vingt ans devant lui. Au moins. Ça n'aurait pas été très drôle pour Rosaleen, vous ne croyez pas ? Elle avait vingt-quatre ans quand elle l'a épousé. Elle n'a que vingt-six ans, vous savez.

— Elle paraît encore plus jeune.

David observa sa sœur, de l'autre côté de la table. Elle émiettait son pain nerveusement, comme une petite fille.

— Oui, dit-il, songeur. C'est vrai. C'est le vide cérébral qui fait ça, je suppose.

— Pauvre petite ! s'émut soudain Lynn.

David se renfrogna.

— Gardez votre pitié, dit-il, les dents serrées. Je prendrai soin de Rosaleen.

— Je n'en doute pas.

Il prit un air mauvais :

— Quiconque s'attaquera à Rosaleen me trouvera sur son chemin ! La guerre, je connais mille façons de la faire, dont certaines pas très orthodoxes.

— Vais-je avoir droit au récit de votre vie, maintenant ? demanda Lynn d'un ton froid.

— Une version très abrégée, ne vous inquiétez pas, répondit-il en souriant. Quand la guerre a commencé, je ne voyais aucune raison de me battre pour l'Angleterre. Je suis irlandais, n'est-ce pas. Mais, comme tous les Irlandais, j'aime la bagarre. Les commandos exerçaient sur moi un attrait irrésistible. Je m'y suis pas mal amusé mais malheureusement j'ai été réformé à cause d'une blessure à la jambe. Alors, je suis allé au Canada où j'ai entraîné les recrues. Je n'avais plus rien à faire quand j'ai reçu un télégramme de Rosaleen qui était à New York et m'annonçait son mariage ! Elle ne disait pas qu'il y avait du grain à picorer, mais je sais lire entre les lignes. Je me suis envolé là-bas, je me suis collé aux basques des jeunes mariés et je les ai suivis à Londres. Et maintenant, conclut-il avec un sourire insolent, *le marin rentre au port*, ça c'est vous ! *Et le chasseur descend de ses montagnes*… Qu'y a-t-il ?

— Rien, dit Lynn.

Elle se leva en même temps que les autres.

— Tu avais l'air de bien t'entendre avec David Hunter, lui murmura Rowley tandis qu'ils passaient au salon. De quoi parliez-vous donc ?

— Oh, de rien en particulier.

5

— David, quand est-ce qu'on retourne à Londres ? Et quand est-ce qu'on part pour l'Amérique ?

David Hunter jeta à Rosaleen un regard surpris. Ils prenaient leur petit déjeuner.

— Il n'y a pas le feu, dit-il. Ça ne te plaît pas, tout ça ?

D'un grand geste admiratif, il désigna la pièce où ils se trouvaient. Furrowbank était construit à flanc de colline et les fenêtres offraient une vue panoramique sur la campagne anglaise endormie. Bien que la saison touchât à sa fin, des milliers de jonquilles tapissaient encore d'or la pelouse qui descendait en pente douce devant la maison.

Rosaleen émiettait un toast sur son assiette.

— Tu avais dit qu'on partirait bientôt pour l'Amérique, murmura-t-elle. Dès que ce serait possible.

— Oui, mais cela pose quelques problèmes. Il y a des prioritaires, tu comprends. Ni toi ni moi n'avons de raison professionnelle à faire valoir. Après une guerre, tout est désorganisé, tu sais…

Il se sentait vaguement agacé par ses propres paroles. Les raisons qu'il avançait, si elles étaient bien réelles, avaient l'air de mauvaises excuses. Il se demanda si c'était aussi l'impression de la jeune femme assise en face de lui. Et aussi pourquoi elle était soudain si pressée de partir pour l'Amérique ?

— Tu disais que nous ne resterions pas longtemps ici, reprit Rosaleen d'une petite voix. Il n'a jamais été question d'y vivre.

— Mais enfin, que reproches-tu à Warmsley Vale – et à Furrowbank ? Dis-moi !

— Rien… C'est eux… eux tous.

— Les Cloade ?

— Oui.

— C'est justement ce qui me réjouit, moi. Ah, ces mines suffisantes rongées par l'envie et le ressentiment ! Ne me gâche pas mon plaisir, Rosaleen.

— Je n'aime pas quand tu es comme ça, tu me fais peur, murmura Rosaleen d'une voix tremblante.

— Un peu de cran, ma poulette ! On s'est assez fait marcher sur les pieds, toi et moi. Les Cloade ont vécu bien au chaud – bien à l'abri. Aux crochets du grand frère. Des petites puces sur le dos d'une grosse. Je hais cette engeance – je l'ai toujours haïe.

— Ce n'est pas bien de haïr les gens, reprocha Rosaleen, choquée.

— Et eux, tu ne crois pas qu'ils te détestent ? Ont-ils été gentils avec toi – ont-ils été amicaux ?

— Ils n'ont pas été méchants, répondit-elle sans trop d'assurance. Ils ne m'ont rien fait de mal.

— Mais ce n'est pas l'envie qui leur manque, bébé ! Ça, non ! s'écria-t-il avec un mauvais rire. S'ils ne tenaient pas tant à leur peau, on te retrouverait avec un couteau planté dans le dos un beau matin.

Elle frissonna :

— Ne dis pas des choses pareilles !

— D'accord, peut-être pas un couteau – de la strychnine dans ton potage.

— Tu… tu plaisantes, chevrota-t-elle, les yeux agrandis par la peur.

Il redevint sérieux :

— Ne t'inquiète pas, Rosaleen, je te protégerai. Ils devront compter avec moi.

— Si… si c'est vrai ce que tu dis, reprit-elle en trébuchant sur les mots, qu'ils nous… qu'ils me détestent… pourquoi… pourquoi ne pas rentrer à Londres ? Là-bas, nous serions en sécurité.

— La campagne te fait du bien, mon petit. Tu sais très bien que tu ne supportes pas Londres.

— C'était quand il y avait les bombes…

Elle se mit à trembler, les yeux fermés :

— Les bombes ! Jamais je n'oublierai – jamais…

— Mais si…

Il la prit par les épaules et la secoua doucement :

— Tout va bien, Rosaleen. Tu as subi un choc terrible, mais c'est fini, maintenant : il n'y a plus de bombes. N'y pense plus. Le médecin a prescrit un long repos au bon air. C'est pour ça que je veux te garder loin de Londres.

— C'est vraiment pour ça, David ? C'est vrai ? Je croyais que peut-être…

— Qu'est-ce que tu croyais ?

— Je croyais que c'était peut-être à cause *d'elle* que tu voulais rester ici…

— Qui ça, elle ?

— Tu sais qui je veux dire. La fille de l'autre soir. Celle qui était dans les Wrens.

David se rembrunit d'un coup :

— Lynn ? Lynn Marchmont ?

— Elle te plaît, n'est-ce pas ?

— Lynn Marchmont ? C'est la fiancée de Rowley, ce planqué de Rowley. Cette espèce d'empoté au regard bovin.

— J'ai vu comme tu lui parlais l'autre soir.

— Oh, je t'en prie, Rosaleen !

— Et tu l'as revue, n'est-ce pas ?

— Je l'ai rencontrée près de la ferme un matin où j'étais sorti à cheval.

— Et tu la reverras.

— Bien sûr que je la reverrai. C'est tout petit, ici ! On ne peut pas faire deux pas sans tomber sur un Cloade. Mais si tu t'imagines que j'en pince pour Lynn Marchmont, tu te trompes. C'est une affreuse pimbêche qui ne fait même pas l'effort d'être polie. Je lui souhaite bien du plaisir, à ce brave Rowley ! Oh, non, Rosaleen, elle n'est pas du tout mon type.

— Tu en es sûr, David ? dit Rosaleen, qui n'avait pas l'air convaincue.

— Évidemment que j'en suis sûr !

— Je sais que tu n'aimes pas que je tire les cartes, s'obstina-t-elle dans un filet de voix – mais elles disent la vérité. Oh oui, elles disent la vérité ! Il y avait une fille qui apporterait des ennuis et du malheur – une fille qui viendrait de l'autre côté de la mer. Et il y avait un homme brun, un étranger, qui apporterait du danger pour nous deux. Et aussi la carte de la mort et…

— Oh, toi et tes étrangers bruns ! se moqua David. Que tu es superstitieuse ! Eh bien, si tu vois un étranger brun, passe au large, c'est le conseil que je te donne !

Sur ce, il sortit de la maison en riant, mais, une fois hors de vue, son visage s'assombrit.

« Ah, que le diable t'emporte, Lynn ! murmura-t-il pour lui-même. Débarquer comme ça de l'autre bout du monde pour mettre la pagaille ! »

Et, dans le même temps, il se rendait compte qu'il avait délibérément pris un chemin qui lui offrait une chance de rencontrer la fille qu'il venait de copieusement maudire.

Rosaleen le regarda traverser le jardin et franchir le portail menant au sentier qui passait par les champs.

Puis elle monta dans sa chambre et se plongea dans la contemplation de sa garde-robe. Elle aimait caresser son manteau de vison tout neuf… Dire qu'elle possédait un manteau pareil ! Elle croyait rêver. Elle était toujours dans sa chambre quand la domestique monta l'avertir que Mrs Marchmont désirait la voir.

Adela était assise au salon, les lèvres pincées, le cœur battant deux fois plus vite que la normale. Des jours durant, elle s'était préparée, armée de courage pour faire cette démarche, et puis, fidèle à elle-même, n'avait cessé de la remettre au lendemain. Mais aussi, elle avait été perturbée par l'inexplicable revirement de Lynn qui, soudain, refusait farouchement que sa mère puisse chercher remède à ses difficultés auprès de la veuve de Gordon.

Toutefois, un nouveau courrier du directeur de sa banque, arrivé le matin même, l'avait précipitée dans l'action. Impossible de remettre encore. Lynn était sortie de bonne heure et Mrs Marchmont avait aperçu David Hunter s'éloigner sur le sentier – la voie était donc libre. Elle tenait essentiellement à parler à Rosaleen seule à seule, jugeant avec raison qu'elle serait plus facile à convaincre en l'absence de son frère.

Elle ne se sentait pas moins affreusement nerveuse en attendant dans le salon ensoleillé. L'arrivée de Rosaleen avec ce qui était une bonne fois pour toutes, pour Mrs Marchmont, son « air demeuré », très prononcé ce matin-là, lui fut d'un léger réconfort.

« Est-ce à cause du bombardement, ou bien a-t-elle toujours été comme ça ? » se demanda Adela.

— Oh, bon… bonjour, bégaya Rosaleen. Qu'y a-t-il ? Mais, asseyez-vous.

— Quelle belle matinée, n'est-ce pas ? commença Mrs Marchmont d'un ton enjoué. Mes tulipes sont déjà en fleur. Et les vôtres ? où en sont-elles ?

— Je ne sais pas, répondit la jeune femme, éberluée.

« Que faire, se demanda Adela, avec quelqu'un qui ne s'intéresse ni aux chiens ni au jardinage ? » – ces deux piliers de la conversation rurale.

— Suis-je bête, vous avez tellement de jardiniers ! dit-elle tout haut, incapable d'éliminer la pointe d'acidité qui altérait sa voix. Ils s'occupent de tout ça, bien sûr.

— Il paraît que nous manquons de personnel. Le vieux Mullard dit qu'il lui faut deux hommes de plus. Mais nous ne sommes pas encore sortis de cette terrible pénurie de main-d'œuvre !

Elle avait récité cela d'une traite, comme un perroquet – ou plutôt comme un enfant qui répète ce qu'il a entendu dire par une grande personne.

Oui, elle était comme une enfant. Était-ce là son charme ? se demanda Adela. Était-ce ce qui avait attiré Gordon Cloade, l'homme d'affaires trop retors, trop expérimenté, et l'avait aveuglé sur sa bêtise et son manque d'éducation ? Sans doute, parce que ça ne pouvait pas être seulement sa beauté. Tant de jolies femmes avaient vainement tenté de le séduire.

Mais ce charme enfantin, oui, avait pu conquérir un homme de soixante-deux ans. Était-il, pouvait-il être authentique, ou bien n'était-ce qu'une attitude – une attitude qui, pour avoir été payante, était devenue une seconde nature ?

— David est sorti, malheureusement…, disait Rosaleen.

Ce qui eut pour effet de ramener Mrs Marchmont sur terre. David pouvait revenir d'un instant à l'autre, elle ne devait pas laisser passer sa chance. Ce fut difficile, mais elle réussit à extirper les premiers mots de sa gorge :

— Je me demandais si… si vous pourriez m'aider ?

— Vous aider ? s'étonna Rosaleen, d'un air de totale incompréhension.

— Je… la vie est difficile… La mort de Gordon a beaucoup changé les choses pour nous, vous comprenez.

« Espèce d'idiote, pensait-elle. Tu vas continuer à me regarder la bouche ouverte comme ça longtemps ? Tu sais très bien de quoi je parle ! Comment ne le saurais-tu pas, tu as été pauvre, toi aussi… »

En cet instant précis, elle haïssait Rosaleen. Elle la haïssait d'être à même de la voir, elle, Adela Marchmont, dans cette position humiliante de quémandeuse. « Non, je ne peux pas, pensa-t-elle. C'est au-dessus de mes forces. »

Et puis, en un éclair, les longues heures d'angoisse passées à retourner le problème dans tous les sens, à échafauder des plans mort-nés lui revinrent en mémoire. Vendre la maison ? (Mais pour aller où ? Il n'y avait pas de maison plus petite à vendre, en tout cas aucune d'un prix abordable.) Prendre des hôtes payants ? (Mais on ne trouvait pas de personnel – et elle était incapable de s'occuper seule de la cuisine et du ménage, tout simplement incapable. Si Lynn avait pu l'aider… mais Lynn allait épouser Rowley.) Alors, habiter chez Lynn et Rowley ? (Non, elle ne ferait jamais cela !) Trouver du travail ? Quel travail ? Qui avait besoin d'une femme de son âge sans qualification ?

— J'ai besoin d'argent, s'entendit-elle déclarer d'une voix que le dégoût rendait belliqueuse.

— D'argent ? répéta Rosaleen.

Elle avait l'air sincèrement surpris, comme si l'argent était la dernière chose à laquelle elle aurait pensé.

— Mon compte est à découvert, dit Adela qui, toute honte bue, dévida tout pêle-mêle. J'ai des factures à payer... les réparations de la maison... les impôts locaux aussi. Vous comprenez, je n'ai plus que la moitié, je veux dire, mon revenu a diminué... à cause des impôts, je suppose. Gordon m'aidait, vous comprenez... enfin, pour la maison. Toutes les réparations, la toiture, la peinture, tout ça, il le payait. Et aussi une pension. Il me faisait un virement chaque trimestre. Il me disait toujours de ne pas m'inquiéter, alors, bien sûr... Je veux dire, tant qu'il était là, ça allait, mais maintenant...

Elle s'arrêta. Elle se sentait honteuse, mais soulagée en même temps. Après tout, le pire était passé, si cette fille refusait, elle refuserait, voilà tout.

Rosaleen paraissait très mal à l'aise.

— Oh, mon Dieu ! s'écria-t-elle. Je ne savais pas. Je n'aurais pas... Je... bien sûr, je demanderai à David...

Les mains crispées sur les bras de son fauteuil, Adela joua son va-tout avec l'énergie du désespoir :

— Ne pourriez-vous pas me faire un chèque... tout de suite ?

— Euh... oui... oui... je suppose que oui.

Rosaleen, la mine égarée, se leva, alla jusqu'au bureau, fouilla dans divers casiers et finit par trouver un carnet de chèques :

— Je… euh… combien voulez-vous ?

— Est-ce que… est-ce que cinq cents livres… ?

La voix d'Adela se brisa.

— Cinq cents livres.

Rosaleen écrivit ce qu'on lui disait.

Un énorme poids tomba de la poitrine d'Adela. Finalement ça n'avait pas été sorcier ! Elle fut atterrée de constater qu'elle ne ressentait pas tant de la gratitude qu'un certain mépris pour une victoire si facile. Rosaleen, à n'en pas douter, était quelqu'un d'anormalement simple.

Ayant fini ses travaux d'écriture, la jeune femme vint vers elle et lui tendit le chèque d'un geste gauche. La gêne avait curieusement changé de camp :

— J'espère que cela ira. Je suis vraiment désolée…

Adela prit le chèque. Un rectangle de papier rose où une main enfantine, maladroite, avait laborieusement inscrit : Mrs Marchmont. Cinq cents livres £ 500. Rosaleen Cloade.

— C'est très gentil de votre part, Rosaleen. Merci.

— Oh, non… Je veux dire… J'aurais dû penser…

— Très gentil, vraiment, mon petit.

Avec le chèque dans son sac, Adela Marchmont se sentait une autre femme. La fille s'était montrée très compréhensive, prolonger l'entretien ne ferait que l'embarrasser. Elle la salua et sortit. Elle croisa David en chemin et lui souhaita aimablement le bonjour tout en pressant le pas.

6

— Qu'est-ce que la mère Marchmont venait fiche ici ?

Tels furent les premiers mots de David en rentrant.

— Oh, David, elle avait tellement besoin d'argent ! Je n'aurais jamais pensé que…

— Et tu lui en as donné, bien sûr ?

Il lui jeta un regard de désespoir mi-sérieux, mi-comique :

— On ne peut pas te laisser seule, Rosaleen !

— Oh, David, je ne pouvais pas refuser. Après tout…

— Après tout – après tout quoi ? Combien ?

— Cinq cents livres, répondit Rosaleen d'une voix quasi inaudible.

À son grand soulagement, David éclata de rire :

— Pfft ! Une broutille !

— Oh, David, ça fait beaucoup d'argent.

— Pas pour nous, Rosaleen. Plus maintenant. Tu n'as pas l'air de comprendre que tu es très riche, petite sœur. N'empêche que si elle en demandait cinq cents, elle se serait facilement contentée de la moitié. Il faut apprendre le langage des tapeurs, Rosaleen !

— Je suis désolée, David, murmura-t-elle.

— Petite gourde, c'est *ton* argent, après tout !

— Non, ce n'est pas mon argent. Pas vraiment.

— Ah, ne recommence pas, s'il te plaît. Gordon Cloade est mort avant d'avoir rédigé un testament. C'est ce qu'on appelle un coup de pot. Nous raflons la mise – et les autres ont perdu, voilà tout.

— C'est… ça ne paraît pas juste.

— Allons, Rosaleen, sœurette de mon cœur, encore une fois, ça ne te plaît pas, tout ça ? Une grande maison, des domestiques, des bijoux – c'est le rêve devenu réalité, non ? Gloire à Dieu ! Parfois je crois que je vais me réveiller et m'apercevoir que c'était effectivement un rêve.

Il fut satisfait de la voir rire avec lui. Il savait comment manœuvrer Rosaleen. C'était juste embêtant qu'elle ait une conscience, mais il fallait faire avec.

— C'est vrai, David, c'est comme dans un rêve – ou comme au cinéma. Si, tu as raison, ça me plaît, tu sais. Vraiment.

— Mais attention, Rosaleen, ce qu'on a, on ne le lâche pas. Plus de cadeaux aux Cloade, promis ? Chacun d'eux a plus d'argent que toi ou moi n'en avons jamais eu.

— Oui, tu as sans doute raison.

— Où était Lynn ce matin ? demanda-t-il.

— À Long Willows, je crois.

À Long Willows – voir Rowley… ce balourd, ce bouseux !

Sa bonne humeur s'évanouit. Alors, elle allait épouser ce type, c'était ça ?

La mine sombre, il ressortit, traversa le massif d'azalées et franchit le petit portail au sommet de la colline. De là, un sentier descendait vers la ferme de Rowley.

Posté là, David aperçut Lynn Marchmont qui remontait de la ferme. Il hésita un instant, puis, les mâchoires serrées, il s'élança à sa rencontre. Ils se rejoignirent près d'un échalier, à mi-chemin de la colline.

— Bonjour, lança David. Alors, à quand le mariage ?

— Vous me l'avez déjà demandé, rétorqua Lynn. Vous le savez parfaitement, c'est en juin.

— Vous êtes toujours décidée ?

— Que voulez-vous dire, David ?

— Vous savez très bien ce que je veux dire. Rowley ! s'exclama-t-il avec un rire dédaigneux. Mais qu'est-ce que c'est, Rowley ?

— Quelqu'un de mieux que vous, en tout cas… Mesurez-vous à lui si vous l'osez, proposa-t-elle en badinant.

— Je ne doute pas qu'il vaille mieux que moi – mais pour ce qui est d'oser, comptez sur moi. Pour vous, Lynn, j'aurais toutes les audaces.

Elle resta silencieuse quelques instants.

— Ce que vous n'arrivez pas à comprendre, reprit-elle finalement, c'est que j'aime Rowley.

— Ah oui ?

— Oui, je l'aime, figurez-vous ! jeta-t-elle avec véhémence.

David la fixa d'un regard perçant.

— On se fabrique des images idéales – des images de soi comme on voudrait être. Vous vous voyez amoureuse de Rowley, mariée avec Rowley, vivant heureuse avec Rowley, sans plus d'autres désirs. Mais c'est une image, ce n'est pas votre vrai moi, Lynn… Je me trompe ?

— Oh, mon vrai moi !… Et le vôtre, au fait ? Que voulez-vous, David ?

— J'aurais dit la tranquillité, un peu de repos après l'orage, le calme après la tempête. Mais je ne sais plus. Parfois je me dis que ce que nous aimons, vous et moi, Lynn, c'est plutôt la tempête. Ah, pourquoi faut-il que vous soyez venue ! ajouta-t-il avec humeur. J'étais remarquablement heureux avant.

— Vous ne l'êtes plus, maintenant ?

Il la regarda longuement. Elle sentit l'excitation monter en elle. Sa respiration s'accéléra. Jamais le charme étrange de David ne l'avait autant attirée. Soudain, sa main fut sur elle… Il l'enlaçait, l'enfermait dans ses bras…

Puis, tout aussi soudainement, il relâcha son étreinte. Il regardait quelque chose derrière elle, vers le sommet de la colline. Lynn tourna la tête pour voir ce que c'était.

Une femme pénétrait à Furrowbank par le petit portail du haut.

— Qui est-ce ? demanda David d'une voix brusque.

— On dirait que c'est Frances.

— Frances ? répéta-t-il en fronçant les sourcils. Qu'est-ce qu'elle veut ?

— Pourquoi dites-vous cela ?

— Ma chère Lynn ! Quand on vient voir Rosaleen, c'est qu'on a quelque chose à demander. Votre mère est déjà passée ce matin.

— Ma *mère* ?

Lynn se dégagea :

— Qu'est-ce qu'elle voulait ?

— Vous le demandez ? De l'argent, bien sûr !

— De l'argent ?

Lynn s'était raidie.

— Elle en a eu ! précisa-t-il, et le sourire cruel qui lui allait si bien passa fugitivement sur son visage.

Dans les bras l'un de l'autre l'instant d'avant, ils se faisaient maintenant face, séparés par un gouffre.

— Oh, non ! s'écria Lynn. Non, non, *non* !

— Oh, si ! Si, si, *si* ! se moqua-t-il.

— Je ne peux pas le croire. Combien ?

— Cinq cents livres.

Lynn prit une profonde inspiration.

— Je me demande combien Frances va demander ? dit David comme s'il faisait un pronostic. C'est dangereux, savez-vous, de laisser Rosaleen seule cinq minutes ! La pauvre fille ne sait pas dire non.

— Y en a-t-il eu… euh. Qui d'autre ?

— Eh bien, tante Kathie avait contracté quelques dettes, expliqua-t-il avec un sourire narquois. Oh, pas grand-chose – deux cent cinquante livres lui ont suffi, mais elle avait peur que son médecin de mari l'apprenne ! C'étaient des honoraires de médiums, n'est-ce pas, alors il n'aurait pas forcément prêté une oreille complaisante… Évidemment, ajouta-t-il, elle ne pouvait pas savoir que le bon docteur lui-même avait sollicité un prêt.

— Que devez-vous penser de nous ! murmura Lynn.

Et, sans attendre de réponse, elle tourna les talons et dévala la colline dans une course éperdue vers la ferme.

Plein d'amertume, David la regarda s'éloigner. Elle s'était précipitée auprès de Rowley, comme un pigeon rentre à son pigeonnier, et cela le faisait souffrir plus qu'il n'aurait voulu l'admettre.

— Non, Frances, marmonna-t-il en tournant un regard sombre vers Furrowback. J'ai bien peur que non. Tu as mal choisi ton jour !

Et il gravit la colline au pas de charge.

Il franchit le portail, passa les azalées, traversa la pelouse et entra sans bruit par la porte-fenêtre du salon juste au moment où Frances Cloade déclarait :

— Ah, comment vous dire, Rosaleen. C'est terriblement difficile à expliquer…

— *Vraiment* ? fit une voix derrière elle.

Frances Cloade se retourna d'un bloc. Contrairement à Adela Marchmont, elle n'avait pas cherché à profiter d'une absence de David. La somme dont elle avait besoin était assez importante pour exclure que Rosaleen prenne une décision sans consulter son frère. En fait, plutôt que de laisser David s'imaginer qu'elle essayait de soutirer de l'argent à sa sœur derrière son dos, Frances aurait de loin préféré en discuter en présence des deux.

Tout entière concentrée sur l'histoire qu'elle s'apprêtait à raconter, elle n'avait pas entendu David arriver. Son entrée la fit sursauter, et elle s'aperçut tout de suite qu'il était, allez savoir pourquoi, d'humeur exécrable.

— Oh, David ! s'exclama-t-elle, très à l'aise. Je suis contente que vous soyez là. J'étais en train d'expliquer à Rosaleen que la mort de Gordon avait plongé Jeremy dans des ennuis sans fin et je me demandais si elle pourrait venir à la rescousse. Voilà ce qui se passe…

Et elle expliqua, diserte, l'importance de la somme – l'appui de Gordon – ses promesses verbales – la politique de restrictions du gouvernement – les hypothèques…

Dans sa fureur, David ne pouvait s'empêcher de ressentir une certaine admiration. Quelle menteuse de talent ! Tout à fait plausible, son histoire. Mais sans rapport avec la vérité. Ça, sûrement pas, il en aurait mis sa tête à couper ! Alors, quelle était la vérité ? Jeremy s'était fourré dans de sales draps ? Ça devait être gravissime en tout cas, pour qu'il laisse Frances faire ce numéro. Et elle, une femme si fière…

— *Dix mille* ? martela-t-il.

— Ça fait beaucoup d'argent, murmura Rosaleen effrayée.

— Oh, je le sais bien, s'empressa d'approuver Frances. Je ne serais jamais venue si ce n'était pas une telle somme à trouver. Mais Jeremy n'aurait pas accepté l'affaire s'il n'avait eu l'appui de Gordon, vous comprenez. C'est une affreuse malchance qu'il soit mort si subitement…

— … En vous laissant tout nus dans la bise ? termina David d'une voix mauvaise. Après tout ce temps passé sous son aile protectrice !

— Comme l'expression est bien trouvée ! s'exclama Frances, une petite lueur au fond des yeux.

— Rosaleen ne peut pas toucher au capital, vous le savez. Seulement au revenu. Et elle est imposée à plus de quatre-vingt-dix pour cent.

— Oh, je sais. Les impôts sont devenus épouvantables. Mais on devrait pouvoir trouver un arrangement, non ? Nous rembourserions…

— On pourrait sans doute, coupa-t-il. *Mais c'est hors de question !*

— Rosaleen, vous êtes si généreuse…, commença Frances en pivotant vers elle.

— Pour qui prenez-vous Rosaleen, vous, les Cloade ? l'interrompit David. Pour une vache à lait ? Tous autant que vous êtes après elle, à laisser entendre que, à implorer, à mendier. Et derrière son dos ? vous n'êtes que sarcasmes, mépris, hargne, vous la détestez tous, *vous voudriez qu'elle soit morte...*

— Ce n'est pas vrai ! cria Frances.

— Oh vraiment ? Écoutez-moi, j'en ai par-dessus la tête de vous tous ! *Rosaleen* en a par-dessus la tête Vous n'aurez pas un sou, alors vous pouvez arrêter de venir mendier. Compris ?

Son visage était noir de fureur.

Frances se leva, le visage impassible. Elle enfila ses gants avec une espèce d'application lointaine, comme s'il s'agissait d'un acte d'une grande importance.

— Vous vous faites parfaitement comprendre, David, assura-t-elle.

— Je suis désolée, murmura Rosaleen. Je suis vraiment désolée...

Frances ne lui prêta aucune attention, exactement comme si elle n'existait pas. Elle fit un pas vers la porte-fenêtre, puis s'arrêta et fit face à David.

— Vous avez parlé de ressentiment. C'est faux, en ce qui concerne Rosaleen – mais en ce qui vous concerne vous, oui, c'est vrai !

— Que voulez-vous dire ? demanda-t-il en lui jetant un regard torve.

— Il faut bien que les femmes se débrouillent. Rosaleen a épousé un homme très riche, beaucoup plus âgé qu'elle. Et pourquoi pas ? Mais *vous* ! Vous, vous vivez aux crochets de votre sœur ! Vous menez la belle vie, la vie de château, sur son dos !

— Je la protège des harpies.

Ils se mesurèrent du regard. Il perçut sa colère et pensa fugacement que Frances Cloade serait une ennemie redoutable, prête à tout, sans scrupule.

En la voyant ouvrir la bouche pour ajouter quelque chose, il eut même un instant d'appréhension, mais ses paroles furent curieusement anodines :

— Je me souviendrai de ce que vous avez dit, David.

Et, passant devant lui, elle sortit.

Il se demanda pourquoi il avait si clairement entendu une menace dans ces mots.

— Oh, David, David…, gémit Rosaleen, tu n'aurais pas dû lui parler sur ce ton. C'est celle qui a été la plus gentille avec moi.

— Tais-toi, espèce d'andouille ! ordonna-t-il, furieux. Tu as l'intention de les laisser te piétiner et te soutirer jusqu'à ton dernier sou ?

— Mais l'argent… mais si je n'y ai pas droit ! Oh, non ! Je… je ne voulais pas dire ça, David ! rectifia-t-elle en se recroquevillant sous le regard de son frère.

— Je l'espère bien !

Ah, la conscience, pensa-t-il, voilà la source de tous les maux !

La conscience de Rosaleen était un élément dont il n'avait pas tenu compte et qui, découvrait-il, allait singulièrement lui compliquer les choses à l'avenir.

L'avenir ? Il s'y projeta en contemplant la jeune femme d'un air soucieux. L'avenir de Rosaleen… Le sien… Il avait toujours su ce qu'il voulait, maintenant plus que jamais – mais Rosaleen ? Quel avenir y avait-il pour elle ? Son visage s'assombrit.

— Oh, j'ai un frisson ! s'écria Rosaleen. Quelqu'un veut ma mort !

David la regarda d'un drôle d'air :

— Alors, tu commences à comprendre ?

— Que veux-tu dire, David ?

— Je veux dire qu'il y a cinq, six, sept personnes qui ne rêvent que de hâter le jour de ton enterrement !

— Tu ne veux pas dire… me.. me tuer ? demanda-t-elle d'une voix horrifiée. Tu crois qu'ils feraient ça ? Non, pas des gens bien comme les Cloade.

— Je me demande si ce ne sont pas uniquement des gens comme ça qui deviennent des assassins, justement. Mais ils ne pourront rien faire tant que je serai là. Il faudrait d'abord qu'ils se débarrassent de moi. Mais s'ils arrivaient à se débarrasser de moi, Rosaleen, alors, fais bien attention à toi !

— David, je t'en prie, ne dis pas des choses pareilles !

— Écoute, fit-il en lui serrant le bras. Si pour une raison ou pour une autre, je ne suis plus là, il faut que tu apprennes à faire attention, Rosaleen. La vie est dangereuse, rappelle-toi – sacrément dangereuse. Et j'ai comme l'impression que c'est particulièrement vrai en ce qui te concerne.

7

— Rowley, est-ce que tu peux me prêter cinq cents livres ?

Rowley considéra d'un œil éberlué sa fiancée, tout essoufflée d'avoir couru, pâle, les dents serrées.

— Holà ! Du calme, ma belle ! répondit-il d'une voix apaisante, un peu comme s'il s'adressait à son cheval. Que se passe-t-il ?

— J'ai besoin de cinq cents livres.

— Je pourrais en dire autant, si on va par là.

— Rowley ! Je suis *sérieuse.* Tu ne peux pas me prêter cet argent ?

— Je suis déjà à découvert, pour tout te dire. Le nouveau tracteur…

— Oui, oui…, fit-elle, écartant d'un geste ces détails agraires. Mais tu pourrais emprunter de l'argent, si tu y étais forcé, non ?

— Pourquoi en as-tu besoin, Lynn ? Tu as des ennuis ?

— Il me le faut pour… pour lui, expliqua-t-elle en désignant d'un mouvement de tête la grande maison carrée sur la colline.

— Hunter ? Pourquoi diable… ?

— C'est Mums. Elle lui a emprunté de l'argent, elle… elle est un peu dans la panade.

— Oui, je m'en doute, dit Rowley avec compassion. Sale période pour elle. J'aimerais pouvoir faire quelque chose, mais je ne peux pas.

— Je ne supporte pas qu'elle emprunte de l'argent à David !

— Eh ! pas si vite, ma vieille ! C'est Rosaleen qui paie. Et pourquoi pas, après tout ?

— Pourquoi pas ? C'est toi qui demandes ça, Rowley ?

— Je ne vois pas pourquoi Rosaleen ne pourrait pas nous donner un coup de main de temps en temps. Oncle

Gordon nous a tous mis dans un drôle de pétrin en cassant sa pipe sans laisser de testament. Si on explique clairement la situation à Rosaleen, elle comprendra d'elle-même qu'une distribution générale s'impose.

— Tu ne lui as tout de même pas emprunté de l'argent ?

— Non, mais bon, c'est différent. Je ne me vois pas en train de demander de l'argent à une femme. Ce n'est pas le genre de chose qu'un homme fait volontiers, tu sais.

— Et tu ne comprends pas que, moi, je n'ai pas envie d'être... d'être redevable de quoi que ce soit à David Hunter ?

— Mais tu ne l'es pas. Ce n'est pas son argent.

— C'est exactement pareil, en réalité. Rosaleen est entièrement sous sa coupe.

— Peut-être bien, mais légalement, ce n'est pas son argent.

— Alors tu ne veux pas... tu ne peux pas me prêter de l'argent ?

— Écoute, Lynn, si tu avais vraiment des ennuis – des dettes, un chantage, je ne sais pas, moi –, je pourrais toujours vendre du terrain, ou du bétail, mais ce serait vraiment en dernière extrémité. J'arrive à peine à tenir ma tête hors de l'eau, je t'assure. Sans compter qu'on ne sait pas quelle sera la prochaine invention de ce fichu gouvernement.. on est déjà ligotés de tous les côtés et noyés sous la paperasserie jusqu'à des minuit... c'est trop pour un seul homme.

— Oh, je sais ! répondit Lynn d'un ton amer. Si seulement Johnnie n'avait pas été tué...

— Ah, ne mêle pas Johnnie à ça ! explosa Rowley. Ne revenons pas là-dessus !

Elle le dévisagea, stupéfaite. Il était rouge et congestionné de fureur. Il semblait hors de lui.

Lynn pivota sur elle-même et s'en fut lentement vers White House.

— Tu ne peux vraiment pas le rendre, maman ?

— Enfin, Lynn chérie ! Je suis allée directement le déposer à la banque. Ensuite, j'ai payé Arthurs et Bodgham et aussi Knebworth. Knebworth commençait à devenir grossier. Oh, mon Dieu, quel soulagement ! Je n'en ai pas dormi pendant des nuits et des nuits. Rosaleen a été très gentille, elle a très bien compris, je t'assure.

— Et je suppose que tu ne vas pas manquer de retourner la voir, maintenant, remarqua Lynn d'un ton acerbe.

— Oh, j'espère que ce ne sera pas nécessaire, ma chérie. Tu sais bien que je ferai mon possible pour économiser. Mais tout est tellement cher ! Et cela devient de pire en pire !

— Oui, et nous aussi, nous allons devenir de pire en pire si nous nous mettons à vivre en parasites.

Adela rougit jusqu'à la racine des cheveux.

— Ce n'est pas bien de parler comme ça, Lynn, protesta-t-elle. Nous avons toujours compté sur Gordon, c'est ce que j'ai expliqué à Rosaleen.

— Eh bien, nous n'aurions pas dû ! Tout le problème est là, nous n'aurions pas dû. Il a raison de nous mépriser.

— Qui nous méprise ?

— David Hunter, cet odieux personnage.

— Vraiment ! dit Mrs Marchmont, drapée dans sa dignité, je ne vois pas en quoi ce que pense David Hunter peut bien nous importer. Heureusement qu'il n'était pas à Furrowbank ce matin, je suis sûre qu'il aurait influencé cette pauvre fille. Elle est entièrement sous sa coupe, évidemment.

Lynn se balançait d'un pied sur l'autre.

— Mums, pourquoi as-tu dit un matin, le matin de mon retour : « Si tant est que ce soit son frère » ?

— Oh, ça ? fit Mrs Marchmont, légèrement embarrassée. Eh bien, tu sais… il y a eu des bruits.

Lynn attendit en regardant sa mère. Mrs Marchmont toussota :

— Ce genre de fille… des aventurières – le pauvre Gordon, bien sûr, n'y a vu que du feu – en général, elles ont un… enfin… un ami dans les parages. Suppose qu'elle ait raconté à Gordon qu'elle avait un frère. Elle télégraphie au Canada, ou Dieu sait où. L'individu en question accourt. Comment Gordon pourrait-il savoir si c'est son frère ou pas ? Pauvre Gordon, il devait être complètement sous le charme et croire tout ce qu'elle lui disait. Et c'est comme ça que le « frère » les a suivis en Angleterre, et le pauvre Gordon qui ne se doutait de rien.

— Je n'en crois pas un mot ! s'exclama Lynn avec violence. Pas un mot !

— Enfin, mon petit…, balbutia Mrs Marchmont en faisant des yeux ronds.

— Il n'est pas comme ça ! Et elle… elle non plus ! Elle est peut-être idiote, mais elle est gentille – oui, elle est très gentille. Ce sont les gens qui ont l'esprit mal tourné. Je n'en crois pas un mot, je te dis !

À quoi Mrs Marchmont répondit d'un air digne :

— Franchement, ce n'est pas une raison pour crier.

8

Une semaine plus tard, le train de 17 h 30 s'arrêta en gare de Warmsley Heath et un homme grand, barbu, hâlé, sac à l'épaule, descendit sur le quai.

Sur le quai opposé, un groupe de golfeurs attendaient le train du retour. L'homme tendit son ticket au contrôleur et sortit de la gare. Il hésita quelques instants, puis aperçut le panneau indiquant : *Chemin de Warmsley Vale,* et s'engagea d'un pas résolu dans cette direction.

À Long Willows, Rowley venait de se faire une tasse de thé quand une ombre projetée sur la table de la cuisine lui fit lever la tête.

Il pensa un instant que la jeune femme arrêtée sur le seuil était Lynn, et sa déception se transforma en surprise lorsqu'il reconnut Rosaleen Cloade.

Elle portait une sorte de sarrau taillé dans un tissu « rustique » aux larges rayures orange et vertes dont la fausse simplicité avait coûté un prix qui aurait effaré Rowley.

Jusqu'alors, il l'avait toujours vue dans des tenues très chic, plutôt faites pour la ville, qu'elle portait d'un air guindé, un peu, pensait-il, comme un mannequin présentant des robes qui ne lui appartiennent pas.

Cet après-midi-là, dans ces larges rayures de couleurs vives, c'était comme une nouvelle Rosaleen qu'il découvrait. Une vraie petite Irlandaise aux boucles noires et aux beaux yeux bleus comme soulignés de suie. Jusqu'à sa voix qui semblait retrouver sa mélodie naturelle au lieu de ce ton affecté, extrêmement précautionneux, avec lequel elle s'exprimait habituellement.

— Il faisait tellement beau, expliqua-t-elle, j'ai décidé d'aller me promener.

Elle ajouta : « David est à Londres », d'un air presque coupable, se mit à rougir et sortit un étui à cigarettes de son sac. Elle en offrit une à Rowley qui refusa d'un signe de tête puis chercha galamment du regard une boîte d'allumettes. Mais Rosaleen avait déjà sorti un coûteux petit briquet en or qu'elle s'évertuait à faire marcher. Il le lui prit des mains et fit jaillir la flamme d'un coup sec. Comme elle se penchait pour allumer sa cigarette, Rowley put observer la longueur des cils noirs qui lui ombraient la joue.

« Gordon savait ce qu'il faisait », se dit-il.

Rosaleen fit un pas en arrière.

— Quelle jolie petite génisse vous avez dans le champ du haut, déclara-t-elle avec chaleur.

Un peu stupéfait quand même, Rowley se mit à lui parler de la ferme. Il découvrit avec surprise que son intérêt n'était pas feint et qu'elle en connaissait long sur le sujet. Elle parlait d'expérience de la fabrication du beurre et des produits laitiers.

— Ma parole, vous parlez comme une femme de fermier, Rosaleen ! s'exclama-t-il en souriant.

Elle se rembrunit.

— Nous avions une ferme en Irlande, expliqua-t-elle. Avant de venir ici – avant de…

— Avant de devenir actrice ?

— Oh, ce n'est pas si vieux, dit-elle d'un air mélancolique et avec, sembla-t-il à Rowley, un soupçon de culpabilité. Je me souviens très bien de tout. Vous savez, Rowley, je pourrais très bien traire vos vaches, ajouta-t-elle dans un élan d'enthousiasme.

C'était une autre Rosaleen. David Hunter aurait-il approuvé ce rappel fortuit d'un passé paysan ? Non, sans doute. Vieille noblesse terrienne irlandaise, c'était l'impression que David s'efforçait d'imposer. Mais la version de Rosaleen paraissait plus proche de la vérité. Une enfance à la ferme, le mirage des planches, une tournée minable en Afrique du Sud, un mariage, la réclusion au fin fond du Nigeria, la fuite – un trou, et la réapparition à New York au bras d'un millionnaire…

Eh oui, Rosaleen avait fait un sacré bout de chemin depuis l'époque où elle trayait les vaches du Kerry ! Et pourtant, en l'observant, Rowley avait du mal à croire qu'elle eût jamais quitté son Irlande natale. Elle avait cette expression candide, un peu sotte, de qui n'a pas d'histoire. Et elle paraissait si jeune – on ne lui aurait vraiment pas donné vingt-six ans.

Elle avait quelque chose d'émouvant, un je-ne-sais-quoi de pathétique comme les jeunes veaux qu'il avait conduits au marché le matin même. Et il la regarda comme il les avait regardés. Pauvres petites bêtes, avait-il pensé. Quelle pitié d'avoir à les tuer…

Une lueur d'inquiétude s'était allumée dans les yeux de Rosaleen :

— À quoi pensez-vous, Rowley ?

— Vous aimeriez visiter la ferme et la laiterie ?

— Oh, oui, j'aimerais beaucoup.

Amusé par sa curiosité, il lui fit faire le tour du propriétaire. Mais lorsque ensuite il lui proposa une tasse de thé, de nouveau l'inquiétude troubla le regard de Rosaleen

— Oh, non, je vous remercie, Rowley, mais je ferais mieux de rentrer… Oh ! comme il est tard ! s'écria-t-elle en consultant sa montre. David rentre par le train de 17 h 30, il va se demander où je suis. Il faut que je me dépêche. Je… j'ai passé un très bon moment, Rowley, ajouta-t-elle d'une petite voix timide.

Il n'eut aucun mal à le croire. Elle s'était bien amusée. Elle avait pu être naturelle, être elle-même, une fille toute simple, à peine dégrossie. D'évidence, elle avait peur de son frère. C'était lui le cerveau de la famille. Eh bien, pour une fois, elle avait eu un après-midi de congé – oui, c'était tout à fait ça : un congé, comme une domestique ! La riche Mrs Cloade !

Avec un sourire dur, il l'observa remonter vers Furrowbank d'un pas pressé. À la hauteur de l'échalier, elle croisa un homme, que Rowley prit d'abord pour David. Mais non, il était plus grand, plus fort. Rosaleen lui céda le passage, puis franchit l'échalier d'un bond léger et reprit sa route, en courant presque.

Elle avait eu un après-midi de congé, certes, mais lui, Rowley, venait de perdre une heure d'un temps précieux ! Bah, peut-être n'était-ce pas complètement perdu, après tout. Rosaleen avait paru amicale. Cela pourrait avoir son utilité. Une mignonne petite – oui, et les veaux de ce matin étaient mignons aussi… pauvres petites bêtes !

Il était encore planté là, perdu dans ses pensées, lorsqu'une voix le fit sursauter. Il leva vivement la tête.

Un grand gaillard coiffé d'un large feutre, un sac sur le dos, se tenait de l'autre côté de la barrière.

— C'est bien le chemin pour Warmsley Vale ? demanda-t-il.

Comme Rowley, l'œil fixe, restait muet, il répéta sa question. Le fermier se ressaisit :

— Oui, continuez tout droit – après le champ vous tournez à gauche en arrivant sur la route, vous serez à deux ou trois minutes du village.

C'était une question à laquelle il avait bien dû répondre plusieurs centaines de fois, dans les mêmes termes. En sortant de la gare, les gens prenaient le sentier, le suivaient jusqu'en haut de la colline, et puis, arrivés sur l'autre versant et n'apercevant toujours pas Warmsley Vale caché par les arbres de Blackwell Copse, ils sentaient leur foi vaciller. Le village était blotti au creux du vallon et seule pointait la flèche du clocher.

La question suivante était plus inhabituelle, mais Rowley y répondit presque aussi machinalement :

— Il y a *Le Cerf* ou *L'Arlequin aux Grelots*. *Le Cerf* de préférence, mais les deux se valent. Vous ne devriez pas avoir de mal à trouver une chambre.

Puis il se fit la réflexion que, par les temps qui couraient, les gens préféraient d'habitude réserver leur chambre à l'hôtel, et il examina plus attentivement son interlocuteur…

L'homme était grand et hâlé, avec une barbe et des yeux très bleus. La quarantaine, une certaine allure, dans le genre aventurier qui a roulé sa bosse. Mais une physionomie pas totalement sympathique.

Retour des colonies, pensa Rowley qui se demanda s'il lui entendait bien ce léger accent caractéristique, ou s'il l'inventait. En tout cas, ce visage lui était curieusement familier…

Où avait-il déjà vu ce visage – ou un autre, très ressemblant ?

Une troisième question, celle-là très inhabituelle, vint couper court à ses vaines cogitations.

— Y a-t-il une maison qui s'appelle Furrowbank, dans le coin ? avait demandé l'étranger.

— Eh bien… oui, répondit lentement Rowley. Là-bas, sur la colline. Vous êtes passé à côté – c'est-à-dire, si vous avez suivi le chemin depuis la gare.

— Oui, je suis venu par là, dit l'étranger en se retournant pour regarder la colline. Ah, c'était celle-là – la grande maison blanche qui a l'air toute neuve ?

— Tout juste.

— Une belle propriété, remarqua l'homme. Ça doit coûter cher d'entretien…

« Oui, un sacré paquet, et avec notre argent encore… ! » songea Rowley, qu'une soudaine bouffée de rage emporta très loin.

En retrouvant ses esprits, il vit l'étranger qui contemplait le haut de la colline avec une étrange insistance.

— Qui habite là ? demanda-t-il. Ce ne serait pas une… Mrs Cloade ?

— Si, dit Rowley, Mrs Gordon Cloade.

L'homme leva les sourcils, l'air amusé.

— Oh ! fit-il. Mrs Gordon Cloade. Elle en a de la chance ! Eh bien, merci, l'ami, conclut-il avec un petit salut de la tête.

Et, rajustant son sac, il reprit sa route vers Warmsley Vale.

Rowley rentra d'un pas lent à la ferme. Une question lui trottait dans la tête.

Où diable avait-il déjà vu ce type ?

Vers 9 heures et demie ce soir-là, Rowley balaya de la main une pile de formulaires qui encombraient la table de la cuisine et se leva. Il contempla d'un air absent la photographie de Lynn sur la cheminée et sortit, le front barré d'un pli.

Dix minutes plus tard, il poussait la porte du bar de l'hôtel du *Cerf*. Derrière le comptoir, Beatrice Lippincott lui adressa un sourire avenant. Elle trouvait Mr Rowley bel homme. Ce dernier, une chope de bière à la main, échangea les propos d'usage avec les habitués – des commentaires désabusés sur le gouvernement, le temps et les diverses récoltes.

Bientôt, il s'écarta un peu du groupe afin de pouvoir parler discrètement avec Beatrice.

— Vous avez un nouveau client, un étranger ? Grand ? Avec un feutre ?

— Oui, Mr Rowley. Il est arrivé vers 6 heures. C'est celui-là que vous voulez dire ?

Rowley hocha la tête :

— Il est passé par chez moi, il cherchait son chemin.

— Oui, c'est ça, un étranger.

— Je me demandais, dit Rowley, qui ça pouvait bien être…

Il regarda Beatrice. Ils échangèrent un sourire.

— Si vous voulez le savoir, Mr Rowley, c'est pas compliqué.

Elle se glissa sous le comptoir pour sortir et revint quelques instants plus tard avec un gros registre de cuir sous le bras.

Elle l'ouvrit à la page où étaient consignées les dernières arrivées. En bas de la liste, il y avait écrit :

Enoch Arden. Le Cap. Citoyen britannique.

9

C'était une belle matinée. Les oiseaux chantaient et Rosaleen se sentait heureuse en descendant prendre son petit déjeuner dans sa robe de paysanne de luxe.

Les doutes et les craintes qui l'oppressaient hier encore semblaient s'être envolés. David était de bonne humeur, il riait et la taquinait. Il était revenu la veille, satisfait de sa visite à Londres. Le petit déjeuner était succulent et le service parfait. Ils venaient juste de terminer quand le courrier arriva.

Il y avait sept ou huit lettres pour Rosaleen : des factures, diverses sollicitations de bonnes œuvres, des invitations de notabilités locales – rien de spécial, en somme.

David écarta deux factures sans importance et ouvrit la troisième enveloppe. La lettre ainsi que l'enveloppe étaient rédigées en caractères d'imprimerie.

Cher Mr Hunter,

J'ai jugé préférable de m'adresser à vous plutôt qu'à votre sœur, « Mrs Cloade », le contenu de cette lettre risquant en effet de lui causer un choc. En un mot, j'ai des nouvelles du capitaine Robert Underhay qui intéresseront peut-être votre sœur. Je suis au Cerf *et si vous veniez ce soir, je serais heureux d'en discuter avec vous.*

Votre tout dévoué,

Enoch Arden

David étouffa un juron. Rosaleen leva la tête et son sourire fit place à une expression inquiète :

— David… David, qu'est-ce qu'il y a ?

Sans un mot, il lui tendit la lettre. Elle la prit et la lut :

— Mais… David… je ne comprends pas – qu'est-ce que ça veut dire ?

— Tu sais lire, non ?

Elle lui jeta un regard craintif :

— Est-ce que… ? David… qu'est-ce que nous allons faire ?

Les sourcils froncés, l'esprit en alerte, David échafaudait rapidement des plans.

— Ça va, Rosaleen, aucune raison de s'inquiéter. Je m'en occupe…

— Mais est-ce que ça veut dire que…

— Ne t'inquiète pas, ma caille. Laisse-moi faire. Écoute-moi bien, tu vas tout de suite préparer ta valise et filer à Londres. Tu vas à l'appartement… et tu y restes jusqu'à ce que je te fasse signe. Compris ?

— Oui, oui, bien sûr, j'ai compris, mais, David…

— Fais simplement ce que je te dis, Rosaleen.

Il lui sourit. Il parlait gentiment, d'une voix rassurante :

— Va faire ta valise, je te déposerai à la gare. Tu peux attraper le 10 h 32. En arrivant, tu diras au portier que tu ne veux voir personne. Si on te demande, il devra répondre que tu n'es pas en ville. Donne-lui une livre. Qu'il ne laisse monter personne à part moi.

— Oh ! fit-elle en portant les mains à son visage, ses beaux yeux pleins d'effroi.

— Tout ira bien, Rosaleen, ça sera un peu délicat, mais tout ira bien. Les coups délicats, c'est mon rayon, pas le tien. Je préfère que tu sois à l'abri pour avoir les mains libres, c'est tout.

— Je… je ne peux pas rester, David ?

— Non, bien sûr que non, Rosaleen. Sois raisonnable. J'ai besoin d'avoir les coudées franches pour m'occuper de ce type – qui que ce soit…

— Crois-tu que c'est… que c'est…

— Je ne crois rien pour l'instant, répondit-il en martelant ses mots. La première chose à faire, c'est de te mettre à l'abri. Ensuite je pourrai y voir plus clair. Allez, sois gentille, ne discute pas.

Elle se leva et quitta la pièce. David, le front soucieux, examina la lettre qu'il tenait à la main.

Très prudente, polie, bien tournée – pouvant signifier n'importe quoi. La volonté sincère de préserver Rosaleen dans une situation un peu scabreuse. Ou, aussi bien, une menace voilée. Il relut chaque phrase d'innombrables fois… « J'ai des nouvelles du capitaine Robert Underhay »… « préférable de m'adresser à vous »… « Je serais heureux d'en discuter avec vous »… « Mrs Cloade »… Nom d'un chien, il n'aimait pas ces guillemets-là ! *« Mrs Cloade »*…

Il regarda la signature. Enoch Arden. Quelque chose lui vint à l'esprit – le vague souvenir d'un poème… un vers en particulier.

Quand David pénétra au *Cerf* ce soir-là, le hall était désert, comme d'habitude. Sur la porte de gauche, une plaque indiquait CAFÉ et sur celle de droite, SALON. La porte du fond portait la mention dissuasive « Réservé aux pensionnaires ». Sur la droite, un couloir menait au bar d'où parvenait un léger brouhaha. Une petite loge vitrée qui s'intitulait RÉCEPTION était très commodément équipée d'une sonnette à côté de sa vitre coulissante.

Il fallait parfois sonner quatre ou cinq fois, David le savait d'expérience, avant que l'on ne condescende à venir s'occuper de vous. En dehors des courtes périodes des repas, la réception du *Cerf* était aussi déserte que l'île de Robinson.

Ce soir-là, le troisième coup de sonnette de David fit surgir, du couloir qui menait au bar, Beatrice Lippincott tapotant d'une main affairée les grosses boucles dorées de sa permanente Pompadour. Elle se glissa dans son habitacle vitré et gratifia David d'un sourire gracieux :

— Bonsoir Mr Hunter. Un peu frais pour la saison, hein ?

— Euh… oui, en effet. Dites-moi, un Mr Arden est bien descendu chez vous ?

— Attendez que je regarde, répondit miss Lippincott, affichant un grand air d'ignorance, procédé dont elle usait invariablement avec la conviction de conforter ainsi l'importance de son établissement. Ah, oui, en effet… Mr Enoch Arden. Chambre 5. C'est au premier. Vous ne pouvez pas vous tromper, Mr Hunter, en haut de l'escalier, vous ne prenez pas le couloir, vous tournez à gauche et vous descendez les trois marches.

David suivit ces indications déroutantes et frappa à la porte de la chambre 5 d'où une voix lui répondit d'entrer.

Il s'exécuta et referma la porte derrière lui.

En sortant de la réception, Beatrice Lippincott appela :

— Lily !

Une fille aux yeux de merlan frit surgit en gloussant bruyamment.

— Tu peux rester là un moment, Lily ? Je dois m'occuper du linge.

— Oh oui, miss Lippincott, dit Lily avec un nouveau gloussement suivi d'un gros soupir gourmand : C'qu'il est bel homme, Mr Hunter, vous trouvez pas ?

— Oh, des comme lui, j'en ai vu des tas pendant la guerre, déclara Beatrice Lippincott d'un air blasé. Les jeunes pilotes et autres joyeux drilles de la base d'à côté. Le genre qui fait des chèques sans provision. On a envie de refuser, mais ils vous embobinent, alors on accepte quand même. Mais moi, je suis comme ça, ce que j'aime, c'est la *classe.* Ah, la classe ! Moi, ce que je dis, c'est qu'un gentleman reste un gentleman, même s'il conduit un tracteur.

Sur cette énigmatique profession de foi, Beatrice laissa là Lily et monta à l'étage.

Dans la chambre 5, David Hunter s'adossa à la porte et dévisagea l'homme qui signait Enoch Arden.

La quarantaine, un côté baroudeur, donnant l'impression d'avoir connu des jours meilleurs – bref, un client sérieux, jaugea David. À part ça, le bonhomme n'était pas facile à situer – mystère total.

— Salut, c'est vous Hunter ? dit Arden. Très bien. Asseyez-vous. Vous buvez quelque chose ? Whisky ?

David nota que l'inconnu avait pris ses aises : un assortiment de bouteilles, un feu dans la cheminée pour réchauffer cette soirée de printemps un peu frisquette. Des vêtements de coupe étrangère, mais portés comme un Anglais sait le faire. Son âge concordait…

— Oui, merci, je prendrai un doigt de whisky, accepta David.

— Vous m'arrêterez.

— Stop ! Pas trop de soda.

Ils s'observaient un peu à la manière des chiens qui cherchent à s'intimider, tournant l'un autour de l'autre, dos raide, poil hérissé, prêts à pactiser ou à mordre.

— À la vôtre ! fit Arden.

— À la vôtre !

Ils posèrent leur verre, se détendirent légèrement. Fin du premier round.

— Ma lettre vous a surpris ? demanda l'homme qui se faisait appeler Enoch Arden.

— Pour être franc, répondit David, je n'y ai rien compris.

— Non ? Eh bien, ma foi, c'est après tout bien possible.

— Vous avez connu le premier mari de ma sœur, Robert Underhay, c'est cela ?

— Si je l'ai connu ? Ah ça, oui !

Arden, le sourire aux lèvres, envoya nonchalamment un nuage de fumée au plafond :

— Connaître, dans le cas présent, relèverait même de l'euphémisme. Mais vous, Hunter, vous ne l'avez jamais rencontré, n'est-ce pas ?

— Non.

— Bah, c'est sans doute aussi bien.

— Qu'entendez-vous par là ? demanda vivement David.

— Mon cher ami, cela simplifie les choses, un point c'est tout. Vous m'excuserez de vous avoir fait venir ici, mais j'ai pensé qu'il était préférable de tenir…

Il marqua ostensiblement un temps d'arrêt :

— … de tenir Rosaleen à l'écart. Inutile de lui faire de la peine, à cette petite, n'est-ce pas ?

— Ça vous embêterait d'en venir au fait ?

— J'y viens, j'y viens. N'avez-vous jamais subodoré qu'il pourrait y avoir eu… – comment formulerons-nous cela ? – qu'il pourrait y avoir eu, eh bien, quelque chose de pas net dans la mort d'Underhay ?

— Vous pourriez être plus clair ?

— Ma foi, Underhay avait tout plein d'idées assez peu banales, vous savez. Peut-être par vieux réflexe chevaleresque, peut-être pour une tout autre raison qui n'aurait rien à voir avec les grands sentiments, bref, admettons qu'à un moment donné, il y a quelques années, Underhay ait vu quelque avantage à passer pour mort. Ses boys indigènes, il les menait par le bout du nez – c'était un de ses grands talents. Aucun problème pour lui de faire circuler une histoire plausible, truffée d'une foule de détails convaincants. À la suite de quoi il avait tout loisir de réapparaître quelques milliers de kilomètres plus loin – sous un nouveau nom.

— Ça m'a tout l'air d'une histoire à dormir debout, décréta David.

— Vraiment ? Vous trouvez ? s'enquit Arden avec un sourire. Mais supposez que ce soit vrai ? ajouta-t-il en tapotant le genou de David. Hein ? Supposez que ce soit vrai ?

— Il m'en faudrait la preuve formelle.

— Ah, oui… Ah, évidemment, il n'y en a pas d'absolument, de dix mille pour cent formelle. Mais si Underhay en personne débarquait soudain ici, à Warmsley Vale ? Ça vous irait, comme preuve ?

— Ç'aurait en tout cas le mérite d'être concluant, dit sèchement David.

— Concluant, ça, oui… mais peut-être légèrement embarrassant – pour Mrs Gordon Cloade, j'entends. Parce qu'alors, bien sûr, *elle ne serait plus* Mrs Gordon Cloade. Délicat, vous devez l'admettre. Un tantinet délicat, non ?

— Ma sœur, tint à préciser David, s'est remariée en toute bonne foi.

— Mais bien sûr, mon vieux. Bien sûr. Je n'en doute pas un instant. N'importe quel juge penserait de même. De quoi pourrait-on l'incriminer ?

— Qu'est-ce qu'un juge vient faire là-dedans ?

L'autre fit mine de s'excuser :

— Eh bien, vous savez, dans une affaire de bigamie…

— Où voulez-vous en venir, exactement ? aboya David.

— Ho ! il n'y a pas de quoi s'exciter comme ça, mon vieux ! On est juste en train de réfléchir ensemble à la meilleure solution – meilleure pour votre sœur, encore une fois. Ce n'est pas le genre de publicité après lequel on court, non ? Underhay… bon, Underhay, c'était le type tout ce qu'il y a de chevaleresque…

Arden fit une pause avant de lâcher :

— Il l'est toujours.

— Il l'*est* ? souligna David d'un ton âpre.

— C'est bien ce que j'ai dit.

— Vous dites que Robert Underhay est vivant ? Très bien, où est-il ?

Arden se pencha tout près pour murmurer sur le ton de la confidence :

— *Vous voulez vraiment le savoir, Hunter ?* Ne vaudrait-il pas mieux pour vous que vous n'en sachiez rien ? Posons pour principe que, pour autant que vous soyez renseignés, Rosaleen et vous, Underhay est mort en Afrique. Bon. Et qu'*à supposer* qu'Underhay soit encore en vie, il ignore que sa femme s'est remariée, qu'il n'en a pas la moindre idée. Parce que, et ça va de soi, *s'il l'avait su,* il se serait manifesté… Rosaleen, voyez-vous, a hérité une grosse fortune de son second mari, et le fait est qu'elle n'a aucun droit sur cet argent… En un mot comme en cent, Underhay est un type qui a un sens de l'honneur très rigide. Il ne tolérerait pas qu'elle usurpe un héritage…

Arden laissa ces paroles produire leur effet. Puis :

— Mais il n'est bien évidemment pas exclu qu'Underhay ne sache rien de ce remariage. Il est mal en point, le pauvre diable. Oh oui, bien mal en point.

— Qu'entendez-vous par mal en point ?

Arden secoua tristement la tête :

— Ce qu'il avait de santé, il l'a laissé sur le terrain. Il a besoin d'une surveillance médicale, de soins spéciaux, et tout cela, malheureusement, ça *coûte.*

Ce dernier mot avait été prononcé avec précaution, comme s'il était d'une essence spéciale.

C'était le mot que David avait inconsciemment attendu.

— Cher ? questionna-t-il.

— Eh oui, tout se paie, hélas. Underhay est pratiquement à la rue, le pauvre garçon. En gros, il ne possède plus que ce qu'il a sur le dos…

David ne put s'empêcher de regarder autour de lui. Il remarqua le sac jeté sur une chaise. Mais, de valise, pas trace.

— Je me demande, dit-il d'une voix rien moins qu'aimable, si Robert Underhay est bien le type chevaleresque que vous vous plaisez à décrire.

— Il l'était autrefois, assura l'autre. Mais la vie, n'est-ce pas, se charge de vous rendre cynique… Gordon

Cloade, ajouta-t-il d'une voix doucereuse, était un type incroyablement riche. Le spectacle d'une trop grande fortune éveille les convoitises.

— Eh bien voilà ma réponse, déclara David en se levant. Allez au diable !

Arden eut un petit sourire tranquille :

— Oui, je me doutais que vous réagiriez comme ça.

— Vous n'êtes qu'un fichu maître chanteur ni plus ni moins ! J'ai comme une envie de vous prendre au mot.

— « Vendez la mèche et allez vous faire voir ! » Bravo, noble attitude ! Mais ça vous plairait moins si je le faisais vraiment. Non que j'en aie l'intention. Si vous n'êtes pas preneur, j'ai d'autres clients en perspective.

— Qui ça ?

— Les Cloade. Supposez que j'aille les trouver. « Excusez-moi, mais seriez-vous intéressés d'apprendre que feu Robert Underhay est tout ce qu'il y a de vivant ? » Mais mon vieux, ils sauteraient sur l'occasion à pieds joints.

— Vous n'obtiendrez rien d'eux, riposta David avec mépris. Ils sont fauchés. Tous autant qu'ils sont.

— Ah, mais, en affaires, on peut toujours trouver un arrangement. Telle somme en liquide, le jour où il est prouvé que Underhay est vivant, que Mrs Gordon Cloade est toujours Mrs Robert Underhay et qu'en conséquence le testament de Gordon Cloade, rédigé avant son mariage, reste valide aux yeux de la loi…

David réfléchit quelques instants.

— Combien ? lança-t-il abruptement.

— Vingt mille, répondit l'autre du tac au tac.

— Hors de question ! Ma sœur ne peut pas toucher le capital, elle ne perçoit que les intérêts.

— Alors, dix mille. Elle n'aura pas de mal à réunir cette somme. Il y a des bijoux, non ?

David sembla peser le pour et le contre.

— D'accord, fit-il de manière inattendue.

L'autre sembla perdre un instant contenance.

Comme s'il était pris au dépourvu par une victoire aussi facile.

— Pas de chèque, dit-il finalement. Du liquide !

— Il va falloir nous laisser un peu de temps… histoire de réunir la somme.

— Vous avez quarante-huit heures.

— Mettons mardi prochain.

— Entendu. Vous apporterez l'argent ici.

Sans laisser à David le temps de placer un mot, il précisa :

— Je n'ai pas l'intention de vous retrouver dans un petit bois désert, ni au bord d'une rivière où personne ne va jamais, alors n'y pensez plus. Vous apporterez l'argent ici, à l'hôtel – mardi prochain, 21 heures.

— Vous êtes un gars soupçonneux, hein ?

— Les combines, je connais. Et je connais aussi les types de votre espèce.

— Comme vous voudrez.

David sortit et dévala l'escalier. Ses yeux étaient noirs de fureur.

Beatrice Lippincott sortit de la chambre qui portait le numéro 4. Il y avait une porte de communication entre la 4 et la 5. Mais ce fait échappait aux occupants de la 5, à cause de l'armoire qui était placée devant.

Miss Lippincott avait les joues en feu et l'œil tout brillant d'excitation. D'une main fébrile, elle remit de l'ordre dans sa permanente rococo.

10

Shepherd's Court, sur Mayfair, était un vaste immeuble d'appartements de luxe loués meublés, avec le service. S'ils avaient été épargnés par les bombardements ennemis, la qualité du confort n'y était plus celle d'avant-guerre. On était servi, bien sûr, mais plus de manière aussi impeccable. Là où s'empressaient autrefois deux portiers en uniforme, il n'en restait plus qu'un. Le restaurant fonctionnait, bien entendu – mais, à l'exception du petit déjeuner, on ne pouvait plus se faire monter les repas chez soi.

L'appartement de Mrs Gordon Cloade se trouvait au troisième étage. Il se composait d'un salon avec bar, de deux chambres avec penderies et d'une salle de bains magnifiquement équipée, carrelée, chromée, étincelante.

David Hunter arpentait le salon de long en large et Rosaleen, pâle et défaite, le suivait d'un regard apeuré en se recroquevillant dans un grand canapé agressivement anguleux.

— Du chantage ! marmonnait-il. Du chantage ! Je rêve ! Aller s'imaginer qu'on peut me faire chanter, moi !

Rosaleen, hébétée, dodelinait éperdument de la tête.

— Si j'avais une certitude ! dit David. Si seulement j'avais une *certitude* !

Du canapé monta un petit sanglot pitoyable.

— Mais là, je nage en plein brouillard, continua-t-il. J'avance à l'aveuglette…

Il fit brusquement volte-face :

— Tu es allée à Bond Street porter les émeraudes au vieux Greatorex ?

— Oui.

— Combien ?

— Quatre mille, répondit Rosaleen d'une voix effarée. Quatre mille *livres.* Il a dit que si je ne les vendais pas, il faudrait que j'augmente la prime d'assurance.

— Oui… les pierres précieuses ont doublé de valeur. Oh bon, l'argent, nous l'avons, ce n'est pas un problème. Mais si nous payons, ça ne s'arrêtera jamais. Payer, ça veut dire être saignés à mort, Rosaleen, saignés à blanc !

— Oh David ! s'écria-t-elle. Quittons l'Angleterre ! Partons… pour l'Irlande, pourquoi pas ? Pour l'Amérique… pour *n'importe où* !

Il la regarda dans les yeux :

— Tu n'as rien d'une bagarreuse, hein Rosaleen ? Sauve qui peut, c'est ça ta devise…

Rosaleen se mit à pleurnicher :

— Nous avons eu tort… c'est mal, ce que nous avons fait là… très mal.

— Ah ! épargne-moi tes remords ! Je te prie de croire que c'est tout sauf le moment ! Nous avions la belle vie, Rosaleen. C'est la première fois de ma carrière que je tombe sur un filon pareil, et je ne suis pas près de le lâcher, tu m'entends ! Si seulement je ne me battais pas dans le noir. Tout ça n'est peut-être que du bluff, est-ce que tu t'en rends compte ? Du bluff et rien d'autre ! Underhay repose sans doute à quatre pieds sous terre, en Afrique, comme nous l'avons toujours pensé.

— Arrête, David ! Tu me fais peur.

Il la regarda, vit la panique sur son visage et, aussitôt, changea d'attitude. Il vint s'asseoir auprès d'elle, lui prit ses mains glacées dans les siennes :

— Il ne faut pas que tu t'inquiètes. Je me charge de tout, fais simplement ce que je te dis. Ça, ce n'est tout de même pas au-dessus de tes forces ! Fais exactement ce que je te dis.

— Je fais toujours ce que tu dis, David.

— Oui, c'est vrai, approuva-t-il en riant. Nous allons nous tirer de là, sois tranquille. Je vais me débrouiller pour mettre Mr Enoch Arden hors d'état de nuire.

— Il n'y avait pas un poème, David ?... quelque chose au sujet d'un homme qui revient...

— Oui, coupa-t-il. C'est bien ce qui me tracasse... Mais je tirerai ça au clair, fais-moi confiance.

— C'est mardi soir que tu... que tu lui portes l'argent ?

Il hocha la tête :

— Cinq mille livres. Je lui dirai que je ne peux pas réunir le reste tout de suite. Mais il *faut* l'empêcher d'aller voir les Cloade. Je crois que c'était juste une menace, mais je ne peux pas en être sûr.

Il s'interrompit, son regard se fit rêveur, lointain. Dans le même temps, son cerveau, en pleine activité, examinait, pesait, rejetait des possibilités.

Puis il se mit à rire, d'un rire insouciant et joyeux. Il y avait des hommes, morts maintenant, qui auraient reconnu ce rire…

C'était le rire d'un homme prêt à l'action, si hasardeuse et risquée fût-elle. Un rire où résonnait un plaisir mêlé de défi.

— Je peux me fier à toi, Rosaleen, dit-il. Dieu merci, je peux me fier totalement à toi !

— Te fier à moi ?

Rosaleen ouvrit de grands yeux :

— Pour faire quoi ?

Il lui sourit :

— Pour faire exactement ce qu'on te demande. C'est le secret d'une opération réussie, Rosaleen.

Il partit d'un nouveau rire.

— « L'opération Enoch Arden », conclut-il en s'esclaffant.

11

Rowley ouvrit la grande enveloppe mauve avec un certain étonnement. Qui pouvait bien utiliser un tel papier pour lui écrire – et où avait-on pu se le procurer, d'ailleurs ? Ces papiers fantaisie avaient complètement disparu depuis la guerre.

Il lut :

Cher Mr Rowley,

J'espère que vous ne jugerez pas abusive la liberté que je prends de vous écrire, mais, sauf votre respect, je pense qu'il se passe des choses que vous devriez connaître.

Rowley nota le soulignage avec perplexité.

Pour en revenir à notre conversation de l'autre soir où vous êtes venu me poser des questions sur une certaine personne, *si vous pouviez passer au* Cerf, *je me ferais un plaisir de tout vous dire. Tout le monde ici a trouvé que c'était une honte que votre oncle soit mort comme ça et que l'argent soit allé où on sait.*

J'espère que vous ne m'en voudrez pas, mais je crois vraiment qu'il faut que vous sachiez ce qui se passe.

Fidèlement vôtre,
Beatrice Lippincott

Rowley, la cervelle en ébullition, fixait d'un œil rond la missive. De quoi diable s'agissait-il ? Cette bonne vieille Bea. Il la connaissait depuis toujours. Il allait acheter du tabac à la boutique de son père et bavardait avec elle derrière le comptoir. C'était un beau brin de fille, dans ce temps-là. Il se rappelait, enfant, avoir entendu des bruits courir à son sujet. Elle avait été absente de Warmsley Vale pendant une année environ, et tout le monde disait que c'était pour cacher une grossesse. Peut-être bien que c'était vrai, ou peut-être pas. En tout cas, elle était devenue une femme d'une respectabilité et d'une distinction irréprochables. Jamais en reste d'une impertinence, ni à court de gloussements, mais convenable jusqu'à l'impossible.

Rowley jeta un œil à l'horloge. Il irait tout de suite au *Cerf*. Au diable les paperasses. Il voulait savoir ce que Beatrice tenait tant à lui révéler.

Il poussa la porte du bar peu après 20 heures, salué des habituels signes de tête ou « Bonsoir, monsieur », et alla directement au comptoir où il commanda une Guinness. Beatrice l'accueillit avec un grand sourire :

— Contente de vous voir, Mr Rowley.

— Bonsoir, Beatrice. Merci pour votre mot.

Elle lui jeta un coup d'œil aigu.

— Je suis à vous dans une minute, Mr Rowley.

Il hocha la tête et but sa demi-pinte en observant pensivement Beatrice. Celle-ci finit de servir un client, puis appela Lily par-dessus son épaule et la serveuse vint la remplacer.

— Si vous voulez bien me suivre, Mr Rowley ?

Ce fut dit dans un murmure.

Elle le précéda dans un couloir qui conduisait à une porte marquée « Privé ». Ils entrèrent dans une pièce minuscule où s'entassaient des fauteuils tapissés de peluche, une radio qui marchait à tue-tête, tout un tas de bibelots en porcelaine, et un malheureux pierrot jeté n'importe comment sur une chaise.

Beatrice Lippincott éteignit la radio et désigna un fauteuil en peluche.

— Je suis si contente que vous soyez venu, Mr Rowley, et j'espère que vous ne m'en voulez pas de vous avoir écrit – mais j'ai retourné ça dans ma tête pendant tout le week-end et, comme je vous l'ai dit, j'ai pensé que vous deviez être mis au courant.

Son air important disait assez clairement le contentement où elle était d'elle-même.

— Alors, demanda Rowley avec une curiosité modérée, que se passe-t-il donc ?

— Eh bien, voilà, Mr Rowley, vous savez, cet homme qui loge ici – Mr Arden, celui sur lequel vous vous étiez renseigné…

— Oui ?

— Eh bien, c'était juste le lendemain soir. Mr Hunter est venu ici et a demandé après.

— Mr Hunter ?

Rowley se redressa, soudain plein d'intérêt.

— Tout juste, Mr Rowley. N° 5, que je lui ai dit, et Mr Hunter m'a remerciée d'un signe de tête et y a foncé tout droit. Je dois avouer que ça m'a étonnée parce que ce Mr Arden n'avait pas mentionné qu'il connaissait quelqu'un à Warmsley Vale et, pour moi, ça ne faisait aucun doute qu'il ne connaissait rien ni personne par ici. Mr Hunter avait l'air de très mauvaise humeur, comme s'il y avait eu quelque chose qui l'avait mis en colère, mais bien sûr, *sur le moment,* je n'y ai pas fait plus attention que ça.

Elle reprit son souffle. Rowley se taisait, il écoutait. Il ne bousculait jamais les gens. S'ils voulaient prendre leur temps, personnellement ça ne le gênait pas.

— Ce n'est qu'un peu plus tard, reprit Beatrice d'un ton grave, que j'ai dû monter à la 4 pour vérifier les draps et les serviettes. C'est la chambre voisine de la 5, et elles ont une porte communicante – mais, dans la 5, on ne s'en rend pas compte parce qu'il y a une grosse armoire devant, alors on ne dirait jamais qu'il y a une porte. Elle est toujours fermée, naturellement, mais là, ça s'est trouvé qu'elle était entrouverte… sauf que, qui a bien pu l'ouvrir, j'aimerais le savoir !

Rowley se contenta d'opiner.

Il ne faisait pour lui aucun doute que c'était Beatrice qui l'avait ouverte. Poussée par la curiosité, elle avait inventé un prétexte pour monter à la 4 et glaner ce qu'elle pouvait.

— Alors, vous comprenez bien que dans ces conditions, Mr Rowley, je n'ai pas pu m'empêcher d'entendre ce qui se disait. Même qu'à ce moment-là, il aurait pas fallu plus d'une chiquenaude pour me faire tomber à la renverse…

Une chiquenaude style crochet du gauche, alors, pensa Rowley.

D'un air impassible, quasi bovin, il écouta le bref compte rendu que Beatrice lui fit de la conversation qu'elle avait surprise. Lorsqu'elle eut terminé, elle attendit sa réaction.

Il fallut plusieurs minutes à Rowley pour sortir de sa transe. Enfin, il se leva.

— Merci Beatrice, dit-il. Merci beaucoup.

Sur ce, il quitta les lieux, laissant une Beatrice un brin déconfite. Elle trouvait vraiment – c'est du moins ce qu'elle se confia à elle-même – que Mr Rowley aurait pu dire quelque chose.

12

En sortant du *Cerf*, Rowley prit machinalement la direction de chez lui, mais, au bout de quelques centaines de mètres, il s'arrêta net et revint sur ses pas.

Son esprit fonctionnait lentement, et la stupeur causée par les révélations de Beatrice commençait seulement à laisser la place à une pleine appréciation de leur signification. Si sa version de la conversation surprise était correcte, et il ne doutait que c'était grosso modo le cas, alors il y avait là une situation nouvelle qui concernait tous les Cloade. Il fallait aviser, et la personne la mieux à même de le faire était évidemment l'oncle Jeremy. En tant que juriste, Jeremy Cloade saurait quel profit tirer de cette surprenante information, et comment procéder.

Rowley aurait aimé prendre les choses en main, mais il se rendait compte, à contrecœur, qu'il valait mieux s'en remettre à un juriste retors et expérimenté. Le plus tôt serait le mieux, et Rowley bifurqua donc vers la grand-rue, où demeurait son oncle.

La petite servante qui lui ouvrit l'informa que Mr et Mrs Cloade étaient encore à table. Elle l'invita à les rejoindre, mais il refusa fermement et dit qu'il attendrait dans le bureau de Jeremy. Il ne tenait pas particulièrement à ce que Frances fût présente au colloque. Tant qu'une stratégie n'aurait pas été décidée, moins il y aurait de gens dans le secret, mieux ce serait.

Il se mit à arpenter la pièce pour tromper son impatience. Sur le bureau était posé un classeur métallique étiqueté *Sir William Jessamy, décédé.* Sur les étagères, des rangées de livres de droit. Une vieille photographie de Frances en robe du soir, une autre de lord Edward Trenton, son père, en tenue de cheval. Il y avait aussi, sur le bureau, la photo d'un jeune homme en uniforme, le fils de Jeremy, Anthony, mort à la guerre.

Rowley se détourna nerveusement. Il alla s'asseoir dans un fauteuil, et se perdit dans la contemplation de lord Edward Trenton.

— Je me demande ce que veut Rowley ? demandait cependant Frances à son mari, dans la salle à manger.

— Il doit être aux prises avec une réglementation quelconque, répondit Jeremy d'un ton las. Pas un fermier ne comprend le quart de ce qu'on leur demande sur ces formulaires. Rowley est un garçon consciencieux. Il doit se faire de la bile.

— Il est gentil, mais Dieu qu'il est lent ! Tu sais, j'ai l'impression que ça ne va pas très fort entre Lynn et lui.

— Lynn…, répéta Jeremy l'air absent. Oh, oui, bien sûr ! Excuse-moi, je … je n'arrive pas à me concentrer. Nos difficultés…

— Cesse de penser à ça, l'interrompit Frances. Tout va s'arranger, crois-moi.

— Ton insouciance m'effraie parfois, Frances. Tu ne te rends pas compte…

— Je me rends très bien compte, et ça ne me fait pas peur. Et même, tu sais, Jeremy, ça m'amuserait plutôt.

— C'est justement ce qui m'inquiète tellement, ma chérie.

Elle lui sourit :

— Allons, il ne faut pas faire attendre cet agreste jeune homme. Va l'aider à remplir le formulaire mille cent quatre-vingt-dix-neuf, ou je ne sais combien.

Mais, au moment où ils quittaient la salle à manger, la porte d'entrée claqua. Edna vint expliquer que Mr Rowley n'avait pas pu attendre et qu'il avait dit que ce n'était rien d'important.

13

Ce mardi après-midi-là, Lynn Marchmont était partie faire une longue promenade. Consciente d'une insatisfaction croissante, mécontente d'elle-même, elle avait ressenti le besoin de faire le point.

Elle n'avait pas vu Rowley depuis plusieurs jours. Après leur séparation quelque peu orageuse, le matin où elle lui avait demandé de lui prêter cinq cents livres, ils avaient repris leurs relations habituelles. Lynn avait compris ce que sa demande avait de déraisonnable et que Rowley avait eu toutes les bonnes raisons de n'y pas accéder. Toutefois, la raison n'a jamais été une qualité très séduisante chez un amoureux. Extérieurement, rien n'avait changé entre Rowley et elle, mais intérieurement, elle n'en était pas si sûre. Ces quelques derniers jours lui avaient paru d'une insupportable monotonie, mais elle répugnait à s'avouer que le soudain départ de David Hunter pour Londres avait peut-être quelque chose à y voir. David, elle l'admettait à regret, était un personnage assez exaltant…

Quant à la famille, pour le moment, elle avait du mal à la supporter. Au déjeuner, sa mère, dont l'humeur était au beau fixe, lui avait coupé l'appétit en annonçant qu'elle allait se mettre à la recherche d'un second jardinier. « Le vieux Tom n'y arrive vraiment plus tout seul. »

— Mais maman, nous n'en avons pas les moyens !

— Mais si ! Je suis bien sûre que Gordon serait terriblement contrarié s'il voyait dans quel état est le jardin. Tu te souviens comme il surveillait les plates-bandes, comme il tenait à ce que la pelouse soit toujours bien tondue, et les allées bien propres… Regarde à quoi ça ressemble, maintenant. Je sais que Gordon voudrait qu'on y mette de l'ordre.

— Même si nous devons emprunter de l'argent à sa veuve ?

— Je te l'ai dit, Lynn, Rosaleen n'aurait pas pu être plus aimable. Je crois qu'elle a très bien compris mon point de vue. J'ai pu payer toutes ces factures et je suis parfaitement en règle à la banque. Et je pense vraiment qu'un second jardinier serait une *économie.* Pense à tous ces légumes qu'on pourrait faire pousser.

— On pourrait aussi en acheter des quantités pour moins de trois livres par semaine.

— À mon avis, ma chérie, on doit pouvoir trouver quelqu'un pour moins cher que cela. Il y a tous ces démobilisés, maintenant, qui cherchent du travail. C'est ce que dit le journal, en tout cas.

— Ça m'étonnerait que tu en trouves beaucoup à Warmsley Vale, répliqua Lynn d'un ton sec. Ni même à Warmsley Heath.

La discussion en était restée là, mais l'idée que sa mère comptait désormais sur une aide régulière de Rosaleen obsédait Lynn. Et ravivait le souvenir humiliant des paroles sarcastiques de David.

Alors, déprimée et furieuse, elle était sortie marcher pour chasser ses idées noires.

Sa rencontre devant la poste avec tante Kathie n'améliora pas son humeur. Tante Kathie, elle, avait bon moral :

— Ma chérie, je crois que nous n'allons pas tarder à avoir de bonnes nouvelles.

— Que diable veux-tu dire, tante Kathie ?

Mrs Cloade hocha la tête avec un sourire entendu :

— J'ai reçu des communications tout à fait surprenantes… vraiment surprenantes. La fin de tous nos ennuis, ni plus ni moins. J'ai eu une déception, mais, depuis, l'Esprit m'a dit : « Essaie, essaie encore. Recommence sans relâche », etc. Bref, ma chérie, je n'ai pas l'intention de trahir un secret, et surtout pas de faire naître de faux espoirs, mais j'ai la ferme conviction que nos affaires vont bientôt s'arranger. D'ailleurs, il est temps. Je me fais du souci pour ton oncle, vois-tu. Il a trop travaillé pendant la guerre, il faudrait qu'il abandonne la clientèle maintenant, pour se consacrer à ses recherches… mais, bien sûr, c'est impossible sans un revenu décent. Il est d'une telle nervosité, par moments… Je me fais vraiment du souci, tu sais. Je le trouve un peu bizarre.

Lynn acquiesça pensivement. Le changement de l'oncle Lionel ne lui avait pas échappé, ni ses étranges sautes d'humeur. Elle le soupçonnait d'avoir occasionnellement recours à des drogues pour tenir, et elle se demandait si, dans une certaine mesure, il n'en était pas devenu dépendant. Ça expliquerait son irritabilité excessive. Tante Kathie avait-elle deviné quelque chose ? Tante Kathie, songea Lynn, n'était pas si sotte qu'elle en avait l'air.

En descendant la grand-rue, elle aperçut son oncle Jeremy qui rentrait chez lui. Elle pensa qu'il avait pris un drôle de coup de vieux, ces dernières semaines.

Elle pressa le pas. Elle avait hâte de quitter Warmsley Vale et de se retrouver au grand air, dans les collines. Déjà elle se sentait mieux à marcher vite. Dans une dizaine de kilomètres, elle aurait mis de l'ordre dans ses pensées. Toute sa vie, elle avait eu la tête solide et les idées claires, sachant ce qu'elle voulait et ce qu'elle ne voulait pas. Jamais, jusqu'à ce jour, elle ne s'était contentée de dériver au fil de l'eau…

Oui, c'était le terme exact ! Dériver ! Une façon de vivre informe et sans but qui était la sienne depuis qu'elle avait quitté l'armée. Elle fut saisie de nostalgie pour ces années de guerre. Des journées où les tâches étaient définies, où la vie était organisée, planifiée… où on était délivré du fardeau d'avoir à décider pour soi. Elle fut horrifiée par ses propres pensées. Était-ce là ce que tout le monde ressentait secrètement ? Était-ce là ce que la guerre, au bout du compte, faisait de vous ? Alors, le plus grand danger de la guerre n'était pas physique – les mines qu'on pouvait percuter en mer, les bombes qui tombaient du ciel, le sifflement cinglant d'une balle alors que vous rouliez sur une piste en plein désert. Non, il était moral, c'était le danger d'apprendre à quel point l'existence est plus simple quand on cesse de penser… Elle, Lynn Marchmont, elle n'était plus la fille lucide, intelligente, déterminée qui s'était engagée. Son intelligence avait été élaguée, spécialisée, canalisée. Et maintenant, de nouveau maîtresse d'elle-même et de sa vie, elle se découvrait une atterrante propension à fuir devant les problèmes.

« Ce serait tout de même curieux, songea-t-elle avec un brusque petit sourire, que ce soit la guerre qui m'ait fait ce caractère de "femme au foyer", si cher à la presse. Les femmes au foyer, celles qu'on entrave par d'innombrables interdits, qu'on ne pousse jamais à la moindre initiative. Ces femmes qui étaient restées à l'arrière et avaient dû faire face à la situation, improviser avec toute l'ingéniosité dont elles étaient capables, et développer une ingéniosité dont elles ne se savaient même pas capables, c'était elles, et elles seules, qui pouvaient maintenant se tenir debout, sans béquilles, et prendre leurs responsabilités. Mais elle, Lynn Marchmont, la fille instruite, intelligente, qui avait accompli un travail nécessitant jugeote et présence d'esprit, se retrouvait désorientée, irrésolue… oui, *à la dérive*… quelle affreuse expression ! »

Ceux qui étaient restés à l'arrière… Rowley, par exemple…

Mais Lynn sauta aussitôt de ces vagues généralités à ce qui la préoccupait le plus intimement, le plus immédiatement : Rowley et elle. C'était bien là le problème, le vrai problème… le seul problème, même. *Souhaitait-elle vraiment épouser Rowley ?*

Les ombres s'allongeaient lentement. C'était l'heure entre chien et loup. Lynn s'assit à la lisière d'un petit bois au flanc de la colline. Immobile, le menton dans les mains, elle contemplait la vallée. Elle avait perdu la notion du temps. Elle savait seulement qu'elle éprouvait une étrange répugnance à reprendre le chemin de White House. Un peu plus bas sur la gauche, on voyait Long Willows. C'était là qu'elle vivrait si elle épousait Rowley.

Si ! Tout était là : si… si… si !

Un oiseau s'envola du bois en poussant un drôle de cri, comme le hurlement d'un enfant en colère. Une volute de fumée échappée d'un train vint mourir dans le ciel en dessinant un gigantesque point d'interrogation.

« Vais-je épouser Rowley ? Ai-je *envie* d'épouser Rowley ? Ai-je jamais voulu épouser Rowley ? Pourrais-je supporter de ne pas épouser Rowley ? »

Le train s'éloignait dans la vallée en soufflant des panaches de fumée qui tremblaient avant de se défaire. Mais le point d'interrogation s'était imprimé dans l'esprit de Lynn.

Avant son départ, elle aimait Rowley. « Mais j'ai changé, je ne suis plus la même. »

Un vers flottait dans sa tête :

« La vie, le monde et moi-même y compris, tout a changé… »

Et Rowley ? Rowley n'avait pas changé.

Voilà, c'était ça. Rowley n'avait pas bougé. Il était là où elle l'avait laissé quatre ans plus tôt.

Voulait-elle épouser Rowley ? Sinon, que voulait-elle au juste ?

Il y eut des craquements de branches derrière elle, suivis d'un certain nombre de jurons – la voix d'un homme, la voix de…

— David ! s'écria-t-elle, au moment où celui-ci émergeait du sous-bois à grand fracas.

Il semblait ébahi :

— Lynn ! Que diable faites-vous ici ?

Il avait couru et était un peu essoufflé.

— Je ne sais pas. Je réfléchissais… Oui, je m'étais assise dans l'herbe pour réfléchir.

Elle eut un petit rire incertain :

— Il doit être assez tard, j'imagine.

— Vous n'avez aucune idée de l'heure ?

Elle jeta un vague coup d'œil à sa montre :

— Elle est encore arrêtée. Je détraque toutes les montres.

— Pas seulement les montres ! C'est la faute à l'électricité qui est en vous. À la vitalité. À la *vie* !

Il s'approcha d'elle. Un peu troublée, elle se leva prestement :

— Il commence à faire sombre. Il faut que je me dépêche de rentrer. Quelle heure est-il, David ?

— 9 heures et quart. Je dois filer si je veux attraper le 21 h 20 pour Londres.

— Je ne savais pas que vous étiez revenu !

— J'avais quelques affaires à prendre à Furrowbank, mais il faut absolument que j'attrape ce train. Rosaleen est seule à l'appartement, et elle a la frousse quand elle passe la nuit toute seule à Londres.

— Avec le personnel de l'immeuble ? s'exclama Lynn d'une voix méprisante.

— La peur ne se raisonne pas, répliqua vertement David. Quand on s'est trouvé pris sous un bombardement…

Lynn se sentit honteuse – contrite :

— Je suis désolée. J'avais oublié.

— Oui, on oublie tout très vite, s'écria David avec une soudaine amertume. Retour au calme ! Retour à l'ordre ! Chacun reprend la place qu'il avait quand tout ce cirque a commencé ! Chacun dans son petit trou. Vous aussi, Lynn, comme les autres !

— Non ! Pas moi ! Ce n'est pas vrai, David ! Je pensais justement…

— À moi ?

Elle sursauta. Mais déjà ses bras se refermaient sur elle, et ses lèvres brûlantes écrasaient les siennes dans un baiser plein de colère.

— À Rowley Cloade ? dit-il. Ce balourd ? Bon Dieu, Lynn, vous êtes à moi !

Puis il relâcha son étreinte et la repoussa presque brutalement :

— Je vais rater mon train !

Il se mit à dévaler la colline à toute allure.

— David… !

Il tourna la tête.

— Je vous téléphonerai dès que je serai à Londres ! cria-t-il.

Elle le regarda s'éloigner d'une course souple, athlétique, animale, jusqu'à ce qu'il soit happé par l'obscurité.

Puis, l'esprit en chaos et le cœur en émoi, elle reprit à pas lents le chemin de chez elle.

Avant de rentrer, elle hésita un peu. Elle redoutait l'affection envahissante, les questions de sa mère…

Sa mère qui avait emprunté cinq cents livres à des gens qu'elle méprisait.

« Nous n'avons pas le droit de mépriser Rosaleen et David, songeait Lynn en montant l'escalier sans faire de bruit. Nous sommes exactement pareils. Nous ferions n'importe quoi – *n'importe quoi* pour de l'argent. »

Dans sa chambre, elle resta de longues minutes à scruter son visage dans le miroir. Le visage d'une étrangère…

Soudain, la colère s'empara d'elle.

« Si Rowley m'aimait vraiment, pensa-t-elle, il se serait débrouillé pour me dénicher ces cinq cents livres. Il aurait trouvé un moyen quelconque. Il n'aurait jamais permis que je les doive à David. David… »

David avait dit qu'il l'appellerait de Londres.

Elle descendit l'escalier, comme dans un rêve.

« Les rêves, ça peut être très dangereux », songea-t-elle…

14

— Oh, te voilà, Lynn !

Le ton d'Adela exprimait un vif soulagement.

— Je ne t'avais pas entendue rentrer, ma chérie. Tu es là depuis longtemps ?

— Oh oui, des heures. J'étais dans ma chambre.

— J'aimerais bien que tu me préviennes quand tu rentres, Lynn. Je suis toujours inquiète de te savoir dehors à la nuit tombée.

— Écoute, Mums, tu ne crois pas que je suis assez grande pour m'occuper de moi ?

— C'est que les journaux sont pleins d'histoires épouvantables depuis quelque temps. Tous ces soldats démobilisés – ils agressent les jeunes filles, ma chérie.

— À mon avis, c'est qu'elles ne demandent pas mieux, rétorqua Lynn avec un drôle de sourire.

Oui, les filles aimaient le danger… Qui, après tout, rêvait de sécurité… ?

— Lynn chérie, tu m'écoutes ?

Elle sortit brusquement de sa rêverie.

Sa mère avait dit quelque chose.

— Qu'est-ce que tu disais, Mums ?

— Je parlais de tes demoiselles d'honneur. J'espère qu'elles auront assez de bons-textile. Une chance que tu aies tous tes bons de démobilisation. Je trouve ça vraiment malheureux, ces jeunes filles qui doivent se débrouiller avec le quota normal pour leur mariage ! Comment peuvent-elles s'offrir quoi que ce soit de neuf, c'est impossible ! Je veux dire, comme robe, etc. Parce que la lingerie, vu l'état dans lequel elle est, on est bien forcées d'en acheter. C'est vrai, tu sais, Lynn, tu as beaucoup de chance !

— Oh oui, beaucoup.

Elle déambulait dans la pièce, ramassant une chose par-ci, une autre par-là, les reposant.

— Tu ne peux pas rester un peu tranquille, ma chérie ? Tu me donnes le tournis.

— Excuse-moi, Mums.

— Il y a quelque chose qui ne va pas ?

— Quoi ? Qu'est-ce qui n'irait pas ? demanda Lynn en s'énervant.

— Ne prends pas la mouche comme ça, ma chérie ! Bon, alors, les demoiselles d'honneur. Je pense vraiment que tu devrais demander à la petite Macrae. Sa mère était ma meilleure amie, tu sais, et je pense qu'elle sera froissée si…

— Je déteste Joan Macrae, je n'ai jamais pu la souffrir.

— Je sais, ma chérie, mais quelle importance ? Marjorie se vexera…

— Enfin, Mums, c'est *mon* mariage, oui ou non ?

— Oui, bien sûr, Lynn, mais…

— Si tant est que mariage il y ait !

Elle n'avait pas voulu dire ça. Les mots lui avaient échappé par mégarde. Elle aurait voulu les rattraper, mais il était trop tard. Mrs Marchmont regardait sa fille d'un air catastrophé :

— Lynn, ma chérie, que veux-tu dire ?

— Oh, rien, Mums.

— Tu ne t'es pas disputée avec Rowley, au moins ?

— Non, bien sûr que non. Allons, Mums, ne t'en fais pas, tout va bien.

Mais, derrière le visage renfrogné de sa fille, Adela devinait un tumulte qui l'alarma pour de bon.

— J'ai toujours pensé que tu serais si bien avec Rowley, tellement en sécurité, déclara-t-elle d'un ton pitoyable.

— Je n'ai que faire de ta sécurité ! riposta Lynn avec mépris.

Elle bondit :

— Ce n'était pas le téléphone ?

— Non. Pourquoi ? Tu attends un appel ?

Lynn secoua la tête. Quelle humiliation d'attendre ainsi que le téléphone sonne. Il avait dit qu'il l'appellerait ce soir. Il ne pouvait pas ne pas le faire. « Tu es folle, se dit-elle. Complètement folle. »

Pourquoi cet homme l'attirait-il tant ? Le souvenir du sombre visage tourmenté l'assaillit. Elle essaya de le chasser, elle essaya d'évoquer le beau visage ouvert de Rowley. Son sourire tranquille et son regard chaleureux. Mais Rowley l'aimait-il vraiment ? S'il l'aimait, le jour où elle était venue le supplier de lui trouver cinq cents livres, il aurait compris. Il aurait compris, au lieu d'être si raisonnable, si terre-à-terre que c'en était à hurler. Épouser Rowley, vivre à la ferme, ne plus jamais partir, ne plus jamais voir d'autres cieux, ni respirer un air parfumé de senteurs exotiques… ne plus jamais être libre…

Le téléphone sonna brutalement. Lynn prit une profonde inspiration, traversa le vestibule et décrocha.

La voix flûtée de tante Kathie lui fit l'effet d'un coup sur la tête :

— Lynn ? C'est toi ? Oh, je suis bien contente de te trouver ! Je crois que j'ai fait une bêtise… tu sais, pour la réunion de l'Institut…

Un flot de paroles se déversa. Lynn écouta, glissa un commentaire par-ci, un mot de réconfort par-là, en fut longuement remerciée :

— Ah, ma petite Lynn, quel réconfort de t'avoir. Tu es toujours si gentille, si aidante. Je n'arrive pas à comprendre comment je peux tout embrouiller comme ça.

Lynn n'y arrivait pas davantage. Le talent de tante Kathie pour embrouiller les questions les plus simples tenait pratiquement du génie.

— Mais, comme je le dis toujours, concluait tante Kathie, tout va toujours mal en même temps. Notre téléphone est en dérangement, alors il a fallu que j'aille à une cabine et, une fois arrivée là, je m'aperçois que je n'ai pas les bonnes pièces… et me voilà qui ressors pour demander…

La communication fut coupée. Enfin. Lynn raccrocha et retourna au salon.

— Qui était-ce ? s'enquit Adela Marchmont, sur le qui-vive.

— Tante Kathie, répondit Lynn très vite.

— Que voulait-elle ?

— Oh, encore un de ses embrouillaminis.

Lynn prit un livre et s'assit, guettant la pendule du coin de l'œil. Il était trop tôt, évidemment. Elle ne pouvait pas compter qu'il appelle déjà. Cinq minutes après 11 heures, le téléphone sonna de nouveau. Cette fois elle prit son temps pour aller répondre. Non, elle ne s'attendait pas à ce que ce soit… c'était sans doute encore tante Kathie…

Mais non.

— Warmsley Vale 34 ? Miss Lynn Marchmont peut-elle prendre un appel en provenance de Londres ?

Son cœur fit une embardée.

— Lynn Marchmont à l'appareil.

— Ne quittez pas.

Elle attendit… quelques grésillements… puis le silence. Le service du téléphone allait de pire en pire.

Elle attendit, attendit encore, et finit par actionner furieusement la fourche de l'appareil. Une autre voix de femme, froide et indifférente, se fit entendre :

— Raccrochez, s'il vous plaît. On vous rappellera plus tard.

Elle obtempéra, tourna les talons, et la sonnerie retentit de nouveau au moment où elle posait la main sur la porte du salon. Elle se rua sur l'appareil :

— Allô ?

C'était une voix d'homme :

— Warmsley Vale 34 ? Un appel personnel de Londres pour miss Lynn Marchmont.

— C'est elle-même.

Un instant, s'il vous plaît. (La voix s'éloigna.) Parlez, Londres, vous êtes en ligne.

Soudain ce fut la voix de David :

— Allô ? Lynn, c'est vous ?

— David !

— Il fallait que je vous parle.

— Oui…

— Écoutez, Lynn, je crois qu'il vaudrait mieux que je disparaisse…

— Que voulez-vous dire ?

— Que je quitte l'Angleterre pour de bon. Oh, ce n'est pas une affaire. J'ai raconté à Rosaleen que c'était très compliqué, simplement parce que je ne voulais pas partir de Warmsley Vale. Mais à quoi bon ? Vous et moi, ça ne marcherait pas. Vous êtes une fille formidable, Lynn, et moi, je ne suis pas un type très recommandable, et ça ne date pas d'hier. Ne vous bercez pas de l'espoir que, pour vous, je rentrerais dans le rang. Je pourrais le vouloir, mais ça ne marcherait pas. Non, il vaut mieux que vous épousiez ce brave Rowley. Avec lui vous pourrez dormir toutes les nuits sur vos deux oreilles. Avec moi, ce serait l'enfer.

Immobile, écouteur collé à l'oreille, elle restait muette.

— Lynn, vous êtes encore là ?

— Oui, je suis là.

— Vous ne dites rien.

— Qu'y a-t-il à dire ?

— Lynn ?

— Oui… ?

C'était étrange comme, malgré la distance, elle sentait son exaltation, l'urgence dans sa voix…

Il jura à mi-voix, puis explosa :

— Oh, et puis au diable tout ça !

Et raccrocha.

— Qu'est-ce que… ? demanda Mrs Marchmont qui venait de paraître à la porte du salon.

— Une erreur, déclara Lynn.

Et elle monta l'escalier quatre à quatre.

15

Au *Cerf*, le système en vigueur pour réveiller les clients qui en avaient émis la demande était rudimentaire mais efficace : un grand coup dans la porte, suivi de l'information, criée à tue-tête, qu'il était « 8 h 30, monsieur ! » ou « 8 heures ! » ou ce que vous vouliez. Si vous en aviez fait la demande expresse, un plateau était déposé sur votre paillasson dans un grand entrechoquement de porcelaine.

Ce mercredi matin-là, la jeune Gladys suivit la procédure habituelle devant la porte du n° 5. « 8 heures et quart, monsieur ! » brailla-t-elle en déposant le plateau avec une vigueur telle que le lait jaillit hors de son pot. Puis elle s'en fut réveiller encore quelques clients avant de retourner à d'autres tâches.

Il était 10 heures lorsqu'elle s'aperçut que le plateau du n° 5 était toujours sur le paillasson.

Elle cogna à la porte à plusieurs reprises, n'obtint pas de réponse et prit le parti d'entrer.

Le n° 5 n'était pas le genre à faire la grasse matinée, et il vint à l'idée de Gladys que la fenêtre de sa chambre donnait sur un toit en terrasse des plus commodes. Et que peut-être le n° 5 en avait profité pour mettre les voiles sans payer sa note.

Mais l'homme enregistré sous le nom d'Enoch Arden n'avait pas mis les voiles. Il gisait au beau milieu de la chambre, face contre terre. Et, bien que dépourvue de la moindre connaissance médicale, Gladys ne douta pas un instant qu'il fût mort.

Elle rejeta la tête en arrière et poussa un hurlement, puis se rua hors de la pièce et dévala l'escalier sans cesser de hurler :

— Oooh ! miss Lippincott ! Miss Lippincott ! Oooh…

Miss Lippincott se trouvait dans ses appartements privés, en train de se faire soigner une coupure à la main par le Dr Lionel Cloade, lequel laissa tomber le pansement et se retourna, exaspéré, vers la fille qui entrait comme un bolide.

— Oooh, miss…

— Quoi ? Qu'est-ce qu'il y a ? aboya le médecin.

— Qu'est-ce qui se passe, Gladys ? demanda Beatrice.

— C'est le monsieur du 5, miss ! Il est là-haut, couché par terre… raide mort !

Le médecin regarda la fille, puis miss Lippincott. Celle-ci regarda Gladys, puis le médecin. Lequel finit par dire d'une voix incertaine :

— Absurde.

— Raide mort ! répéta Gladys, ajoutant non sans une certaine délectation : même qu'il a le crâne défoncé !

— Peut-être devrais-je…, commença le médecin en se tournant vers miss Lippincott.

— Oui, s'il vous plaît, docteur. Mais, vraiment… j'ai du mal à… Ça paraît tellement invraisemblable…

Ils montèrent en formation, Gladys en éclaireur. Le Dr Cloade évalua les dégâts d'un coup d'œil, puis vint s'agenouiller auprès du corps étendu.

Il leva les yeux vers Beatrice. Ses manières avaient changé. Elles étaient abruptes, autoritaires.

— Téléphonez tout de suite à la police, dit-il.

Beatrice fit demi-tour, Gladys sur ses talons.

— Oh ! miss, dit celle-ci dans un murmure empli d'une respectueuse terreur, vous croyez que c'est un *meurtre* ?

D'une main nerveuse, Beatrice tapota les grosses coques de sa permanente.

— Tiens ta langue, Gladys, dit-elle d'un ton dur. Parler de meurtre avant d'être sûr que c'en est un, ça s'appelle de la diffamation, et ça peut te mener tout droit devant le juge. Et ça ne nous fera aucun bien qu'on commence à bavarder à tort et à travers. Tu peux aller te faire une tasse de thé, ajouta-t-elle miséricordieusement. Tu dois en avoir bien besoin.

— Ça, c'est vrai, miss ! J'ai l'estomac tout retourné ! Je vais vous en apporter une tasse aussi !

À quoi Beatrice ne dit pas non.

16

Encolure de taureau sur des épaules de charretier, le superintendant Spence contempla pensivement Beatrice Lippincott qui, lèvres serrées, lui faisait face de l'autre côté de son bureau :

— Merci, miss Lippincott. Vous n'avez rien à ajouter ? Je vais faire dactylographier ça, et puis je vous demanderai de bien vouloir signer…

— Oh, mon Dieu, j'espère que je n'aurai pas à témoigner devant un tribunal.

— Oh, on ne devrait pas en arriver là, mentit le superintendant Spence avec un sourire qui se voulait rassurant.

— C'est peut-être un suicide ? suggéra Beatrice.

Le superintendant s'abstint de faire remarquer qu'on se suicide rarement en se fracassant le crâne avec une paire de pincettes.

— Méfions-nous des conclusions hâtives, dit-il seulement d'un ton léger. Merci, miss Lippincott. C'est très bien de votre part d'être venue témoigner spontanément.

Dès qu'on l'eut fait sortir, Spence récapitula mentalement la déposition de Beatrice Lippincott. Il la connaissait bien, et il savait assez précisément jusqu'où on pouvait se fier à ses déclarations. La conversation surprise, d'accord, c'était sûrement vrai. Un peu de broderies autour, pour le plaisir. Encore quelques petites retouches dues au fait que le meurtre avait eu lieu dans la chambre 5, bon. Mais une fois ôtées les enjolivures, ce qui restait était passablement déplaisant et suggestif.

Le superintendant Spence baissa les yeux sur son bureau. Une montre-bracelet dont le verre était cassé, un briquet en or gravé d'initiales, un tube de rouge à lèvres dans un étui doré, une paire de pincettes en acier dont la lourde poignée portait une tache brun foncé.

Le sergent Graves passa la tête à la porte pour annoncer que Mr Rowley Cloade attendait. Spence fit signe de l'introduire.

Le superintendant savait tout de Rowley Cloade exactement comme il savait tout de Beatrice Lippincott. Si Rowley s'était présenté au poste de police, c'est qu'il avait une déclaration à faire. Que cette déclaration serait fiable et sans fioritures. Et, au total, quelque chose qu'il serait intéressant d'entendre. D'un autre côté, Rowley étant d'un caractère réfléchi, cela risquait de prendre un certain temps. Et on ne brusquait pas ce type d'hommes, sinon ils s'embrouillaient, se répétaient et le tout prenait deux heures au lieu d'une…

— Bonjour, Mr Cloade. Content de vous voir. Auriez-vous quelque lumière à apporter sur cette affaire ? L'homme qui a été tué au *Cerf*.

À la grande surprise de Spence, Rowley répondit par une question – une question posée abruptement :

— Vous l'avez identifié, ce type ?

— Non, répondit Spence en prenant son temps. Je n'irai pas jusque-là. Il s'est inscrit sous le nom d'Enoch Arden, mais nous n'avons trouvé dans ses effets aucune preuve de cela.

Rowley fronça le sourcil :

— Est-ce que ce n'est pas un peu... bizarre ?

C'était on ne peut plus bizarre, en effet, mais le superintendant Spence n'ayant pas l'intention d'échanger ses impressions là-dessus avec Rowley Cloade, il reprit la direction des opérations.

— Allons, Mr Cloade, dit-il plaisamment, c'est moi qui pose les questions. Vous êtes allé voir cet homme hier soir. Pourquoi ?

— Vous connaissez Beatrice Lippincott, n'est-ce pas ? Du *Cerf* ?

— Oui, bien sûr. Et, ajouta-t-il dans l'espoir d'abréger les préambules, j'ai entendu son histoire. Elle est venue témoigner spontanément.

Rowley parut soulagé :

— Ouf ! J'avais peur qu'elle ne veuille pas être mêlée à une enquête. Les gens ont parfois de drôles d'idées.

Le superintendant approuva d'un signe de tête.

— Eh bien, dans ce cas... Beatrice m'a raconté la conversation qu'elle avait surprise et cela m'a paru – je ne sais pas ce que vous en pensez – cela m'a paru franchement louche. Ce que je veux dire, c'est que... nous sommes... enfin... nous sommes directement concernés.

Le superintendant approuva de nouveau. Comme tout le monde dans la région, il s'était intéressé de près à la mort de Gordon Cloade et il partageait l'opinion générale selon laquelle la famille Cloade avait été lésée. Comme tout le monde encore, il considérait que Mrs Cloade « n'était pas une dame », et que le frère de Mrs Cloade était une de ces têtes brûlées qui avaient eu leur utilité pendant la guerre, dans les commandos, mais dont il fallait à coup sûr se méfier en temps de paix.

— Je n'ai pas besoin de vous expliquer, je pense, superintendant, que si le premier mari de Mrs Gordon était encore en vie, cela changerait beaucoup de choses pour notre famille. Le récit de Beatrice a été comme un déclic. Je n'aurais jamais envisagé une telle possibilité. Pour moi, elle était veuve, point final. Et je peux dire que ça m'a fait un choc. Il m'a fallu un certain temps pour comprendre ce que cela signifiait. Il fallait que ça fasse son chemin dans ma tête, vous comprenez.

Spence opina derechef. Il voyait parfaitement Rowley tourner et retourner lentement l'idée dans sa tête.

— D'abord, je me suis dit que je ferais mieux de brancher mon oncle là-dessus, le juriste.

— Mr Jeremy Cloade ?

— Oui. Je me suis donc rendu chez lui. Il était, je pense, un peu plus de 8 heures. Ils finissaient de dîner, alors je suis allé attendre Jeremy dans son bureau, sans cesser de réfléchir…

— Oui ?

— Et finalement j'en suis venu à la conclusion que j'allais débrouiller un peu les choses avant de mettre mon oncle dans le coup. Ces hommes de loi sont tous les mêmes, n'est-ce pas ? Ils prennent mille précautions et vérifient chaque point avant de remuer le petit doigt, cela prend un temps fou. Et comme l'information que je détenais avait été obtenue d'une façon assez contestable… je craignais que le vieux Jeremy ne fasse un tas de difficultés pour l'utiliser. Alors j'ai décidé de passer à l'hôtel pour me faire une idée de ce coco.

— Ce que vous avez fait ?

— Oui. J'y suis allé sur-le-champ…

— Et quelle heure était-il ?

— Voyons… j'ai dû arriver chez Jeremy vers 8 h 20, ou dans ces eaux-là… cinq minutes là-bas… Je ne pourrais pas dire exactement, Spence… après 8 heures et demie… Vers 9 heures moins 20, peut-être ?

— Oui, Mr Cloade ?

— Je savais où trouver le gars, Beatrice avait mentionné le numéro de sa chambre. Je suis monté directement, j'ai frappé à sa porte, il a dit : « Entrez », et je suis entré.

Rowley fit une pause. Puis :

— Je ne sais pas trop comment, mais ça a cafouillé. En arrivant, j'étais sûr d'avoir l'avantage. Mais ce type avait oublié d'être bête, et je n'ai pas réussi à trouver le défaut de la cuirasse. Je croyais qu'il aurait peur quand je ferais allusion à ses entreprises de chantage, mais ça l'a plutôt amusé. Il m'a même demandé – le culot de ce type – si j'étais acheteur ! « Ça ne marchera pas avec moi », je lui ai dit. « *Moi,* je n'ai rien à cacher. » Il m'a répondu d'une façon assez déplaisante que ce n'était pas ce qu'il voulait dire. Il avait quelque chose à vendre, est-ce que j'étais preneur, là était la question. « Soyez plus clair », j'ai dit.

Alors il a déclaré : « Combien êtes-vous prêt à payer, vous ou votre famille, pour la preuve irréfutable que Robert Underhay, officiellement mort en Afrique, se porte comme un charme ? » Je lui ai demandé ce qui lui faisait croire que nous serions intéressés. Il m'a ri au nez : « Parce que, ce soir, m'a-t-il dit, j'attends un client qui sera sûrement d'accord pour me verser une jolie somme en échange de la preuve irréfutable que Robert Underhay est mort. » À ce moment-là, eh bien... je reconnais que j'ai un peu perdu mon sang-froid. Je lui ai répondu que ma famille ne trempait pas dans ce genre de saleté. Si Underhay était vivant, ce serait simple à établir. Sur ce, j'allais partir d'un air digne quand il s'est mis à rire, et a dit sur un drôle de ton : « Je ne pense pas que vous arriverez à prouver ça sans *ma* collaboration. » C'était vraiment bizarre la façon dont il a dit ça.

— Et ensuite ?

— Eh bien, pour tout vous dire, je suis rentré chez moi assez sonné. J'avais l'impression, vous savez, d'avoir fait une boulette. Je regrettais de ne pas avoir laissé le vieux Jeremy prendre les choses en main. Je veux dire, zut quoi ! les juristes savent comment traiter avec ce genre de client.

— À quelle heure avez-vous quitté l'hôtel ?

— Je n'en sais rien. Attendez voir... Il ne devait pas être loin de 9 heures, parce qu'en traversant le village, j'ai entendu l'indicatif des nouvelles à la radio, par une fenêtre.

— Arden a-t-il dit qui était le « client » qu'il attendait ?

— Non. Pour moi, c'était David Hunter. Qui d'autre ?

— À aucun moment vous n'avez eu l'impression que ce rendez-vous l'inquiétait ?

— Absolument pas. Ce type avait l'air de dominer la situation et d'être parfaitement sûr de lui.

D'un geste, Spence désigna les lourdes pincettes de fer :

— Aviez-vous remarqué cet ustensile dans la cheminée, Mr Cloade ?

— Les pincettes ? Non… non, je ne crois pas. Le feu n'était pas allumé.

Le front plissé, il essayait de revoir la scène :

— Il y avait bien des ustensiles, ça, j'en suis sûr. Mais lesquels ? Je ne peux pas dire que j'ai fait attention. C'est avec ça que…

— Qu'on lui a défoncé le crâne, oui.

— C'est bizarre. Hunter est d'un gabarit plutôt léger… Arden était bâti en force – un costaud.

— L'expertise médicale, déclara le superintendant d'une voix neutre, a montré qu'il a été frappé par-derrière et que le coup porté avec la poignée des pincettes l'a été de haut en bas.

— Évidemment, dit Rowley, pensif, ce gus était sûr de lui… mais quand même, à sa place, je n'aurais pas tourné le dos à un type que j'essaie de saigner à blanc, surtout un spécialiste des techniques de combat. Pas très prudent, cet Arden, on dirait.

— S'il avait été prudent, il est probable qu'il serait encore en vie à l'heure qu'il est, répliqua sèchement Spence.

— Dieu sait que je préférerais ça ! s'exclama Rowley avec ferveur. Pour l'instant, j'ai surtout l'impression d'avoir fait un beau gâchis. Si seulement je n'étais pas monté sur mes grands chevaux, j'aurais peut-être réussi à lui tirer quelque chose d'intéressant. J'aurais dû faire semblant d'accepter le marché… mais ça ne tenait pas debout. Je veux dire, avec quoi ? Quelle offre pouvions-nous faire, face à Rosaleen et David ? Ils ont l'argent. Nous, nous ne pourrions pas rassembler cinq cents livres en nous y mettant tous.

— Déjà vu ça ? demanda le superintendant en tendant le briquet en or.

Un pli se creusa entre les sourcils de Rowley.

— Je l'ai déjà vu quelque part, oui, répondit-il lentement, mais je ne me rappelle pas où. Il n'y a pas longtemps… non… vraiment, je ne sais plus.

Spence ne déposa pas le briquet dans la main que lui tendait Rowley. Il le remit en place et prit le tube de rouge à lèvres qu'il sortit de son étui :

— Et ça ?

— Franchement, superintendant, fit Rowley avec un sourire, ce n'est pas mon genre.

Pensif, Spence l'essaya sur le dos de sa main et pencha la tête pour examiner la trace.

— Une couleur de brune, je dirais.

— Vous en savez des choses, dans la police, remarqua Rowley en se levant. Mais cet homme… vous ne savez absolument pas qui c'était ?

— Et, vous, Mr Cloade, en avez-vous une idée ?

— Non, je me demandais… c'est-à-dire… en fait, ce type était notre seul lien avec Underhay. Maintenant qu'il est mort… eh bien… nous avons autant de chances de retrouver Underhay que de dénicher une aiguille dans une meule de foin.

— Il va y avoir de la publicité, Mr Cloade. Tout cela sera bientôt dans les journaux, n'est-ce pas. Si Underhay est vivant et qu'un article lui tombe sous les yeux, eh bien, il pourrait se faire connaître.

— Oui, dit Rowley d'un ton dubitatif. Il pourrait…

— Mais vous n'y croyez pas ?

— Ce que je crois, c'est que David Hunter a gagné le premier round.

— Je me le demande, fit Spence.

Lorsque Rowley fut parti, il prit en main le briquet et examina les initiales, D. H., qui y étaient gravées.

— Jolie pièce, dit-il à l'adresse du sergent Graves. Ce n'est pas de la production de série, cela nous facilitera les recherches. Greatorex, ou un de ces magasins de Bond Street. Occupez-vous de ça !

— Bien, monsieur.

Le superintendant examina la montre-bracelet : sous le verre brisé, les aiguilles marquaient 9 h 10.

Il regarda le sergent

— Vous avez le rapport là-dessus, Graves ?

— Oui, monsieur. Ressort cassé.

— Et le mécanisme des aiguilles ?

— En parfait état, monsieur.

— À votre avis, Graves, que nous apprend cette montre ?

— Eh bien, murmura Graves avec circonspection, il semblerait qu'elle nous indique l'heure à laquelle le crime a été commis.

— Ah, quand vous serez un vieux routier comme moi, vous aurez appris à prendre avec des pincettes ce genre d'indices providentiels. Une montre brisée, cela peut arriver, mais c'est aussi un truc vieux comme le monde. Vous réglez la montre à l'heure qui vous arrange, vous la cassez, et vous vous fabriquez un petit alibi bien honnête. Mais ce n'est pas comme ça qu'on piège un vieux renard. Non, pour moi, la question de l'heure du crime reste ouverte. Je m'en tiens à ce que dit l'expertise médicale : entre 20 heures et 23 heures.

Le sergent Graves s'éclaircit la gorge :

— Edward, l'aide-jardinier de Furrowbank, prétend qu'il a vu David Hunter sortir par une porte de service vers 19 h 30. Les domestiques ne savaient pas qu'il était dans la maison, elles le croyaient à Londres avec Mrs Gordon. Ça prouve qu'il était bel et bien dans le secteur.

— En effet. Je serai intéressé d'entendre la version de Hunter.

— L'affaire paraît assez claire, monsieur, fit Graves, le regard braqué sur les initiales du briquet.

— Humm… N'oublions pas cela, dit le superintendant en désignant le tube de rouge à lèvres.

— Il avait roulé sous la commode, monsieur. Peut-être bien qu'il était là depuis un moment.

— J'ai vérifié. La dernière fois qu'une femme a occupé cette chambre, c'était il y a trois semaines. Je sais bien que le service n'est plus ce qu'il était… mais tout de même, je veux croire qu'on passe un coup de balai sous les meubles au moins une fois en trois semaines. Le *Cerf* est plutôt bien tenu, dans l'ensemble.

— Pourtant, rien ne permet de penser qu'une femme ait rejoint Enoch Arden.

— Je sais. Voilà pourquoi ce tube de rouge à lèvres représente ce que j'appelle l'inconnue.

Le sergent se retint de dire « Cherchez la femme ». Il avait un excellent accent français, et il n'avait pas l'intention d'agacer le superintendant Spence en attirant l'attention dessus. Le sergent Graves était un jeune homme plein de tact.

17

Avant d'en franchir le seuil élégant, le superintendant Spence s'attarda à examiner l'immeuble de Shepherd's Court. Situé modestement près de Shepherd's Market, c'était un bâtiment d'un luxe discret qui ne se faisait pas remarquer.

À l'intérieur, les pas de Spence s'enfoncèrent dans d'épais tapis. Il y avait une banquette tapissée de velours et une jardinière remplies de potées fleuries. Face à l'entrée, un petit ascenseur dans la cage d'escalier. À droite dans le hall, une porte marquée « Bureau ». Spence la poussa. Il entra dans une petite pièce où, derrière un comptoir, se trouvaient une table avec une machine à écrire, et deux chaises. L'une était tirée devant la table, et l'autre, plus décorative, placée dans un coin, près de la fenêtre. Il n'y avait personne.

Avisant une sonnette sur le comptoir d'acajou, Spence en pressa le bouton. Comme rien ne se produisait, il réitéra. Au bout de quelques minutes, une porte s'ouvrit dans le mur du fond, et un rutilant personnage galonné apparut. On aurait dit un général d'une armée étrangère – voire même un maréchal –, mais son accent était résolument londonien… pour ne pas dire faubourien :

— Vous désirez, monsieur ?

— Mrs Gordon Cloade, je vous prie.

— Troisième étage, monsieur. Dois-je avertir de votre visite ?

— Ah, elle est ici alors ? Je pensais qu'elle était peut-être à la campagne.

— Mais non, monsieur. Elle est ici depuis samedi dernier.

— Mr David Hunter aussi ?

— Oui, monsieur.

— Il ne s'est pas absenté ?

— Non, monsieur.

— Il était ici la nuit dernière ?

— Non mais dites donc ! s'insurgea soudain le maréchal. Qu'est-ce que ça veut dire ? Vous avez encore beaucoup de questions comme ça ?

Sans un mot, Spence sortit sa carte, ce qui eut pour effet immédiat de dégonfler le maréchal et de le rendre coopérant :

— Oh, désolé. J'pouvais pas savoir, hein ?

— Bon, eh bien, maintenant : Mr Hunter était ici la nuit dernière ?

— Oui, monsieur. D'après ce que je sais, en tout cas. Je veux dire que, s'il est sorti, il n'est pas venu me le dire.

— Vous le sauriez, s'il était sorti ?

— Ma foi, en principe, non. Je n'ai pas à le savoir. D'habitude, quand ces messieurs-dames s'absentent, ils préviennent. Ils donnent des consignes pour le courrier ou les coups de téléphone.

— Tous les appels passent par ce bureau ?

— Non. La plupart des appartements ont leur ligne personnelle. Mais quelques-uns des locataires préfèrent ne pas en avoir, alors, quand ils reçoivent un appel, nous les prévenons par le téléphone intérieur et ils descendent prendre leur communication dans la cabine du hall.

— Mrs Cloade a-t-elle une ligne privée ?

— Oui, monsieur.

— Et, à votre connaissance, son frère et elle étaient présents la nuit dernière ?

— Tout juste.

— Et pour les repas ?

— Il y a un restaurant, mais Mrs Cloade et Mr Hunter ne le fréquentent pas souvent. Ils préfèrent dîner dehors.

— Et les petits déjeuners ?

— Ils sont servis dans les appartements.

— Pourriez-vous savoir si on leur a monté le petit déjeuner ce matin ?

— Oui, monsieur. Je peux me renseigner auprès du service d'étage.

Spence l'y engagea d'un signe de tête.

— Je monte maintenant. Vous me direz ça quand je redescendrai.

— Très bien, monsieur.

Spence entra dans l'ascenseur et pressa le bouton du troisième. Il n'y avait que deux appartements par étage. Spence sonna au n° 9.

David Hunter ouvrit la porte. Il n'avait encore jamais vu le superintendant.

— Oui ? fit-il d'un ton sec. Qu'est-ce que c'est ?

— Mr Hunter ?

— Oui.

— Superintendant Spence, de la police du comté de l'Oastshire. Puis-je avoir un entretien avec vous ?

— Oh, navré, superintendant ! répondit David en souriant. Je vous avais pris pour un démarcheur. Entrez donc.

Il le conduisit jusqu'à un joli salon, meublé de façon moderne. Rosaleen, debout près de la fenêtre, se retourna à leur entrée.

— C'est le superintendant Spence, Rosaleen. Asseyez-vous, superintendant. Boirez-vous quelque chose ?

— Non, merci, Mr Hunter.

Rosaleen s'était assise le dos à la fenêtre, la tête un peu penchée et les mains crispées sur ses genoux.

— Une cigarette ? offrit David.

— Volontiers.

Spence prit une cigarette, attendit… et vit David glisser la main dans sa poche, la retirer, froncer le sourcil, regarder autour de lui et prendre une boîte d'allumettes. Il en gratta une dont il présenta la flamme au superintendant.

— Je vous remercie.

— Eh bien, fit David d'un ton dégagé lorsqu'il eut allumé sa propre cigarette. Que se passe-t-il donc à

Warmsley Vale ? On a surpris notre cuisinière en train de faire du marché noir ? C'est vrai qu'elle nous fait de vrais festins et je me suis toujours demandé s'il n'y avait pas quelque chose de criminel là-dessous.

— C'est un peu plus sérieux que ça, dit le superintendant. Hier soir, un homme est mort au *Cerf*. Peut-être l'avez-vous lu dans le journal ?

— Non, répondit David en secouant la tête, je n'ai pas remarqué. Et alors ?

— Il n'est pas mort tout seul. On l'a assassiné. On lui a fracassé le crâne, pour être plus précis.

Rosaleen étouffa un petit cri.

— Je vous en prie, superintendant, ne donnez pas de détails. Ma sœur est émotive, et si vous parlez de sang ou d'horreurs de ce genre, elle risque de tourner de l'œil.

— Oh, pardonnez-moi. Il n'y avait d'ailleurs pas de sang, mais c'est quand même bien un meurtre.

Il se tut.

David ouvrit de grands yeux.

— C'est passionnant, fit-il, aimable. Et que venons-nous faire là-dedans ?

— Nous espérions que vous pourriez nous apprendre quelque chose sur cet homme, Mr Hunter.

— Moi ?

— Vous lui avez rendu visite dans la soirée de samedi. Son nom – ou, du moins, le nom qu'il avait donné – était Enoch Arden.

— Oui, naturellement, je me rappelle.

David avait dit cela d'un ton tranquille et assuré.

— Alors, Mr Hunter ?

— Eh bien, superintendant, je crains de ne pouvoir vous être utile. Je ne sais pratiquement rien du bonhomme.

— Enoch Arden, c'était vraiment son nom ?

— J'en doute énormément.

— Pourquoi alliez-vous le voir ?

— Bah ! un type dans la débine – l'histoire habituelle. Il a mentionné des lieux, des noms, des souvenirs de guerre… Il voulait me taper, je pense, ajouta David avec un haussement d'épaules. Tout cela sonnait assez faux.

— Lui avez-vous donné de l'argent, monsieur ?

Une seconde d'hésitation, et puis :

— Juste un billet de cinq livres… pour lui porter chance. Après tout, ce type avait fait la guerre.

— Il a mentionné des noms que vous… connaissiez ?

— Oui.

— Celui du capitaine Robert Underhay, par exemple ?

Il venait enfin de faire son petit effet. David se raidit. Rosaleen poussa un piaulement effrayé.

— Qu'est-ce qui vous fait penser cela, superintendant ? finit par demander David, sondant d'un regard aigu son interlocuteur.

— Une information, répondit Spence, impassible.

Il y eut un court silence. Le superintendant était conscient du regard de David sur lui – regard qui l'observait, jaugeait l'adversaire, s'efforçait de le *deviner*… Lui-même attendait placidement.

— Vous avez une idée de qui était Robert Underhay, superintendant ?

— Supposons que *vous* me le disiez, monsieur.

— Robert Underhay était le premier mari de ma sœur. Il est mort en Afrique, il y a plusieurs années de cela.

— Tout à fait sûr de ça, Mr Hunter ?

— Tout à fait. N'est-ce pas, Rosaleen ?

— Oh, oui ! fit-elle dans un souffle. Robert est mort d'une mauvaise fièvre – une fièvre bilieuse… Oh, mon Dieu !

— Il arrive, madame, que circulent des histoires qui ne sont pas absolument véridiques.

Elle ne répondit pas. Elle ne le regardait pas. Elle regardait son frère.

— Robert est mort, répéta-t-elle simplement.

— D'après mes informations, reprit le superintendant, cet homme, Enoch Arden, s'est présenté comme un ami de feu Robert Underhay et, dans le même temps, vous a annoncé, Mr Hunter, que Robert Underhay était vivant.

— Ridicule, dit David. Complètement ridicule.

— Donc, vous êtes formel, le nom de Robert Underhay n'a pas été mentionné ?

— Oh, si, répliqua David avec un sourire désarmant, il l'a été. Ce malheureux avait connu Underhay.

— Il n'a pas été question de… chantage, Mr Hunter ?

— De chantage ? Je ne comprends pas, superintendant.

— Oh, vraiment, Mr Hunter ? Au fait, pour la forme, où étiez-vous hier soir – entre, mettons, 19 et 23 heures ?

— Supposons que pour la forme, superintendant, je refuse de répondre ?

— Ne serait-ce pas un peu puéril de votre part ?

— Je ne trouve pas. Je déteste – j'ai toujours détesté qu'on me bouscule.

Le superintendant songea que c'était sans doute vrai.

Il avait déjà eu affaire à ce type de témoins. Des témoins qui faisaient de l'obstruction pour le plaisir, et pas du tout parce qu'ils auraient eu quelque chose à cacher. Le simple fait de leur demander leur emploi du temps déclenchait chez eux une réaction d'ombrageuse fierté et de sombre fureur. Ils mettaient leur point d'honneur et toute leur énergie à faire obstacle à l'action de la justice.

Le superintendant Spence, qui se flattait d'être un homme sans idées préconçues, n'en était pas moins venu à Shepherd's Court avec la conviction que David Hunter était un assassin.

Maintenant, il en était moins sûr. Le comportement de défi puéril de David avait éveillé ses doutes.

Spence regarda Rosaleen Cloade. Elle réagit tout de suite :

— David, pourquoi ne pas le dire ?

— Très juste, Mrs Cloade. Nous cherchons seulement à éclaircir…

— Ça suffit ! s'écria rageusement David. Laissez ma sœur tranquille ! En quoi cela vous regarde, si j'étais ici, ou à Warmsley Vale, ou à Tombouctou ?

— Mr Hunter, vous serez assigné à comparaître à l'enquête d'instruction, l'avertit Spence. Et là, il faudra bien que vous répondiez aux questions.

— Dans ce cas, j'attendrai l'enquête ! Et maintenant, je ne vous retiens pas, superintendant !

— Très bien, monsieur, dit le superintendant en se levant d'un air placide. J'aurai juste une question à poser à Mrs Cloade.

— Je ne veux pas qu'on embête ma sœur.

— J'entends bien. Mais je voudrais qu'elle aille voir le corps et nous dise si elle peut l'identifier. Je n'outrepasse pas mes fonctions, il me semble, et, tôt ou tard, elle devra le faire. Pourquoi ne m'accompagnerait-elle pas, qu'on en finisse tout de suite ? Un témoin a entendu Enoch Arden déclarer qu'il connaissait Robert Underhay, donc, peut-être connaissait-il aussi son épouse. Et dans ce cas, Mrs Underhay pourrait le reconnaître. Si Enoch Arden n'est qu'un nom d'emprunt, ça nous arrangerait de savoir quel était son vrai nom.

Contre toute attente, Rosaleen se leva et dit :

— Je vais venir, bien sûr.

Spence s'attendait à une nouvelle explosion de la part de David, mais celui-ci se contenta de sourire :

— Comme tu voudras, Rosaleen. J'avoue que je suis assez curieux moi-même. Après tout, tu pourras peut-être mettre un nom sur ce type.

— Vous-même, madame, ne l'avez jamais rencontré à Warmsley Vale ? demanda Spence.

Elle fit non de la tête :

— Je suis à Londres depuis samedi dernier.

— Et Arden a débarqué vendredi soir… c'est vrai.

— Voulez-vous que je vous accompagne maintenant, superintendant ?

Elle avait demandé cela avec une voix de petite fille obéissante. Malgré lui, le superintendant en fut favorablement impressionné. Il ne s'était pas attendu à tant de bonne volonté et de docilité.

— Je vous en saurais gré, Mrs Cloade. Plus tôt certains faits seront établis, mieux ce sera. Malheureusement, je suis venu sans voiture de police…

— Je vais appeler l'agence Daimler, proposa David en se dirigeant vers le téléphone. Ce n'est pas très légal, mais je suis sûr que vous pouvez arranger ça, superintendant.

— Je pense que c'est faisable, Mr Hunter. Je vous attends en bas, ajouta-t-il en se levant.

Il descendit par l'ascenseur et retourna dans le bureau où l'attendait le maréchal.

— Alors ?

— Les deux lits ont été occupés cette nuit, la salle de bains et les serviettes de toilette ont servi. On leur a monté le petit déjeuner à 9 h 30.

— Et vous ne savez pas à quelle heure Mr Hunter est rentré hier soir ?

— Je ne peux rien vous dire de plus, monsieur !

« Eh bien, il faudra se contenter de cela », pensa Spence. Il se demanda si cette attitude de refus n'était que pure bravade de la part de David, ou s'il y avait autre chose derrière. Il devait comprendre qu'une menace d'inculpation pour meurtre planait au-dessus de sa tête, et que plus vite il raconterait son histoire, mieux ce serait pour lui. Ce n'est jamais une bonne tactique que d'enquiquiner la police. Mais enquiquiner la police, pensa-t-il maussadement, c'était exactement le genre de chose qui devait plaire à David Hunter.

Sur la route de Warmsley Vale, ils parlèrent peu. Quand ils arrivèrent à la morgue, Rosaleen était très pâle, ses mains tremblaient. David en paraissait inquiet, il lui parlait comme à une petite fille :

— Ça ne prendra qu'une minute, mon lapin. Tu verras, ce n'est rien du tout. Ne t'en fais pas un monde. Tu vas entrer avec le superintendant, et moi, je t'attends là. Il n'y a pas de quoi s'inquiéter. Il sera allongé bien tranquillement, comme s'il dormait.

Elle fit un tout petit oui de la tête et lui tendit sa main. Il la prit dans la sienne :

— Allez, tu vas être une grande fille courageuse, maintenant.

— Vous devez me trouver affreusement lâche, dit-elle de sa voix douce au superintendant en lui emboîtant le pas. Mais depuis cette nuit horrible à Londres… tout le monde était mort dans la maison… tout le monde sauf moi…

— Je comprends, Mrs Cloade, répondit Spence gentiment. Je sais par quels moments terribles vous êtes passée. Je vous le promets, cela ne prendra qu'une minute.

Sur un signe de Spence, on releva le drap qui recouvrait le corps. Rosaleen Cloade baissa les yeux sur celui qui s'était fait appeler Enoch Arden. Spence, qui se tenait un peu en retrait, l'observait intensément.

Elle examina l'homme avec curiosité, comme étonnée, sans le moindre frémissement, sans la moindre émotion, sans rien qui manifestât qu'elle le reconnaissait – juste un long regard étonné. Et puis elle se signa d'un geste paisible, quasi machinal.

— Paix à son âme, dit-elle. Je n'ai jamais vu cet homme de ma vie. Je ne sais pas qui c'est.

« Ou tu es la meilleure comédienne que j'aie jamais rencontrée, ou bien tu dis la vérité », pensa Spence.

— Eh bien, c'est fait, j'ai le témoignage de la veuve, confia-t-il plus tard à Rowley Cloade, au téléphone. Elle est catégorique, cet homme n'est pas Robert Underhay et elle ne l'a jamais vu. Voilà qui règle la question !

Il y eut un silence.

— Vous êtes bien certain que ça la règle ? articula enfin Rowley.

— À mon avis, n'importe quel jury la croira… en l'absence de preuve du contraire, bien entendu.

— Oui… bon…

Quand il eut raccroché, Rowley, le front plissé, prit un annuaire. Pas l'annuaire local mais celui de Londres. Il l'ouvrit à la lettre P et parcourut du doigt les colonnes de noms. Jusqu'à ce qu'il trouve ce qu'il cherchait.

DEUXIÈME PARTIE

1

Hercule Poirot replia soigneusement le dernier des journaux qu'il avait envoyé George lui acheter. Il n'y avait pas beaucoup d'informations à glaner. D'après le rapport médical, l'homme avait reçu une série de coups violents à la tête. L'enquête était reportée à quinzaine, et on demandait à toute personne en mesure de fournir des renseignements sur un certain Enoch Arden, sans doute arrivé récemment du Cap, de se mettre en relation avec le chef de la police de l'Oastshire.

Poirot rassembla les journaux en une pile bien nette et s'abandonna à ses méditations. Cette histoire l'intéressait. Peut-être n'aurait-il pas pris garde au premier entrefilet, n'eût été la récente visite de Mrs Lionel Cloade. Mais cette visite lui avait remémoré très clairement l'incident qui s'était produit au club, pendant l'alerte aérienne. Il entendait encore ces propos cités par l'intarissable major Porter : « Peut-être bien qu'un certain Enoch Arden apparaîtra un beau matin à des milliers de kilomètres d'ici, et commencera une nouvelle vie. » Il aurait donné cher, maintenant, pour en connaître davantage sur cet Enoch Arden, mort de mort violente à Warmsley Vale.

Il se rappela qu'il connaissait un peu le superintendant Spence de la police de l'Oastshire, et il se rappela aussi que le jeune Mellon n'habitait pas très loin de Warmsley Heath, et que ledit jeune Mellon connaissait Jeremy Cloade.

Et c'est alors qu'il méditait un coup de téléphone au jeune Mellon en question que George vint annoncer qu'un Mr Rowland Cloade demandait à le voir.

— Ah, ah ! fit Hercule Poirot d'un air comblé. Faites-le entrer.

Le beau jeune homme au visage soucieux qui fut introduit semblait ne pas savoir par où commencer.

— Eh bien, Mr Cloade, dit secourablement Poirot, que puis-je pour vous ?

Rowley Cloade examinait Poirot d'un œil plutôt dubitatif. La moustache extravagante, l'élégance vestimentaire, les guêtres blanches et les chaussures vernies à bout pointu inspiraient à cet insulaire jeune homme d'évidentes inquiétudes.

Poirot s'en rendait parfaitement compte et s'en amusait plutôt.

— Je crois qu'il faudrait d'abord que je vous explique qui je suis et tout, préluda laborieusement Rowley Cloade. Mon nom ne vous dira rien…

Poirot le coupa :

— Mais si, je connais très bien votre nom. Votre tante, voyez-vous, est venue me voir la semaine dernière.

— Ma tante ?

Rowley en resta bouche bée. Son œil rivé sur Poirot trahissait la plus totale stupéfaction. Il était si évidemment pris au dépourvu que Poirot écarta sa supposition première que les deux visites étaient liées. Il songea un instant qu'avoir, en si peu de temps, la visite de deux membres de la famille Cloade était une coïncidence remarquable, mais comprit l'instant d'après qu'il n'y avait là aucune coïncidence, simplement un enchaînement logique procédant d'une unique cause.

— Mrs Lionel Cloade est bien votre tante, je suppose ? demanda-t-il.

Rowley, si c'était possible, parut encore plus étonné.

— Tante Kathie ? demanda-t-il du ton de la plus parfaite incrédulité. Sûrement… vous ne voulez pas dire… Mrs *Jeremy* Cloade ?

Poirot démentit d'un signe.

— Mais, que diable tante Kathie…

Poirot prit un air discret.

— Si j'ai bien compris, murmura-t-il, ce sont les esprits qui l'ont guidée vers moi.

— Seigneur ! s'exclama Rowley.

Il paraissait soulagé et amusé.

— Elle est inoffensive, vous savez, déclara-t-il, comme pour rassurer Poirot.

— Je me le demande.

— Que voulez-vous dire ?

— Est-on jamais… tout à fait inoffensif ?

Rowley ouvrit de grands yeux. Poirot soupira.

— Mais vous êtes venu me demander quelque chose, n'est-ce pas ? encouragea-t-il Rowley avec douceur.

Celui-ci retrouva son visage soucieux :

— Je crains que ce ne soit une longue histoire…

Poirot le craignait également. Il avait l'impression très nette que Rowley Cloade n'était pas homme à en venir rapidement au fait. Il se carra dans son fauteuil et ferma à demi les yeux pendant que Rowley commençait :

— Eh bien, voyez-vous, Gordon Cloade était mon oncle…

— Je sais tout ce qui concerne Gordon Cloade, intervint obligeamment Poirot.

— Bon. Comme ça, je n'ai pas besoin de tout expliquer. Il s'est marié quelques semaines avant sa mort – avec une jeune veuve, Mrs Underhay. Depuis qu'il est mort, elle vit à Warmsley Vale… avec un frère à elle. Nous pensions tous que son premier mari était mort des fièvres en Afrique, mais maintenant, il semble que ce ne soit plus tellement sûr.

— Ah ! fit Poirot en se redressant. Et qu'est-ce qui vous a amené à une telle supposition ?

Rowley relata l'arrivée de Mr Enoch Arden à Warmsley Vale…

— Peut-être avez-vous lu dans les journaux…

— Oui, coupa de nouveau Poirot dans un souci d'efficacité. J'ai lu.

Rowley poursuivit. Il raconta sa rencontre avec Arden au *Cerf*, l'impression que l'homme lui avait faite, la lettre de Beatrice Lippincott, et, pour finir, la conversation que Beatrice avait surprise.

— Évidemment, remarqua Rowley, on ne peut pas être sûr de ce qu'elle a *effectivement* entendu. Elle a peut-être un peu exagéré tout ça… ou compris de travers.

— A-t-elle raconté cette histoire à la police ?

Rowley acquiesça d'un signe :

— Je lui ai dit qu'il vaudrait mieux.

— Pardonnez-moi, Mr Cloade, mais… je comprends mal le but de votre visite. Désirez-vous que j'enquête sur ce… meurtre ? Car il s'agit d'un meurtre, je suppose ?

— Grands dieux, non ! Il n'est pas question de ça. C'est le travail de la police. Il s'est fait régler son compte, aucun doute là-dessus. Non, moi, ce que je voudrais, c'est que vous trouviez qui était ce type.

Poirot plissa les paupières :

— À votre avis, qui était-ce ?

— Eh bien, au fond, au fond… Enoch Arden, ce n'est pas un nom. Bon sang, c'est tout au plus une citation. C'est tiré d'un poème. Un poème de Tennyson ! J'ai fini par le retrouver. Un type qui rentre chez lui et qui découvre que sa femme en a épousé un autre.

— Vous pensez donc, conclut Poirot tout uniment, qu'Enoch Arden n'était autre que Robert Underhay lui-même ?

— Eh bien, ça se pourrait…, répondit laborieusement Rowley. Je veux dire… question âge, ça colle, allure générale et tout, ça colle aussi. J'ai épluché tout ça je ne sais combien de fois avec Beatrice. Évidemment, elle ne peut pas se rappeler ce qu'ils ont dit au mot près. Le type a dit que Robert Underhay était dans la débine et malade, et qu'il avait besoin d'argent. Il aurait très bien pu parler de lui-même, non ? Il semble avoir insinué que ça ne ferait peut-être pas l'affaire de David Hunter si Underhay débarquait à Warmsley Vale… un peu comme si c'était lui qui était là sous un faux nom.

— Quelle preuve de son identité a-t-on donnée à l'enquête ?

Rowley secoua la tête :

— Rien de précis. Il y a juste eu les gens du *Cerf* qui ont témoigné que c'était bien l'homme qui s'était inscrit sous le nom d'Enoch Arden.

— Et ses papiers ?

— Il n'en avait pas.

— Comment ? fit Poirot, qui s'en redressa de surprise. Pas de papiers ? D'aucune sorte ?

— Rien du tout. Des chaussettes de rechange, une chemise, une brosse à dents, etc., mais pas de papiers.

— Pas de passeport ? Pas de lettres ? Pas de carte de rationnement ?

— Rigoureusement rien.

— Voilà qui est intéressant, nota Poirot. Oui, fort intéressant.

Rowley continua :

— David Hunter – c'est le frère de Rosaleen Cloade – a foncé le voir le lendemain soir de son arrivée. Il a raconté à la police qu'il avait reçu une lettre du type disant qu'il avait été l'ami de Robert Underhay et qu'il se trouvait dans une mauvaise passe. À la demande expresse de sa sœur – c'est toujours ce qu'il raconte –, il s'est alors rendu au *Cerf* pour le rencontrer et lui a donné cinq livres. C'est *sa* version, et vous pouvez parier qu'il n'en démordra pas ! Bien entendu, la police n'a rien révélé de ce qu'a entendu Beatrice.

— David Hunter prétend donc qu'il ne connaissait pas cet homme ?

— C'est ce qu'il dit. De toute façon, je suis intimement persuadé que Hunter et Underhay ne s'étaient jamais rencontrés.

— Et Rosaleen Cloade ?

— La police lui a demandé de passer jeter un coup d'œil au corps en se disant qu'elle pourrait peut-être mettre un nom dessus. Elle a juré ses grands dieux qu'elle ne l'avait jamais vu.

— Eh bien, conclut Poirot, voilà qui répond à votre question !

— Vous trouvez ? riposta brutalement Rowley. Ce n'est pas mon avis. Si ce cadavre était celui d'Underhay, cela signifierait que Rosaleen n'a jamais été l'épouse légitime de mon oncle et qu'elle n'a pas droit à un sou de sa fortune. Dans ces conditions, vous croyez vraiment qu'elle irait reconnaître le corps ?

— Vous ne lui faites pas confiance ?

— Ni à elle ni à son frère.

— Il y a sans doute beaucoup de gens qui pourraient dire avec certitude si, oui ou non, il s'agit d'Underhay ?

— Ça ne semble pas si facile. Et trouver quelqu'un qui a connu Underhay, c'est précisément ce que je voudrais que vous fassiez pour nous. Apparemment, il n'avait plus de famille dans ce pays – et il n'a jamais été très sociable, un ermite. Pourtant, j'imagine qu'il doit bien rester quelques vieux domestiques, des amis, *quelqu'un*… mais la guerre a fichu une pagaille noire et dispersé les gens dans tous les coins. Personnellement, je ne saurais pas par quel bout commencer – et puis de toute façon, je n'ai pas le temps. Je suis fermier – et l'agriculture manque de bras.

— Pourquoi moi ? s'enquit Hercule Poirot.

Rowley eut l'air embarrassé.

Une petite lueur scintilla dans l'œil de Poirot.

— Un conseil des esprits ? murmura-t-il.

— Grands dieux, non ! se récria Rowley horrifié. En fait… j'ai entendu parler de vous par un type que je connais – il disait que vous étiez un vrai sorcier dans ce genre d'affaires. J'ignore quels sont vos honoraires – plutôt élevés, j'imagine –, nous sommes tous fauchés comme les blés, mais en s'y mettant tous ensemble, nous devrions pouvoir y arriver. Si vous acceptez, bien sûr.

Hercule Poirot prit son temps pour répondre :

— Après tout, oui, il se pourrait bien que je sois en mesure de vous aider.

Le souvenir lui revenait, un souvenir très net et très précis. Le raseur du club, les froissements de journaux, la voix monotone.

Ce nom… il l'avait sur le bout de la langue… il allait le retrouver tout de suite. Sinon, il demanderait à Mellon… Non, il le tenait. Porter. Le major Porter.

Hercule Poirot se leva :

— Pourriez-vous repasser cet après-midi, Mr Cloade ?

— Euh… je ne sais pas. Oui, pourquoi pas ? Mais vous ne pouvez tout de même pas arriver à un résultat en si peu de temps ?

Il dévisageait Poirot d'un air admiratif mêlé d'incrédulité. Il n'aurait pas été humain de résister à la tentation de faire un peu d'esbroufe. Avec une pensée pour un brillant prédécesseur, Poirot déclara d'un ton solennel :

— J'ai mes méthodes, Mr Cloade.

À l'évidence, c'étaient les mots qu'il fallait prononcer. L'expression de Rowley se fit immensément respectueuse :

— Oh, oui… oui, bien sûr. Mais, vraiment… je me demande comment les gens comme vous s'y prennent.

Poirot ne l'éclaira pas. Après le départ de Rowley, il rédigea une brève missive. Il demanda à George de la porter au Coronation Club et d'attendre la réponse.

Ladite réponse fut des plus satisfaisantes. Le major Porter présentait ses compliments à M. Hercule Poirot et serait heureux de le recevoir avec son ami, l'après-midi même à 17 heures, au 79, Edgeway Street, Campden Hill.

Rowley Cloade revint à 4 heures et demie.

— Alors, monsieur Poirot, vous avez fait bonne chasse ?

— Mais oui, Mr Cloade. Nous allons de ce pas rendre visite à un vieil ami du capitaine Robert Underhay.

— *Quoi ?*

Rowley en resta bouche bée. Éberlué, il regardait Poirot comme un gamin qui vient de voir un magicien tirer un lapin de son chapeau.

— Mais c'est incroyable ! Comment vous y êtes-vous pris ? Je n'y comprends rien ! En si peu de temps !

Poirot leva une main vertueuse en s'efforçant de prendre l'air modeste. Il n'avait pas l'intention de révéler la simplicité de ce tour de passe-passe. Impressionner cette âme simple titillait délicieusement sa vanité.

Les deux hommes sortirent donc et hélèrent un taxi qui les conduisit à Campden Hill.

Le major Porter occupait le premier étage d'une maisonnette en piteux état. Une femme enjouée, d'allure débraillée, leur ouvrit la porte et les fit monter. Ils entrèrent dans une pièce carrée tapissée d'étagères chargées de livres et décorée de quelques gravures médiocres représentant des scènes de chasse. Sur le sol, deux tapis

– de beaux tapis, aux belles couleurs tout à la fois chaleureuses et douces, mais très râpés. Poirot remarqua que, au centre de la pièce, le parquet verni brillait, alors qu'autour il était terne et vieilli. Il comprit que d'autres tapis, en meilleur état, avaient disparu depuis peu – des tapis qui devaient valoir une jolie somme par les temps qui couraient. Il observa l'homme campé devant l'âtre, vêtu d'un costume élimé, de bonne coupe cependant. Poirot devina que le major Porter, officier en retraite, tirait le diable par la queue. Les impôts et l'augmentation du coût de la vie frappaient lourdement les vétérans. Mais il y avait des choses, pensa-t-il aussi, auxquelles le major Porter se cramponnerait jusqu'au bout. Sa cotisation au club, par exemple.

Le major s'exprimait laconiquement, en vieux briscard :

— Crains de ne pas me souvenir de notre rencontre, monsieur Poirot. Au club, dites-vous ? Il y a de ça deux ans ? Vous connais de nom, bien entendu.

— Et voici Mr Rowland Cloade, dit Poirot.

Le major Porter inclina la tête d'un mouvement brusque en guise de salutation :

— 'chanté. Regrette de ne pas pouvoir vous offrir de sherry. Fait est, mon marchand de vin a perdu son stock dans le Blitz. J'ai du gin. Imbuvable à mon avis. Ou alors une bière ?

Ils acceptèrent la bière. Le major Porter tendit un coffret à cigarettes :

— Fumez ?

Poirot prit une cigarette. Le major frotta une allumette et lui tendit la flamme.

— Vous, non, je sais, dit le major à Rowley. Permettez que j'allume ma pipe ?

Ce qu'il accomplit avec force bruits de succion et d'expiration.

— Eh bien, fit-il une fois accomplis tous ces préliminaires, de quoi s'agit-il ?

Il promenait son regard de l'un à l'autre.

— Vous avez peut-être lu dans le journal qu'un homme était mort à Warmsley Vale ? questionna Poirot.

Porter fit un geste évasif :

— Possible. Ne me dit rien.

— Il s'appelait Arden. Enoch Arden.

Porter réitéra son geste.

— On l'a trouvé au *Cerf*, l'arrière du crâne défoncé.

Porter fronça le sourcil :

— 'tendez… oui, j'ai vu quelque chose là-dessus, je crois bien – il y a de ça quelques jours.

— En effet. J'ai apporté une photo… elle est tirée d'un journal, et elle n'est donc, hélas, pas très nette. Major Porter, ce que nous aimerions savoir, c'est si vous avez déjà vu cet homme ?

Il lui tendit la meilleure photo qu'il avait pu trouver du visage de l'inconnu.

Le major Porter la prit et l'examina, le front plissé.

— 'tendez une seconde…

Il sortit ses lunettes, les ajusta sur son nez et étudia la photo de plus près. Il se redressa soudain :

— Bon sang de bois ! Crénom de nom, ça, par exemple !

— Vous connaissez l'individu en question, major ?

— Et comment, je le connais ! C'est Underhay…

Robert Underhay !

— Vous êtes sûr de ça ?

Il y avait du triomphe dans la voix de Rowley.

— Affirmatif à dix mille pour cent ! Robert Underhay ! Je serais prêt à aller le jurer n'importe où !

2

Le téléphone sonna et Lynn alla répondre.

C'était la voix de Rowley :

— Lynn ?

— Rowley ?

Elle avait un ton morne.

— Qu'est-ce que tu fabriques ? demanda Rowley. Ça fait des jours que je ne t'ai pas vue.

— Oh, tu sais ce que c'est – les corvées. Courir partout avec un cabas, guetter l'arrivage de poisson, faire la queue pour une tranche de cake immangeable. Les joies ménagères, quoi.

— Il faut que je te voie. J'ai quelque chose à te dire.

— Quel genre de chose ?

Il eut un petit rire excité :

— Des bonnes nouvelles. Viens me retrouver, nous sommes en train de labourer du côté de Rolland Copse.

Des bonnes nouvelles ? Lynn raccrocha. Qu'est-ce que c'était, des bonnes nouvelles, pour Rowley Cloade ? Une rentrée d'argent ? Avait-il vendu ce jeune taureau mieux qu'il ne l'espérait ?

Non, trancha-t-elle, ce devait être plus important que ça. Elle partit à travers champs, et lorsqu'elle arriva en vue de Rolland Copse, Rowley descendit du tracteur et vint à sa rencontre.

— Salut, Lynn !

— Qu'est-ce qui t'arrive, Rowley ? Tu as l'air, je ne sais pas, moi, mais… *changé*.

Il rit :

— Pas étonnant ! Ça y est, Lynn, *la chance a tourné* !

— Qu'est-ce que tu racontes ?

— Tu te souviens du vieux Jeremy mentionnant un type qui s'appelle Hercule Poirot ?

— Hercule Poirot ? répéta Lynn en fronçant le sourcil. Oui, je me rappelle vaguement…

— C'était il y a longtemps, pendant la guerre. Ils étaient ensemble dans ce mausolée que Jeremy appelle son club et il y avait une alerte aérienne.

— Et alors ? s'impatienta Lynn.

— C'est un type qui s'habille comme c'est pas permis. Un Français – ou un Belge –, c'est tout dire. Plutôt bizarre comme bonhomme, mais providentiel.

Lynn plissa le front :

— Est-ce qu'il n'est pas… *détective* ?

— Tout juste. Et tu sais, l'homme qui s'est fait tuer à l'hôtel ? Je ne te l'ai pas dit, mais il y a eu comme ça une supposition que c'était peut-être le premier mari de Rosaleen Cloade.

Lynn éclata de rire :

— Simplement parce qu'il se faisait appeler Enoch Arden ? Qu'est-ce que les gens ne vont pas chercher ? C'est absurde !

— Pas si absurde que ça, figure-toi. Le vieux Spence a fait venir Rosaleen pour qu'elle voie le corps. Elle a juré dur comme fer que *ce n'était pas* son mari.

— Donc, ça s'arrête là, non ?

— Ça aurait pu, fit Rowley. Si je n'y avais pas mis mon grain de sel !

— Ah ? Et ça a consisté en quoi, ton grain de sel ?

— Je suis allé voir cet Hercule Poirot. Je lui ai dit que nous voulions un autre témoignage et je lui ai demandé s'il pouvait nous dénicher quelqu'un qui aurait connu Robert Underhay. Ma parole, ce type est un vrai magicien ! Le lapin qu'on sort du chapeau, je te jure ! Le temps de faire ouf !, il a mis la main sur le meilleur ami de Underhay. Une vieille culotte de peau du nom de Porter.

Rowley se tut. Puis il eut de nouveau ce petit rire excité qui avait déjà surpris Lynn au téléphone :

— Maintenant, Lynn, écoute bien *et garde ça pour toi.* Le superintendant m'a fait jurer le secret, mais à toi, il faut que je le dise. Le cadavre est bien celui de Robert Underhay.

— *Quoi ?* s'exclama Lynn, médusée, en reculant d'un pas.

— Robert Underhay en personne. Porter n'a pas eu l'ombre d'une hésitation. Ce qui fait que, tu vois, Lynn, continua Rowley en se mettant presque à crier, *nous avons gagné* ! En fin de compte, nous avons *gagné* ! Nous avons damé le pion à ces fichus escrocs !

— Quels escrocs ?

— Hunter et sa sœur, évidemment ! Ils sont liquidés – hors du coup. Rosaleen n'a pas l'argent de Gordon.

C'est *nous* qui l'avons. Il est *à nous* ! Le testament que Gordon a fait avant d'épouser Rosaleen est toujours valable et l'argent est partagé entre nous. J'ai droit à un quart. Tu comprends ? Si son premier mari était encore vivant lorsqu'elle a épousé Gordon, *cela signifie qu'elle n'a jamais été mariée avec Gordon* !

— Tu es… tu es *sûr* de ce que tu dis ?

Pour la première fois, une certaine perplexité se lut dans le regard de Rowley :

— Naturellement, j'en suis sûr ! C'est élémentaire. Tout va bien, maintenant. Tout est comme Gordon l'avait souhaité. Comme avant, comme si ces deux oiseaux de malheur n'avaient jamais existé.

« *Tout est comme avant*… Mais peut-on effacer ce qui a eu lieu ? songea Lynn. Peut-on faire comme si cela n'avait jamais existé ? »

— Qu'est-ce qu'ils vont faire ?

— Hein ?

Elle découvrit que la question ne l'avait pas effleuré jusqu'à présent :

— Je n'en sais fichtre rien. Retourner là d'où ils viennent, j'imagine. Je pense, tu sais…

Elle pouvait suivre la lente élaboration de sa pensée :

— Oui, je pense que nous devrions faire quelque chose pour *elle*. Je veux dire, elle était de bonne foi en épousant Gordon. Si tu veux mon avis, elle pensait vraiment que son premier mari était mort. Ce n'est pas sa faute à elle. Oui, il va falloir qu'on s'occupe d'elle – qu'on lui verse une pension convenable. Il faut qu'on en discute tous ensemble.

— Tu l'aimes bien, n'est-ce pas ? demanda Lynn.

— Au fond, oui.

Il prit le temps de réfléchir :

— Dans un sens, oui, c'est vrai. C'est une chouette gosse. Elle sait reconnaître une vache quand elle en voit une.

— Pas moi, remarqua Lynn.

— Oh, tu apprendras, dit gentiment Rowley.

— Et… David ?

Rowley prit un air féroce.

— Qu'il aille au diable ! De toute façon, cet argent n'a jamais été le sien. Il a rappliqué auprès de sa sœur comme un parasite, c'est tout.

— Non, Rowley, ça ne s'est pas passé comme ça… ce n'est pas vrai. Ce n'est *pas* un parasite. C'est… c'est peut-être une tête brûlée, d'accord…

— Et, en prime, une belle ordure d'assassin !

— Que veux-tu dire ? demanda-t-elle, le souffle court.

— Qui est-ce qui a tué Underhay, d'après toi ?

Elle se mit à hurler :

— Je n'y crois pas ! Ce n'est pas vrai ! Je n'y crois pas !

— Ça va de soi que c'est lui qui a tué Underhay, voyons ! Qui d'autre aurait pu le faire ? Il était là, ce jour-là. Il est arrivé par le 17 h 30. J'étais allé prendre une livraison à la gare et je l'ai aperçu de loin.

— Il est retourné à Londres le soir même, objecta sèchement Lynn.

— Oui : après avoir assassiné Underhay ! assena Rowley, triomphant.

— Tu n'as pas le droit de dire des choses pareilles, Rowley. Underhay a été tué à quelle heure ?

— Euh… je ne sais pas *exactement*.

Il réfléchit au problème :

— Je ne pense pas que nous le saurons avant l'enquête, demain. Sans doute entre 9 et 10, j'imagine.

— David est rentré à Londres par le train de 21 h 20.

— Dis-moi, Lynn, comment sais-tu ça ?

— Je… je l'ai rencontré… Il courait pour l'attraper.

— Et comment peux-tu être sûre qu'il l'a pris ?

— Parce qu'il m'a téléphoné de Londres dans la soirée.

La fureur noircit le regard de Rowley :

— Ah ? Et en quel honneur ? Écoute, Lynn, je n'y…

— Oh, Rowley, quelle importance ? Ça prouve, en tout cas, qu'il a bien pris ce train-là.

— Il a eu tout le temps de tuer Underhay, et de courir ensuite jusqu'à la gare.

— Pas s'il a été tué après 9 heures.

— Eh bien, c'est qu'il a été tué un peu avant 9 heures, grinça Rowley.

Mais un doute s'était insinué dans sa voix.

Lynn ferma les yeux à demi. Est-ce que c'était ça, la vérité ? Lorsque David, haletant et jurant, avait surgi des taillis, est-ce que c'était un assassin, son crime tout juste accompli, qui l'avait serrée dans ses bras ? Elle se souvenait de son étrange excitation – de cette espèce de sombre impétuosité. Est-ce que c'était l'effet que le meurtre produisait sur lui ? Ça n'était pas impossible. Elle devait bien l'admettre. Après tout, David et le meurtre étaient-ils deux réalités si totalement étrangères ? Aurait-il tué un homme qui ne lui avait jamais fait de mal – un fantôme surgi du passé ? Un homme dont le seul crime était de se mettre entre Rosaleen et un gros héritage – entre David et les bienfaits de l'argent de Rosaleen.

— Pourquoi aurait-il tué Underhay ? murmura-t-elle.

— Mon Dieu, Lynn, tu poses de ces questions ! Je viens de te l'expliquer ! Underhay vivant, cela voulait dire que l'argent de Gordon nous revenait ! Et puis, de toute façon, Underhay le faisait chanter.

Tiens, là, ça correspondait mieux au personnage. Que David puisse tuer un maître chanteur, voilà qui paraissait parfaitement vraisemblable – envisagerait-il, d'ailleurs, une autre solution ? Oui, ça, ça collait dans le tableau. La hâte de David, son excitation – cette étreinte brutale, presque forcenée. Et, plus tard, son renoncement. « Il vaudrait mieux que je disparaisse… » Oui, c'était plausible.

La voix de Rowley lui parvint de très loin :

— Lynn, qu'est-ce qui se passe ? Tu es sûre que tu te sens bien ?

— Mais oui, évidemment.

— Alors, je t'en conjure, ne prends pas cet air lugubre.

Il se détourna pour regarder Long Willows, au pied de la colline :

— Dieu merci, on va pouvoir retaper un peu tout ça, maintenant… acheter des tas de bidules qui simplifient la vie… en faire une vraie maison pour toi. Je ne veux pas que tu vives dans une porcherie, Lynn.

Cette maison serait sa maison. La maison où elle vivrait avec Rowley…

Et un matin, à 8 heures, David se balancerait au bout d'une corde, jusqu'à ce que mort s'ensuive…

3

Pâle et la mine résolue, les mains sur les épaules de Rosaleen, David la regardait droit dans les yeux :

— Tout ira bien, je t'assure, tout ira bien. Seulement, tu dois garder la tête froide, et faire exactement ce que je te dis.

— Et si on t'arrête ? C'est toi qui en as parlé ! Tu as dit qu'ils pouvaient très bien t'arrêter.

— Oui, ce n'est pas impossible. Mais ce ne serait pas pour longtemps. À condition que tu ne perdes pas les pédales.

— Je ferai ce que tu me diras de faire, David.

— À la bonne heure, ma grande ! Tout le truc, Rosaleen, c'est que tu te cramponnes à ton histoire. Le type dont tu as vu le cadavre *n'est pas* ton mari, Robert Underhay, et tu n'en démords pas.

— Ils vont me tendre des pièges pour me faire dire des choses que je ne veux pas dire.

— Mais non… il n'y a pas de problème, je te dis.

— Si, il y en a un – depuis le début, il y en a un. Avoir pris de l'argent qui ne nous appartenait pas, çà ne peut pas bien finir. Je ressasse tellement ça dans ma tête que je n'en dors plus, David. Avoir pris ce qui ne nous appartenait pas. Dieu est en train de nous punir pour ça..

Il la regarda d'un air soucieux. Elle craquait – oui, elle craquait pour de bon. C'était ce vieux fond de religiosité. Sa conscience n'avait jamais cessé de la tarauder. Et maintenant, à moins d'une chance exceptionnelle, elle allait s'effondrer complètement. Très bien, il n'avait pas le choix.

— Écoute, Rosaleen, commença-t-il avec douceur. Tu as envie de me voir pendu ?

Ses yeux s'écarquillèrent d'effroi :

— Oh, David ! Jamais tu ne seras… c'est impossible…

— Une seule personne a le pouvoir de me faire pendre – et c'est toi. Si tu admets une seule fois, par un regard, par un geste, par un mot, que le mort pourrait être Underhay, tu me passes la corde au cou ! Est-ce que tu comprends ça ?

Oui, il avait fait mouche. Elle le regardait, les yeux remplis d'horreur :

— Je suis tellement gourde, David.

— Mais non, tu n'es pas gourde. Et, de toute façon, l'intelligence n'a rien à voir là-dedans. Tu n'auras qu'à jurer solennellement que le corps n'est pas celui de ton mari. Tu peux le faire, ça ?

Elle fit oui de la tête.

— Prends l'air godiche si ça t'arrange. Fais comme si tu ne comprenais pas ce qu'on te demande. Ça ne mange jamais de pain. Mais ne modifie pas d'un poil la ligne de conduite que nous avons tracée. Gaythorne ne te lâchera pas d'une semelle. C'est un excellent avocat d'assises – c'est pour ça que je l'ai choisi. Il sera à l'audience et il empêchera qu'on te malmène. Mais tâche de t'en tenir à ton histoire, même avec lui. Et, pour l'amour du ciel, n'improvise surtout pas, ne va pas inventer quelque chose dans l'idée de me venir en aide.

— J'ai compris, David. Je ferai exactement ce que tu me dis.

— Bravo, mon chou. Quand tout sera terminé, on partira – pour le sud de la France... pour l'Amérique... En attendant, chouchoute-toi. Ne passe pas tes nuits à tourner en rond et à te monter le bourrichon. Prends ce machin que le Dr Cloade t'a prescrit pour dormir – du bromure, ou je ne sais trop quoi. Prends-en un comprimé tous les soirs, fais un grand sourire et garde bien présent dans ta petite tête que *l'avenir est à nous* !

» Et maintenant, conclut-il en regardant sa montre, il est temps de nous rendre à l'enquête. Il faut y être à 11 heures.

Il promena son regard sur le vaste salon. La beauté, le confort, la richesse – tout cela lui avait bien plu. Une belle bicoque, Furrowbank. Peut-être était-ce un adieu...

Il s'était fourré dans un drôle de pétrin – ça, ça ne faisait pas l'ombre d'un doute. Mais il ne le regrettait pas, même maintenant. Et en ce qui concernait l'avenir – eh bien, il continuerait à se fier au hasard. « *Suivons le flux qui nous porte, ou nous échouerons dans nos entreprises*. »

Il leva les yeux sur Rosaleen. Elle le regardait d'un air suppliant, et il comprit instinctivement ce qu'elle lui demandait.

— Je ne l'ai pas tué, Rosaleen, dit-il doucement. Par tous ces fichus saints du calendrier, je te le jure !

4

L'enquête avait lieu à la Halle aux grains.

Le coroner, Mr Pebmarsh, était un petit homme tatillon, doté d'un pince-nez et d'une conscience aiguë de sa propre importance.

À ses côtés siégeait le lourd, l'imposant superintendant Spence. Tout au fond, à l'écart, un petit homme à la superlative moustache noire et à l'air non moins superlativement étranger faisait preuve d'une discrétion bien peu coutumière. La famille Cloade – les Jeremy, les Lionel, Rowley, Mrs Marchmont et Lynn – était là au grand complet. Le major Porter, seul dans son coin, s'agitait, mal à l'aise. David et Rosaleen arrivèrent les derniers et prirent place de leur côté.

Le coroner s'éclaircit la voix et, toisant le jury composé de neuf notabilités locales, déclara l'audience ouverte.

Agent Peacock…

Sergent Vane…

Dr Lionel Cloade…

— Vous étiez en train de soigner un client au *Cerf* lorsque Gladys Atkin est venue vous trouver. Que vous a-t-elle dit ?

— Elle m'a signalé que l'occupant du 5 était étendu « raide mort », sur le sol.

— Vous êtes donc monté à la chambre 5 ?

— Oui.

— Voulez-vous nous décrire ce que vous y avez vu ?

Le Dr Cloade décrivit. Le corps d'un homme… face contre terre… les blessures à la tête… le crâne défoncé… les pincettes.

— Selon vous, les blessures avaient été causées par les pincettes en question ?

— Pour certaines d'entre elles, c'était incontestable.

— Et vous avez constaté plusieurs coups ?

— Oui. Je n'ai pas fait d'examen détaillé, car il m'a semblé qu'il fallait appeler la police avant de toucher au corps.

— Très juste. L'homme était mort ?

— Oui. Depuis plusieurs heures.

— Depuis *combien* d'heures, d'après vous ?

— J'hésiterais à le dire avec précision. Onze au moins – peut-être treize ou quatorze. Disons qu'il est mort entre 21 h 30 et 22 h 30 la veille au soir.

— Merci, Dr Cloade.

Puis ce fut au tour du médecin légiste qui donna une quantité de détails techniques sur les blessures. La mâchoire inférieure était écorchée et tuméfiée, et on avait donné cinq à six coups à la base du crâne, dont certains après la mort de la victime.

— Ce fut donc une agression d'une extrême brutalité ?

— Exactement.

— Ces coups nécessitaient-ils une grande force physique ?

— N-non… pas à proprement parler. Saisissez ce type de pincettes par l'extrémité des branches – il n'y a pas besoin d'être costaud pour ça – et la boule de fer qui orne la poignée devient une arme redoutable. Ainsi, même une personne assez frêle aurait pu infliger ces blessures, à condition, si je puis me permettre, d'avoir assené les coups dans un état d'excitation proche de la frénésie.

— Merci, docteur.

Suivirent des renseignements fournis par l'autopsie : le corps était celui d'un homme bien nourri, en bonne santé, âgé d'environ quarante-cinq ans. Aucune trace de maladie, le cœur, les poumons, tout était en parfait état.

Beatrice Lippincott raconta l'arrivée du défunt. Il s'était fait enregistrer sous le nom d'Enoch Arden, domicilié au Cap.

— Le défunt a-t-il présenté une carte de rationnement ?

— Non, monsieur.

— Lui en avez-vous demandé une ?

— Non, pas tout de suite. Je ne savais pas combien de temps il comptait rester.

— Mais la lui avez-vous ultérieurement réclamée ?

— Oui, monsieur. Il est arrivé le vendredi, et le samedi je l'ai prié de me remettre sa carte de rationnement au cas où il séjournerait plus de cinq jours chez nous.

— Que vous a-t-il répondu ?

— Qu'il me la remettrait.

— Mais il ne l'a pas fait ?

— Non.

— Il n'a pas prétendu qu'il l'avait perdue ? Ou qu'il n'en avait pas ?

— Oh, non. Il a seulement dit : « Je vais la chercher et je vous la descends. »

— Miss Lippincott, ce samedi soir, avez-vous surpris une conversation ?

Après moult explications alambiquées relatives aux raisons qui avaient requis sa présence dans la chambre 4, Beatrice Lippincott raconta son histoire. Le coroner la guidait en finesse.

— Je vous remercie. Avez-vous parlé à quelqu'un de cette conversation ?

— Oui, je l'ai dit à Mr Rowley Cloade.

— Pour quelle raison ?

— J'ai pensé qu'il fallait qu'il sache, dit Beatrice en rougissant.

Un homme grand et mince (Me Glaythorne, l'avocat d'assises) se leva et demanda la permission de poser une question :

— Au cours de cette conversation entre le défunt et Mr Hunter, le défunt a-t-il clairement affirmé à un moment quelconque qu'il était Robert Underhay ?

— Non… non, pas du tout.

— En fait, il parlait de « Robert Underhay », comme si ce Robert Underhay était quelqu'un d'autre ?

— Oui… oui, c'est ça.

— Merci, monsieur le coroner, c'est tout ce que je voulais faire préciser au témoin.

Beatrice Lippincott retourna s'asseoir et on appela Rowley Cloade.

Il confirma que Beatrice lui avait rapporté la conversation, et relata l'entretien qu'il avait eu avec le défunt.

— Ses derniers mots ont bien été : « Je ne pense pas que vous arriverez à prouver ça sans ma collaboration » ? « *Ça* », c'est-à-dire le fait que Robert Underhay était vivant ?

— C'est ce qu'il a dit, oui. Et puis il a ri.

— Oh, vraiment, il a ri ? Vous-même, comment avez-vous compris ces mots ?

— Eh bien, j'ai d'abord pensé qu'il voulait me pousser à lui faire une offre, mais par la suite, j'ai réfléchi…

— Très bien, Mr Cloade, mais ce que vous avez pensé ensuite ne nous concerne pas ici. Pouvons-nous dire qu'une des conséquences de cet entretien a été de vous conduire à rechercher quelqu'un qui aurait connu feu Robert Underhay ? Et qu'avec une certaine assistance, vous avez réussi ?

Rowley hocha la tête :

— C'est exact.

— Quelle heure était-il lorsque vous avez quitté le défunt ?

— Pour autant que je le sache, il était 9 heures moins 5.

— Qu'est-ce qui vous permet d'être aussi précis ?

— En marchant dans la rue, j'ai entendu l'indicatif des nouvelles à la radio, par une fenêtre ouverte.

— Le défunt a-t-il mentionné l'heure à laquelle il attendait son client ?

— Il a dit : « D'une minute à l'autre. »

— Il n'a prononcé aucun nom ?

— Non.

— David Hunter !

Il y eut un léger bruissement de murmures tandis que les habitants de Warmsley Vale se dévissaient le cou pour mieux voir le grand jeune homme à la mine glaciale qui se campait dans une attitude de défi face au coroner.

Une fois expédiées les questions d'usage, le coroner attaqua :

— Vous êtes allé voir le défunt samedi soir ?

— Oui. Il m'avait envoyé une lettre où il demandait de l'aide et disait avoir connu le premier mari de ma sœur en Afrique.

— Avez-vous cette lettre sur vous ?

— Non, je ne conserve pas les lettres.

— Vous avez entendu la relation qu'a faite Beatrice Lippincott de votre conversation avec le défunt. Cette relation est-elle exacte ?

— Tout à fait inexacte. Le défunt a dit qu'il avait connu mon ex-beau-frère, il s'est plaint de la mauvaise passe qu'il traversait et de sa déchéance, et puis il a quémandé une aide pécuniaire qu'il était certain, cela va de soi, de pouvoir me rembourser un jour.

— Vous a-t-il dit que Robert Underhay était vivant ?

David sourit :

— Absolument pas. Il a dit : « *Si* Robert était en vie, je sais qu'il m'aiderait. »

— Voilà qui est très différent de ce que Beatrice Lippincott nous a répété.

— C'est ce qui arrive quand on écoute aux portes : on n'entend que des bribes et, puisqu'il faut bien meubler les blancs, l'imagination la plus débridée s'active à les combler en les enjolivant au passage.

Béatrice bondit d'indignation :

— Je n'ai jamais…

— Silence, je vous prie ! coupa le coroner.

Puis il poursuivit :

— Maintenant, Mr Hunter, avez-vous de nouveau rendu visite au défunt le mardi soir ?

— Non.

— Vous avez entendu Mr Rowley Cloade déclarer que le défunt attendait un visiteur ?

— C'est bien possible. Mais ce n'était pas moi. Je lui avais déjà donné cinq livres, c'était bien suffisant. Rien ne prouvait qu'il avait vraiment connu Robert Underhay. Depuis qu'elle a hérité de son mari, ma sœur est la cible de toutes les œuvres de bienfaisance et de tous les parasites des environs.

Il promena un regard tranquille sur l'assemblée des Cloade.

— Mr Hunter, voulez-vous nous dire où vous étiez ce mardi soir ?

— Ça, découvrez-le vous-même ! riposta David.

— Mr Hunter ! s'exclama le coroner en frappant sur la table. Voilà une réponse bien malavisée.

— Pourquoi devrais-je vous dire où j'étais et ce que je fabriquais ? Il sera bien temps de le faire quand vous m'accuserez d'avoir tué ce type.

— Si vous persistez dans votre attitude, cela pourrait bien se produire plus tôt que vous ne le croyez. Reconnaissez-vous ceci, Mr Hunter ?

Se penchant en avant, David prit le briquet d'or en main. Tout, sur son visage, exprimait l'ahurissement. En le rendant, il déclara lentement :

— Oui, c'est le mien.

— Quand vous en êtes-vous servi pour la dernière fois ?

— Je me suis aperçu qu'il avait disparu quand…

David se tut.

— Quand ça, Mr Hunter ? insista le coroner d'une voix suave.

Me Gaythorne s'agita, parut sur le point d'intervenir. Mais David fut plus rapide :

— Je l'avais encore vendredi dernier – vendredi matin. Je n'ai aucun souvenir de l'avoir vu depuis.

Me Gaythorne se leva :

— Avec votre permission, monsieur le coroner… Vous avez, Mr Hunter, rendu visite au défunt le samedi soir. N'auriez-vous pas pu oublier votre briquet chez lui ?

— Ça n'est sans doute pas impossible, répondit David, prudent. En tout cas, je ne me rappelle pas l'avoir vu depuis vendredi… Où l'a-t-on retrouvé ?

— Nous verrons cela plus tard, répondit le coroner. Vous pouvez aller vous asseoir maintenant, Mr Hunter.

David regagna sa place à pas lents. Il se pencha vers Rosaleen et lui chuchota :

— Le major Porter.

Le major s'en vint prendre place à la barre en ahanant et s'y planta au garde-à-vous, raide et roide comme pour une prise d'armes. Seule la façon dont il s'humectait les lèvres trahissait l'ampleur de sa nervosité.

— Vous êtes George Douglas Porter, ancien major du Royal African Rifles ?

— Oui.

— Vous connaissiez bien Robert Underhay ?

D'une voix martiale, le major aboya des dates et des lieux.

— Vous avez vu le corps du défunt ?

— Oui.

— Pouvez-vous l'identifier ?

— Oui. C'est le corps de Robert Underhay.

Un murmure d'excitation parcourut la salle.

— Vous l'affirmez catégoriquement et sans l'ombre d'un doute ?

— Affirmatif.

— Sans aucune possibilité d'erreur ?

— Aucune.

— Merci, major Porter. Mrs Gordon Cloade.

Rosaleen se leva. Elle passa devant le major Porter qui la dévisagea non sans quelque curiosité. Elle ne le regarda même pas.

— Mrs Cloade, la police vous a-t-elle emmenée voir le corps du défunt ?

Elle frissonna :

— Oui.

— Et vous affirmez qu'il s'agit du cadavre d'un homme totalement inconnu de vous ?

— Oui.

— Après la déclaration que vient de faire le major Porter, désirez-vous vous rétracter, ou modifier votre propre déclaration ?

— Non.

— Vous continuez donc à affirmer que le corps n'est pas celui de votre premier mari, Robert Underhay ?

— Ce n'est pas le corps de mon premier mari. C'est celui d'un homme que je n'ai jamais vu de ma vie.

— Allons, Mrs Cloade, le major Porter a formellement reconnu le corps comme étant celui de son ami Robert Underhay.

— Le major Porter s'est trompé, répondit Rosaleen, impavide.

— Mrs Cloade, vous n'êtes pas ici sous serment. Mais il est vraisemblable que vous le serez bientôt devant une autre cour. Serez-vous prête alors à jurer que le corps n'est pas celui de Robert Underhay mais celui d'un inconnu ?

— Je suis prête à jurer que le corps n'est pas celui de Robert Underhay mais celui d'un parfait inconnu.

Sa voix était claire et ferme. Elle regardait le coroner sans ciller.

— Vous pouvez retourner vous asseoir, murmura-t-il.

Puis il ôta son pince-nez et s'adressa au jury.

Ils étaient réunis pour découvrir de quelle manière cet homme avait trouvé la mort. Sur ce point, il y avait peu d'incertitude. L'accident ou le suicide étaient exclus, tout comme l'homicide par imprudence. Il ne restait qu'un verdict possible – homicide volontaire. Quant à l'identité du mort, elle n'était pas clairement établie.

Ils avaient entendu un témoin – homme probe, au caractère droit et dont on pouvait croire la parole – affirmer que le corps était celui d'un de ses vieux amis, Robert Underhay. D'un autre côté, la mort de Robert Underhay en Afrique avait été apparemment prouvée à la satisfaction des autorités locales et sans soulever, alors, la moindre question. En contradiction avec le témoignage du major Porter, la veuve de Robert Underhay, à présent Mrs Gordon Cloade, affirmait que le corps *n'était pas* celui de Robert Underhay. Ces deux déclarations étaient diamétralement opposées. Après le problème de l'identité, les jurés devraient décider si les faits permettaient d'incriminer un coupable. Il leur était loisible d'estimer que la somme des preuves réunies accusait telle ou telle certaine personne, mais ils ne devaient pas oublier qu'il fallait tout un faisceau de preuves concordantes pour motiver une inculpation – des preuves, un mobile, et une opportunité. Il fallait que cette personne ait été vue dans les parages du crime à l'heure appropriée. En l'absence de telles preuves, le meilleur verdict serait celui d'homicide volontaire sans preuve suffisante pour désigner le coupable. Un tel verdict permettrait à la police de poursuivre son enquête.

Ayant dit, il les envoya délibérer.

Il leur fallut trois quarts d'heure.

Ils revinrent avec un verdict d'homicide volontaire inculpant David Hunter.

5

— C'est ce que je craignais, commenta le coroner en s'excusant. Préjugés de clocher ! Verdict épidermique, aucune réflexion.

Le coroner, le chef de la police du comté, le superintendant Spence et Hercule Poirot s'étaient réunis après l'enquête.

— Vous avez fait de votre mieux, dit le chef de la police.

— Cette inculpation est prématurée, c'est le moins qu'on puisse dire, remarqua Spence, le sourcil froncé. Et elle va nous compliquer la tâche. Vous connaissez M. Poirot ? C'est à lui que nous devons le témoignage de Porter.

— J'ai beaucoup entendu parler de vous, monsieur Poirot, déclara aimablement le coroner.

Poirot s'efforça, sans grand succès, de prendre un air modeste.

— M. Poirot s'intéresse à l'affaire ! reprit Spence avec un sourire en coin.

— C'est exact, en effet, confirma Poirot. Figurez-vous, mon bon, que je me suis trouvé mêlé à cette affaire *avant même,* pourrait-on dire, qu'elle n'existât.

Et pour répondre aux regards intrigués de l'assistance, il relata la curieuse petite scène qui s'était jouée au club et à l'occasion de laquelle il avait entendu pour la première fois prononcer le nom de Robert Underhay.

— Voilà qui renforcera le témoignage de Porter au moment du procès, nota le chef de la police, la mine pensive. Underhay avait donc vraiment planifié sa mort fictive – et il avait prévu d'employer le nom d'Enoch Arden.

» Oui, continua-t-il dans un murmure, mais cela aura-t-il force de preuve ? Les mots d'un homme qui est maintenant mort ?

— Cela n'aura peut-être pas valeur probante, enchaîna Poirot. Mais cela inspire une série de réflexions fort intéressantes et suggestives.

— Ce n'est pas de suggestions que nous avons besoin, répliqua Spence. Mais de faits concrets. Par exemple, quelqu'un qui aurait vu David Hunter au *Cerf* ou dans les parages, ce fameux mardi soir.

— Cela devrait être facile, déclara le chef de la police, d'un air soucieux.

— Si nous étions dans mon pays, dit Poirot, oui, ce le serait assez. Il y aurait un petit bistrot, où tout le monde va prendre le café le soir – mais dans la campagne anglaise !

Il leva les mains au ciel.

Le superintendant approuva d'un signe de tête :

— Il y a bien des gens qui se retrouvent au pub, mais ils n'en bougent pas avant la fermeture, et les autres sont chez eux et écoutent les informations de 9 heures. Promenez-vous ici dans la rue principale entre 8 heures et demie et 10 heures du soir, c'est le désert total. Pas un chat !

— Vous croyez qu'il a compté là-dessus ? avança le chef de la police.

— C'est possible, répondit Spence qui n'avait pas l'air satisfait.

Bientôt, le chef de la police et le coroner s'en allèrent, laissant Spence et Poirot en tête à tête.

— Cette affaire vous déplaît, non ? s'enquit Poirot avec sollicitude.

— Ce jeune homme me tracasse, reconnut Spence. On ne sait jamais où on en est avec ce genre de garçon. Quand ils sont blancs comme neige, ils se comportent comme s'ils étaient coupables. Et quand ils sont coupables – eh bien, vous seriez prêt à leur donner le bon Dieu sans confession !

— Mais vous, vous le croyez coupable ?

— Pas vous ? rétorqua Spence.

Poirot ouvrit les mains en signe d'ignorance.

— Je serais curieux de savoir, dit-il, quelles sont exactement les charges qui pèsent contre lui.

— Pas d'un point de vue légal, n'est-ce pas ? Vous parlez de ce qui est probable ?

Poirot confirma de la tête.

— Eh bien, il y a le briquet.

— Où l'a-t-on trouvé ?

— Sous le corps.

— Des empreintes digitales ?

— Aucune.

— Ah, fit Poirot.

— Oui… ça ne me plaît pas trop non plus. Ensuite, la montre du mort était arrêtée à 9 h 10. Cela correspond tout à fait au rapport du légiste ainsi qu'au témoignage de Rowley Cloade selon lequel Underhay attendait son client d'un instant à l'autre – il est vraisemblablement arrivé juste après.

Poirot hocha la tête :

— Oui, tout cela est bien ficelé.

— Et puis ce qu'il faut bien admettre, à mon avis, monsieur Poirot, c'est qu'il est la seule personne – avec sa sœur, bien sûr – à avoir l'ombre d'un mobile. Soit David Hunter a tué Underhay – soit Underhay a été assassiné par un inconnu qui l'aurait suivi jusqu'ici pour une raison dont nous ignorons tout, ce qui me paraît hautement improbable.

— Oh, je suis d'accord, je suis d'accord.

— Voyez-vous, il n'y a pas une personne à Warmsley Vale qui pourrait avoir un mobile – à moins que par une extraordinaire coïncidence quelqu'un vive ici, outre les Hunter, qui aurait eu affaire à Underhay dans le passé. Je n'exclus jamais les coïncidences, mais nous n'avons pas le moindre début d'indice dans ce sens. Cet homme était un étranger pour tout le monde, sauf pour le frère et la sœur.

Poirot hocha la tête.

— Quant aux membres de la famille, ils auraient veillé sur Robert Underhay comme sur la prunelle de leurs yeux. Pour eux, Robert Underhay bien vivant et en pleine forme, c'était l'assurance d'un magot à se partager.

— Cette fois encore, mon bon ami, je vous approuve avec enthousiasme. Un Robert Underhay bien vivant et en pleine forme, voilà ce qu'il faudrait à la famille Cloade.

— Et donc, nous revoilà au point de départ – Rosaleen et David Hunter sont les deux seules personnes à avoir un mobile. Rosaleen Cloade se trouvait à Londres. Mais nous savons que David est venu à Warmsley Vale le mardi en question. Il est arrivé à 17 h 30 à la gare de Warmsley Heath.

— Donc, nous sommes maintenant en possession d'un Mobile, avec un grand M, et du fait qu'entre 17 h 30 et une heure indéterminée, David Hunter se trouvait sur les lieux.

— Exactement. Maintenant, prenons le récit de Beatrice Lippincott. Moi, je la crois. Elle a bien entendu ce qu'elle a raconté, même si elle a un peu épicé tout ça, c'est humain, après tout.

— Comme vous dites, c'est humain.

— Outre que je la connais, je la crois parce qu'il y a des détails qu'elle n'aurait pas pu inventer. Elle n'avait jamais entendu parler de Robert Underhay, par exemple. Donc, je crois à sa version de l'entrevue entre les deux hommes, et pas à celle de David Hunter.

— Moi aussi. Elle m'a fait l'effet d'un témoin particulièrement fidèle.

— Nous avons la confirmation que son histoire est vraie. Pour quelle raison le frère et la sœur sont-ils partis à Londres, croyez-vous ?

— C'est l'un des points qui m'ont le plus intrigué.

— Eh bien, voilà la situation financière : Rosaleen ne percevra durant toute sa vie que l'usufruit des biens de Gordon Cloade. Elle n'a pas le droit de toucher au capital – sauf jusqu'à concurrence d'un millier de livres, je crois. Mais les bijoux et tout ça sont à elle. La première chose qu'elle a faite en arrivant à Londres, ç'a été de prélever quelques-uns de ses bijoux les plus précieux et d'aller les vendre à Bond Street. Elle avait besoin de toute urgence d'une somme importante en liquide – autrement dit, il fallait qu'elle paie un maître chanteur.

— Et, à votre avis, cela constitue une preuve contre David Hunter ?

— Ce n'est pas le vôtre ?

Poirot secoua la tête :

— Preuve qu'il y avait chantage, oui. Mais preuve qu'il y avait intention de tuer, non. Il faut choisir, très cher. Ou bien ce jeune homme était décidé à payer, ou bien il prévoyait de tuer. Or, vous venez de produire la preuve qu'il se préparait à *payer*.

— Oui… oui, peut-être, en effet. Mais il a pu changer d'avis.

Poirot haussa les épaules.

— Je connais ce genre d'homme, reprit pensivement le superintendant. Ils ont fait des prouesses pendant la guerre. Un courage physique incroyable. De l'audace, un mépris total pour le danger. Ils prennent tous les risques. Ce sont des candidats à la Victoria Cross, quoique à titre posthume, bien souvent. Oui, en temps de guerre, ces hommes sont des héros. Mais en temps de paix… eh bien, en temps de paix ils échouent en prison plus souvent qu'à leur tour. Ils aiment les sensations fortes et ils n'arrivent pas à rentrer dans le rang. Ils se fichent de la société comme d'une guigne – et, au bout du compte, ils n'ont aucun respect de la vie humaine.

Poirot approuva sans mot dire.

— Croyez-moi, je connais ce genre d'homme, répéta le superintendant.

Il y eut un moment de silence.

— Eh bien, déclara enfin Poirot, nous sommes d'accord pour dire que nous tenons là une *personnalité* d'assassin. Mais c'est tout. Cela ne nous mène pas plus loin.

Spence le dévisagea avec curiosité :

— Cette affaire vous intéresse vraiment beaucoup, n'est-ce pas monsieur Poirot ?

— Oui.

— Puis-je vous demander pourquoi ?

— Franchement, je ne sais pas trop. Peut-être…

Les mains levées et l'anglais en déroute à l'évocation de ce souvenir – tellement en déroute que la seule transcription de ses barbarismes, gallicismes et solécismes découragerait, ce qu'à Dieu ne plaise, le plus fanatique des lecteurs –, Poirot cherchait ses mots, que nous vous donnons ci-après dans un ordre lisible :

— Peut-être est-ce parce que, il y a deux ans, quand je me suis trouvé dans ce club où m'avait entraîné un ami et que j'ai soudain senti mon estomac se nouer et se tordre… – j'exècre les bombardements, voyez-vous, et, même si je m'efforce de faire bonne figure, la bravoure n'est pas ma qualité première – … quand, disais-je, j'ai senti d'abominables gargouillements *ici* (Poirot pressa des deux mains sur son ventre dans un geste expressif), je me suis raccroché à une voix qui bourdonnait à n'en plus finir dans le mutisme général, celle du raseur en titre de l'établissement, cet excellent major Porter, qui racontait une anecdote interminable que personne n'écoutait. Mais moi, je l'ai écoutée… parce que tout est mieux que le vacarme des bombes, et aussi parce que l'anecdote en question me paraissait intéressante et me fournissait matière à réflexion. Je m'étais même dit qu'un jour, peut-être, elle connaîtrait une suite. En quoi j'avais d'ailleurs vu juste : il y a bel et bien eu une suite.

— Et l'imprévisible s'est produit, hein ?

— Au contraire, le corrigea Poirot. C'est le *prévisible* qui s'est produit – ce qui en soi est déjà assez remarquable.

— Vous aviez prévu un meurtre ? demanda Spence, sceptique.

— Non, non, non ! Mais une femme se remarie. Y a-t-il possibilité que le premier mari soit encore vivant ? Il est vivant. Qu'il réapparaisse ? Il *réapparaît* ! Alors, il pourrait y avoir un chantage ? Mais oui, *il y a* chantage ! Le maître chanteur pourrait donc être réduit au silence ? Ma foi, il est réduit au silence !

— Je ne sais pas, fit Spence en fixant Poirot d'un œil dubitatif, mais il me semble au contraire à moi que cette affaire est du type cas d'école. Il s'agit d'un crime tout ce qu'il y a de banal : la classique tentative de chantage qui se solde par un meurtre.

— Donc, à votre avis, affaire dépourvue du plus infime soupçon d'intérêt ? D'habitude, c'est vrai. Mais *cette affaire-ci* est au contraire fascinante dans la mesure où, voyez-vous, *tout y va de travers.*

— De travers ? Que voulez-vous dire par « tout y va de travers » ?

— Rien dans cette affaire n'a… – comment exprimer ça ? – n'a *la bonne forme.*

Spence ouvrit des yeux ronds :

— L'inspecteur Japp a toujours prétendu que vous aviez l'esprit tortueux, et je commence à croire qu'il n'avait pas tort. Mais donnez-moi quand même un exemple de ce qui « va de travers ».

— Eh bien, prenez le mort, il a quelque chose qui… qui cloche, comme on dit chez moi.

Spence ne chercha pas à dissimuler sa perplexité.

— Vous ne le sentez pas ? s'étonna Poirot. Bon, admettons que je puisse pécher par excès d'imagination. Alors, prenons autre chose. Underhay arrive au *Cerf.* Il écrit à David Hunter. Hunter reçoit cette lettre le lendemain matin – au petit déjeuner, donc ?

— Oui, c'est exact. Il reconnaît avoir reçu une lettre d'Arden à ce moment-là.

— C'était le premier signe que donnait Underhay de son arrivée à Warmsley Vale, n'est-ce pas ? Or, que fait-il toute affaire cessante ? *Il expédie sa sœur à Londres !*

— C'est tout ce qu'il y a de plus compréhensible, se rebiffa Spence. Il voulait avoir le champ libre pour manœuvrer à sa guise. Et puis il a pu craindre que la fille ne cède à des attendrissements intempestifs. C'est lui qui mène la barque, rappelez-vous. Il tient Mrs Cloade complètement sous sa coupe.

— Oh, oui ! Ça saute d'ailleurs aux yeux. Il l'envoie donc à Londres, et rend visite à cet Enoch Arden. Grâce à Beatrice Lippincott, nous avons une idée assez précise de leur conversation, et ce qu'il en ressort, ce qui crève les yeux, comme on dit, c'est que *David Hunter ne savait pas si l'homme avec lequel il parlait était ou non Robert Underhay*. Il en avait le soupçon, mais il n'en savait rien.

— Mais qu'y a-t-il d'étrange à cela, monsieur Poirot ? Rosaleen avait épousé Underhay au Cap, après quoi le couple était tout de suite parti pour le Nigeria. Hunter et Underhay ne s'étaient jamais rencontrés. Par conséquent, même si, comme vous le dites, Hunter soupçonnait Arden d'être Underhay, il ne pouvait pas le savoir avec certitude pour la bonne raison qu'il n'avait jamais vu Underhay.

Poirot considéra le superintendant Spence d'un air pensif.

— Il n'y a donc rien qui vous paraisse bizarre ? demanda-t-il.

— Je sais où vous voulez en venir. Pourquoi Underhay n'a-t-il pas dit franchement qu'il était Underhay ? Eh bien, je crois que cela aussi peut se comprendre. Quand une personne respectable se livre à une activité quelque peu répréhensible, elle tient à sauver les apparences. Elle essaie de donner le change – si vous me comprenez. Non, je ne crois pas qu'il y ait rien de bizarre là-dedans. Il faut faire la part de la malignité humaine.

— Oui, dit Poirot. La malignité humaine. Voilà peut-être la vraie raison de mon intérêt pour cette affaire. Tout à l'heure, j'observais ce qui se passait à l'enquête, les gens rassemblés là, les Cloade en particulier – tous présents, liés par le même intérêt, et si différents de par leurs caractères, leurs pensées et leurs émotions. Tous ont dépendu pendant de longues années de l'homme fort de la famille, de celui qui possédait le pouvoir, de Gordon Cloade ! Pas forcément une dépendance directe, non. Ils avaient tous un moyen personnel d'existence. Mais tous en étaient venus, par la force des choses, à compter sur lui, consciemment ou inconsciemment. Et qu'advient-il – je vous le demande, superintendant – *qu'advient-il du lierre lorsqu'on abat le chêne auquel il s'accroche ?*

— Ce n'est pas une question de mon ressort, frémit Spence.

— Croyez-vous ? Moi, je pense que si. Le caractère, mon tout bon, n'est pas chose immuable. Il peut s'affirmer. Il peut aussi se dégrader. Ce qu'une personne est réellement n'apparaît que dans l'épreuve – je veux dire qu'à ce moment-là, soit vous tenez debout, soit vous vous écroulez.

— Je ne comprends pas très bien ce que vous voulez démontrer, monsieur Poirot, bégaya Spence, l'air complètement égaré. Quoi qu'il en soit, les Cloade sont désormais sortis du pétrin. Ou, du moins, le seront une fois les formalités réglées.

Ce qui, lui fit remarquer Poirot, pouvait réclamer un certain temps :

— Encore faudra-t-il réfuter le témoignage de Mrs Cloade. Après tout, une femme doit savoir à quoi ressemble son mari ?

Il pencha la tête et posa des yeux interrogateurs sur le volumineux superintendant.

— Est-ce que cela ne vaut pas le coup de *ne pas* reconnaître son mari lorsque le revenu de deux millions de livres en dépend ? demanda le superintendant, cynique. Et d'un autre côté, si l'homme n'était pas Robert Underhay, pourquoi l'a-t-on assassiné ?

— Ça, murmura Poirot, c'est bien la question qu'on peut se poser.

6

C'est un Poirot perdu dans ses pensées qui sortit des locaux de la police. Et, sans même qu'il y prenne garde, son pas se ralentit encore au fur et à mesure qu'il cheminait. Il finit par s'arrêter sur la place du marché et regarda autour de lui. Là se trouvait la maison du Dr Cloade avec sa plaque de cuivre ternie, et, un peu plus loin, le bureau de poste. De l'autre côté, la maison de Jeremy Cloade. En face de Poirot, un peu en retrait, l'église catholique romaine de l'Assomption, bâtisse microscopique, humble violette en regard de St. Mary qui trônait, arrogante, au beau milieu de la place, face à la Halle aux grains, clamant à tous les échos la domination du culte protestant.

Mû par une impulsion soudaine, Poirot franchit la grille du mini-cimetière et remonta l'allée jusqu'au portail de l'église catholique. Il ôta son chapeau, fit une génuflexion devant l'autel et alla s'agenouiller sur un prie-Dieu. Un bruit interrompit ses prières – le hoquet d'un sanglot étouffé.

Il tourna la tête. De l'autre côté de la petite nef, une femme vêtue de sombre était prostrée, le visage caché dans les mains. Au bout d'un moment elle se leva et, sans cesser de sangloter tout bas, se dirigea vers la sortie. Poirot, les yeux agrandis par la curiosité, se leva à son tour et la suivit. Il avait reconnu Rosaleen Cloade.

Elle s'était arrêtée sous le porche et tentait de se ressaisir.

— Puis-je vous être de quelque secours, madame ? lui demanda alors fort civilement Poirot.

Sans montrer le moindre signe de surprise, elle répondit avec la simplicité d'un enfant malheureux :

— Non, personne ne peut rien pour moi.

— Vous avez de gros ennuis. C'est cela, n'est-ce pas ?

— Ils ont arrêté David… Je suis toute seule. Ils disent qu'il a tué… Mais ce n'est pas vrai ! Ce n'est pas vrai !

Elle leva les yeux vers Poirot.

— Vous étiez là, tout à l'heure ? À l'enquête, je veux dire. Je vous ai vu !

— Oui. Si je puis vous aider, madame, j'en serais très heureux.

— J'ai peur. David disait que rien ne m'arriverait tant qu'il serait là pour veiller sur moi. Mais maintenant ils l'ont arrêté… et j'ai peur. Il m'avait dit qu'ils… qu'ils voulaient tous ma mort. C'est affreux de dire une chose pareille. Mais peut-être que c'est vrai.

— Madame, laissez-moi vous aider.

Elle secoua la tête :

— Non. Personne ne peut m'aider. Je ne peux même pas aller me confesser. Le poids de ma faute, je dois le porter seule. Je n'ai plus droit à la miséricorde de Dieu.

— Personne n'est exclu de la miséricorde divine. Vous le savez très bien, mon enfant.

De nouveau, elle le regarda, et ses yeux exprimaient toute la tristesse du monde :

— Il faudrait pour cela que je confesse mes péchés... que je me confesse. Si je pouvais me confesser...

— Ne pouvez-vous le faire ? N'était-ce pas pour cela que vous êtes entrée ?

— J'étais venue chercher du réconfort... un peu de réconfort. Mais quel réconfort y a-t-il pour moi ? Je suis une pécheresse.

— Pécheurs, nous le sommes tous.

— Mais il faudrait se repentir... Il faudrait que j'avoue... que je raconte...

Elle porta les mains à son visage :

— Oh, tous ces mensonges que j'ai racontés... tous ces mensonges...

— Vous avez menti à propos de votre mari ? À propos de Robert Underhay ? C'était bien Robert Underhay qu'on a assassiné, c'est cela ?

Elle fut instantanément sur la défensive, le regard méfiant, inquiet.

— Je vous répète que ce *n'était pas* mon mari ! cria-t-elle. Il ne lui ressemblait pas du tout.

— Le défunt ne ressemblait pas du tout, pas le moins du monde à votre mari ?

— Non, répéta-t-elle d'un ton de défi.

— Dites-moi, fit Poirot, à quoi ressemblait donc votre mari ?

Son regard se figea. La peur durcit son visage, dilata ses pupilles.

— Je ne vous dirai pas un mot de plus ! s'écria-t-elle.

D'un pas précipité, elle passa devant Poirot, descendit l'allée et franchit la grille qui donnait sur la place du marché.

Poirot ne tenta pas de la suivre. Il se contenta de hocher la tête d'un air intensément satisfait.

— Ah, ah ! fit-il. C'est donc cela !

Et il gagna la place à pas lents.

Après une brève hésitation, il emprunta la grand-rue et marcha jusqu'au *Cerf*, qui était le dernier bâtiment avant la rase campagne.

À l'entrée de l'hôtel, il rencontra Rowley Cloade et Lynn Marchmont.

Poirot détailla la jeune femme d'un œil intéressé. Une belle fille, pensa-t-il, et intelligente par-dessus le marché. Pas d'un genre qui rallie tous les suffrages, toutefois. Lui, il préférait plus de douceur, davantage de féminité. Lynn Marchmont était de style essentiellement moderne – quoiqu'on eût pu parler avec autant de justesse de type élisabéthain. Des femmes qui pensaient par elles-mêmes, libres dans leur langage, et qui admiraient avant tout chez un homme le goût de l'entreprise et l'audace.

— Monsieur Poirot, dit Rowley, nous vous sommes très reconnaissants. Bon sang, on aurait vraiment dit un tour de magie.

C'était en effet bien le mot ! songea Poirot. Quand on connaît déjà la réponse à la question posée, on peut la donner avec tous les abracadabras souhaités. Cela lui plaisait assez que la matérialisation, pour ainsi dire, du major Porter eût été aussi époustouflante aux yeux du brave Rowley qu'une ribambelle de lapins sortant du chapeau d'un prestidigitateur.

— Savoir comment vous vous y prenez, alors, là, c'est une autre paire de manches, avoua Rowley.

Poirot n'éclaira pas sa lanterne. On n'est qu'un homme, après tout. Un magicien ne dévoile pas ses trucs au public.

— En tout cas, je vous le répète, Lynn et moi vous sommes infiniment reconnaissants, continua Rowley.

Lynn Marchmont, estima Poirot, ne paraissait pas particulièrement reconnaissante. Elle avait les traits tirés et n'arrêtait pas de se tortiller nerveusement les doigts.

— Ça va permettre à notre vie de couple de démarrer dans de bien meilleures conditions pratiques, déclara Rowley.

— Qu'est-ce que tu en sais ? fit remarquer Lynn d'un ton sec. Il y aura sûrement toutes sortes de formalités interminables.

— Vous vous mariez quand ? demanda poliment Poirot.

— En juin.

— Et vous êtes fiancés depuis quand ?

— Bientôt six ans, répondit Rowley. Lynn vient tout juste d'être démobilisée des Wrens.

— Et il est interdit de se marier lorsqu'on appartient aux Wrens, c'est ça ?

— J'étais à l'étranger, répondit Lynn évasivement.

Rowley tiqua, ce qui n'échappa pas à Poirot.

— Viens, Lynn, il faut y aller, dit-il d'une voix brève. Je suppose que M. Poirot souhaite retourner à Londres.

— Oh, telle n'est pas mon intention, dit Poirot en souriant.

— Quoi ?

Rowley se figea sur place, le visage étrangement lavé de toute expression.

— Je vais séjourner quelque temps ici, au *Cerf*.

— Mais… mais pourquoi ?

— *C'est un bel endroit,* répondit placidement Poirot en français.

— Oui… euh… c'est vrai, bredouilla Rowley. Mais je vous croyais… je vous croyais… euh… un homme très occupé ?

— J'ai mis quelque argent de côté, répondit Poirot en souriant. Je n'ai pas besoin de m'échiner plus que de raison. Non, je peux savourer mes loisirs et passer mon temps où cela me chante. Et, pour l'heure, cela me chante de séjourner à Warmsley Vale.

Lynn Marchmont releva la tête et fixa sur lui un regard attentif. Rowley, lui, paraissait plutôt contrarié.

— Vous jouez au golf, j'imagine ? demanda-t-il. Il y a un bien meilleur hôtel à Warmsley Heath, vous savez. Ici, c'est vraiment un trou.

— Mon intérêt, dit Poirot, se porte exclusivement sur Warmsley Vale.

— Allons Rowley, viens, dit Lynn.

De mauvaise grâce, Rowley la suivit. À la porte, Lynn s'arrêta puis revint prestement sur ses pas et s'adressa à Poirot à voix basse :

— Ils ont arrêté David après l'enquête. Croyez-vous que… qu'ils aient eu raison ?

— Le verdict, mademoiselle, ne laissait pas le choix.

— Je veux dire… le croyez-vous coupable ?

— Et *vous* ?

Mais Rowley était déjà à ses côtés. Elle se composa un visage lisse :

— Eh bien, au revoir, monsieur Poirot. Je… j'espère que nous nous reverrons.

« Permettez-moi d'en douter », pensa Poirot.

Après avoir réglé la question du logement avec Beatrice Lippincott, Poirot ressortit bientôt. Ses pas le conduisirent chez le Dr Lionel Cloade.

Ce fut tante Kathie qui vint lui ouvrir.

— Oh ! fit-elle en reculant d'un pas. Monsieur Poirot !

— Pour vous servir, madame, dit Poirot en s'inclinant. Je suis venu vous présenter mes hommages.

— Ma foi, c'est très aimable à vous. Oui… eh bien… si vous voulez entrer… Asseyez-vous – je repousserai Mme Blavatsky. Une tasse de thé, peut-être ? Je crains, hélas, que le cake ne soit affreusement rassis… Je comptais passer chez Peacock, ils ont du gâteau roulé parfois, le mercredi… mais une enquête, cela met tout sens dessus dessous dans une maison, n'est-ce pas ?

Poirot répondit qu'il comprenait parfaitement.

Il avait cru deviner que la prolongation de son séjour à Warmsley Vale contrariait Rowley Cloade. Quant à l'accueil de tante Kathie, il manquait indubitablement de chaleur. Il y avait même une nuance de consternation dans le regard qu'elle posait sur lui. Elle se pencha et prit un ton rauque de conspirateur :

— Vous ne parlerez pas à mon mari de la visite que je vous ai faite, n'est-ce pas ? Ni de ce que… de ce que vous savez ?

— Mes lèvres sont scellées.

— Vous comprenez… je ne savais naturellement pas, à ce moment-là, que Robert Underhay – pauvre homme, quel destin tragique ! – se trouvait à Warmsley Vale. D'ailleurs, cela m'apparaît toujours comme la plus *extraordinaire* des coïncidences !

— Certes, approuva Poirot, il eût été plus simple que le ouija vous conduisît droit au *Cerf*.

Tante Kathie se dérida un peu à la mention du ouija.

— La manière dont les choses se produisent dans le monde spirituel échappe à la logique, roucoula-t-elle. Mais j'ai vraiment le sentiment, monsieur Poirot, qu'il y a un grand *dessein* dans tout cela. Ne l'avez-vous pas constaté dans votre vie ? Qu'il y a toujours un *dessein* ?

— Si, c'est très juste, madame. Et même dans ma présence ici, dans votre salon, il y a un dessein.

— Ah, vraiment ?

Mrs Cloade parut quelque peu interdite :

— Un dessein, dites-vous ? Oui, je suppose, en effet… Vous voilà sur le départ, *bien sûr* ?

— Pas dans l'immédiat. Je reste quelques jours au *Cerf*.

— Au *Cerf* ? Ah oui… au *Cerf* ! Mais c'est là que… oh, monsieur Poirot, croyez-vous que ce soit une sage décision ?

— J'ai été guidé jusqu'au *Cerf*, répondit-il d'un ton solennel.

— *Guidé* ? Que voulez-vous dire ?

— Guidé par *vous*.

— Oh, mais je n'ai jamais eu l'intention… je veux dire, je n'avais pas la moindre *idée*… Tout cela est si affreux, vous ne trouvez pas ?

Poirot secoua la tête d'un air attristé et enchaîna :

— J'ai bavardé avec Mr Rowley Cloade et miss Marchmont. Ainsi, ils vont se marier… très bientôt ?

Tante Kathie en oublia instantanément les meurtres et les esprits :

— Chère Lynn ! Quelle fille délicieuse… et tellement douée pour les chiffres ! Moi je n'ai pas la tête à ça… pas la tête du tout. C'est une vraie bénédiction de l'avoir à nouveau. Je m'embrouille, je m'embrouille… et, Dieu en soit loué, elle règle mes problèmes en un tournemain. Chère enfant, j'espère de tout mon cœur qu'elle sera heureuse. Rowley est un excellent garçon, bien sûr, mais parfois… comment dire ?… un peu ennuyeux. Ennuyeux pour une fille qui a autant voyagé que Lynn, entendons-nous bien. Voyez-vous, Rowley a passé toute la guerre ici, à la ferme… Oh, je ne le lui reproche pas, évidemment – c'est ce que le gouvernement voulait, n'est-ce pas ? –, de ce point de vue-là, il n'y a rien à redire – même si nous sommes loin des *Quatre Plumes Blanches* et de la guerre des Boers – non, ce dont je suis persuadée, c'est que cela n'a pas contribué à lui ouvrir l'esprit.

— Six années de fiançailles, voilà une bonne mise à l'épreuve.

— Comme vous dites ! Mais le problème, c'est que je crois que ces filles, une fois rentrées dans leurs foyers, ne tiennent plus en place – et que si quelqu'un d'autre vient à passer par là… quelqu'un qui a mené une vie aventureuse, par exemple…

— Comme David Hunter ?

— Il n'y a rien entre eux, s'empressa d'affirmer tante Kathie. Rien *du tout.* J'en *suis absolument* certaine ! Le contraire eût été affreux, non, avec ce garçon qui se révèle au bout du compte un *assassin* ? Et de son beau-frère, en plus ! Oh non, monsieur Poirot, n'allez surtout pas vous imaginer qu'il y ait quoi que ce soit qui ressemble à de la connivence entre Lynn et David. D'ailleurs, à chaque fois qu'ils se sont rencontrés, ils se sont querellés plus qu'autre chose. Non, le fond de ma pensée… oh, mon Dieu, je crois que voilà mon mari… Vous vous rappellerez, monsieur Poirot, *pas* un mot sur notre première rencontre, n'est-ce pas ? Mon pauvre mari serait tellement contrarié s'il allait s'imaginer que… Oh ! Lionel, mon chéri, je te présente M. Poirot qui a si astucieusement retrouvé ce major Porter pour qu'il identifie le corps.

Le Dr Cloade paraissait hagard de fatigue. Ses yeux bleu pâle aux pupilles en têtes d'épingle se promenèrent distraitement dans la pièce :

— Enchanté, monsieur Poirot. Sur le départ ?

« Mon Dieu ! pensa Poirot, encore un qui veut m'expédier à Londres ! »

— Eh bien non, répondit-il d'une voix égale, je vais rester un jour ou deux au *Cerf*.

— Au *Cerf* ? s'étonna Lionel Cloade. Oh ! La police veut vous garder sous la main ?

— Non. Il s'agit d'une décision toute personnelle.

— Vraiment ?

Un éclair de compréhension traversa le regard du médecin :

— Si je ne m'abuse, vous n'êtes pas satisfait ?

— Qu'est-ce qui vous fait penser cela, docteur ?

— Allez, je ne me trompe pas, n'est-ce pas ?

Bredouillant quelques propos sans suite où il était question de thé, Mrs Cloade s'éclipsa. Le médecin en profita pour reprendre :

— Vous avez l'impression que quelque chose cloche, n'est-ce pas ?

Poirot ne dissimula pas son étonnement :

— C'est curieux que vous disiez cela. Auriez-vous cette impression, vous-même ?

Cloade hésita :

— N-n-non. Je n'irai pas jusque-là… Peut-être s'agit-il tout au plus d'un sentiment d'irréalité. Dans les romans, le maître chanteur se fait éliminer. En va-t-il de même dans la vie courante ? Apparemment, la réponse est oui. Mais cela semble aussi peu naturel que possible.

— Y avait-il quoi que ce soit de troublant dans l'expertise médicale ? Ma question n'a rien d'officiel, je le précise.

— Non, je ne crois pas, répondit prudemment le Dr Cloade.

— Si… il y a quelque chose. Je vois bien qu'il y a quelque chose.

Quand il le voulait, Poirot savait donner à sa voix une qualité quasi hypnotique. Le Dr Cloade fronça les sourcils, hésita, et puis se mit à parler, lentement :

— Évidemment, je n'ai aucune expérience des affaires criminelles. Et, d'autre part, un témoignage médical n'est pas le modèle de rigueur infaillible que le public et les romanciers se plaisent à imaginer. Nous sommes faillibles – la science médicale est faillible. Qu'est-ce qu'un diagnostic ? Une devinette, à l'aide de rares connaissances et de quelques vagues indices qui ne convergent pas tous dans la même direction. Si l'on me dit plutôt compétent pour ce qui est de diagnostiquer une rougeole, c'est sans doute parce qu'à l'âge où je suis parvenu, j'ai vu des centaines de cas de rougeole et eu l'occasion de constater une grande variété de signes et de symptômes différents. Ce que les manuels décrivent comme « un cas typique » de rougeole, on ne tombe pour ainsi dire jamais dessus. Mais j'en ai vu de drôles, dans ma carrière… J'ai vu une femme à deux doigts de la table d'opération pour une ablation de l'appendice alors qu'il s'agissait d'une parathyphoïde diagnostiquée à la dernière minute ! J'ai vu un enfant souffrant de troubles cutanés, qu'un jeune médecin fort consciencieux avait mis sur le compte d'une avitaminose – jusqu'à ce que déboule le vétérinaire du coin et qu'il signale à la mère que le chat avec lequel l'enfant jouait avait la teigne, et que l'enfant l'avait attrapée !

» Les médecins sont, comme tout le monde, victimes d'idées préconçues. Voilà un homme, de toute évidence assassiné, gisant par terre à côté d'une paire de pincettes tachées de sang. Il serait absurde de soutenir qu'il a été frappé avec quoi que ce soit d'autre, et pourtant, sans la moindre expérience des crânes défoncés, l'instrument qui m'était venu à l'idée était assez différent – quelque chose de moins lisse, moins rond, quelque chose… oh, je ne sais pas, moi ! de plus coupant, avec une arête… une brique, quelque chose comme ça.

— Et vous n'en avez pas parlé à l'enquête ?

— Non… parce que je n'étais sûr de rien. Jenkins, le médecin légiste, n'éprouvait pas de doute, et c'est son avis qui importe. Mais n'oublions pas l'idée préconçue… l'arme à côté du corps. Aurait-elle pu infliger cette blessure ? Oui, elle *aurait pu*. Mais si on vous montrait la blessure en vous demandant ce qui l'a causée… eh bien, je ne sais pas si vous penseriez à cela, parce que cela n'a rien d'évident… Je veux dire : si vous aviez deux types, l'un armé d'une brique, et l'autre des pincettes…

Le médecin secoua la tête d'un air mécontent :

— Non, conclut-il, ça n'a vraiment rien d'évident…

— Aurait-il pu tomber sur un objet tranchant ?

Le médecin secoua de nouveau la tête.

— Il gisait face contre terre au milieu de la pièce… et sur un bon vieux tapis d'Axminster bien épais.

Comme sa femme entrait, il changea de sujet.

— Et voilà Kathie avec la lavasse, commenta-t-il.

Tante Kathie jonglait avec un plateau chargé d'un service à thé, d'une demi-miche de pain et d'un fond de pot de confiture d'aspect déprimant.

— Je *crois* que l'eau a bouilli, remarqua-t-elle d'un ton sceptique en soulevant le couvercle de la théière pour regarder à l'intérieur.

— De la lavasse ! grommela de nouveau le Dr Cloade d'un air dégoûté.

Et, sur cette explosion verbale, il sortit.

— Pauvre Lionel. Depuis la guerre, il a les nerfs dans un état épouvantable. Il a beaucoup trop travaillé. Tant de médecins étaient partis. Il ne se reposait jamais. Dehors du matin au soir, et jusque dans la nuit. Je me demande comment il ne s'est pas effondré. Il prévoyait de prendre sa retraite dès la fin des hostilités, naturellement. C'était convenu avec Gordon. Sa passion, voyez-vous, c'est la botanique, et en particulier les plantes médicinales utilisées au Moyen Âge. Il écrit un livre là-dessus. Il espérait avoir un peu de tranquillité pour se consacrer à ses recherches. Mais avec la mort de Gordon – enfin, je n'ai pas besoin de vous expliquer, monsieur Poirot. Les impôts et le reste. Il ne peut pas se permettre de se retirer maintenant, et ça l'a rendu très amer. Et, vraiment, cela paraît injuste… Que Gordon meure comme ça, sans laisser de testament – voilà qui a vraiment ébranlé ma foi. Je veux dire, j'ai du mal à voir un dessein là-dedans. Je ne peux pas m'empêcher de penser qu'il s'agit d'une *erreur*.

Elle soupira, puis retrouva un peu d'entrain :

— Enfin ! J'ai quand même reçu de l'au-delà un message très réconfortant : « Courage et patience t'ouvriront le chemin. » Et, pour dire la vérité, aujourd'hui, quand ce bon major Porter s'est levé pour déclarer à haute et intelligible voix que la malheureuse victime était Robert Underhay – eh bien, j'ai vu qu'un chemin s'était ouvert ! Ah, monsieur Poirot, n'est-ce pas merveilleux la façon dont tout arrive à point nommé ?

— Oui, même un meurtre, dit Hercule Poirot.

7

D'humeur songeuse et frissonnant un peu sous un vent d'est aigrelet, Poirot pénétra dans l'hôtel. Le hall était désert. Il poussa la porte du salon sur sa droite. La pièce sentait le tabac froid et le feu était presque éteint. À petits pas, il gagna une autre porte, située au fond du hall et qui portait l'avertissement « Réservé aux pensionnaires ». Là, il y avait une bonne flambée, mais aussi, dans un vaste fauteuil et se rôtissant complaisamment la plante des pieds, une énorme vieille dame qui lui décocha un regard si féroce qu'il battit en retraite dans la confusion.

S'attardant un moment dans le hall, il promena ses regards de la loge vitrée de la réception à la porte sur laquelle une plaque à l'ancienne indiquait « CAFÉ ». D'après son expérience des auberges de campagne, Poirot savait pertinemment que le seul moment où l'on y servait du café – et ce, non sans réticences –, était le petit déjeuner, et que, même pour cette occasion, il était essentiellement composé de lait coupé d'eau. Quant aux petites tasses de liquide boueux au goût de mélasse baptisé café noir, elles n'étaient pas servies au CAFÉ, mais au SALON. En revanche, Soupe Windsor, Steak pané-pommes de terre et Pudding vapeur, qui constituaient le Dîner, s'obtenaient au CAFÉ à 19 heures tapantes. Jusqu'à cette heure-là, une paix profonde régnait sur les salles du *Cerf* réservées aux pensionnaires.

Poirot gravit pensivement l'escalier. Au lieu de prendre à gauche vers sa propre chambre, la 11, il tourna à droite et s'arrêta devant la porte de la chambre 5. Il regarda autour de lui. Silence et désert. Il ouvrit la porte et entra.

La police avait fini son travail. Manifestement, la pièce venait d'être nettoyée à fond. Il n'y avait plus de tapis par terre. Sans doute le « bon vieil Axminster » était-il parti chez le teinturier. Les couvertures pliées formaient une pile bien nette sur le lit.

Poirot referma la porte derrière lui et entreprit de visiter les lieux. Tout était propre et semblait curieusement désaffecté. Poirot examina le mobilier : un bureau, une bonne vieille commode en acajou, une armoire du même bois – sans doute celle qui masquait la porte de communication avec la chambre 4 –, un grand lit à deux places aux montants en cuivre, un lavabo avec eau chaude et eau froide – tribut payé au modernisme et au manque de personnel –, un fauteuil vaste mais d'aspect inconfortable, deux petites chaises, une cheminée de style victorien avec un tisonnier et une pelle appartenant au même ensemble que les pincettes ; la tablette était en marbre, ainsi que le rebord de l'âtre, massif et formant des coins aigus.

Ce fut sur ceux-ci que Poirot se pencha. Il humecta son doigt, le passa sur le coin droit puis examina le résultat. Son doigt était légèrement noirci. Il recommença l'opération avec un autre doigt sur le coin gauche. Cette fois, le doigt resta propre.

— Oui, se dit Poirot méditativement… Oui.

Il regarda le lavabo. Puis il s'approcha de la fenêtre. Elle donnait sur une toiture plate – un toit de garage, lui sembla-t-il – et, plus loin, une petite allée. Un moyen simple d'accéder à la chambre 5 et d'en partir sans être vu. Mais, à vrai dire, on pouvait aussi bien emprunter l'escalier. Il venait d'en faire l'expérience.

Tranquillement, Poirot se retira, refermant sans bruit la porte derrière lui. Il se dirigea vers sa chambre. Il y faisait frisquet, décidément. Il descendit l'escalier, hésita, puis, mû par la crainte du rafraîchissement vespéral, il poussa avec témérité la porte « Réservé aux pensionnaires », tira un second fauteuil près du feu, et s'installa.

La monumentale vieille dame était encore plus effrayante vue de près. Elle avait les cheveux gris acier, la moustache bien fournie, et sa voix, lorsqu'elle parla, fit trembler Poirot.

— Ce Salon, proféra-t-elle en insistant sur les majuscules, est Réservé aux Pensionnaires de l'hôtel.

— Je réside à l'hôtel, répliqua Hercule Poirot.

La vieille dame médita quelques instants avant de repartir à l'attaque.

— Vous êtes étranger, énonça-t-elle d'un ton accusateur.

— Oui, confirma Hercule Poirot.

— Mon opinion, continua la vieille dame, c'est que vous devriez tous partir.

— Partir pour où ? s'enquit Poirot.

— Pour là d'où vous venez, répondit fermement la vieille dame.

Et elle ajouta, comme en annexe et, *sotto voce* : « Ces étrangers ! », suivi d'un reniflement dégoûté.

— Cela me serait difficile, dit doucement Poirot.

— Sottises ! C'est bien pour cela que nous avons fait la guerre il me semble ? Pour que les gens rentrent chez eux et qu'ils y restent.

Poirot refusa la controverse. Il savait d'expérience que chacun avait sa réponse personnelle à la question : « Pourquoi avons-nous fait la guerre ? »

Un silence relativement hostile s'installa.

— Je me demande où va le monde, reprit la vieille dame. Vraiment, je me le demande. Tous les ans je viens dans cet hôtel. Mon mari est mort ici même il y a seize ans. Il est enterré ici. Et je passe ici un mois par an.

— Pieux pèlerinage, commenta Poirot, poli.

— Et chaque année, c'est de pire en pire. Plus de service ! Nourriture immangeable ! Steaks panés, ah oui, vraiment ! Un steak, ça se prend dans la culotte, ou dans le filet – ça n'a jamais été du cheval haché !

Poirot secoua tristement la tête.

— Bonne chose tout de même, poursuivit la vieille dame, ils ont fermé l'aérodrome. C'était une véritable honte, tous ces jeunes aviateurs qui venaient ici avec ces horribles filles. Des jeunes filles, parlons-en ! Je ne sais pas à quoi pensent les mères d'aujourd'hui, à les laisser courailler comme ça. Mais c'est le gouvernement qui est à blâmer. À quoi pensent-ils d'envoyer les mères travailler dans les usines. Il faut avoir des enfants en bas âge pour y échapper. Des enfants en bas âge, non mais, quelles balivernes ! Tout le monde est capable de s'occuper d'un bébé ! Un bébé ne va pas courir après les soldats. Les filles entre quatorze et dix-huit ans, voilà ce qu'il faut tenir à l'œil ! Et il faut l'œil d'une mère. Il n'y a qu'une mère pour savoir ce que fabrique sa fille. Les soldats ! Et les aviateurs ! Elles n'ont que ça à la tête. Et les Américains ! Et les Nègres ! Et toute cette racaille de Polonais !

L'excès d'indignation lui provoqua une quinte de toux. Lorsqu'elle eut récupéré, la vieille dame reprit sa diatribe, s'entretenant dans une fureur délectable et déchargeant sa bile sur Poirot :

— Pourquoi ont-ils entouré leurs camps de fils barbelés, croyez-vous ? Pour empêcher les soldats de poursuivre les filles ? Pas du tout, pour empêcher les filles de poursuivre les soldats ! Des chattes en chaleur, voilà ce qu'elles sont ! Non, mais regardez comme elles s'habillent. Des pantalons ! Il y a même des malheureuses qui portent des shorts – mon Dieu ! si elles voyaient la dégaine qu'elles ont de dos, elles arrêteraient tout de suite !

— Pour cela, je suis d'accord avec vous, madame. Tout à fait d'accord.

— Et qu'est-ce que ça se met sur la tête ? Pas des chapeaux, en tout cas ! Non, un bout de chiffon entortillé, et sur la figure une couche de peinture et de poudre. Un barbouillage dégoûtant étalé sur les lèvres ! Du rouge aux ongles des mains – et sur les orteils !

Au bord de l'explosion, la vieille dame s'offrit quelque répit et attendit la réaction de Poirot. Laquelle consista en un soupir souligné d'un hochement de tête.

— Même à l'église, reprit-elle. Pas de chapeau. Et parfois, même pas un de ces chiffons ridicules. Non, ça exhibe ses horribles frisettes permanentées. Des cheveux, ça ? Plus personne ne sait ce que c'est. Moi, mes cheveux, quand j'étais jeune, je m'asseyais dessus.

Poirot jeta un coup d'œil vers les bandeaux gris acier. Que cette féroce vieille dame eût pu être jeune paraissait impossible !

— Il y en a une qui est venue pointer son nez ici, l'autre soir, continuait la vieille dame. Enturbannée dans un foulard orange, peinturlurée et poudrée. Je l'ai regardée. Je l'ai simplement REGARDÉE ! Elle n'a pas demandé son reste !

» Ce n'était pas une pensionnaire. Il n'y a personne de son genre ici. Dieu merci ! Alors dites-moi ce qu'elle faisait à sortir de la chambre d'un homme ? Dégoûtant, voilà ce que je dis. J'en ai parlé avec cette Lippincott – mais elle ne vaut pas mieux que les autres, elle cavale après tout ce qui porte un pantalon.

Une lueur d'intérêt s'était allumée dans l'esprit de Poirot.

— Elle sortait de la chambre d'un homme ? relança-t-il.

La vieille dame se jeta sur le sujet avec enthousiasme :

— Comme je vous le dis. Je l'ai vue de mes propres yeux. De la chambre 5.

— Quel jour était-ce, madame ?

— La veille du jour où il y a eu tout ce tintouin à cause de cet homme assassiné. Quelle honte qu'une chose pareille se produise ici ! Ç'avait toujours été un endroit très convenable. Mais maintenant…

— Et à quelle heure du jour était-ce ?

— Du jour ? Qui vous parle du jour ? C'était le soir, oui. Et tard, encore. Une véritable honte. 10 heures passées. Je monte me coucher à 10 heures et quart. Et la voilà qui sort de la chambre 5 comme une effrontée, qui me regarde bien en face, et puis qui rentre dans la chambre et se met à parler et à rire avec l'homme.

— Vous avez entendu l'*homme* parler ?

— Qu'est-ce que je viens de vous dire ? Elle rentre dans la chambre et il lui crie : « Ah, non, va-t'en, je t'ai assez vue ! » Jolie façon de parler à une fille ! Enfin, elles ont ce qu'elles cherchent, ces dévergondées !

— Vous n'avez pas parlé de cela à la police ?

Elle lui jeta un regard reptilien puis se leva de son fauteuil en chancelant. Debout devant lui, elle le toisa de toute sa hauteur :

— Je n'ai jamais eu *quoi que ce soit* à faire avec la police. La police ? Non mais ! *Moi,* dans un *tribunal de simple police* ?

Tremblante de fureur, elle sortit, non sans avoir lancé un dernier regard venimeux.

Pendant quelques minutes, Poirot réfléchit en se caressant les moustaches, puis il partit à la recherche de Beatrice Lippincott.

— Oui, bien sûr, monsieur Poirot, vous parlez de Mrs Leadbetter ? La veuve du chanoine Leadbetter ? Oui, elle descend ici chaque année, mais, entre nous, je peux bien vous dire qu'avec elle, la vie n'est pas rose tous les jours. Elle est parfois capable d'une incroyable grossièreté, elle n'a pas l'air de comprendre que les temps ont changé. C'est vrai qu'elle n'a pas loin de quatre-vingts ans.

— Mais elle a toute sa tête ? Elle sait ce qu'elle dit ?

— Oh, ça oui. Elle est maligne, futée comme pas deux. Même un peu trop, parfois.

— Savez-vous qui est la jeune femme qui a rendu visite mardi soir à l'homme qui a été tué ?

Beatrice eut l'air stupéfait :

— Je ne savais même pas qu'il avait reçu la visite d'une jeune femme. Comment était-elle ?

— Elle portait un foulard orange noué autour de la tête et une bonne couche de fond de teint, j'imagine. Mardi, à 10 heures et quart du soir, elle était dans la chambre 5 et parlait avec Arden.

— Vraiment, monsieur Poirot, je ne vois pas du tout qui ça pouvait être.

Songeur, Poirot s'en alla trouver le superintendant Spence.

Spence écouta sans rien dire le récit de Poirot. Puis il se renfonça dans son fauteuil et hocha lentement la tête :

— C'est drôle, n'est-ce pas ? comme on en revient toujours au vieil adage « Cherchez la femme ».

L'accent français du superintendant ne valait pas celui du sergent Graves, mais il en était fier. Il se leva, traversa la pièce et revint en tenant un objet dans sa main. C'était un bâton de rouge à lèvres dans un étui en carton doré.

— Depuis le début, nous possédons cette indication qu'une femme *pourrait* être mêlée à l'affaire, dit-il.

Poirot prit le rouge à lèvres et l'essaya délicatement sur le dos de sa main.

— Bonne qualité, constata-t-il. Un rouge cerise foncé – porté par une brune probablement.

— Oui. Nous l'avons trouvé dans la chambre 5. Il avait roulé sous la commode et, bien sûr, il pouvait très bien être là depuis un bon bout de temps. Pas d'empreintes. Aujourd'hui, évidemment, il n'y a plus la variété de rouges qui existait autrefois – juste quelques nuances standard.

— Et vous avez sûrement fait vos investigations ?

Spence sourit :

— Oui, comme vous dites, nous avons fait nos investigations. Rosaleen Cloade utilise cette couleur de rouge à lèvres. De même que Lynn Marchmont. Frances Cloade utilise un rouge plus discret. Mrs Lionel Cloade n'en porte jamais. Mrs Marchmont utilise une nuance mauve pâle. Beatrice Lippincott n'a d'évidence pas les moyens de s'offrir un rouge à lèvres aussi coûteux – pas plus que Gladys, la femme de chambre.

— Vous n'avez rien laissé au hasard, apprécia Poirot.

— Eh bien, si, puisque, apparemment, il y a maintenant une inconnue dans l'affaire – une femme que Underhay connaissait à Warmsley Vale, peut-être.

— Et qui était avec lui mardi soir à 10 heures et quart ?

— Oui, dit Spence. Ce qui, ajouta-t-il en soupirant, met David Hunter hors de cause.

— Oh, vraiment ?

— Oui. Monsieur a enfin daigné faire une déposition. Son avocat a fini par lui faire entendre raison. Voici ses déclarations.

Poirot lut la note dactylographiée.

A quitté Londres pour Warmsley Heath par le train de 16 h 16. Arrivé à 17 h 30. S'est rendu à pied à Furrowbank par le sentier.

— D'après lui, intervint le superintendant, il a fait le voyage pour récupérer des choses qu'il avait laissées là-bas, des lettres, des papiers, un carnet de chèques, et pour voir s'il avait des chemises qui seraient revenues de chez le blanchisseur – ce qui n'était pas le cas, bien entendu ! Ma parole, c'est devenu un vrai problème, le blanchissage ! Quatre semaines qu'ils ne sont pas passés chez nous – plus un seul torchon de propre dans la maison, et c'est ma femme qui est obligée de laver mes chemises.

Après cette digression bien excusable, le superintendant continua lui-même la lecture du procès-verbal :

— *A quitté Furrowbank à 19 h 25 et déclare qu'il est allé se promener après avoir manqué le train de 19 h 20 et en attendant celui de 21 h 20.*

— De quel côté est-il allé se promener ? demanda Poirot.

Le superintendant consulta ses notes :

— Il dit qu'il est passé par Downe Copse, Bats Hill et Long Ridge.

— En fait, un circuit complet autour de White House !

— Ma parole, monsieur Poirot, vous avez vite appris la topographie du coin !

Poirot sourit en secouant la tête :

— Non, je ne connais pas les lieux que vous avez cités. J'ai deviné.

— Oh ! Vous m'en direz tant ! dit le superintendant en lui jetant un regard oblique.

» Ensuite, toujours selon lui, une fois en haut de Long Ridge, il s'est rendu compte qu'il n'avait plus que le temps de foncer à travers champs pour rallier la gare de Warmsley Heath. Il a attrapé le train au vol, a débarqué à 22 h 45 à Victoria et a marché jusqu'à Shepherd's Court où il est arrivé vers 23 heures, ce dernier point étant confirmé par Mrs Gordon Cloade.

— Et pour le reste, qu'est-ce qui a été confirmé ?

— Très peu de choses… mais quelques-unes tout de même. Rowley Cloade et d'autres témoins l'ont vu arriver à Warmsley Heath. Les domestiques de Furrowbank étaient absentes – il a sa clef, bien sûr –, elles ne l'ont donc pas vu, mais elles ont découvert dans la bibliothèque un mégot qui a dû les intriguer, tout comme les a intriguées le joli désordre qui régnait dans l'armoire à linge. Enfin, un des jardiniers qui s'était attardé – pour fermer les serres ou je sais quoi – l'a aperçu. Miss Marchmont l'a rencontré du côté de Mardon Wood alors qu'il courait pour attraper son train.

— L'a-t-on vu monter dans le train ?

— Non, mais il a téléphoné de Londres à miss Marchmont dès son retour. Il était 23 h 05.

— C'est vérifié ?

— Oui, nous avons déjà la liste des appels depuis ce numéro. Il y a eu un appel par l'interurbain à 23 h 04 pour le 34 à Warmsley Vale. C'est le numéro des Marchmont.

— Très, très intéressant, murmura Poirot.

Cependant, Spence poursuivait avec application et méthode :

— Rowley Cloade a quitté Arden à 9 heures moins 5. Pas plus tôt, il est catégorique là-dessus. Vers 21 h 10, Lynn Marchmont voit David Hunter à Mardon Wood. En supposant qu'il ait couru tout le long du chemin depuis le *Cerf*, aurait-il eu le temps de rencontrer Arden, d'en venir aux mains, de le tuer et d'arriver à

Mardon Wood ? Nous vérifions, mais cela m'étonnerait. De toute façon, nous repartons maintenant de zéro puisque, loin d'être mort à 21 heures, Arden vivait encore à 22 h 10 – à moins que votre vieille dame n'ait des hallucinations. Donc, soit il a été tué par la femme qui a perdu le rouge à lèvres, celle qui portait le foulard orange, soit par quelqu'un d'autre qui est venu après le départ de la femme en question. Que ce soit l'un ou l'autre, on a délibérément placé les aiguilles de la montre sur 21 h 10.

— Ce qui aurait été très fâcheux pour David Hunter s'il n'avait pas eu la chance de rencontrer miss Marchmont en ce lieu fort improbable ? remarqua Poirot.

— C'est exact. Le 21 h 20 est le dernier train qui part de Warmsley Heath. La nuit tombait. Il y a toujours des golfeurs qui le prennent. Personne ne pouvait remarquer Hunter – les employés de la gare ne le connaissent pas de vue. À Londres, il n'a pas pris de taxi. Nous n'avons donc que le témoignage de sa sœur pour confirmer son arrivée à Shepherd's Court à l'heure qu'il prétend.

Voyant Poirot silencieux, Spence demanda :

— À quoi pensez-vous, monsieur Poirot ?

— Une longue marche autour de White House..., répondit Poirot. Une rencontre à Mardon Wood. Un coup de fil un peu plus tard... Or, Lynn Marchmont est fiancée à Rowley Cloade... J'aimerais bien savoir ce qui s'est dit au cours de ce coup de fil.

— Toujours cet intérêt pour la nature humaine et sa malignité ?

— Oui, fit Poirot. On ne sort pas de là.

8

Il se faisait tard, mais il y avait encore une visite que Poirot désirait effectuer. Il se dirigea vers la demeure de Jeremy Cloade.

Ce fut une petite bonne à l'air futé qui l'introduisit dans le bureau du maître de céans.

Resté seul, Poirot promena dans la pièce un regard intéressé. Il y régnait une atmosphère d'une aridité poussiéreuse, toute juridique… « Même chez lui », songea Poirot. Sur le bureau étaient posés un grand portrait de Gordon Cloade, et celui, un peu pâli, de lord Edward Trenton à cheval que Poirot examinait lorsque Jeremy Cloade entra.

— Oh, pardon, s'excusa Poirot, confus, en reposant le cadre.

— Le père de ma femme, dit Jeremy, un soupçon de complaisance dans la voix. Et Chesnut Trenton, l'un de ses meilleurs chevaux. Il est arrivé second au Derby de 1924. Vous intéressez-vous aux courses, monsieur Poirot ?

— Hélas, non.

— On y laisse beaucoup d'argent, observa Jeremy sans sourire. Lord Edward s'y est ruiné – il a dû partir vivre à l'étranger. Oui ! un sport qui coûte cher !

Mais la complaisance restait perceptible dans sa voix.

Cet homme, jugea Poirot, préférerait jeter son argent par les fenêtres plutôt que d'investir un sou dans la race équine, mais il éprouvait du respect, une secrète admiration pour ceux qui le faisaient.

Mais Jeremy Cloade demandait :

— Que puis-je pour vous, monsieur Poirot ? Notre famille, je peux le dire, a envers vous une dette de reconnaissance – pour la découverte du major Porter et l'identification du corps.

— Oui, les vôtres m'ont paru se réjouir grandement, dit Poirot.

— Ah, fit Jeremy d'un ton sec, ne nous réjouissons pas trop vite. Beaucoup d'eau coulera encore sous les ponts. La mort d'Underhay n'a pas été mise en doute en Afrique, n'est-ce pas. Il faut des années pour casser un acte officiel – et le témoignage de Rosaleen a été très positif… on ne peut plus positif. Elle a fait bonne impression, vous savez.

On aurait dit que Jeremy Cloade refusait de miser sur un embellissement de ses perspectives.

— Je ne voudrais pas me prononcer, reprit-il. On ne peut jamais prévoir les développements d'une affaire.

Puis, d'un geste las, presque accablé, il repoussa quelques papiers et continua :

— Mais vous vouliez me voir ?

— Mr Cloade, je voulais vous demander si vous étiez absolument sûr que votre frère n'a pas laissé de testament ? Un testament postérieur à son second mariage, veux-je dire.

Jeremy parut surpris.

— Rien de ce genre n'a jamais été évoqué. En tout cas, il n'en a pas fait un avant de quitter New York.

— Mais il aurait pu pendant les deux jours qu'il a passés à Londres.

— Se rendre chez un notaire ?

— Ou bien rédiger lui-même son testament.

— Et le faire certifier ? Mais par quels témoins ?

— Il y avait trois domestiques dans la maison, rappela Poirot. Trois domestiques qui ont trouvé la mort la même nuit que lui.

— Hum… Certes… Mais en admettant qu'il ait fait ce que vous suggérez, ma foi, le testament a été détruit lui aussi.

— C'est toute la question. On est récemment parvenu, grâce à une nouvelle technique, à déchiffrer un nombre important de documents qu'on croyait irrémédiablement détruits. Par exemple, des papiers qui avaient brûlé à l'intérieur de coffres-forts, mais qui n'étaient pas détériorés au point d'être illisibles.

— Ma foi, monsieur Poirot, voilà une idée remarquable… oui, tout à fait remarquable. Mais je ne crois guère – non, je ne crois vraiment pas qu'il y ait le moindre espoir de ce côté. À ma connaissance, il n'y avait pas de coffre-fort à Sheffield Terrace. Gordon gardait tous ses documents importants à son bureau – et on n'y a pas découvert de testament.

— On pourrait cependant procéder à des recherches ? insista Poirot. Par l'intermédiaire de la défense passive, par exemple. Me donnez-vous l'autorisation de recourir à leurs services ?

— Oh, certainement, certainement. Très aimable à vous de le proposer. Mais je ne crois pas en votre succès, je l'avoue. Enfin – sait-on jamais. Vous… vous rentrez donc tout de suite à Londres ?

Les yeux de Poirot se rétrécirent. Il y avait eu de l'impatience dans la voix de Jeremy, impossible de s'y tromper. Rentrer à Londres… N'avaient-ils donc tous que cette idée-là en tête ?

Avant qu'il ait pu répondre, la porte s'ouvrit et Frances Cloade entra.

Deux choses frappèrent Poirot. La première, que Frances avait l'air extrêmement mal en point. La seconde, une extraordinaire ressemblance avec le portrait de son père.

— Ma chérie, voici M. Hercule Poirot qui est venu nous voir, déclara Jeremy de façon totalement superflue.

Elle lui serra la main et, sans attendre, Jeremy Cloade lui fit part de la suggestion de Poirot.

Frances sembla peu convaincue.

— Il n'y a pas grande chance, à mon avis.

— M. Poirot retourne à Londres et se charge très aimablement d'entreprendre les recherches.

— Si j'ai bien compris, dit Poirot, le major Porter était chef d'îlot dans ce secteur.

Une curieuse expression se peignit sur le visage de Mrs Cloade.

— Qui, au fond, est ce major Porter ? s'enquit-elle.

Poirot haussa les épaules :

— Un officier en retraite qui vit de sa pension.

— Il a vraiment vécu en Afrique ?

Poirot la regarda avec curiosité.

— Certainement, madame. Pourquoi pas ?

— Je ne sais pas, répondit-elle, la tête visiblement ailleurs. Il me déconcerte.

— Oui, Mrs Cloade. Je comprends ça.

Elle le fixa intensément. Une sorte d'effroi passa dans son regard. Elle se tourna vers son mari.

— Jeremy, dit-elle, l'isolement de Rosaleen me consterne. Elle est toute seule à Furrowbank et, après l'arrestation de David, elle est sans doute aux cent coups. Ça t'ennuierait si je l'invitais à s'installer ici ?

— Ma chérie, crois-tu que ce soit très judicieux ?

À son ton, il était clair que Jeremy, lui, en doutait fortement.

— Oh... judicieux ? Je ne sais pas ! Mais humain, oui. Elle est comme une enfant sans défense.

— Je doute qu'elle accepte.

— Je peux toujours lui proposer.

— Eh bien, fais-le si cela doit te faire plaisir, conclut posément l'homme de loi.

— Plaisir !

Le mot avait jailli avec une étrange amertume. Elle lança à Poirot un coup d'œil incertain.

Avec cérémonie, Poirot murmura :

— Eh bien, je crois qu'il est temps maintenant que je prenne congé.

Elle le suivit jusqu'au vestibule :

— Vous rentrez à Londres ?

— J'irai demain, mais pour vingt-quatre heures tout au plus. Ensuite je reviendrai au *Cerf*... où vous me trouverez si vous avez besoin de moi, madame.

— Pourquoi aurais-je besoin de vous ? demanda-t-elle d'un ton brusque.

Poirot ne répondit pas à sa question.

— Je serai à l'hôtel, dit-il simplement.

Tard cette nuit-là, dans l'obscurité, Frances parla à son mari :

— Je ne crois pas que cet homme se rende à Londres pour la raison qu'il prétend. Je ne crois pas un mot de cette histoire à propos de Gordon, d'un testament, etc. Tu y crois, toi, Jeremy ?

Ce fut une voix lasse, au bord du découragement, qui lui répondit :

— Non, Frances. Non… ce n'est pas pour cette raison-là qu'il va à Londres.

— Pour quelle raison, alors ?

— Je l'ignore.

— Qu'allons-nous faire, Jeremy ? demanda Frances. Qu'allons-nous faire ?

La réponse tarda à venir.

— J'estime, Frances, murmura-t-il au bout d'un moment, qu'il n'y a plus qu'une chose à faire…

9

Muni de l'autorisation de Jeremy Cloade, Poirot avait obtenu les réponses à ses questions. Elles étaient fort précises. La maison s'était totalement effondrée. Le site avait depuis peu été déblayé pour un projet de reconstruction. Il n'y avait pas eu de survivants, à l'exception de David Hunter et Mrs Cloade. Trois domestiques s'étaient trouvés à l'intérieur : Frederick Game, Elizabeth Game et Eileen Corrigan. Tous trois étaient morts sur le coup. On avait sorti de là Gordon Cloade encore vivant, mais il était mort sans reprendre connaissance pendant son transfert à l'hôpital. Poirot releva les noms et les adresses des plus proches parents des trois domestiques.

— Il se peut, expliqua-t-il, qu'ils aient bavardé avec des amis, et que je tombe sur un potin ou une réflexion qui me donne une indication précieuse.

Le fonctionnaire auquel il s'adressait parut très sceptique. Les Game étaient originaires du Dorset, et Eileen Corrigan du comté de Cork.

Ensuite, Poirot dirigea ses pas vers les quartiers du major Porter. Il se rappelait qu'à l'enquête le major avait déclaré appartenir à la défense passive. Peut-être, s'il était en service ce soir-là, avait-il assisté aux événements de Sheffield Terrace.

Il avait aussi d'autres raisons de vouloir s'entretenir avec le major Porter.

Il tournait le coin de Edgeway Street lorsqu'il eut la surprise de voir un policier en faction devant la maison où précisément il se rendait. Des gamins s'étaient mêlés aux badauds attroupés en demi-cercle. Poirot, qui avait déjà compris, sentit son cœur se serrer.

Un agent lui barra la route.

— On n'entre pas, monsieur, déclara-t-il.

— Que s'est-il passé ?

— Vous n'habitez pas la maison, n'est-ce pas, monsieur ?

Poirot fit signe que non.

— À qui rendiez-vous visite ?

— Au major Porter.

— Vous êtes un ami, monsieur ?

— Non, je ne me décrirai pas ainsi. Qu'est-il arrivé ?

— D'après ce que je sais, ce monsieur s'est tiré une balle dans la tête. Ah, voilà l'inspecteur !

La porte venait de s'ouvrir sur deux hommes. L'un était inspecteur du quartier et, dans l'autre, Poirot reconnut le sergent Graves, de Warmsley Vale. Ce dernier reconnut à son tour Poirot et le présenta aussitôt à l'inspecteur.

— Nous ferions mieux de ne pas rester dehors, décréta celui-ci.

Les trois hommes s'engouffrèrent dans la maison.

— Nous avons été prévenus par téléphone, expliqua Graves, et le superintendant Spence m'a envoyé sur place.

— Suicide ?

— Oui, répondit l'inspecteur. Cela ne paraît pas faire de doute. J'ignore si c'est d'avoir témoigné à l'enquête qui le travaillait – les gens ont parfois de curieuses réactions. Mais, d'après mes renseignements, il était déprimé depuis quelque temps. Problèmes d'argent, ceci, cela. Il s'est servi de son propre revolver.

— Me permettez-vous de monter ? demanda Poirot.

— Si vous voulez, monsieur Poirot. Accompagnez M. Poirot, sergent.

— Oui, monsieur.

Graves le conduisit au premier étage. C'était bien comme Poirot se le rappelait : les vieux tapis aux couleurs fanées, les livres. Le major Porter était assis dans le grand fauteuil, dans une attitude presque naturelle… si l'on exceptait sa tête, affaissée sur sa poitrine. Son bras droit pendait sur le côté et, sur le tapis, juste en dessous, gisait le revolver. Une âcre odeur de poudre flottait encore dans l'air.

— Cela remonte à deux heures environ, d'après les premières constatations, déclara Graves. Personne n'a entendu le coup de feu. La logeuse était sortie faire ses courses.

Le front soucieux, Poirot contemplait le visage apaisé, marqué d'une petite plaie noircie à la tempe droite.

— Une idée sur la raison de son geste, monsieur Poirot ? demanda Graves.

Il se montrait respectueux envers Poirot pour l'excellente raison que le superintendant Spence l'était – mais, dans son for intérieur, il rangeait Poirot dans la catégorie des vieux jetons ridicules.

— Oui… oui, répondit Poirot d'un air absent, il avait une très bonne raison. Là n'est pas le problème.

Son regard se posa sur la petite table à la gauche du major Porter. Il y avait un gros cendrier en verre, une pipe et une boîte d'allumettes. Rien d'intéressant. Des yeux, il chercha autour de lui. Puis il se dirigea vers un bureau dont le cylindre était relevé.

Il était parfaitement rangé. Les papiers classés dans des casiers. Un petit sous-main en cuir posé au centre, un plumier avec un stylo et deux crayons, une boîte de trombones et un carnet de timbres. Tout cela, bien propre et bien net. Une vie ordinaire, une mort parfaitement ordonnée… mais bien sûr – c'était ça – voilà ce qui manquait !

— Il n'a pas laissé d'explications ? pas de lettre pour le coroner ?

Graves secoua la tête :

— Non, rien de rien. C'est pourtant le genre de chose qu'on aurait attendu de la part d'un ancien militaire.

— Oui, c'est très curieux.

Méticuleux dans la vie, le major Porter ne l'avait pas été dans la mort. Que Porter n'ait pas laissé un seul mot d'explication, ce n'était pas normal, estima Poirot.

— Sale coup pour les Cloade, remarqua Graves. Les voilà revenus au point de départ. Ils vont devoir se mettre en chasse d'un autre vieil ami d'Underhay.

Il commençait à s'impatienter.

— Désirez-vous voir autre chose, monsieur Poirot ?

Poirot fit signe que non et sortit dans le sillage du sergent.

Ils rencontrèrent la logeuse dans l'escalier. Elle prenait d'évidence un extrême plaisir à l'émoi où elle se trouvait et se lança sur-le-champ dans un discours volubile. Graves s'esquiva adroitement, laissant Poirot seul face à l'avalanche.

— Ah, j'en ai encore le souffle coupé. C'est le cœur, c'est pour ça. Angine de poitrine, ma mère en est morte… tombée comme ça d'un coup en traversant Caledonian Market. Ça a bien failli m'arriver pareil quand c'est que je l'ai trouvé… Mon Dieu, le coup que ça m'a fait ! Jamais j'aurais cru qu'il ferait une chose pareille, mais c'est vrai que ça allait pas fort depuis un bon bout de temps. Des soucis d'argent, je crois, et puis il mangeait pas à sa faim. C'est pas qu'on lui ait pas offert, allez ! mais il a jamais rien voulu accepter. Et hier, il a fallu qu'il aille dans l'Oastshire – à Warmsley Vale – pour témoigner dans une enquête. Ça le tracassait, je vous dis pas ! Il avait une de ces têtes quand c'est qu'il est rentré ! Toute la nuit, il a fait les cent pas. Et que je t'arpente dans un sens, et que je te réarpente dans l'autre. Un ami à lui qui a été assassiné, à ce qu'on dit. Pauvre homme, ça l'a secoué. De long en large, qu'il marchait. J'étais sortie faire la queue pour le poisson, comme d'habitude, et à mon retour je suis montée lui demander s'il voulait pas une bonne tasse de thé – et c'est là que je l'ai trouvé, ce pauvre monsieur, renversé dans son fauteuil, le revolver par terre. Le coup que ça m'a fait ! Et avec ça qu'il a fallu appeler la police et tout. Où c'est-y que va le monde, c'est le cas de se le demander !

— Le monde, répondit lentement Poirot, devient un endroit fort inhospitalier – excepté pour ceux qui sont du côté du manche.

10

Il était 8 heures passées lorsque Poirot regagna le *Cerf*. Il y trouva un message de Frances Cloade lui demandant de passer la voir. Il s'y rendit sur-le-champ.

Elle l'attendait au salon. C'était une pièce qu'il n'avait encore jamais vue. Les croisées étaient ouvertes sur un jardin clos où s'épanouissaient des poiriers en fleur. Des vases de tulipes ornaient les tables. La cire d'abeille et l'huile de coude conféraient aux meubles anciens une douce patine, et le pare-feu ainsi que le seau à charbon de cuivre rutilaient.

C'était là une bien belle pièce, songea Poirot.

— Vous aviez prévu que j'aurais besoin de vous, monsieur Poirot. Vous aviez raison. J'ai quelque chose à dire… et je suis convaincue que vous êtes la meilleure personne pour l'entendre.

— C'est toujours plus facile, madame, de parler à quelqu'un qui a déjà une bonne idée de ce qu'on va lui confier.

— Vous estimez savoir ce que je vais vous dire ?

Poirot fit signe que oui.

— Depuis quand…

Elle laissa sa question inachevée, mais il s'empressa d'y répondre :

— Depuis que j'ai vu la photo de votre père. Il y a une physionomie Trenton très caractéristique. Personne ne pourrait douter que vous et lui êtes de la même famille. Et la ressemblance était également frappante avec l'homme qui est arrivé ici sous le nom d'Enoch Arden.

Elle soupira – un long soupir tremblé :

— Oui… Oui, en effet, vous avez raison… et pourtant, ce pauvre Charles portait la barbe. C'était mon cousin issu de germain, monsieur Poirot, un peu la brebis galeuse de la famille. Je ne l'ai jamais bien connu, mais nous jouions ensemble quand nous étions enfants… et maintenant il est mort, par ma faute… d'une mort laide et sordide…

Elle se tut.

— Racontez-moi, l'encouragea doucement Poirot.

Elle se ressaisit :

— Oui, il faut que vous sachiez. Nous étions désespérément à court d'argent… c'est là que tout commence.

Mon mari… mon mari avait de graves ennuis… des ennuis de la pire espèce. Le déshonneur, la prison peut-être le guettaient… le guettent encore, en fait. Maintenant, comprenez bien ceci, monsieur Poirot. Le plan que j'ai conçu et exécuté était mon plan ; mon mari n'a rien à y voir. De toute façon, il n'aurait jamais eu recours à de telles méthodes… ç'aurait été beaucoup trop risqué. Mais moi, je n'ai jamais eu peur du risque. Et j'imagine que je n'ai jamais eu trop de scrupules non plus. Néanmoins, j'ai d'abord demandé un prêt à Rosaleen. Je ne sais pas ce qu'elle aurait décidé si elle avait été seule. Mais son frère est arrivé à ce moment-là. Il était d'une humeur massacrante, et il s'est montré inutilement insultant à mon égard, du moins est-ce ainsi que je l'ai ressenti. Quand j'ai échafaudé ce stratagème, je n'ai éprouvé aucun scrupule à l'idée de le mettre en application.

» Pour que les choses soient bien claires, je dois préciser que, l'an dernier, mon mari était revenu de son club avec une information très intéressante. Vous-même étiez présent, je crois, je ne m'étendrai donc pas sur les détails. Mais on pouvait dès lors envisager que le premier mari de Rosaleen n'était pas mort – auquel cas elle n'aurait évidemment plus eu aucun droit sur la fortune des Cloade. Bien sûr, cela n'était qu'une vague possibilité, mais nous l'avions tous conservée dans un coin de notre tête, avec l'idée qu'un jour, peut-être, elle se réaliserait. Et puis, en un éclair, j'ai pensé qu'on pouvait tirer parti de cette *possibilité*. Mon cousin Charles était en Angleterre, et il traversait une très mauvaise passe. Il avait fait de la prison, hélas – ce n'était pas un parfait honnête homme –, mais il s'était bien comporté pendant la guerre. Je lui ai exposé mon plan. C'était du chantage, ni plus ni moins. Mais nous pensions avoir une bonne chance de nous en tirer. Au pire, me disais-je, David Hunter refuserait de payer. Je ne le voyais pas en train de porter plainte – les gens comme lui n'aiment pas trop la police.

Sa voix se durcit :

— Notre plan se déroulait on ne peut mieux. David avait marché plus facilement que nous ne l'espérions. Charles, bien sûr, ne pouvait se présenter formellement comme Robert Underhay. Rosaleen aurait pu le démasquer à la première occasion. Mais, par chance, elle est partie pour Londres, ce qui laissait à Charles la possibilité de suggérer qu'il pourrait être Underhay. Comme je l'ai dit, David donna l'impression de tomber dans le panneau. Il devait apporter l'argent le mardi soir, à 9 heures. Et au lieu de cela…

Sa voix chancela :

— Nous aurions dû savoir que David était… quelqu'un de dangereux. Charles est mort, assassiné – et, sans moi, il serait encore vivant. C'est moi qui l'ai envoyé à la mort.

Après un court silence, elle reprit d'une voix sèche :

— Vous pouvez imaginer ce que je ressens, depuis lors.

— Néanmoins, fit Poirot, vous avez vite fait d'imaginer une variante à votre plan, n'est-ce pas ? C'est vous qui avez persuadé le major Porter d'identifier votre cousin comme étant Robert Underhay ?

Mais à cela elle réagit avec véhémence :

— Ah, non ! Je vous jure que non ! Pas ça ! Personne n'a été aussi stupéfait… que dis-je stupéfait ? Nous étions médusés ! quand ce major Porter est venu témoigner que Charles – *Charles* ! – était Robert Underhay. Je n'y ai rien compris. Et d'ailleurs, je n'y comprends toujours rien !

— Mais il a bien fallu que *quelqu'un* vienne trouver Porter. Que quelqu'un le persuade, ou l'achète, pour qu'il reconnaisse Robert Underhay ?

— Ce n'est pas moi, affirma Frances d'un ton catégorique. Et ce n'est pas Jeremy. Aucun de nous ne ferait une chose pareille ! Oh, j'imagine que cela vous paraîtra absurde ! Vous pensez que quelqu'un qui est prêt au chantage ne va pas s'effaroucher d'un faux témoignage. Mais, dans mon esprit, il y a un monde entre les deux. Comprenez que j'ai toujours estimé – et encore aujourd'hui – que nous avions *droit* à une partie de l'argent de Gordon. Ce que je n'avais pas obtenu à la loyale, j'étais prête à l'obtenir en trichant. Mais dépouiller Rosaleen de tout, délibérément, en fabriquant la preuve qu'elle ne pouvait pas être la femme de Gordon – oh, non, vraiment, monsieur Poirot, je ne ferais pas une chose pareille. Je vous en prie, *je vous en conjure,* croyez-moi.

— À chacun ses péchés, dit lentement Poirot, cela, je veux bien l'admettre. Oui, je vous crois.

Puis il lui décocha un regard aigu :

— Savez-vous, Mrs Cloade, que le major Porter s'est tiré une balle dans la tête cet après-midi ?

Elle eut un haut-le-corps.

— Oh, non, monsieur Poirot – *non* ! s'écria-t-elle, les yeux agrandis par l'horreur.

— Si, madame. Voyez-vous, le major Porter était un homme honnête, au fond. Financièrement, il était au bout du rouleau, et quand la tentation s'est présentée, eh bien, comme la plupart des hommes, il n'a pas su résister. Peut-être lui a-t-il semblé – ou est-il parvenu à s'en persuader – que son mensonge était moralement justifié. Il avait déjà de solides préjugés contre la femme que son ami Underhay avait épousée. Il jugeait qu'elle avait traité son ami de façon indigne. Et voilà que cette sale petite croqueuse de diamants sans cœur avait épousé un millionnaire et empoché sa fortune au nez et à la barbe de sa famille. L'idée de lui mettre des bâtons dans les roues a dû lui plaire – c'était tout ce qu'elle méritait. Et, sans rien faire de plus qu'identifier un cadavre, il se mettrait du même coup à l'abri du besoin. Si les Cloade recouvraient leurs droits, il toucherait sa part… Oui… j'imagine bien la tentation… Mais comme beaucoup d'hommes de son espèce, il manquait d'imagination. Il était malheureux à l'enquête, très malheureux. Cela sautait aux yeux. Il devrait bientôt répéter son mensonge sous serment. Et pas seulement cela ; on avait arrêté un homme, sous une inculpation de meurtre… et cette inculpation était largement motivée par l'identité qu'il avait fournie au défunt.

» Rentré chez lui, il a regardé les choses en face. Il a choisi ce qui lui paraissait la meilleure issue.

— Il s'est suicidé ?

— Oui.

— Il n'a pas dit qui… qui…, murmura Frances.

Poirot secoua lentement la tête :

— Il avait son honneur. Il a emporté avec lui le nom de la personne qui l'avait poussé à commettre un parjure.

Il l'observa avec attention. Avait-elle montré un signe de soulagement, de détente ? Oui, mais, de toute façon, n'était-ce pas bien naturel ?…

Elle se leva et marcha jusqu'à la fenêtre.

— Nous voilà donc revenus au point de départ, dit-elle.

Poirot se demanda ce qu'elle avait en tête.

11

Le lendemain matin, le superintendant Spence utilisa à peu près les même mots que Frances.

— Eh bien, dit-il en soupirant, nous voilà ramenés à notre point de départ. Il nous faut découvrir qui est le type qui se faisait appeler Enoch Arden.

— Cela, je peux vous le dire, superintendant, fit Poirot. Il se nommait Charles Trenton.

— Charles Trenton !

Le superintendant émit un sifflement :

— Un Trenton, hum… ! C'est *elle* qui lui a proposé l'affaire, j'imagine – Mrs Jeremy, je veux dire… Mais, peu importe, nous ne pourrons jamais prouver qu'elle est mêlée à ça. Charles Trenton ? Attendez voir…

Poirot hocha la tête.

— Oui. Il a un casier judiciaire.

— C'est ce qu'il me semblait. Grivèlerie, si je me souviens bien. Il débarquait au *Ritz,* courait acheter une Rolls, sous réserve de l'essayer toute une matinée, s'en servait pour une tournée des magasins de luxe, faisait des emplettes – et je vous garantis qu'on ne va pas contester les chèques d'un type dont la Rolls attend dehors pour emporter ses achats au *Ritz* ! D'autant qu'il avait la manière, la classe ! Il restait une semaine environ, et puis, juste quand les soupçons s'éveillaient, il disparaissait tranquillement et revendait pas cher ses petites emplettes aux amis. Charles Trenton. Hum…

Il regarda Poirot :

— Dites donc, vous avez le nez creux, pas vrai ?

— Où en êtes-vous avec David Hunter ?

— Nous allons devoir le relâcher. Il y avait *bien* une femme avec Arden ce soir-là. Il n'y a pas que votre vieux dragon qui l'a vue. Jimmy Pierce rentrait chez lui, il s'était fait virer du *Load of Hay – La Charretée de Foin,* comme vous diriez en français –, il devient agressif après un verre ou deux. Et il a vu une femme sortir du *Cerf et* entrer dans la cabine téléphonique en face de la poste – ça se passait juste après 10 heures. Et ça n'était pas quelqu'un qu'il connaissait. Il a estimé que c'était une cliente de l'hôtel. « Une poule de Londres », selon sa description toute personnelle.

— Il l'a vue de loin ?

— Non, du trottoir d'en face. Qui diable cela pouvait-il être, monsieur Poirot ?

— Il a pu décrire ses vêtements ?

— Manteau de tweed, foulard orange entortillé autour de la tête, des pantalons et une tartine de maquillage. Ça correspond à la description de la vieille dame.

— Oui, cela correspond, répéta Poirot le sourcil froncé.

— Alors, interrogea Spence, qui était-elle, d'où venait-elle, où est-elle allée ? Vous connaissez déjà les horaires des trains. Le 21 h 20 est le dernier train pour Londres – et le 22 h 03 dans l'autre sens. Cette femme a-t-elle traîné dans le coin toute la nuit et pris le 6 h 18 le lendemain matin ? Avait-elle une voiture ? A-t-elle fait de l'auto-stop ? Nous avons posé des questions dans toute la région – sans aucun résultat.

— Parlez-moi du 6 h 18.

— Il est toujours bondé – des hommes presque uniquement. Je pense qu'une femme se serait fait remarquer – ce genre de femme, veux-je dire. Bien sûr, elle a pu arriver et repartir en voiture. Mais par les temps qui courent, une voiture, à Warmsley Vale, ça se remarque. Nous sommes à l'écart des grandes routes, vous comprenez.

— Et on n'a pas vu passer de voiture cette nuit-là ?

— Seulement celle du Dr Cloade. Il est allé visiter un patient – sur la route de Middlingham. Une étrangère dans une voiture, quand même, elle ne serait pas passée inaperçue.

— Ce n'était pas forcément une étrangère, dit lentement Poirot. Un homme un peu éméché, à une distance de quelques centaines de mètres, peut fort bien ne pas reconnaître une personne qui ne lui est pas très familière. Une personne qui ne serait pas habillée comme d'habitude, mettons.

Spence l'interrogea du regard.

— Ce jeune Pierce, reconnaîtrait-il Lynn Marchmont, par exemple ? Elle est restée absente plusieurs années.

— À cette heure-là, Lynn Marchmont se trouvait à White House avec sa mère.

— En êtes-vous sûr ?

— Mrs Lionel Cloade – la femme du docteur, vous savez, celle qui est un peu zinzin – affirme qu'elle lui a parlé au téléphone à 22 h 10. Rosaleen Cloade était à Londres. Quant à Mrs Jeremy… eh bien, je ne l'ai jamais vue en pantalon, et elle se maquille à peine. De toute façon, elle n'est plus toute jeune.

— Oh ça, mon cher ! répliqua Poirot. Qui peut dire par une nuit sans lune et dans une rue peu éclairée si c'est la jeunesse ou la vieillesse que masque un maquillage ?

— Allons, Poirot, où voulez-vous en venir ?

Poirot se cala au dossier de son siège et ferma les yeux à demi :

— Un pantalon, un manteau de tweed, un foulard orange autour de la tête, une couche exagérée de maquillage, un bâton de rouge à lèvres oublié. Voilà qui est suggestif.

— Vous vous prenez pour l'oracle de Delphes, ma parole, grommela le superintendant. Non que je sache ce qu'était l'oracle de Delphes – le genre de trucs que le jeune Graves se targue de connaître, mais qui ne lui servent pas à grand-chose dans son travail. D'autres remarques énigmatiques, monsieur Poirot ?

— Je vous ai déjà dit que cette affaire allait de travers. Comme exemple de cela, je vous ai cité le mort. Eh bien, c'est vrai, en tant qu'Underhay, le mort n'allait pas du tout. Underhay était manifestement un excentrique, un individu chevaleresque, vieux jeu et réactionnaire. L'homme du *Cerf* était un maître chanteur. Il n'était ni chevaleresque, ni vieux jeu, ni réactionnaire – et pas particulièrement excentrique non plus… donc, il n'était pas Underhay. Il ne pouvait pas être Underhay, parce que *les gens ne changent pas.* Le point intéressant, c'était que le major Porter affirmait reconnaître Underhay.

— Ce qui vous a mené à Mrs Jeremy ?

— C'est une ressemblance qui m'a mené à Mrs Jeremy. Un modelé très particulier, le profil Trenton. Et si je puis me permettre un petit jeu de mots, en tant que Charles Trenton, le mort avait le bon profil. Mais il reste encore des questions sans réponse. Pourquoi David Hunter a-t-il cédé si vite au chantage ? Est-ce le genre d'homme à se soumettre à un chantage ? On peut affirmer que non. Lui aussi est donc en dehors de son personnage. Et puis il y a Rosaleen Cloade. Tout son comportement est incompréhensible… mais il y a une chose que j'aimerais beaucoup savoir. Pourquoi a-t-elle peur ? Pourquoi pense-t-elle qu'il va lui arriver malheur maintenant que son frère n'est plus là pour la protéger ? Quelqu'un, ou quelque chose a fait naître cette peur. Et ce n'est pas de perdre sa fortune qu'elle a peur… non, c'est davantage que cela. C'est pour sa vie qu'elle a peur…

— Nom d'un petit bonhomme, monsieur Poirot, vous ne pensez tout de même pas…

— N'oublions pas, Spence, comme vous le disiez justement, que nous sommes revenus à notre point de départ. Ou plutôt, la famille Cloade se retrouve au point de départ. Robert Underhay est mort en Afrique. Et Rosaleen Cloade s'interpose toujours entre eux et la jouissance de l'argent de Gordon Cloade…

— Sincèrement, vous croyez l'un d'entre eux capable de faire ça ?

— Voilà ce que je crois. Rosaleen Cloade est âgée de vingt-six ans, et si elle est un peu fragile nerveusement, elle n'en est pas moins en bonne santé et d'une constitution solide. Elle peut vivre jusqu'à soixante-dix ans… sinon plus. Mais admettons qu'elle en ait encore pour quarante-quatre ans. Ne pensez-vous pas, superintendant, qu'envisager d'attendre quarante-quatre ans, cela puisse paraître un peu long ?

12

Poirot venait à peine de quitter le poste de police lorsqu'il fut accosté par tante Kathie. Chargée de plusieurs sacs à provisions, elle l'entreprit avec une véhémence haletante :

— Quelle terrible histoire, ce pauvre major Porter. Je ne peux m'empêcher de penser qu'il devait avoir une vision de l'existence terriblement matérialiste. La vie militaire, vous savez. Cela vous rétrécit l'esprit, et même s'il a passé une bonne partie de sa vie en Inde, je doute qu'il en ait tiré le moindre profit spirituel. *Pukka sahib,* plus *chota hazri,* plus *tiffin,* plus chasse au sanglier, voilà toute l'Inde d'un major britannique. Penser qu'il aurait pu être *chela* et s'asseoir aux pieds d'un gourou ! Ah, la tristesse des occasions manquées, monsieur Poirot !

Tante Kathie secoua la tête et, faiblissant du poignet, laissa tomber un de ses sacs à provisions. Un morceau de morue anémique s'en échappa et glissa dans le caniveau. Poirot le repêcha, mais, dans son émoi, tante Kathie laissa choir un autre sac d'où roula une boîte de mélasse qui entama une course folle dans la grand-rue dans un joyeux tintamarre de ferraille.

— Oh, merci beaucoup, monsieur Poirot, dit Tante Kathie en se saisissant du morceau de morue tandis que le détective s'élançait après la mélasse. Oh, merci… je suis tellement maladroite, mais aussi je suis tellement bouleversée. Ce pauvre homme… oui, ça poisse les doigts, mais je m'en voudrais de salir votre mouchoir propre. Ma foi, vous êtes bien aimable… Comme je le disais, la vie c'est la mort, et la mort c'est la vie… et si je voyais le corps astral d'une de mes chères amies disparues, je n'en serais pas autrement étonnée. Vous savez, on peut se croiser dans la rue, comme ça. Tenez, pas plus tard que l'autre nuit…

— Vous permettez ? intervint Poirot en renfonçant fermement le morceau de morue dans les profondeurs du sac. Oui, vous disiez… ?

— Les corps astraux, reprit tante Kathie. Je lui ai demandé des pièces de deux pence parce que, voyez-vous, je n'avais que des demi-pennies. Et en même temps je me disais que ce visage m'était familier, mais je n'arrivais pas à le *situer*. D'ailleurs, je n'y arrive toujours pas… mais je pense maintenant que c'est sûrement quelqu'un qui est passé sur l'Autre Rive… il y a longtemps peut-être, ce qui expliquerait que mon souvenir soit si vague. C'est merveilleux comme le secours vous est *envoyé* quand vous êtes dans le besoin, même si ce n'est qu'une affaire de pièces pour le téléphone. Oh, mon Dieu ! Regardez la queue devant chez Peacock… il doit y avoir de la génoise ou du gâteau roulé ! Pourvu que je n'arrive pas trop tard !

Mrs Lionel Cloade fonça de l'autre côté de la rue et se joignit à la file de ménagères maussades qui s'allongeait devant la pâtisserie.

Poirot poursuivit son chemin. Mais il ne rentra pas à l'hôtel, il prit la direction de White House.

Il souhaitait vivement avoir une conversation avec Lynn Marchmont, et il soupçonnait que Lynn Marchmont ne serait pas hostile à une conversation avec lui.

C'était une belle matinée, une de ces matinées estivales au milieu du printemps qui ont sur le véritable été l'avantage d'une délicieuse fraîcheur.

Poirot quitta la route principale. Il vit le chemin qui longeait Long Willows et montait la colline jusqu'au-delà de Furrowbank. C'était celui qu'avait emprunté Charles Trenton en sortant de la gare, le vendredi précédant sa mort. En descendant la colline, il avait rencontré Rosaleen Cloade et ne l'avait pas reconnue, ce qui n'avait rien d'étonnant puisqu'il n'était pas Robert Underhay. Et, pour la même raison, évidemment, elle ne l'avait pas reconnu non plus. Mais lorsqu'on lui avait montré le corps, elle avait juré qu'elle n'avait jamais vu cet homme. Affirmait-elle cela pour se protéger ? Ou bien avait-elle l'esprit si occupé ce jour-là qu'elle n'avait même pas regardé le visage de l'homme qu'elle croisait sur le sentier ? Si c'était le cas, à quoi pensait-elle ? N'était-ce pas à Rowley Cloade, par hasard ?

Poirot prit un raccourci qui menait à White House. Le jardin de White House était magnifique. Lilas et cytises étaient en fleurs. Au beau milieu de la pelouse se dressait un grand pommier tout noueux. Et dessous, sur une chaise longue, était étendue Lynn Marchmont.

Elle se leva d'un bond lorsque Poirot la salua d'un « Je vous donne le bonjour ! » cérémonieux :

— Oh, vous m'avez fait sursauter, monsieur Poirot. Je ne vous avais pas entendu approcher dans l'herbe. Ainsi vous êtes encore ici… à Warmsley Vale ?

— Je suis encore ici, en effet.

— Pourquoi ?

Poirot haussa les épaules :

— C'est un charmant coin tranquille, hors du monde et du bruit, idéal pour se reposer. Alors je me repose.

— Je suis contente que vous soyez là, déclara Lynn.

— Vous êtes bien la seule de votre famille à le dire. Les autres me demandent tous : « Quand repartez-vous pour Londres, monsieur Poirot ? » Et ils attendent anxieusement ma réponse.

— Ils veulent vous voir rentrer à Londres ?

— On le dirait.

— Pas moi.

— C'est ce que je crois comprendre. Mais, au fait, pourquoi, mademoiselle ?

— Parce que cela signifie que vous n'êtes pas satisfait. Pas convaincu, veux-je dire, de la culpabilité de David.

— Vous désirez donc si fort… qu'il soit innocent ?

Il la vit rougir un peu sous son hâle :

— Je ne veux tout naturellement pas voir pendre un homme pour un crime qu'il n'a pas commis.

— Oh, oui… tout naturellement !

— Et la police est prévenue contre lui pour la simple raison qu'il les fait enrager. C'est le côté pénible de David – il aime provoquer les gens.

— La police n'est pas aussi prévenue que vous le pensez, miss Marchmont. Ce sont les jurés qui avaient des préjugés contre lui, ils ont refusé de suivre le coroner. Ce sont eux qui ont prononcé un verdict d'inculpation, et c'est pour cela que la police a dû l'arrêter. Mais je peux vous assurer que les autorités sont loin d'être convaincues par les charges retenues contre lui.

— Alors ils vont le relâcher ? demanda-t-elle d'une voix pressante.

Poirot haussa les épaules.

— Qui croient-ils coupable, monsieur Poirot ?

— Il y avait une femme au *Cerf* ce soir-là, dit lentement Poirot.

— Je ne comprends plus rien à rien ! s'exclama Lynn. Tant qu'on pensait que l'homme était Robert Underhay, tout avait l'air très simple. Pourquoi le major Porter a-t-il affirmé que c'était lui si ce n'était pas vrai ? Pourquoi s'est-il suicidé ? Nous revoilà au point de départ, maintenant.

— Vous êtes la troisième personne à utiliser cette expression !

— Ah bon ? dit-elle, tout étonnée. Et *vous*, monsieur Poirot, que faites-vous ?

— Je parle avec les gens, voilà ce que je fais. Je parle avec les gens, c'est tout.

— Mais vous ne les questionnez pas sur le meurtre ?

Poirot secoua la tête :

— Non, je me contente – comment dirais-je ? – je me contente de récolter des bavardages.

— Et c'est utile ?

— Oui, quelquefois. Vous seriez étonnée si je vous disais tout ce que j'ai appris sur la vie quotidienne à Warmsley Vale ces dernières semaines. Je sais qui est allé où, qui a rencontré qui et, parfois même, ce qu'ils se sont dit. Je sais par exemple que notre Enoch Arden a pris le chemin qui passe par Furrowbank pour se rendre au village, et qu'il a demandé sa route à Mr Rowley Cloade. Je sais aussi que, pour tout bagage, il portait un sac à l'épaule. Je sais que Rosaleen a passé plus d'une heure à la ferme avec Rowley Cloade et que, contrairement à l'habitude, elle paraissait heureuse.

— Oui, coupa Lynn. Rowley m'en a parlé. Il a dit qu'elle avait l'air de quelqu'un qui s'offre un après-midi de congé.

— Ah, ah ? Il a dit cela ?

Poirot resta silencieux un moment.

— Oui, reprit-il, j'en connais long sur les allées et venues des uns et des autres. Et sur leurs soucis aussi – les vôtres et ceux de votre mère, par exemple.

— Ce n'est pas un secret. Nous avons tous essayé de soutirer de l'argent à Rosaleen, si c'est ce que vous avez en tête…

— Je n'ai rien dit de tel.

— Eh bien, c'est pourtant vrai ! Et vous avez dû aussi entendre parler de… de Rowley, et de David… et de moi.

— Mais vous allez épouser Rowley Cloade, non ?

— Est-ce que je vais l'épouser ? J'aimerais le savoir… C'est à cela que je réfléchissais ce jour-là… quand David a surgi du bois. C'était comme si j'avais eu un grand point d'interrogation dans la tête. Est-ce que je vais l'épouser ? Est-ce que je vais l'épouser ? Même le train qui passait dans la vallée semblait me poser la question. Sa fumée dessinait un beau point d'interrogation dans le ciel.

Le visage de Poirot prit une drôle d'expression sur laquelle Lynn se méprit.

— Oh ! c'est tellement difficile, monsieur Poirot ! s'écria-t-elle. Est-ce que vous vous en rendez compte ? Ce n'est pas la question de David. C'est moi ! J'ai changé. Je suis restée trois ans, quatre ans absente. Celle qui est revenue n'est pas celle qui est partie. C'est la même tragédie partout. Ces gens qui rentrent différents, qui doivent se réadapter. On ne peut pas s'en aller pour un temps vivre une autre vie et ne pas changer !

— Vous vous trompez. Le tragique de l'existence, c'est que les gens ne changent pas.

Elle le regarda fixement en secouant la tête.

— Mais si, insista-t-il. C'est ainsi. Et, en premier lieu, pourquoi êtes-vous partie ?

— Pourquoi ? Mais pour m'engager dans les Wrens. Pour servir mon pays.

— Oui, certes, mais pourquoi vous êtes-vous engagée ? Vous étiez fiancée, vous étiez éprise de Rowley Cloade. Vous auriez pu servir à la ferme, ici, à Warmsley Vale, n'est-ce pas ?

— Oui, sans doute, j'aurais pu. Mais je voulais…

— Vous vouliez partir. Vous vouliez voir le monde. Peut-être vouliez-vous vous éloigner de Rowley Cloade… Et maintenant vous ne tenez plus en place, vous voulez toujours… partir ! Oh ! non, mademoiselle, les gens ne changent pas !

— Mais quand j'étais en Orient, j'avais la nostalgie d'ici ! s'écria Lynn sur la défensive.

— Oui, oui, là où vous n'êtes pas, c'est là que vous voulez être ! Il en sera peut-être toujours ainsi. Vous vous racontez une histoire, l'histoire de Lynn Marchmont rentrant dans ses foyers… mais l'histoire ne se réalise jamais parce que la Lynn Marchmont que vous imaginez n'est pas la vraie Lynn Marchmont. Elle est celle que vous voudriez être.

— Alors, selon vous, commenta Lynn d'un ton piqué, je ne serai jamais satisfaite nulle part ?

— Je n'ai pas dit cela. J'ai dit que l'engagement qui vous avait fait partir vous a laissée insatisfaite, et que l'engagement que vous avez retrouvé à votre retour vous laisse également insatisfaite.

Lynn cueillit un brin d'herbe qu'elle mâchonna pensivement.

— Vous êtes diabolique, monsieur Poirot, vous lisez dans les âmes.

— C'est mon métier, répondit-il modestement. Et il y a une autre vérité que vous n'avez pas encore affrontée, me semble-t-il.

— Vous voulez parler de David, n'est-ce pas ? fit-elle d'un ton vif. Vous croyez que je suis amoureuse de lui ?

— Cela, c'est à vous de le dire, murmura Poirot avec tact.

— Et je… je ne le sais pas ! Il y a en David quelque chose qui me fait peur – mais il y a autre chose qui m'attire aussi…

Elle se tut un instant.

— Hier, reprit-elle, j'ai bavardé avec son général de brigade. Dès qu'il a appris son arrestation, il est venu voir s'il pouvait lui être utile. Il m'a parlé de David, de son incroyable témérité. Il dit que David est l'un des hommes les plus braves qu'il a jamais eus sous ses ordres. Eh bien, vous voyez, monsieur Poirot, en dépit de tout ce qu'il a dit, de toutes ces louanges, j'avais le sentiment qu'il n'était pas convaincu, pas absolument convaincu de l'innocence de David !

— Et vous n'en êtes pas convaincue vous-même ?

Lynn eut un semblant de sourire, assez pathétique :

— Non... en fait, je n'ai jamais eu confiance en David. Est-ce qu'on peut aimer quelqu'un quand on n'a pas confiance en lui ?

— Oui, malheureusement.

— Je n'ai pas un instant cessé d'être injuste avec lui – parce que je ne lui faisais pas confiance. J'ai cru les ragots les plus sordides à son sujet – qu'il n'était absolument pas David Hunter, mais le petit ami de Rosaleen. J'ai eu honte quand son officier supérieur m'a raconté qu'il l'avait connu tout gosse en Irlande.

— C'est épatant comme les gens peuvent prendre les choses par le mauvais bout, murmura Poirot.

— Que voulez-vous dire ?

— Rien d'autre que ce que j'ai dit. Mais confirmez-moi un point d'histoire, miss Marchmont : votre tante Kathie – la femme du médecin – vous a bien appelée au téléphone le soir du meurtre ?

— Oui, bien sûr.

— À quel propos ?

— Elle avait une fois de plus mis une pagaille invraisemblable dans ses comptes.
— Elle appelait de chez elle ?
— En fait, non. Son téléphone était en dérangement. Elle est sortie m'appeler d'une cabine.
— À 22 h 10 ?
— Quelque chose comme ça, oui. Nos pendules ne sont pas des plus exactes.
— Quelque chose comme ça…, répéta Poirot, songeur. Mais, reprit-il avec moult précautions, ce n'est pas le seul appel que vous ayez reçu ce soir-là, n'est-ce pas ?
— Non, répondit Lynn.
— David Hunter vous a téléphoné de Londres ?
— Oui, répondit-elle, le feu aux joues. Vous voulez savoir ce qu'il m'a dit, je suppose ?
— Oh, je ne me permettrais pas…
— Mais je vous en prie ! Il m'a annoncé qu'il partait – qu'il allait disparaître de ma vie. Il m'a dit aussi qu'il n'était pas un homme pour moi, qu'il ne serait jamais capable de se ranger… même pour l'amour de moi.
— Et comme c'était probablement vrai, cela vous a accablée, dit Poirot.
— J'espère qu'il s'en ira – s'il est acquitté, évidemment… J'espère qu'ils partiront tous les deux pour l'Amérique ou pour Dieu sait où. Alors, peut-être que nous cesserons de penser à eux… et que nous apprendrons à nous tenir tout seuls sur nos deux pieds. Que nous cesserons de leur vouloir du mal.
— Leur vouloir du mal ?
— Oui. La première fois que je m'en suis rendu compte, c'était un soir, chez tante Kathie. Elle donnait

une petite réception. Peut-être était-ce parce que je n'avais pas encore tout à fait repris pied dans la famille et que je me sentais un peu en porte à faux, je ne sais pas... mais j'ai eu l'impression de me noyer au creux d'un tourbillon d'ondes malveillantes, maléfiques... qui toutes étaient dirigées contre elle – contre Rosaleen. Comment dire ?... *Nous souhaitions sa mort !* Tous autant que nous étions, nous souhaitions sa mort... Et c'est affreux de souhaiter la mort de quelqu'un qui ne vous a jamais fait de mal...

— Sa mort est évidemment la seule chose qui pourrait vous apporter quelque bien-être, fit remarquer froidement Poirot.

— Vous voulez dire sur le plan matériel, financier ? Sa seule présence ici nous a minés, pourris de manière autrement plus grave ! Envier quelqu'un, en vouloir à quelqu'un, essayer de soutirer trois sous à ce même quelqu'un – vous croyez qu'on se sort de tout ça *indemne* ? Et maintenant, la voilà à Furrowbank, toute seule. On dirait un fantôme... on dirait qu'elle meurt de peur... on dirait... on dirait qu'elle est en train de devenir folle ! Et elle refuse qu'on l'aide ! Que qui que ce soit d'entre nous lui donne un coup de main. Nous avons tous essayé. Mums lui a proposé d'habiter chez nous, tante Frances de s'installer chez elle. Jusqu'à tante Kathie, qui lui a offert d'aller lui tenir compagnie à Furrowbank. Mais elle ne veut plus rien avoir à faire avec nous, et, de vous à moi, je la comprends. Elle a même refusé de rencontrer le général Conroy. Je crois qu'elle est malade, malade d'inquiétude, de peur et de détresse. Et nous ne pouvons rien y faire parce qu'elle n'acceptera rien de notre part.

— Vous-même, vous avez essayé ?

— Oui. Je suis montée hier jusque chez elle. Je lui ai demandé si je pouvais faire quelque chose. Elle m'a regardée…

Elle se tut et frissonna soudain :

— Je crois qu'elle me hait. Elle m'a répondu : « Vous encore moins que les autres. » David a dû lui dire de ne pas bouger de Furrowbank, et elle fait tout ce que David lui dit de faire. Rowley lui a monté des œufs et du beurre de Long Willows. Je crois que c'est le seul d'entre nous qu'elle aime bien. Elle l'a remercié et lui a dit qu'il avait toujours été gentil. C'est vrai que Rowley est gentil.

— Il y a des êtres, murmura Poirot, qui vous inspirent une grande compassion. Des êtres qui ont un fardeau trop lourd à porter. J'éprouve une grande compassion pour Rosaleen Cloade. Si je le pouvais, je l'aiderais. Tout de suite, même, si seulement elle m'écoutait…

En proie à une impulsion subite, il se leva :

— Venez, mademoiselle, montons à Furrowbank.

— Vous voulez que je vous accompagne ?

— Si vous êtes prête à vous montrer généreuse et compréhensive…

— Oh, oui ! s'écria Lynn. Bien sûr, que j'y suis prête…

13

Il leur fallut à peine cinq minutes pour atteindre Furrowbank. Le chemin montait en pente douce entre des massifs de rhododendrons plantés avec art. Gordon Cloade n'avait reculé ni devant l'ampleur ni devant le coût des travaux pour faire de Furrowbank un spectacle parfait.

La femme de chambre qui vint leur ouvrir eut l'air éminemment surprise de les voir et encore plus dubitative quant à leurs chances d'être reçus. Madame n'était pas encore levée, leur signifia-t-elle. Toutefois, elle les fit entrer au salon, et monta porter le message de Poirot.

Poirot regarda autour de lui. Il comparait la pièce au salon de Frances Cloade – si intime, si révélateur de la maîtresse de maison. Le salon de Furrowbank était totalement impersonnel – il n'évoquait rien que la richesse tempérée par le bon goût, ce dernier étant la contribution de Gordon Cloade. Le mobilier était beau et cossu, mais on n'y voyait rien qui soit le signe d'un choix, qui trahisse les goûts personnels de la propriétaire des lieux. Rosaleen, apparemment, n'y avait jamais apposé sa marque.

Elle avait vécu à Furrowbank comme un voyageur réside au *Ritz* ou au *Savoy*.

« Je me demande, songea Poirot, si l'autre… »

Lynn interrompit le fil de ses pensées en lui demandant précisément à quoi il pensait, et pourquoi il avait l'air si sombre.

— On prétend souvent, mademoiselle, que la mort est le salaire du péché. Mais il semble arriver parfois que le luxe prenne la place du salaire en question. Est-ce plus supportable ? Je me le demande. Se retrouver coupé de ses racines. En avoir peut-être, par moments, le souvenir poignant quand il n'y a pas de retour possible…

Il s'interrompit. La femme de chambre revenait en courant. Elle avait abandonné ses airs supérieurs. Elle n'était plus qu'une femme d'un certain âge, terrifiée et qui bredouillait des mots incohérents :

— Oh ! Miss Marchmont ! Oh, monsieur ! Ma maîtresse… là-haut… elle va très mal… elle ne parle pas, et je n'ai pas réussi à la réveiller, et elle a les mains toutes froides…

Poirot se détourna et sortit au pas de course, Lynn et la bonne sur ses talons. Il s'élança vers le premier étage. La domestique lui indiqua la porte ouverte en face de l'escalier.

C'était une belle chambre spacieuse où, par les fenêtres grandes ouvertes, des flots de soleil se déversaient sur de magnifiques tapis aux teintes pâles.

Rosaleen était étendue dans son immense lit sculpté… et on eût dit qu'elle dormait. Sa tête était tout naturellement enfouie au creux de l'oreiller, et ses longs cils noirs ombraient les rondeurs de sa joue. Elle serrait dans sa main un mouchoir froissé en boule. On aurait juré d'une petite fille triste qui, à force de pleurer, avait fini par s'endormir.

Poirot prit sa main pour chercher son pouls. Elle était glacée et lui confirma ce qu'il avait deviné.

— Elle est morte depuis un moment déjà, annonça-t-il à Lynn d'une voix qui ne trahissait aucune émotion. Elle est morte pendant son sommeil.

— Oh, monsieur !… oh, qu'allons-nous faire ? s'écria la femme de chambre qui éclata en sanglots.

— Qui était son médecin ?

— Oncle Lionel, répondit Lynn.

— Allez téléphoner au Dr Cloade, ordonna Poirot à la femme de chambre.

Elle s'en fut en hoquetant. Poirot fureta dans la pièce. Au chevet du lit, une petite boîte de carton blanc portait l'étiquette : « Une dose au coucher ». À l'aide de son mouchoir, Poirot souleva le couvercle. Il restait trois sachets. Il se dirigea vers la cheminée, puis vers le bureau. La chaise était tirée, et le sous-main ouvert. Dedans, une feuille de papier où une main maladroite avait tracé quelques mots d'une écriture enfantine.

Je ne sais plus quoi faire… Ça ne peut plus durer… J'ai tellement mal agi. Il faut que je l'avoue à quelqu'un pour retrouver la paix… Je n'ai jamais eu l'intention d'être malhonnête. Je n'aurais jamais cru que ça irait aussi loin. Il faut que je mette par écrit

La phrase s'arrêtait brusquement. Le stylo gisait où on l'avait jeté. Poirot, immobile, examinait la lettre. Lynn était restée près du lit et contemplait la morte.

La porte s'ouvrit violemment et David Hunter parut, hors d'haleine.

Lynn sursauta :

— David ! Ils vous ont enfin relâché ? Je suis si contente…

D'un geste, il balaya ses paroles, comme il la balaya, elle, la repoussant avec rudesse pour se pencher sur la silhouette figée par la mort :

— Rosa ! Rosaleen…

Il lui toucha la main, puis tourna vers Lynn un visage embrasé de colère.

— *Alors ça y est, vous avez fini par la tuer, hein ?* tonna-t-il en appuyant sur chacun de ses mots. Vous avez enfin réussi à vous débarrasser d'elle ! Vous vous êtes d'abord débarrassés de moi, en m'envoyant au trou sur un témoignage forgé de toutes pièces, et puis vous vous êtes mis d'accord pour l'éliminer, elle. Est-ce que vous étiez tous dans le coup ? Ou bien c'est le travail d'un seul ? Je me fiche de savoir lequel ! Vous l'avez tuée ! Vous vouliez ce satané fric… Eh bien, vous l'avez, maintenant ! Sa mort vous a rempli les mains ! Fini, la dèche ! Vous ne tirerez plus le diable par la queue, bande d'assassins et de voleurs que vous êtes tous ! Tant que j'étais près d'elle, vous ne pouviez pas la toucher. Ma sœur, je savais la protéger. Elle, elle n'a jamais été fichue de le faire elle-même. Alors dès qu'elle s'est retrouvée seule, vous avez sauté sur l'occasion.

Il se tut, chancela légèrement, puis d'une voix de basse, tremblante, il lança :

— *Assassins.*

— Non, David ! s'écria Lynn. Non, vous vous trompez. Personne ne voulait la tuer. Nous n'aurions jamais fait une chose pareille.

— L'un d'entre vous l'a tuée, Lynn Marchmont. Et vous le savez aussi bien que moi !

— Je vous jure que non, David. Je vous jure que nous n'avons pas levé le petit doigt sur elle.

Son regard se fit moins féroce :

— Ce n'est peut-être pas *vous*, Lynn, mais…

— Non, David, je vous jure que non…

Poirot avança d'un pas et toussota. David se retourna vers lui.

— Il me semble que vous dramatisez un peu, déclara le détective. Qu'est-ce qui vous fait croire que votre sœur a été assassinée ?

— Parce que, d'après vous, elle ne l'a pas été ? Et comment appelez-vous ça ?

Il désigna la forme étendue sur le lit :

— C'est une mort naturelle, ça ? Rosaleen avait les nerfs fragiles, d'accord, mais elle ne souffrait d'aucune faiblesse organique. Elle n'avait rien au cœur.

— Hier soir, avant d'aller se coucher, dit Poirot, elle s'est assise ici pour écrire…

David lui marcha quasiment sur les pieds pour aller se pencher sur la feuille de papier.

— N'y touchez pas, l'avertit Poirot.

David retira sa main et lut la lettre debout, sans bouger.

Soudain, il tourna la tête vers Poirot et le regarda d'un œil interrogateur.

— Vous voulez dire qu'elle s'est suicidée ? Mais pourquoi Rosaleen se serait-elle suicidée ?

Ce ne fut pas la voix de Poirot qui répondit à sa question. Mais une bonne voix de l'Oastshire, celle du superintendant Spence qui se tenait sur le seuil :

— Supposons que, dans la nuit de mardi dernier, Mrs Cloade ne se trouvait pas à Londres, mais à Warmsley Vale ? Supposons qu'elle soit venue retrouver l'homme qui la faisait chanter ? Et supposons enfin que, dans un accès de fureur, elle l'ait tué ?

David se retourna d'une pièce, le regard mauvais :

— Ma sœur était à Londres, mardi soir. Je l'ai trouvée à l'appartement en rentrant à 11 heures.

— Oui, Mr Hunter, c'est votre version, acquiesça Spence. Et je me doute bien que vous n'en démordrez pas. Mais rien ne m'oblige à vous croire. De toute façon, n'est-il pas un peu tard pour tout ça ?

Il fit un geste en direction du lit :

— Cette affaire n'ira plus devant les tribunaux, maintenant.

14

— Il ne l'admettra pas, conclut Spence. Pourtant, je suis sûr qu'il sait que c'est elle.

Assis à son bureau au poste de police, il regardait Poirot qui avait pris place en face de lui :

— C'est tout de même drôle, l'obstination que nous avons toujours mise à vérifier son alibi à lui, et pas celui de sa sœur. Et pourtant nous n'avons jamais eu aucune confirmation de sa présence à Londres ce soir-là. Nous n'avons eu sur ce point que la parole de Hunter. Depuis le début, nous savions que deux personnes seulement avaient un mobile pour éliminer Arden : David Hunter et Rosaleen Cloade. J'étais obnubilé par lui et je n'ai pas fait attention à elle. C'est vrai qu'elle paraissait tellement inoffensive – un peu demeurée, même, ce qui explique sans doute en partie la suite. C'est probablement pour ça que David Hunter l'avait expédiée à Londres. Il avait dû se rendre compte qu'elle pouvait perdre les pédales, et il savait sans doute aussi qu'en cas de panique, elle risquait de devenir dangereuse. Et puis il y a un autre truc marrant : je l'ai souvent vue avec des vêtements orange – c'était sa couleur favorite. Des foulards orange, une robe à rayures orange, un béret orange. Et malgré ça, quand la vieille Mrs Leadbetter a décrit une femme coiffée d'un foulard orange, je n'ai toujours pas fait le rapprochement avec Mrs Gordon. Quoi qu'il en soit, je reste convaincu que cette fille avait un grain... qu'elle n'était pas entièrement responsable. Cette manière de hanter l'église catholique, comme vous me l'avez si bien décrite, est-ce que ce n'est pas le signe d'un esprit affolé de remords et de sentiment de culpabilité ?

— Elle avait un sentiment de culpabilité, c'est vrai, admit Poirot.

— Elle a dû agresser Arden dans un accès de folie furieuse, déclara Spence, songeur. Ça m'étonnerait qu'il ait eu la moindre idée de ce qui allait lui tomber sur le râble. Pourquoi se serait-il méfié d'un petit bout de femme comme ça ?

Il continua de ruminer ses pensées en silence. Puis :

— Il y a tout de même une chose qui me turlupine. *Qui a acheté Porter ?* Vous dites que ce n'est pas Mrs Jeremy ? Moi, je vous parie que c'est elle !

— Non, fit Poirot. Ce n'est pas Mrs Jeremy. Elle me l'a assuré, et je la crois. J'ai été stupide, dans cette histoire. J'aurais dû savoir de qui il s'agissait. Le major Porter me l'avait dit lui-même.

— Il vous l'avait dit ?

— Indirectement, bien sûr. Il ne s'en est pas rendu compte.

— Alors, qui était-ce ?

Poirot inclina légèrement la tête de côté :

— Me permettez-vous de vous poser d'abord deux questions ?

Le superintendant eut l'air étonné.

— Autant de questions que vous voudrez, répondit-il néanmoins.

— Ces sachets de somnifère qui se trouvaient dans une boîte au chevet de Rosaleen Cloade, que contenaient-ils ?

L'étonnement du superintendant s'accrut :

— Ça ? Oh, rien de bien méchant. Du bromure. Pour calmer ses nerfs. Elle en prenait une dose tous les soirs. Je les ai, bien entendu, fait analyser. Ils n'avaient rien d'anormal.

— Qui les lui a prescrits ?

— Le Dr Cloade.

— Quand les lui a-t-il prescrits ?

— Oh, ça remonte à un petit bout de temps.

— Quel est le poison qui l'a tuée ?

— Eh bien, nous n'avons pas encore reçu le rapport, mais il n'y a pas, a priori, grand doute sur la question. Morphine, et une dose de cheval.

— Vos hommes ont retrouvé de la morphine chez elle ?

Une lueur de curiosité brillait dans le regard que Spence posa sur son interlocuteur :

— Non. Où voulez-vous en venir, monsieur Poirot ?

— Voici maintenant ma seconde question, éluda Poirot. David Hunter a téléphoné de Londres à Lynn Marchmont ce même mardi soir à 23 h 05. Vous avez vérifié les communications, m'avez-vous dit. C'était le seul coup de fil donné *depuis* l'appartement de Shepherd's Court. Mais y a-t-il eu des coups de fil *pour* ledit appartement ?

— Un. À 22 h 15. De Warmsley Vale. L'appel venait d'une cabine publique.

— Je vois, fit Poirot avant de s'abîmer quelques instants dans le silence.

— Quelle est votre brillantissime idée, monsieur Poirot ?

— Quelqu'un a-t-il décroché ? Je veux dire, l'opératrice a-t-elle obtenu une réponse du numéro de Londres ?

— Je commence à comprendre, dit Spence lentement. Si on a répondu, c'est qu'il y avait quelqu'un dans l'appartement. Or, ce n'était pas David Hunter puisqu'il se trouvait dans le train. Donc, c'était forcément Rosaleen Cloade. Et si c'était Rosaleen, elle ne pouvait pas être au *Cerf* quelques minutes plus tard. Ce que vous avez en tête, monsieur Poirot, c'est que la femme au foulard orange *n'était pas* Rosaleen Cloade. Ce qui reviendrait à dire que ce n'est pas Rosaleen Cloade qui a tué Enoch Arden. Mais alors, pourquoi se serait-elle suicidée ?

— La réponse à cette question est fort simple, dit Poirot. Elle ne s'est pas suicidée. Rosaleen Cloade a été assassinée !

— *Quoi ?*

— Elle a été assassinée sciemment et de sang-froid.

— Mais alors, qui a tué Arden ? Nous avons éliminé David...

— Ce n'est pas David.

— Et vous éliminez maintenant Rosaleen ? Mais crénom de nom, ils étaient les seuls à avoir l'ombre d'un mobile !

— Un *mobile,* oui. Et c'est cela qui nous a égarés. Si A a un mobile pour tuer C, et B un mobile pour tuer D, il semblerait absurde que A tue D et que B tue C, n'est-ce pas ?

— Pas si vite, grogna Spence. Pas si vite, monsieur Poirot. Je ne comprends rien à ce que vous me chantez avec vos A, vos B et vos C.

— C'est compliqué, reconnut bien volontiers Poirot. C'est très compliqué. Parce que nous avons là, voyez-vous, *deux crimes de nature différente* – ce qui revient à dire qu'il nous *faut,* qu'il nous faut absolument, deux assassins différents. *Entrée du Premier Assassin* et *entrée du Second Assassin.*

— Épargnez-moi Shakespeare, grommela Spence. Nous ne sommes pas dans une tragédie élisabéthaine.

— Tout ceci, ne vous en déplaise, est pourtant extrêmement shakespearien. Haines, jalousies, mains guidées par la colère – vous avez là toutes les émotions, toutes les passions dont Shakespeare aurait fait ses délices. Et aussi la chance saisie aux cheveux : « Il est des marées dans les affaires humaines qui, prises à leur flux, conduisent au succès... » Il s'est trouvé quelqu'un pour tenir compte de la leçon, superintendant. Savoir sauter sur l'occasion et la tourner à son profit – voilà qui a été accompli avec un succès total – et sous votre nez, pour ainsi dire !

Spence frotta le nez en question d'un geste agacé.

— Soyez clair, monsieur Poirot, supplia-t-il. Si cela vous est possible, dites simplement ce que vous avez en tête.

— Oui, je vais être clair, très clair – clair comme de l'eau de roche. Nous sommes à la tête, si je puis m'exprimer ainsi, de trois morts, n'est-ce pas ? Vous êtes bien d'accord ? Trois personnes sont mortes.

Spence le dévisagea non sans méfiance :

— Loin de moi l'idée de prétendre le contraire... Mais *vous*, vous n'allez pas essayer de me faire croire que l'une des trois est encore en vie ?

— Non, non. Elles sont mortes. Tout ce qu'il y a de mortes. Mais *comment* sont-elles mortes ? Dans quelles catégories, si j'ose dire, rangeriez-vous leurs morts ?

— Ma foi, monsieur Poirot, pour ce qui est de ça, vous connaissez mon opinion. Un meurtre et deux suicides. Mais, d'après vous, le dernier suicide n'est pas un suicide. C'est un autre meurtre.

— D'après moi, dit Poirot, *il y a eu un suicide*, un accident et un meurtre.

— Un accident ? Voulez-vous dire que Mrs Cloade s'est empoisonnée par accident ? Ou bien que le major Porter s'est tiré une balle dans la tête par accident ?

— Non. L'accident, c'était la mort de Charles Trenton – alias Enoch Arden.

— Un accident ! explosa la superintendant. Un *accident* ? Vous prenez un meurtre d'une brutalité effroyable, un meurtre au cours duquel un homme est mort, le crâne défoncé par les coups, et vous en faites un *accident* !

Peu troublé par la véhémence du superintendant, Poirot répondit avec calme :

— Quand je dis accident, j'entends par là qu'il n'y avait pas intention de donner la mort.

— Pas intention de donner la mort... quand un malheureux a le crâne fracassé ! Vous sous-entendez alors que c'est un cinglé qui lui a sauté dessus ?

— À mon avis, ceci est très proche de la vérité... mais pas tout à fait au sens où vous l'entendez.

— Dans cette affaire, Mrs Gordon était la seule toquée. Je lui ai plus d'une fois trouvé l'air bizarre. Bien sûr, Mrs Lionel Cloade, elle aussi, a une araignée au plafond – mais elle n'a jamais été violente. Quant à Mrs Jeremy, en voilà une qui a la tête sur les épaules ! À propos, vous avez bien dit que ce n'était pas elle qui avait soudoyé Porter ?

— En effet. Et je sais qui l'a fait. Comme je viens de vous le dire, c'est Porter lui-même qui m'a renseigné. Par une simple petite remarque – ah, je me botterais volontiers les fesses, comme on dit vulgairement, pour ne pas y avoir fait attention sur le moment.

— Et ensuite ABC, votre cinglé anonyme, est allé assassiner Rosaleen Cloade ? demanda Spence d'un ton qu'envahissait le scepticisme.

Poirot secoua la tête avec vigueur :

— Pas du tout ! c'est là que le Premier Assassin quitte la scène côté cour, et qu'entre le Second Assassin côté jardin. Un meurtre d'un genre tout différent, celui-là : ni colère ni passion. Un meurtre froid et prémédité, et j'ai bien l'intention, superintendant Spence, de faire en sorte que le coupable soit pendu.

Tout en parlant il s'était levé et se dirigeait vers la porte.

— Hé ! le héla Spence. Donnez-moi des noms ! Vous ne pouvez pas partir comme ça !

— Dans très peu de temps… oui, très peu, je vous les dirai. Mais j'attends encore quelque chose… une lettre d'outre-mer, pour être précis.

— Cessez donc de parler comme un diseur de bonne aventure ! Hé ! Poirot…

Mais Poirot s'était déjà éclipsé.

Il traversa la place et alla tout droit sonner chez le Dr Cloade. Mrs Cloade vint ouvrir et fut secouée d'un spasme, comme chaque fois qu'elle découvrait Poirot sur le pas de sa porte. Il ne perdit pas de temps :

— Madame, il faut que je vous parle.

— Oh, mais bien sûr… entrez donc… Ne faites pas attention, je n'ai pas eu le temps d'épousseter, mais…

— J'ai une question à vous poser. Depuis quand votre mari est-il morphinomane ?

Tante Kathie fondit aussitôt en larmes :

— Oh, mon Dieu, mon Dieu… j'espérais tellement que personne ne le saurait jamais… ça a commencé pendant la guerre. Il était exténué, recru de fatigue, et il souffrait de névralgies épouvantables. Depuis, il essaie de diminuer les doses… Dieu sait qu'il essaie. Mais c'est ce qui le rend tellement irritable, parfois…

— Et c'est une des raisons de ses besoins d'argent, n'est-ce pas ?

— Oui, sans doute. Oh, mon Dieu, monsieur Poirot. Il a promis d'entreprendre une cure…

— Calmez-vous, madame, et répondez encore à une petite question. Le soir où vous avez téléphoné à Lynn Marchmont, vous êtes allée dans la cabine publique en face de la poste, n'est-ce pas ? Avez-vous vu quelqu'un sur la place, à ce moment-là ?

— Oh, non, monsieur Poirot. Il n'y avait *pas un chat.*

— J'ai pourtant cru comprendre que vous aviez dû emprunter une pièce de deux pence parce que vous n'aviez que des demi-pennies.

— Oui, bien sûr ! J'ai demandé à une femme qui sortait de la cabine. Elle m'a donné une pièce de deux pence en échange d'un seul demi-penny…

— À quoi ressemblait-elle, cette femme ?

— Elle faisait un peu théâtreuse, si vous voyez ce que je veux dire. Un foulard orange tortillé sur la tête. Ce qui est drôle, c'est que j'ai eu l'impression de l'avoir déjà rencontrée quelque part. Son visage m'était familier. J'en viens parfois à me dire qu'il s'agissait d'une Voyageuse de l'Autre Rive. Et pourtant, voyez-vous, je n'ai pas encore réussi à me rappeler où et comment je l'avais connue.

— Merci, Mrs Cloade, fit précipitamment Poirot.

15

Lynn sortit de la maison et scruta le ciel.

Le soleil était bas, nulle trace de rougeoiement au couchant, mais une lueur presque surnaturelle. Un soir silencieux, comme un souffle suspendu. Cela annonçait la tempête, songea-t-elle.

Eh bien, le moment était venu. Elle ne le repousserait pas plus longtemps. Il fallait qu'elle se rende à Long Willows et qu'elle parle à Rowley. Elle lui devait au moins ça : le lui dire en face. Refuser la facilité d'écrire une lettre.

Elle était décidée – tout à fait décidée – et pourtant, elle éprouvait un curieux malaise. Elle regarda autour d'elle. « Il faut dire adieu à tout cela, pensa-t-elle, à mon univers, à ma façon de vivre. »

Car elle ne se berçait pas d'illusions. S'en aller vivre avec David, c'était un coup de dés – une aventure qui avait autant de chances de mal que de bien tourner. Il l'avait lui-même prévenue…

Le soir du meurtre, au téléphone.

Et voilà qu'il y avait de cela quelques heures à peine, son discours avait subitement changé.

— J'ai voulu sortir de votre vie, lui avait-il confessé. Mais j'étais fou de croire que je pourrais vous laisser derrière moi. Partons pour Londres et marions-nous tout de suite avec une dispense – oh non, il n'est pas question que je vous laisse le temps de tergiverser. Vos racines sont ici, elles vous retiennent. Eh bien, je vais vous déraciner.

Et il avait ajouté :

— Nous l'annoncerons à Rowley quand vous serez déjà Mrs David Hunter. Le pauvre vieux, je crois que c'est la meilleure façon.

Mais à cela, elle n'avait pas consenti… même si elle n'en avait rien dit. Non, elle devait l'annoncer elle-même à Rowley.

Et c'était ce qu'elle allait faire maintenant !

Lorsqu'elle frappa à la porte de Long Willows, la tempête commençait à se lever. Rowley eut l'air stupéfait de la voir.

— Salut ! Mais pourquoi n'as-tu pas téléphoné que tu venais ? J'aurais pu être sorti !

— Il faut que je te parle, Rowley.

Il s'effaça pour la laisser entrer et la suivit dans la grande cuisine. Les restes de son dîner traînaient sur la table.

— Je pense que je vais faire installer une cuisinière à gaz dans ce coin-là, dit-il. Plus commode pour toi. Et puis un nouvel évier – en aluminium…

— Ne fais plus de projets, Rowley, coupa-t-elle.

— Tu veux dire parce que cette pauvre gosse n'est pas encore enterrée ? C'est vrai que cela fait sans cœur. Mais elle m'a toujours fait l'effet de quelqu'un de si malheureux. Le choc, je suppose. Elle ne s'est jamais remise de ce satané bombardement. Enfin, c'est comme ça, de toute façon. Elle est morte, et qu'elle soit dans sa tombe ou non, pour moi la différence – pour nous, je veux dire…

Lynn prit son élan.

— Non, Rowley, fit-elle. Il n'y a plus de « nous ». C'est ce que je suis venue te dire.

Il la dévisagea sans comprendre. Se détestant elle-même, mais calme et résolue, elle déclara :

— *Je vais épouser David Hunter*, Rowley.

Elle ne savait pas trop qu'attendre – des protestations, peut-être une explosion de colère – mais certainement pas la réaction qui fut celle de Rowley.

D'abord, il la regarda fixement, puis il alla tisonner le poêle et enfin se tourna vers elle d'un air presque absent :

— Bon, parlons clair, veux-tu. Tu vas épouser David Hunter. Pourquoi ?

— Parce que je l'aime.

— C'est moi que tu aimes.

— Non. Quand je suis partie, je t'aimais, c'est vrai. Mais c'était il y a quatre ans et j'ai… j'ai changé. Tous les deux, nous avons changé.

— Tu te trompes…, déclara-t-il, tranquille. Moi, je n'ai pas changé.

— Eh bien, peut-être qu'en effet tu n'as pas beaucoup changé.

— Je n'ai pas changé du tout. Je n'en ai pas vraiment eu l'occasion. J'ai continué à trimer ici sans lever le nez. Je n'ai pas sauté en parachute, moi, ni escaladé des falaises en pleine nuit, ni ceinturé un homme dans le noir pour l'égorger…

— Rowley..

— Je ne suis pas allé à la guerre. Je n'ai pas combattu. La guerre ? Je ne sais même pas ce que c'est ! J'ai mené une petite vie bien pépère à la ferme. Quel veinard, ce Rowley ! Mais, un mari comme moi, tu en aurais honte !

— Non, Rowley… oh, non ! Ce n'est pas ça du tout.

— Et moi je te dis que si !

Il s'approcha d'elle. Le sang lui montait au visage, les veines de ses tempes étaient gonflées. Et cette lueur au fond de ses yeux… elle l'avait déjà vue un jour qu'elle s'était trouvée en face d'un taureau dans un champ. La bête avait relevé le mufle, gratté le sol du sabot, puis, lentement, avait baissé sa tête aux cornes impressionnantes. Écumant d'une fureur noire, d'une rage aveugle…

— *Tais-toi,* Lynn. Pour *une fois,* c'est *moi* qui parle et toi qui vas m'écouter. J'ai raté le coche, vois-tu. J'ai raté l'occasion de me battre pour mon pays. J'ai vu partir mon meilleur ami, et il s'est fait tuer. J'ai vu ma fiancée – *ma* fiancée – revêtir l'uniforme et s'en aller au loin. Moi je n'ai plus été que l'Homme qu'Elle a laissé Derrière Elle. Ma vie est devenue un *enfer* – tu comprends, Lynn ? Un *enfer.* Et puis tu es rentrée… et c'est devenu pire encore. Depuis la soirée chez tante Kathie, quand j'ai vu la façon dont tu regardais David à table. Mais *il ne t'aura jamais, tu m'entends* ? Si tu n'es pas à moi, personne d'autre ne t'aura. Pour qui me prends-tu ?

— Rowley…

Elle s'était levée, elle reculait pas à pas. Elle était terrorisée. Cet homme n'était plus un homme. C'était une bête dangereuse.

— *J'ai déjà tué deux personnes,* lança Rowley Cloade. *Tu crois peut-être que je flancherais à l'idée d'en tuer une troisième* ?

— Rowley…

Il la dominait maintenant de toute sa taille, il avait posé les mains autour de son cou…

— Je n'en peux plus, Lynn…

L'étau se resserrait autour de son cou, la pièce se mit à tourner, l'obscurité, l'obscurité tournoyante, l'asphyxie – tout devint noir…

Et soudain, un toussotement. Un toussotement guindé, un peu artificiel.

Rowley s'arrêta net, relâcha l'étau de ses mains, resta les bras ballants. Libérée, Lynn s'écroula comme une masse.

Immobile dans l'encadrement de la porte, Poirot réitéra sa petite toux d'excuse :

— J'espère que je ne vous dérange pas ? J'ai frappé. Oui, j'ai frappé, pourtant, mais personne n'a répondu… Vous étiez occupés, peut-être ?

L'atmosphère était tendue, électrique. Rowley avait le regard fixe. On put croire un instant qu'il allait se jeter sur Poirot, mais il finit par se détourner et c'est d'une voix sans timbre qu'il déclara :

— Vous êtes arrivé juste à temps.

16

Dans cette situation explosive, Poirot se fit délibérément terre à terre.

— La bouilloire est sur le feu ? demanda-t-il.

La langue pâteuse, l'air égaré, presque abruti, Rowley ne put qu'articuler :

— Oui, l'eau bout presque.

— Alors peut-être pourriez-vous nous préparer un café ? Ou du thé, si c'est plus simple.

Rowley obtempéra, tel un automate.

Hercule Poirot tira de sa poche un immense mouchoir propre ; il le trempa dans l'eau froide, l'essora et s'approcha de Lynn :

— Tenez, mademoiselle, entourez votre cou avec ça – comme ça. Oui, j'ai une épingle de sûreté. Voilà, cela va tout de suite soulager la douleur.

Lynn le remercia d'un coassement rauque. La cuisine de Long Willows, Poirot qui s'affairait… toutes ces impressions avaient la qualité d'un cauchemar. Elle se sentait affreusement mal en point, et sa gorge la faisait terriblement souffrir. Elle se releva en chancelant et Poirot, avec douceur, l'aida à s'installer dans un fauteuil.

— Voilà, dit-il.

Et, par-dessus son épaule :

— Le café ? demanda-t-il.

— Il est prêt, répondit Rowley.

Il l'apporta sur la table. Poirot en versa une tasse qu'il offrit à Lynn.

— Écoutez, fit Rowley, j'ai l'impression que vous n'avez rien compris. J'étais en train d'étrangler Lynn.

— Tss, tss…, fit Poirot d'un air offensé, comme s'il déplorait, de la part de Rowley, un manquement à l'étiquette.

— J'ai déjà deux morts sur la conscience, insista Rowley. Elle aurait été le troisième… si vous n'étiez pas arrivé.

— Buvons notre café et ne parlons pas de mort. Ce n'est pas agréable pour mademoiselle Lynn.

— Seigneur ! s'exclama Rowley en considérant Poirot avec ahurissement.

Lynn avait du mal à avaler son café. Mais il était chaud et fort. La douleur dans sa gorge diminua bientôt, et elle commença à sentir l'effet stimulant du breuvage.

— Alors, ça va mieux, n'est-ce pas ? demanda Poirot.

Elle acquiesça d'un signe de tête.

— Eh bien, nous pouvons parler, maintenant, conclut Poirot. Enfin, je dis cela, mais c'est *moi* qui vais parler, en vérité.

— Que savez-vous vraiment ? demanda Rowley, accablé. Est-ce que vous savez que j'ai tué Charles Trenton ?

— Oui, répondit Poirot. Je le sais depuis un moment déjà.

La porte s'ouvrit soudain. C'était David.

— Lynn ! s'écria-t-il. Vous ne m'aviez pas dit…

Il se tut, abasourdi, promenant son regard de l'un à l'autre.

— *Qu'avez-vous à la gorge ?*

— Une autre tasse, ordonna Poirot.

Rowley en sortit une du vaisselier et la tendit à Poirot qui la remplit et la tendit à son tour à David. Cette fois, encore, Poirot dominait la situation.

— Asseyez-vous, commanda-t-il à David. Nous allons tous nous asseoir et boire notre café. Vous trois, vous allez écouter Hercule Poirot vous faire une conférence sur le crime.

Il les regarda tour à tour, puis hocha la tête.

« Je suis en plein cauchemar, pensa Lynn, tout cela n'est pas *vrai* ! »

Cet absurde personnage aux grosses moustaches semblait les tenir sous sa coupe. Ils restaient là, bien sagement assis en rang d'oignons – Rowley, le tueur ; elle, la victime ; David, le garçon qui était fou d'elle –, leur tasse de café à la main, à écouter le petit homme qui, par on ne sait quelle alchimie, les dominait tous les trois.

— Pourquoi commet-on un crime ? préluda Hercule Poirot en orateur consommé. Voilà une vraie question. Quelle est l'impulsion indispensable ? Quelles sont les prédispositions nécessaires ? *Tout le monde* est-il capable de commettre un crime – *n'importe quel crime* ? Et que se passe-t-il – c'est ce que je ne cesse de me demander depuis le début – que se passe-t-il lorsque des gens qui ont vécu à l'abri de la vraie vie, de ses épreuves et des meurtrissures qu'elle vous inflige, sont brutalement privés de cet abri ?

» C'est à la famille Cloade que je pense, voyez-vous. Une seule personne porte ce nom ici, je parlerai donc tout à fait librement. Cette question me fascine depuis le début. Voilà une famille entière à qui les circonstances ont toujours évité d'avoir à se prendre en charge. Bien que chacun ait mené sa barque comme il l'entendait, exercé un métier, aucun ne s'est jamais vraiment aventuré hors de cette ombre protectrice. Tous ignoraient la peur. Tous vivaient en sécurité – une sécurité anormale et factice. Gordon Cloade veillait sur eux.

» Ce que je veux vous faire bien comprendre, c'est qu'on ne sait jamais de quoi un homme est capable tant qu'il ne s'est pas trouvé au pied du mur. Pour la plupart des gens, les épreuves commencent tôt dans la vie. Très vite l'homme est obligé de se débrouiller seul, d'affronter les risques et les difficultés, et de trouver sa manière à lui de les surmonter. Ce peut être la manière honnête, ou bien la malhonnête – mais que ce soit l'une ou l'autre, un homme apprend de très bonne heure, d'habitude, de quelle étoffe il est fait.

» Les Cloade, eux, n'ont eu l'occasion de prendre la mesure de leurs faiblesses que le jour où ils se sont brutalement retrouvés sans protection et obligés d'affronter les difficultés sans y avoir été préparés. Une chose, une seule, se dressait entre eux et la sécurité retrouvée, c'était l'existence de Rosaleen Cloade. Je suis intimement convaincu que chacun des Cloade a pensé à un moment donné : « Et si Rosaleen disparaissait… »

Lynn frissonna. Poirot fit une pause, le temps que ses paroles produisent tout leur effet.

— L'idée de mort, de sa mort, a traversé tous les esprits – de cela, je suis certain. Cette idée se développa-t-elle en idée de meurtre ? Et l'idée de meurtre, pour l'un des Cloade, est-elle passée du stade abstrait à celui de la réalisation ?

Sans changer de ton, il demanda à Rowley :

— *Vous*, avez-vous songé à la tuer ?

— Oui, répondit Rowley. Le jour où elle est venue à la ferme. Il n'y avait personne. Nous étions rigoureusement seuls. Et j'ai pensé… que ça ne me serait pas bien difficile de la tuer. Elle était pathétique – et si mignonne –, un peu comme les veaux que j'envoie à l'abattoir. On est touché par leur air pitoyable – mais on les y expédie quand même. Ça m'étonnait même franchement qu'elle n'ait pas peur… Si elle avait su ce que j'avais en tête, elle aurait changé de couleur… Oui, c'est à ça que je pensais tout en prenant son briquet pour allumer sa cigarette.

— Et elle l'a oublié, j'imagine. C'est comme ça qu'il est tombé entre vos mains.

Rowley confirma d'un hochement de tête.

— Je ne sais pas pourquoi je ne l'ai *pas* tuée, fit-il, songeur. J'y ai pensé. J'aurais pu faire croire à un accident, n'importe quoi.

— Ce meurtre ne vous ressemblait pas, trancha Poirot. Voilà pourquoi. L'homme que vous avez tué, vous l'avez tué dans un moment de fureur – et vous ne vouliez pas vraiment le tuer, n'est-ce pas ?

— Grands dieux, non. Je l'ai frappé à la mâchoire. Il est tombé en arrière et s'est cogné la tête sur le marbre de la cheminée. Quand j'ai vu qu'il était mort, je n'ai même pas réussi à y croire.

Il sursauta soudain en regardant Poirot :

— Mais comment est-ce que vous avez su tout ça ?

— Je crois avoir assez précisément reconstitué vos faits et gestes. Vous me direz si je me trompe. D'abord, vous êtes allé au *Cerf ;* et là, Beatrice Lippincott vous a rapporté la conversation qu'elle avait surprise, c'est cela ? Là-dessus, ainsi que vous l'avez déclaré, vous vous êtes rendu chez votre oncle Jeremy Cloade, pour qu'il vous donne sur la situation son point de vue de juriste. Et là, il s'est passé quelque chose, une chose qui vous a fait renoncer à le consulter. Et je crois savoir ce que c'était. *Vous avez vu une photographie…*

Rowley hocha la tête :

— Oui, elle était posée sur le bureau. D'un seul coup, la ressemblance m'a sauté aux yeux. J'ai aussi compris pourquoi le visage de ce type m'avait paru si familier. J'ai réalisé que Jeremy et Frances avaient monté un coup avec un parent à elle pour soutirer de l'argent à Rosaleen. Et alors, j'ai vu rouge. J'ai foncé à l'hôtel tête baissée, je suis monté à la chambre 5 et j'ai accusé le type d'être un imposteur. Il l'a admis en riant – il a dit que David allait venir lui remettre l'argent le soir-même. Quand j'ai compris que je me faisais rouler par ma propre famille, mon sang n'a fait qu'un tour. Je l'ai traité de saligaud, et je lui suis rentré dedans. Et puis il est tombé, comme je vous l'ai dit.

Le silence se fit.

— Et après ? demanda Poirot.

— Il y a eu le briquet, répondit lentement Rowley. Il a glissé de ma poche. Je l'avais gardé sur moi dans l'intention de le rendre à Rosaleen quand je la rencontrerais. Il est tombé sur le corps, et j'ai vu les initiales D. H. C'étaient celles de David.

» Depuis la soirée chez tante Kathie je m'étais aperçu… enfin, bref, ne nous appesantissons pas là-dessus. J'ai parfois l'impression de devenir fou… je suis peut-être bel et bien un peu cinglé. Il y a eu le départ de Johnnie… et puis la guerre… Je… je ne sais pas bien comment m'expliquer, mais il arrive parfois que la colère m'aveugle… et maintenant Lynn… et ce type. J'ai traîné le cadavre au milieu de la pièce et je l'ai retourné sur le ventre. Et puis j'ai empoigné les pincettes… bon, je ne vais pas entrer dans les détails. J'ai effacé les empreintes, nettoyé le marbre de la cheminée… ensuite j'ai réglé sa montre sur 9 h 10 et je l'ai cassée. J'ai pris sa carte de rationnement et ses papiers pour qu'on ne puisse pas l'identifier, et j'ai filé. Je me disais qu'avec la conversation surprise par Beatrice, le compte de David était bon.

— Merci bien ! grinça David.

— Et après, intervint Poirot, vous êtes venu me voir, moi. Pour me demander de vous trouver quelqu'un qui aurait connu Underhay. Une jolie petite comédie que vous m'avez jouée là, hein ? Pourtant, je me doutais bien que Jeremy Cloade avait répété à sa famille les paroles de ce major Porter. Et pendant deux ans, toute la famille avait nourri le secret espoir que Underhay refasse surface. C'est cela qui a inconsciemment influencé Mrs Lionel Cloade quand elle manipulait les lettres du ouija – incident très révélateur.

» Alors, je me livre à mon petit tour de passe-passe. Je me flatte de vous impressionner, alors qu'en réalité le dindon de la farce, c'est moi. Et puis voilà qu'ensuite, chez le major Porter, ce dernier m'offre une cigarette tandis qu'à vous, il vous dit : « Vous, non, je sais. »

» *Comment savait-il que vous ne fumiez pas ?* En principe, c'était la première fois qu'il vous rencontrait. Imbécile que je suis, j'aurais dû comprendre à ce moment-là… que le major Porter et vous aviez déjà négocié un petit arrangement ! Pas étonnant qu'il ait été si nerveux à l'enquête. Et moi, je suis là pour jouer les dupes, l'imbécile heureux qui emmène le major Porter identifier le corps. Mais je ne vais pas jouer éternellement les simples d'esprit. Plus question que vous continuiez à me prendre pour l'idiot du village.

Il promena sur ses auditeurs un regard chargé de colère.

— Et c'est alors, reprit-il, que le major Porter est revenu sur votre arrangement. Il s'inquiétait d'avoir à prêter serment dans un procès pour meurtre, d'autant que la force des charges retenues contre David dépendait en grande partie de l'identité du défunt. Donc, le major Porter se retire du marché…

— Il m'a écrit qu'il abandonnait, dit Rowley pesamment. La vieille baderne ! Comme s'il ne voyait pas que nous étions allés trop loin pour arrêter ? Je me suis rendu chez lui pour essayer de le ramener à la raison. C'était trop tard. Il avait dit qu'il préférerait se tuer plutôt que de violer son serment dans une affaire de meurtre. La porte d'entrée n'était pas fermée… je suis monté et j'ai trouvé son cadavre.

» Je ne peux pas vous dire ce que j'ai éprouvé. C'était comme si j'avais tué encore une fois. Si seulement il avait attendu… s'il m'avait laissé le temps de lui parler…

— Il avait laissé une lettre, non ? demanda Poirot. Vous l'avez prise ?

— Oui… J'étais dans le pétrin jusqu'au cou. Alors, un peu plus, un peu moins… La lettre était destinée au coroner. Porter disait simplement qu'il avait porté un faux témoignage à l'enquête, que le défunt n'était pas Robert Underhay. J'ai emporté la lettre et je l'ai détruite…

Rowley frappa du poing sur la table :

— C'était comme un mauvais rêve… un horrible cauchemar ! J'avais commencé, et je ne pouvais plus arrêter. Je voulais l'argent pour avoir Lynn… et je voulais voir Hunter pendu. Et puis – je n'y ai rien compris – les charges contre lui se sont écroulées. On a parlé d'une femme… une femme qui aurait été voir Arden plus tard dans la soirée. Je n'ai rien compris. Je continue à ne pas comprendre. Quelle femme ? Comment une femme pouvait-elle être là, à parler avec Arden, puisqu'il était mort ?

— Il n'y avait pas de femme, déclara Poirot.

— Enfin, monsieur Poirot ! coassa Lynn. Cette vieille dame. Elle l'a vue. Elle l'a entendue.

— Hmmm, fit Poirot. Mais qu'a-t-elle vu ? Et qu'a-t-elle entendu ? Elle a vu quelqu'un vêtu d'un manteau de tweed et d'un pantalon, la tête enturbannée d'un foulard orange, le visage couvert de fond de teint et, la bouche barbouillée de rouge à lèvres. Tout cela dans la pénombre. Et qu'a-t-elle entendu ? Elle a vu la « dévergondée » retourner dans la chambre 5 et elle a entendu une voix d'homme crier de l'intérieur : « Va-t'en, je t'ai assez vue ! » Eh bien, c'est un *homme* qu'elle a vu, et c'est un *homme* qu'elle a entendu ! Mais votre idée était très ingénieuse, Mr Hunter, ajouta Poirot en se tournant posément vers ce dernier.

— Que signifie ? demanda David d'un ton sec.

— C'est à *vous* que je vais raconter une histoire, maintenant. Ce soir-là, vous arrivez au *Cerf* vers 21 heures. Vous ne venez pas pour tuer, mais pour *payer*. Or, que découvrez-vous ? Vous découvrez que l'homme qui vous faisait chanter gît sur le sol, mort, sauvagement assassiné. Vous réfléchissez vite, Mr Hunter, et vous comprenez tout de suite que vous êtes en grand péril. Pour autant que vous le sachiez, personne ne vous a vu pénétrer à l'hôtel, et votre première idée est de déguerpir, d'attraper le train de 21 h 20 pour Londres et de soutenir mordicus que vous n'avez pas mis les pieds à Warmsley Vale. Votre seule chance d'attraper le train est de courir à travers champs. Ce faisant, vous tombez inopinément sur miss Marchmont, et vous vous rendez compte dans le même temps que vous n'aurez pas votre train. Vous avez vu sa fumée s'élever de la vallée. Vous ne le savez pas, mais elle aussi a vu la fumée, seulement, elle n'a pas pris conscience que cela signifiait que *vous ne pouviez pas attraper votre train,* et lorsque vous lui dites qu'il est 21 h 15, elle vous croit sur parole.

» Ensuite, pour la persuader que vous avez bien pris ce train, vous imaginez un procédé très ingénieux. À cause de Lynn, c'est en fait toute une mise en scène que vous devez maintenant improviser pour éloigner de vous les soupçons.

» Vous retournez à Furrowbank, vous entrez tranquillement avec votre clé, vous prenez un foulard de votre sœur, un de ses tubes de rouge à lèvres, et vous vous appliquez un maquillage outrancier.

» Vous refaites un saut au *Cerf* à l'heure idoine, vous vous montrez à la vieille dame installée dans le salon réservé aux pensionnaires et dont les lubies sont bien connues de tous. Puis vous gagnez la chambre 5. Et lorsque vous l'entendez qui monte se coucher, vous sortez dans le couloir, puis vous rentrez prestement dans la chambre et vous clamez haut et fort : « Va-t'en, je t'ai assez vue ! »

Poirot fit une pause.

— Très astucieux, ce numéro, commenta-t-il.

— Est-ce que c'est vrai, David ? s'écria Lynn. Est-ce que c'est vrai ?

David arborait un large sourire :

— Je ne me trouve pas mal en travesti. Seigneur, vous auriez dû voir l'expression de cette vieille gorgone !

— Mais comment pouviez-vous être là-bas à 10 heures et me téléphoner de Londres à 11 heures ? demanda Lynn, perplexe.

David Hunter s'inclina vers Poirot :

— À Hercule Poirot l'honneur. L'homme qui sait tout. Alors, comment est-ce que je m'y suis pris ?

— C'est enfantin. Vous avez appelé votre sœur à Londres depuis la cabine publique, et vous lui avez donné des instructions précises. À 23 h 04 très exactement elle a demandé le 34 à Warmsley Vale. Lorsque miss Marchmont a décroché, l'opératrice s'est assurée du numéro, et puis a sans doute dit quelque chose comme « Un appel de Londres », ou bien « Londres, parlez », n'est-ce pas ?

Lynn acquiesça d'un signe de tête.

— Rosaleen a alors raccroché tandis que *vous*...

Poirot se tourna vers David :

— *Vous*, juste après, vous n'aviez plus qu'à composer le 34, l'obtenir, appuyer sur le bouton et dire d'une voix déguisée, : « Vous avez Londres en ligne »... et puis parler. Ce genre d'anicroche n'étonne personne par les temps qui courent : miss Marchmont penserait que la communication avait été coupée puis rétablie.

— Alors, c'est *pour ça* que vous m'avez appelée, David ? dit Lynn avec un calme effrayant.

La tonalité de sa voix, la qualité de ce calme atteignirent David de plein fouet.

Il se tourna vers Poirot et fit un geste de reddition :

— Pas de doute. Vous savez vraiment tout ! Pour dire la vérité, j'avais une peur bleue. Il fallait que je trouve une solution. Après mon coup de fil à Lynn, j'ai fait huit kilomètres à pied jusqu'à Dasleby et, à l'aube, j'ai sauté dans le premier train pour Londres. Je me suis glissé dans l'appartement à temps pour défaire mon lit, et j'ai pris le petit déjeuner avec Rosaleen. Il ne m'était pas venu à l'idée que la police pourrait penser que c'était *elle* qui avait fait le coup.

» Quant à savoir qui l'avait bel et bien descendu, je n'en avais évidemment pas la moindre idée ! Je n'arrivais tout bonnement pas à imaginer qui aurait pu vouloir sa mort. Autant que je puisse en juger, personne, en dehors de Rosaleen et moi, n'avait de mobile.

— C'est en effet là, intervint Poirot, qu'a résidé la grande difficulté. Le *mobile.* Votre sœur et vous aviez un mobile pour tuer Arden. Et chacun des membres de la famille Cloade avait un mobile pour tuer Rosaleen.

— Alors elle a bel et bien été assassinée ? fit âprement David. Ce n'était donc pas un suicide ?

— Non. C'était un meurtre prémédité et préparé avec soin. On a substitué de la morphine au bromure dans un de ses sachets de somnifère – un de ceux du fond de la boîte.

— Les *somnifères,* répéta David en fronçant les sourcils. Vous ne voulez pas… vous ne pensez tout de même pas à *Lionel Cloade* ?

— Oh, non, répondit Poirot. Voyez-vous, *n'importe lequel* des Cloade, en fait, pouvait avoir mis la morphine. Tante Kathie aurait pu toucher aux sachets avant qu'ils ne quittent le cabinet. Rowley montait à Furrowbank porter du beurre et des œufs à Rosaleen. Mrs Marchmont y est allée. Mrs Jeremy Cloade aussi. Et même Lynn Marchmont. Et tous, sans exception, avaient un mobile.

— Lynn n'avait pas de mobile ! s'écria David.

— Nous avions tous un mobile, intervint Lynn. C'est bien ce que vous disiez ?

— Oui, répondit Poirot. Et c'est ce qui a rendu cette affaire si difficile. David Hunter et Rosaleen Cloade avaient un mobile pour tuer Arden, mais ils ne l'ont pas tué. Chacun des Cloade avait une bonne raison de tuer Rosaleen, et pourtant, aucun d'entre eux ne l'a tuée. Cette affaire s'est toujours présentée *de travers.* Rosaleen Cloade a été tuée par la personne qui avait *le plus à perdre* si elle mourait.

Il tourna légèrement la tête :

— Car c'est *vous* qui l'avez tuée, Mr Hunter...

— Moi ? bondit celui-ci. Pourquoi diable aurais-je tué ma sœur ?

— Vous l'avez tuée parce qu'elle n'était pas votre sœur. Rosaleen Cloade est décédée sous les bombardements ennemis, il y a bientôt deux ans de cela. La femme que vous avez tuée était Eileen Corrigan, une jeune domestique irlandaise, dont j'ai reçu d'Irlande, aujourd'hui même, la photographie.

Tout en parlant, il l'avait tirée de sa poche. Vif comme l'éclair, David s'en empara et bondit vers la porte qu'il claqua derrière lui. Avec un rugissement de colère, Rowley se rua, tête baissée, à sa poursuite.

Poirot et Lynn restèrent seuls.

— Ce n'est pas vrai, protestait Lynn. Ça ne peut pas être vrai.

— Et pourtant si, c'est vrai. Vous avez, à un moment donné, entrevu la moitié de la vérité en soupçonnant que David n'était pas son frère. Prenez les choses par l'autre bout, et tout se met en place. Cette Rosaleen-là était catholique – ce qui, par parenthèse, n'était pas le cas de la femme d'Underhay –, torturée par les remords, irrémédiablement attachée à David. Imaginez ce qu'il a pu ressentir la nuit du bombardement. Sa sœur morte, Gordon Cloade mourant… la belle vie qu'il voit lui échapper brusquement. Il aperçoit alors cette fille, commotionnée et encore inconsciente, à peu près du même âge que sa sœur, et seule survivante à l'exception de lui-même. Elle est sûrement déjà sa maîtresse, et il ne doute pas de pouvoir en faire son âme damnée.

» Il a d'ailleurs toujours su s'y prendre avec les femmes, ajouta Poirot, pince-sans-rire et en évitant de regarder Lynn qui s'empourprait.

» C'est un opportuniste. Quand passe la chance, il sait la saisir à bras-le-corps. Cette fille, il l'a identifiée comme étant sa sœur. Et il a attendu à son chevet qu'elle reprenne conscience. Puis il lui a fait son numéro de charme et l'a convaincue d'entrer dans son jeu.

» Alors imaginez leur consternation lorsqu'ils ont reçu la première lettre de chantage. Je n'ai cessé de me demander : « Hunter est-il vraiment le genre d'homme à céder aussi facilement au chantage ? » Il semblait, en outre, ne pas savoir si le maître chanteur était ou non Underhay. Mais comment pouvait-il rester dans un tel doute ? D'un seul coup d'œil, Rosaleen Cloade aurait pu lui dire si l'homme était oui ou non son mari. Alors pourquoi l'expédier à Londres sans qu'elle ait seulement la possibilité de l'entr'apercevoir ? Parce que – et il ne pouvait y avoir à cela d'autre raison – il fallait éviter à tout prix que cet homme l'aperçoive, *elle.* Si l'homme était en effet bel et bien Underhay, il ne fallait pas qu'il découvre que Rosaleen Cloade n'avait rien à voir avec Rosaleen Cloade. Non, il n'y avait qu'une seule et unique solution. Donner suffisamment d'argent au maître chanteur pour qu'il se taise, et ensuite... s'éclipser en douce... s'envoler pour l'Amérique.

» Mais là, patatras ! Voilà que le maître chanteur non identifié se fait inexplicablement assassiner... et que le major Porter déclare reconnaître en lui son vieil ami Underhay. Jamais de sa vie David Hunter ne s'est trouvé dans un aussi mauvais pas ! Par-dessus le marché, la fille commence à craquer. Sa conscience la tourmente sans répit. Elle montre des signes de dépression nerveuse. Tôt ou tard elle ira tout avouer, elle déballera toute l'histoire et lui fera courir le risque d'être accusé de meurtre. En outre, il ne supporte plus qu'elle s'accroche à lui, elle l'ennuie. Il s'est épris de vous. Il décide donc de faire la part du feu. Eileen doit mourir. Il met de la morphine dans un des sachets de somnifère prescrits par le Dr Cloade, insiste pour qu'elle en prenne bien tous les soirs, alimente ses craintes envers la famille Cloade. Jamais on ne soupçonnera David Hunter puisque la mort de sa sœur signifie que l'argent retourne chez les Cloade.

» C'était là sa carte maîtresse : l'absence de mobile. Comme je vous l'ai dit, dans cette affaire, rien n'avait la forme classique... tout allait *de travers.*

La porte s'ouvrit et le superintendant Spence parut.

— Eh bien ? lança Poirot.

— Tout est réglé, répondit Spence. Nous le tenons.

— Est-ce qu'il a… dit quelque chose ? demanda Lynn d'une voix sourde.

— Il a dit qu'il en avait eu pour son argent… C'est drôle, ajouta le superintendant, comme ils parlent toujours tous à contretemps… Nous l'avons, bien entendu, informé de ses droits, et tout ce qu'il a trouvé à dire c'est : « Laissez tomber, mon vieux. Je suis joueur… mais je sais quand j'ai perdu la partie. »

Poirot murmura

« Il est des marées dans les affaires humaines
Qui, prises à leur flux, conduisent au succès… »

Le, flux, oui… mais le reflux, ensuite, peut mener au naufrage.

17

Allant répondre à des coups frappés à sa porte un dimanche matin, Rowley trouva Lynn sur le seuil.

Il recula d'un pas :

— Lynn !

— Je peux entrer, Rowley ?

Il s'effaça pour la laisser passer et elle pénétra dans la cuisine. Elle revenait de l'église et portait un bibi sur la tête. Avec des gestes lents, comme si elle accomplissait un rituel, elle leva les mains, ôta son chapeau et le posa sur le rebord de la fenêtre.

— Je suis revenue à la maison, Rowley.

— Que diable veux-tu dire ?

— Juste ça. Je suis revenue chez moi. C'est chez moi, ici… auprès de toi. J'ai été stupide de ne pas comprendre ça plus tôt… de ne pas admettre que le voyage était terminé. Est-ce que tu ne vois pas, Rowley, que je suis rentrée au port ?

— Tu ne sais pas ce que tu dis, Lynn. J'ai… j'ai essayé de te tuer.

— Oh, si ! je sais.

Elle porta la main à son cou en esquissant une grimace :

— En réalité, c'est précisément quand j'ai cru que tu m'avais bel et bien achevée que j'ai commencé à découvrir quelle phénoménale idiote j'avais été !

— Je ne comprends pas, se buta Rowley.

— Oh, ne sois pas stupide. Est-ce que je n'ai pas toujours voulu t'épouser ? D'accord, je me suis un temps éloignée de toi. Tu me paraissais tellement bridé, tellement résigné… je me disais qu'auprès de toi la vie serait tellement plan-plan… qu'elle manquerait tellement d'imprévu. Je suis tombée amoureuse de David parce qu'il était dangereux, parce qu'il était la séduction même… et, soyons honnête, parce qu'il en savait long sur l'art et la manière de manœuvrer les femmes. Mais rien de tout ça n'était *réel*. Tandis que quand tu m'as empoignée par le cou en hurlant que, si je n'étais pas à toi, personne d'autre ne m'aurait… eh bien… eh bien, à ce moment-là, j'ai compris que j'étais *ta* femme. Malheureusement, il semblait bien que je l'avais compris juste un poil trop tard… Et puis, comme par miracle,

Hercule Poirot est arrivé in extremis. Et je *suis* ta femme, Rowley !

Il secoua la tête :

— C'est impossible, Lynn. J'ai tué deux hommes – je les ai assassinés…

— Foutaises ! s'écria Lynn. Cesse de jouer les obstinés et de donner dans le mélodrame ! Tu te bats avec un malabar, tu lui décoches un direct du droit et il se cogne le crâne contre un rebord de cheminée en tombant… ce n'est pas un meurtre, ça. Pas même aux yeux de la loi.

— C'est un homicide involontaire. Ça peut vous mener en prison.

— D'accord. Auquel cas je m'installerai sur le trottoir d'en face pour attendre ta sortie.

— Et il y a Porter, aussi. Je suis moralement responsable de sa mort.

— Non, absolument pas. C'était un adulte responsable de ses actes – il pouvait repousser ta proposition. On ne peut quand même pas reprocher à autrui les décisions qu'on prend en connaissance de cause. Tu lui as fait une proposition malhonnête, il l'a acceptée, et puis s'en est repenti et a choisi la porte de sortie la plus commode. C'était un faible, et voilà tout.

Rowley secouait obstinément la tête :

— Non, ce n'est pas la peine, ma vieille. Tu ne peux pas épouser un taulard.

— Je serais étonnée que tu ailles en prison. Il y a longtemps que les flics seraient venus te chercher.

Rowley ouvrit de grands yeux :

— Enfin, bon sang de bois, homicide involontaire… corruption de témoin… !

— Qu'est-ce qui te fait croire que la police sait tout ça, ou qu'elle le saura jamais ?

— Mais ce Poirot, il le sait, lui.

— La police et lui, ça fait deux. Je vais te dire, moi, ce que croit la police. Maintenant qu'il est prouvé que David Hunter était à Warmsley Vale ce soir-là, elle croit qu'il a tué Arden tout comme il a tué Rosaleen. Ils ne l'inculperont pas parce que ce n'est pas nécessaire – et, par-dessus le marché, je te signale que notre bonne vieille loi anglaise ne permet pas qu'on vous poursuive deux fois sous le même chef d'accusation. Quoi qu'il en soit, tant que la police restera persuadée que c'est lui qui l'a fait, elle n'ira pas chercher plus loin.

— Mais ce Poirot, quand je t'ai…

— Il a dit au superintendant que c'était un accident, et je crois bien que le superintendant lui a ri au nez. Et si tu veux mon avis, je te garantis que Poirot n'ira rien dire à personne. C'est un amour, cet homme…

— Non, Lynn. Je ne peux pas te laisser risquer ça. Brutalités mises à part, comment veux-tu que je puisse honnêtement te promettre de ne pas… comment dire ?… de ne pas *abuser* de la situation ? Auprès de moi, tu courrais un risque, comprends-tu ?

— Peut-être bien… mais tu vois, Rowley, je t'aime… et tu as vécu un tel enfer… et… oh, et puis, tu sais, l'idée de courir ce *genre* de risque ne me déplaît pas tant que ça…

La maison biscornue

1

C'est en Égypte, vers la fin de la guerre, que je fis la connaissance de Sophia Leonidès. Malgré sa jeunesse – elle n'avait que vingt-deux ans à l'époque –, elle occupait un poste assez important au Foreign Office. J'eus d'abord avec elle des relations professionnelles, ce qui me permit très vite d'apprécier la compétence à laquelle elle devait sa situation.

Non seulement elle était jolie, mais elle avait un esprit vif et caustique qui m'enchantait. Nous devînmes amis. C'était quelqu'un à qui il était extraordinairement facile de se confier, et nous prenions plaisir à dîner, parfois même à danser ensemble.

Tout ceci, j'en avais conscience. Mais le jour où, à la fin de la guerre, je fus muté en Extrême-Orient, je pris conscience d'autre chose encore : j'aimais Sophia et je voulais l'épouser.

Nous étions en train de dîner au Shepheard quand je fis cette découverte. Ce ne fut pas vraiment une surprise pour moi. Ce fut plutôt comme si je reconnaissais un sentiment depuis longtemps familier. Je regardai Sophia d'un œil neuf… sans rien apercevoir de neuf. J'aimais tout en elle. Ses cheveux noirs et bouclés qui dominaient fièrement son front, ses yeux d'un bleu lumineux, son petit menton carré et belliqueux, son nez droit. J'aimais son tailleur gris clair bien coupé, son chemisier pimpant. Son air très anglais avait tout pour séduire quelqu'un qui, comme moi, n'avait pas revu sa patrie depuis trois ans. Personne ne pouvait avoir l'air plus anglais, me dis-je. Et, au moment même où je me le disais, je me demandai si elle était – s'il était possible qu'elle soit aussi anglaise qu'elle le paraissait. La réalité atteint-elle jamais la perfection d'une mise en scène ?

Il m'apparut soudain que si nous avions échangé des idées, parlé librement ensemble de nos goûts et dégoûts, de l'avenir, de nos amis et connaissances, Sophia n'avait pour autant jamais fait allusion à sa famille. Elle savait tout de moi – comme je l'ai déjà noté, elle savait écouter –, mais je ne savais rien d'elle. Ses origines devaient être des plus banales, mais elle ne m'en avait jamais soufflé mot. Jusqu'à présent, je n'y avais pas prêté attention.

Sophia me demanda à quoi je pensais. Je répondis sans mentir :

— À vous.

— Je vois, dit-elle, comme si elle voyait réellement quelque chose.

— Nous ne nous retrouverons peut-être pas avant deux ans, repris-je. Je ne sais pas quand je rentrerai en Angleterre. Mais dès mon retour, je viendrai vous demander de m'épouser.

Elle ne cilla pas. Elle continua de fumer, sans me regarder.

Je craignis un instant qu'elle ne se méprenne.

— Écoutez, lui dis-je. Je ne veux pour rien au monde vous demander en mariage maintenant. Cela ne mènerait à rien. D'abord, vous pourriez refuser. Je partirais alors la mort dans l'âme et, pour panser ma vanité blessée, je m'acoquinerais sans doute avec la première gourgandine venue. Et que faire si vous acceptiez ? Nous marier pour nous séparer aussitôt ? Nous fiancer pour nous installer dans une longue attente ? Je ne m'y résoudrais jamais. Vous pourriez rencontrer quelqu'un d'autre et vous croire obligée de me rester « fidèle ». L'atmosphère est à la fièvre aujourd'hui, nous vivons à la va-vite. Nous voyons les mariages et les histoires d'amour se faire et se défaire autour de nous. Je voudrais que, de retour chez vous, vous observiez le monde nouveau de l'après-guerre et que vous décidiez, en toute indépendance, ce que vous en attendez. Nos liens, Sophia, doivent être éternels. C'est la seule forme de mariage que je puisse concevoir.

— Moi aussi, répondit Sophia.

— D'un autre côté, repris-je, je pense être en droit de vous faire connaître… euh… mes sentiments.

— En évitant tout lyrisme excessif !

— Mais vous ne comprenez donc pas, ma chérie ? J'ai fait tout mon possible pour ne pas vous dire que je vous aime…

Elle m'arrêta.

— Je comprends, Charles. Et vos drôles de façons me plaisent. Vous pouvez venir me voir quand vous serez de retour… si vous en éprouvez toujours l'envie.

Je l'interrompis à mon tour :

— Oh, ça… vous pouvez en être sûre.

— On ne peut être sûr de rien, Charles. Il arrive souvent qu'un facteur imprévisible vienne tout chambarder.

Pour commencer, vous ne savez pas grand-chose de moi, non ?

— Je ne sais même pas où vous habitez en Angleterre.

— J'habite Swinly Dean.

Je hochai la tête. C'était un faubourg bien connu de Londres qui s'enorgueillissait de mettre trois terrains de golf à la disposition des hommes d'affaires de la Cité.

— Dans une petite maison biscornue, ajouta-t-elle d'un ton rêveur.

Je dus avoir l'air un peu surpris car, amusée, elle compléta la citation :

— « Et ils vécurent tous ensemble dans une petite maison biscornue. » La nôtre n'est pas si petite, en vérité, mais biscornue, ça oui : toute en pignons et en colombages.

— Vous êtes d'une famille nombreuse ? Des frères et des sœurs ?

— Un frère, une sœur, une mère, un père, un oncle, une tante par alliance, un grand-père, une grand-tante… plus une grand-mère de fraîche date.

— Seigneur ! m'écriai-je, accablé.

Elle rit :

— D'ordinaire, nous ne vivons pas tous ensemble, bien sûr. C'est une conséquence de la guerre et des bombardements. Mais je ne sais pas, ajouta-t-elle en réfléchissant, si la famille n'a pas toujours été spirituellement réunie sous le regard protecteur de mon grand-père. C'est quelqu'un, mon grand-père. Il a plus de quatre-vingts ans, ne doit pas mesurer un mètre cinquante-cinq, mais tout le monde paraît falot à côté de lui.

— Un personnage intéressant, on dirait.

— Très intéressant. C'est un Grec de Smyrne. Aristide Leonidès. Il est… extrêmement riche, ajouta-t-elle avec un regard malicieux.

— Y aura-t-il encore des riches quand tout cela sera fini ?

— Oui, il y aura mon grand-père, répondit Sophia avec assurance. Aucune méthode destinée à rançonner le capital ne pourrait en venir à bout. Il rançonnerait les rançonneurs !… Je me demande, ajouta-t-elle, s'il vous plaira.

— Et à vous ? Il vous plaît ?

— Personne au monde ne me plaît autant que lui ! répondit Sophia.

2

Deux ans avaient déjà passé quand je rentrai en Angleterre. Cela n'avait pas été des années faciles. J'écrivais à Sophia et recevais assez souvent de ses nouvelles. Ses lettres, pas plus que les miennes, n'étaient des lettres d'amour. Elles auraient pu être écrites par des amis très intimes échangeant leurs idées, leurs pensées et commentant les événements du jour. Cependant, mes sentiments envers Sophia, de même sans doute que les siens envers moi, n'avaient fait que croître et se fortifier.

Je débarquai en Angleterre par un temps gris de septembre. Le vent jouait dans les arbres et, à la lumière de l'après-midi, les feuilles prenaient des teintes dorées. De l'aéroport, j'envoyai un télégramme à Sophia :

Viens d'arriver. Voulez-vous dîner avec moi ce soir 9 heures chez Mario ? Charles.

Deux heures plus tard, j'étais en train de lire le *Times* et parcourais le carnet du jour quand je tombai sur le nom de Leonidès.

Le 19 sept., aux « Trois Pignons », Swinly Dean, Aristide Leonidès, époux bien-aimé de Brenda Leonidès, s'est éteint dans sa quatre-vingt-cinquième année. Regrets éternels.

Une autre annonce suivait :

Leonidès. Ses enfants et petits-enfants ont la profonde douleur de vous faire part du décès d'Aristide Leonidès survenu en sa résidence des « Trois Pignons », Swinly Dean. Fleurs à l'église Saint-Eldred, Swinly Dean.

Il me parut curieux qu'on ait publié deux annonces. La faute en incombait sans doute aux employés du journal. Mais je pensais surtout à Sophia et lui envoyai en hâte un second télégramme :

Apprends à l'instant la mort de votre grand-père. Toutes mes condoléances. Quand pourrai-je vous voir ? Charles.

À 6 heures du soir, je reçus un télégramme de Sophia chez mon père :

Serai chez Mario à 9 heures. Sophia.

Je ne tenais plus en place à l'idée de la revoir. Le temps passait avec une lenteur exaspérante. J'arrivai chez Mario avec vingt minutes d'avance. Sophia n'eut que cinq minutes de retard.

Cela fait toujours un choc de retrouver quelqu'un qu'on n'a pas vu depuis longtemps mais qui, en même temps, n'a jamais quitté vos pensées. Quand elle apparut enfin dans la porte à tambour, nos retrouvailles me semblèrent tout à fait irréelles. Elle était vêtue de noir et, bizarrement, cela me surprit. Elle n'était pas la seule à porter du noir, mais je l'interprétai comme un signe de deuil et j'étais étonné que Sophia soit du genre à se mettre en deuil, même pour un proche parent.

Après avoir pris un cocktail, nous passâmes à table et nous mîmes à échanger avec fièvre des nouvelles de nos vieilles connaissances du Caire. Nos propos, s'ils manquaient de naturel, nous aidèrent à surmonter le premier moment d'embarras. Je présentai mes condoléances à Sophia, ce à quoi elle me répondit calmement que la mort de son grand-père avait été « très soudaine ». Puis nous reprîmes la ronde de nos souvenirs. Un sentiment de malaise commençait à me gagner, qui n'avait rien à voir avec l'embarras dû à nos retrouvailles. C'était l'attitude elle-même de Sophia qui me paraissait anormale... oui, décidément, anormale. S'apprêtait-elle à me dire qu'elle en avait rencontré un autre, qui l'intéressait plus que moi ? Que ses sentiments pour moi n'avaient été qu'une « erreur » ?

Je ne le croyais pas vraiment, mais je ne voyais pas non plus de quoi il pouvait bien s'agir. Quoi qu'il en soit, notre conversation se poursuivit, toujours aussi artificielle.

Puis tout à coup, alors que le garçon qui nous avait apporté le café se retirait, tout se remit en place. Nous étions ensemble, Sophia et moi, attablés comme auparavant à un guéridon de restaurant. Nos années de séparation n'avaient jamais existé.

— Sophia, murmurai-je.

— Charles ! répondit-elle aussitôt.

Je respirai avec soulagement :

— Dieu merci, c'est passé. Qu'est-ce qui nous a pris ?

— C'est sans doute ma faute. J'ai été idiote.

— Tout va bien, maintenant ?

— Oui. Tout va bien.

Nous échangeâmes un sourire.

— Chérie… Quand nous marions-nous ?

Son sourire s'évanouit. Le malaise, quelle qu'en soit l'origine, était de nouveau tangible.

— Je ne sais pas, répondit-elle. Je ne sais même pas si je pourrai jamais vous épouser.

— Mais enfin, Sophia ! Pourquoi ? Parce que vous avez l'impression de ne pas me connaître ? Parce que vous voulez avoir le temps de vous réhabituer à moi ? Parce qu'il y a quelqu'un d'autre ?… Non. Je suis stupide. Ce n'est rien de tout ça.

— Rien de tout ça, reconnut-elle en secouant la tête.

J'attendis. Elle reprit enfin, à voix basse :

— C'est à cause de la mort de mon grand-père.

— De la mort de votre grand-père ? Mais pourquoi ? Qu'est-ce que ça change ? Vous ne voulez pas dire… vous ne pensez quand même pas… à une question d'argent ? Il n'a rien laissé ? Vraiment, ma chérie…

— Il ne s'agit pas d'argent, répliqua-t-elle avec un sourire fugitif. Je sais bien que vous seriez prêt à m'épouser « sans dot », comme on dit. Et par ailleurs, grand-père n'a jamais perdu un sou de sa vie.

— Alors, de quoi s'agit-il ?

— De sa mort, justement. Voyez-vous, Charles… je pense qu'il n'est pas mort… de sa belle mort. Je pense qu'il a pu être… assassiné…

J'écarquillais les yeux :

— Quelle idée extravagante ! Qu'est-ce qui vous a mis ça en tête ?

— L'idée ne vient pas de moi. C'est le médecin qui a tout de suite eu une attitude bizarre. Il a refusé de signer le certificat de décès. Il va y avoir autopsie. Il est évident qu'on soupçonne quelque chose d'anormal.

Je ne cherchai pas à la contredire. Sophia était suffisamment intelligente pour qu'on puisse ajouter foi à ses déductions. Je lui répondis au contraire avec sérieux :

— Ces soupçons ne sont peut-être pas justifiés. Mais supposons qu'ils le soient. Quelle différence en ce qui nous concerne ?

— Une différence énorme. Vous faites partie du corps diplomatique. On n'y plaisante pas avec les épouses. Non, je vous en prie, gardez pour vous les mots qui vous brûlent les lèvres. Vous êtes tenu de me les dire, je ne doute pas que vous les pensiez et je suis théoriquement d'accord avec vous. Mais j'ai ma fierté. Je suis d'une abominable fierté. Je veux d'un mariage où chacun trouve son compte et pas qu'un malheureux me traîne à l'autel par pitié. Ceci posé, tout se passera peut-être pour le mieux.

— Vous voulez dire que le médecin… peut avoir commis une erreur ?

— Même s'il avait vu juste, cela n'aurait pas d'importance… à condition que mon grand-père ait bien été tué par la personne qu'il faut.

— Qu'entendez-vous par là, Sophia ?

— Évidemment, c'est horrible à dire. Mais, après tout, autant être honnête.

Elle devança ma question.

— Non, Charles, je n'en dirai pas plus. J'en ai sans doute déjà trop dit. Mais j'ai tenu à vous voir ce soir pour vous expliquer moi-même la situation. Nous ne pouvons rien décider avant que tout ne soit éclairci.

— Dites-moi au moins de quoi il s'agit !

Elle secoua la tête :

— Non, je ne veux pas.

— Mais, Sophia…

— Non, Charles. Je ne veux pas que vous adoptiez mon point de vue. Je veux que vous nous regardiez de l'extérieur, d'un œil impartial.

— Et comment suis-je censé m'y prendre ?

Une lueur étrange brilla dans ses yeux bleus.

— Votre père se chargera de vous l'apprendre, répondit-elle.

Ces mots me glacèrent. Quand nous étions au Caire, j'avais raconté à Sophia que mon père était un des hauts responsables de Scotland Yard. Il l'était toujours.

— Cela se présente donc si mal que ça ?

— Je crois, oui. Vous voyez l'individu qui est assis là-bas, tout seul, près de la porte ? Plutôt beau garçon, impassible, très service-service…

— Oui.

— Il était à Swinly Dean, sur le quai, quand je suis montée dans le train.

— Vous voulez dire qu'il vous a suivie ?

— Oui. Je pense que nous sommes tous… comment dit-on ça ? sous surveillance. On nous a fait plus ou moins comprendre que nous avions intérêt à ne pas quitter la maison. Mais j'étais décidée à vous voir, poursuivit-elle en pointant son petit menton carré d'un air de défi. Je suis passée par la fenêtre de la salle de bains et je me suis laissée glisser le long d'une conduite d'eau.

— Ma chérie !

— Mais la police connaît son affaire. Et, bien sûr, il y a ce télégramme que je vous ai envoyé. Enfin, peu importe… nous sommes là… tous les deux… Seulement, à partir d'aujourd'hui, il va falloir jouer chacun pour soi. Malheureusement, nous nous aimons… cela ne fait aucun doute, ajouta-t-elle après un silence.

— Absolument aucun doute, confirmai-je. Et ne dites pas « malheureusement ». Nous avons survécu à une guerre mondiale, nous avons je ne sais combien de fois échappé de justesse à la mort, je ne vois pas comment le décès soudain d'un vieillard… À propos, quel âge avait-il ?

— Quatre-vingt-cinq ans.

— Où avais-je la tête ? C'était dans le *Times*. Si vous voulez mon avis, il est mort de vieillesse et n'importe quel généraliste qui se respecte en serait convenu.

— Si vous aviez connu mon grand-père, riposta Sophia, vous seriez surpris qu'il ait pu mourir de quoi que ce soit.

3

J'avais toujours été curieux du travail de mon père dans le domaine de la détection criminelle, mais je n'avais jamais imaginé qu'un jour viendrait où je prendrais un intérêt direct et personnel à son action.

Je ne l'avais pas encore revu. Quand j'étais arrivé, le Vieux était sorti. Après avoir pris un bain, m'être rasé et changé, j'étais parti rejoindre Sophia. En rentrant, j'appris toutefois par Glover qu'il était dans son bureau.

Je le trouvai plongé dans ses papiers, sourcils froncés. Il leva le nez en me voyant :

— Charles ! Tiens, tiens… cela fait un bon bout de temps, non ?

Nos retrouvailles, après cinq années de guerre, auraient déçu un Français. Nous étions pourtant réellement émus. Nous avons beaucoup d'affection l'un pour l'autre et nous nous comprenons très bien.

— Il me reste un fond de whisky… Tu m'arrêteras, hein ? Désolé d'avoir été absent quand tu es arrivé, mais j'ai du travail par-dessus la tête. Et comme si ça ne suffisait pas, voilà une sacrée affaire qui s'annonce.

Je m'enfonçai dans mon fauteuil et allumai une cigarette.

— Aristide Leonidès ? suggérai-je.

Il me jeta un regard inquisiteur. Puis, d'un ton aussi glacé qu'impersonnel, il me demanda :

— Qu'est-ce qui te fait dire ça, Charles ?

— Je ne me trompe donc pas ?

— Comment es-tu au courant ?

— J'ai mes renseignements.

Le Vieux attendit.

— Des renseignements de toute première main, dis-je encore.

— Allons, Charles, ne te fais pas prier.

— Ce que je vais vous dire ne vous plaira peut-être pas… J'ai fait la connaissance de Sophia Leonidès au Caire. Je suis tombé amoureux d'elle et j'ai l'intention de l'épouser. J'ai dîné avec elle ce soir.

— Avec elle ? À Londres ? Je me demande comment elle s'est débrouillée. La famille a été consignée… Oh ! très poliment du reste.

— Je sais, mais Sophia s'est éclipsée par la fenêtre de la salle de bains ; elle est descendue le long d'une gouttière.

Le Vieux ne put s'empêcher de sourire.

— Cette jeune personne n'a pas les deux pieds dans le même sabot, on dirait.

— Votre police n'a pas été en reste, rétorquai-je. Un charmant garçon à l'allure militaire l'a filée jusque chez Mario. Quant à moi, je figure probablement dans le rapport que vous allez recevoir : un mètre soixante-quinze, cheveux bruns, yeux marron, complet bleu marine, etc.

Le Vieux me regarda avec attention.

— C'est… sérieux ? demanda-t-il.

— Oui, père. C'est sérieux.

Un silence suivit.

— Cela vous ennuie ?

— Je n'y aurais vu aucun inconvénient… la semaine dernière. La famille est tout ce qu'il y a d'honorable, la fille ne sera pas sans le sou, et je te connais, tu ne perds pas facilement la tête. Mais telles que les choses se présentent…

— Eh bien, père ?

— Tout ira bien à condition…

— À condition… ?

— … que la personne qui a tué soit bien celle qu'il faut.

C'était la deuxième fois de la soirée que j'entendais cette petite phrase. Cela commençait à m'intriguer.

— Et qui devrait être cette personne ?

Il me jeta un coup d'œil aiguisé.

— Que sais-tu exactement ?

— Rien.

— Rien ? répéta-t-il, surpris. La fille ne t'a rien raconté ?

— Non… Elle préfère que je prenne connaissance de l'affaire… de l'extérieur.

— Je me demande bien pourquoi.

— Cela ne saute pas aux yeux ?

— Non, Charles. Je ne pense pas.

Il se mit à marcher de long en large, les sourcils froncés. Il avait laissé son cigare s'éteindre. C'est dire à quel point il était troublé.

— Que sais-tu au juste de la famille ? me lança-t-il soudain.

— Rien de rien ! Je sais seulement qu'elle comprenait le grand-père, un tas d'enfants, de petits-enfants et de collatéraux. Je m'y perds un peu dans leurs liens de parenté. Vous ne feriez pas mal de m'éclairer, père.

— Bon, répondit-il en se rasseyant. Très bien… je vais commencer par le commencement… c'est-à-dire par

Aristide Leonidès. Il est arrivé en Angleterre à l'âge de vingt-quatre ans.

— C'était un Grec de Smyrne.

— Ça, tu le savais ?

— Oui, mais c'est à peu près tout.

La porte s'ouvrit. Glover venait prévenir que l'inspecteur principal Taverner était arrivé.

— Il est chargé de l'enquête, remarqua mon père. Appelons-le. Il s'est renseigné sur la famille. Il en sait plus long que moi.

Je demandai si c'était la police locale qui avait fait appel au Yard.

— Swinly Dean fait partie de l'agglomération londonienne. C'est dans notre juridiction.

L'inspecteur Taverner entra. Je le connaissais depuis de longues années. Il me salua chaleureusement et me félicita d'être de retour, sain et sauf.

— Je suis en train de mettre Charles au courant, dit le Vieux. Corrigez-moi si je me trompe, Taverner. Donc, Leonidès arrive à Londres en 1884. Il ouvre un petit restaurant à Soho. Ça marche. Il en ouvre un second. Il en possède bientôt sept ou huit. Ils font tous des affaires d'or.

— Tout lui réussissait, remarqua l'inspecteur Taverner.

— Il avait du flair, confirma mon père. À la fin, il était derrière la plupart des grands restaurants de Londres. Il s'était lancé dans l'industrie de la restauration.

— Il était derrière bien d'autres affaires, compléta Taverner : le vêtement d'occasion, la bijouterie fantaisie et j'en passe. C'était un homme de ressource, ajouta-t-il, songeur.

— Vous voulez dire que c'était un escroc ? demandai-je.

Taverner secoua la tête.

— Non, je ne veux pas dire ça. Malin mais pas malandrin. Rien en dehors de la loi. Mais il était du genre à ne pas laisser échapper une seule possibilité de la tourner. Déjà âgé, il avait ramassé un beau paquet de cette façon pendant la dernière guerre. Il ne faisait jamais rien d'illégal. Seulement, dès qu'il fourrait son nez quelque part, il fallait voter une loi de toute urgence, si vous voyez ce que je veux dire. Mais le temps de vous retourner, il était déjà passé à autre chose.

— Pas très sympathique, fis-je remarquer.

— Et pourtant, aussi bizarre que ça puisse paraître, il l'était. C'était une personnalité. Ça se sentait. Pas beau à voir, petit, un vrai gnome, mais avec un magnétisme… Pas une femme ne lui résistait.

— Il avait fait un mariage assez étonnant, intervint mon père. Il avait épousé la fille d'un nobliau du coin, maître d'équipage et grand chasseur de renard.

Je levai un sourcil.

— De la fortune ? demandai-je.

Le Vieux secoua la tête.

— Histoire d'amour. Elle avait fait sa connaissance au mariage d'une amie dont elle avait organisé le buffet, et elle en était tombée amoureuse. Les parents se sont mis en rogne mais elle était décidée à l'avoir. Je t'ai dit qu'il avait du charme. Elle avait été séduite par son côté exotique et dynamique. Elle en avait par-dessus la tête des gens de son milieu.

— Et le mariage a tenu ?

— Parfaitement, et ça aussi c'est bizarre. Évidemment, leurs amis respectifs ne se fréquentaient pas – l'argent n'était pas encore venu balayer les distinctions de classe –, mais ni l'un ni l'autre ne paraissaient s'en soucier. Ils se passaient d'amis. Leonidès fit construire à Swinly Dean une maison assez ridicule où ils vécurent et eurent huit enfants.

— C'est une vraie saga.

— Leonidès avait été plutôt bien inspiré en choisissant Swinly Dean. L'endroit commençait à peine à devenir à la mode. Il n'existait encore qu'un seul terrain de golf. Il y avait là de vieux habitants du coin, passionnément épris de leurs jardins et qui aimaient bien Mrs Leonidès, et de riches hommes d'affaires de la City désireux d'être au mieux avec Leonidès, si bien qu'en matière de relations sociales, le couple n'avait que l'embarras du choix. Ils furent parfaitement heureux, je crois, jusqu'à ce qu'elle soit emportée par une pneumonie, en 1905.

— Elle le laissait seul avec huit enfants ?

— L'un était mort en bas âge. Deux des garçons furent tués pendant l'autre guerre. Une fille se maria et partit pour l'Australie où elle mourut. Une autre fille restée célibataire fut tuée dans un accident de la route. Une autre encore est morte il y a un ou deux ans. Il reste deux enfants : Roger, le fils aîné, marié, sans enfant, et Philip qui a épousé une actrice très connue dont il a trois enfants, ta Sophia, Eustace et Joséphine.

— Et ils vivent tous à… comment déjà ?… aux « Trois Pignons » ?

— Oui. Roger Leonidès et sa femme ont été chassés par les bombardements au début de la guerre. Philip vit ici avec sa famille depuis 1938. Et il y a aussi une vieille tante, miss de Haviland, la sœur de la première Mrs Leonidès. Apparemment, elle détestait son beau-frère, mais quand sa sœur est morte elle a jugé de son devoir d'accepter de vivre chez lui et d'élever ses enfants.

— Oui, c'est une femme de devoir, remarqua l'inspecteur Taverner. Mais ce n'est pas le genre à changer d'avis sur les gens. Elle n'a jamais approuvé Leonidès et ses méthodes.

— Eh bien, dis-je, voilà une maison bien pleine. Qui a tué le grand-père, d'après vous ?

Taverner secoua la tête.

— Trop tôt, fit-il. Trop tôt pour répondre à cette question.

— Allons, Taverner ! Je parie que vous avez une petite idée. Nous ne sommes pas au tribunal, que diable !

— Non, reconnut Taverner, l'air sombre. Et nous n'irons peut-être jamais.

— Vous voulez dire qu'il n'a peut-être pas été assassiné ?

— Oh ! il a bien été assassiné, cela ne fait pas de doute. Empoisonné. Mais vous savez ce que c'est, ces histoires de poison. Rien n'est plus traître. Tous les indices peuvent pointer dans une direction… mais allez prouver quelque chose…

— Allons, mon vieux, faites un effort. Je suis sûr que tout est parfaitement clair dans votre esprit.

— Bon, d'accord, les probabilités sont très grandes, dans cette affaire. La solution paraît évidente. Tout est parfaitement en place. Mais je ne sais pas… je ne suis pas sûr… c'est peut-être une attrape…

Du regard, j'appelai le Vieux à l'aide.

— Comme tu le sais, Charles, dans les affaires de meurtre, la solution évidente est en général la bonne. Il se trouve que le vieux Leonidès s'est remarié il y a dix ans.

— À soixante-quinze ans ?

— Oui. Il a épousé une jeune femme de vingt-quatre ans.

J'émis un sifflement.

— Quelle espèce de jeune femme ?

— Une jeune femme qu'il a dénichée dans un salon de thé. Une jeune femme tout à fait respectable – et jolie, dans le genre anémique et apathique.

— Et c'est elle, la solution évidente ?

— Elle n'a encore que trente-quatre ans, monsieur, répliqua Taverner, un âge critique. Elle aime la belle vie. Et il y a un jeune homme dans la maison. Le précepteur des enfants. Il n'a pas fait la guerre – quelque chose au cœur, je crois. Ils s'entendent comme larrons en foire.

Je le regardai, songeur. Le schéma n'était pas neuf. C'était toujours la même chanson. Et comme mon père l'avait souligné, la seconde Mrs Leonidès était « respectable ». Que de crimes avaient déjà été commis au nom de la respectabilité !

— Qu'est-ce que c'était ? demandai-je. De l'arsenic ?

— Non. Nous n'avons pas encore reçu le rapport du laboratoire, mais le médecin pense qu'il s'agit d'ésérine.

— C'est assez inhabituel, non ? Il devrait être facile de retrouver l'acheteur.

— Le produit provient de la propre pharmacie de la victime. Des gouttes pour les yeux.

— Leonidès souffrait de diabète, intervint mon père. On lui faisait régulièrement des piqûres d'insuline. L'insuline est délivrée en petits flacons fermés par un bouchon de caoutchouc. On plante une aiguille hypodermique dans le bouchon de caoutchouc et on aspire le liquide avec la seringue.

Je devinai la suite.

— Et le flacon ne contenait pas de l'insuline, mais de l'ésérine ?

— Exactement.

— Et qui lui a fait sa piqûre ?

— Sa femme.

Je comprenais maintenant ce que Sophia avait voulu dire par « la personne qu'il faut ».

— La famille s'entend bien avec la seconde Mrs Leonidès ? demandai-je.

— Ils s'adressent à peine la parole.

Décidément, tout paraissait de plus en plus clair. Néanmoins, quelque chose turlupinait l'inspecteur Taverner.

— Qu'est-ce qui vous gêne ? voulus-je savoir.

— Si elle était coupable, Mr Charles, il lui aurait été si facile de substituer ensuite un vrai flacon d'insuline à l'autre… En vérité, si elle est coupable, pourquoi diable ne l'a-t-elle pas fait ? Ça me dépasse.

— Oui, cela paraît logique. Ce n'est sûrement pas l'insuline qui manque dans la maison.

— Oh ! des flacons pleins, des flacons vides, on trouve tout ce qu'on veut. Et si elle avait opéré la substitution, dix contre un que le médecin n'aurait rien remarqué. On ne connaît pour ainsi dire pas les signes post mortem de l'empoisonnement à l'ésérine chez les humains. Telles que les choses se présentaient, le médecin qui a pratiqué l'autopsie a vérifié l'insuline (pour le cas où la dose aurait été inhabituelle) et, bien entendu, il a découvert qu'il ne s'agissait pas d'insuline.

— Mrs Leonidès s'est montrée ou très stupide, ou très astucieuse, dis-je en réfléchissant.

— C'est-à-dire… ?

— Elle a pu jouer sur le fait que vous ne croiriez jamais qu'on ait pu se conduire de façon aussi stupide. Quelles sont les solutions de rechange ? Vous avez d'autres… suspects ?

Le Vieux répondit posément :

— Personne, dans la maison, n'est hors de soupçon. Une bonne réserve d'insuline, au moins pour une quinzaine de jours, était toujours à disposition. N'importe qui pouvait facilement changer le contenu d'un flacon et le remettre en place, sachant qu'il viendrait à être utilisé à son tour.

— Et tout le monde avait accès à cette réserve ?

— Les flacons n'étaient pas sous clef. Ils étaient rangés sur une étagère de l'armoire à pharmacie, dans la salle de bains qui se trouve dans la partie de la maison où vivait Leonidès. Tout le monde y circulait librement.

— Un mobile solide ?

Mon père soupira.

— Mon cher Charles, Aristide Leonidès était immensément riche. Il est vrai qu'il avait transféré une bonne partie de sa fortune à sa famille, mais un de ses membres pouvait en désirer davantage.

— Sa veuve, par exemple, qui avait de bonnes raisons pour cela. Son jeune prétendant a de l'argent ?

— Il est pauvre comme un rat d'église.

Un déclic se fit dans mon esprit. Je me rappelai soudain le couplet entier de la comptine :

Sur un chemin biscornu, allait un homme biscornu
Il trouva un sou biscornu près d'une tuile biscornue
Il avait un chat biscornu qui attrapa une souris biscornue
Et ils vécurent tous ensemble dans une petite maison bis-
[cornue.

— Et cette Mrs Leonidès ? demandai-je à Taverner. Qu'en pensez-vous ?

Il réfléchit à haute voix :

— Comment dire… ? Oui, comment dire… ? Elle n'est pas facile à cerner. Très silencieuse, si bien que vous ne savez jamais ce qu'elle pense. Mais elle aime la belle vie, ça, j'en jurerais. Elle me fait penser à un chat, un gros chat paresseux qui ronronne… Je n'ai rien contre les chats, remarquez. Je ne leur reproche rien, aux chats, mais… Ce qu'il nous faut, c'est une preuve, soupira-t-il.

Oui, songeai-je, nous voulions tous la preuve que Mrs Leonidès avait empoisonné son mari. C'était ce que voulait Sophia, c'était ce que je voulais, et c'était ce que voulait l'inspecteur Taverner.

Ensuite, tout irait pour le mieux !

Mais Sophia n'en avait pas la certitude, moi-même je n'en avais pas la certitude, et il me semblait que l'inspecteur Taverner n'en avait pas, lui non plus, la certitude.

4

Le lendemain, je me rendis aux « Trois Pignons » avec Taverner.

Ma situation était assez curieuse. Pas très orthodoxe, c'est le moins qu'on puisse dire. Mais le Vieux n'avait jamais été non plus un champion de l'orthodoxie.

Je n'étais pas étranger à la profession car j'avais travaillé pour les Renseignements généraux du Yard au début de la guerre.

S'il s'agissait cette fois de quelque chose de totalement différent, mes fonctions passées me donnaient cependant, pour ainsi dire, une manière de statut officiel.

— Si nous voulons résoudre cette affaire, il va falloir que nous obtenions des informations de l'intérieur, avait déclaré mon père. Nous devons tout savoir sur les habitants de la maison. Nous devons les connaître, comme j'ai dit, de l'intérieur… Tu es l'homme de la situation.

Cela me déplut infiniment. Je jetai mon mégot dans la cheminée.

— Je jouerai l'espion de la police, c'est ça ? Ces renseignements, il va falloir que je les soutire à Sophia, que j'aime, et qui de son côté m'aime et me fait confiance. Du moins je le crois.

Agacé, le Vieux répliqua :

— Épargne-nous ces lieux communs, veux-tu ? Pour commencer, tu ne penses pas, j'imagine, que ta jeune amie a tué son grand-père ?

— Bien sûr que non. Quelle idée absurde !

— Bon. Nous ne le pensons pas non plus. Elle est restée absente quelques années et elle a toujours été en bons termes avec lui. Elle touche de généreux revenus, et comme il aurait été enchanté d'apprendre ses fiançailles avec toi, il lui aurait sans doute constitué une bonne petite rente. Pourquoi la soupçonnerions-nous ? Mais tu peux être sûr d'une chose : si ce meurtre n'est pas tiré au clair, pas de mariage. Après ce que tu m'as raconté, j'en suis à peu près sûr. Et je te ferai remarquer que c'est justement le genre de crime qui peut tout à fait n'être jamais tiré au clair. Nous pouvons être raisonnablement certains que la femme et le jeune homme étaient de mèche, le prouver sera une autre paire de manches. Jusqu'à présent, nous n'avons même pas une véritable affaire à présenter au procureur. Et à moins d'une preuve incontestable, il subsistera toujours un doute, et de taille. Tu comprends ça, non ?

Je comprenais ça.

— Et si tu en parlais à Sophia ? proposa le Vieux tranquillement.

— Vous voulez dire… demander à Sophia si je…

Je m'arrêtai. Le Vieux hocha vigoureusement la tête.

— Oui, oui… Je ne te pousse pas à t'insinuer chez eux sans lui faire part de tes intentions. Essaie de voir ce qu'elle en pense.

Et c'est ainsi que le jour suivant je me trouvai en route pour Swinly Dean, en compagnie de l'inspecteur principal Taverner et du sergent Lamb.

Peu après le terrain de golf, nous franchîmes une barrière là où devait se trouver, avant-guerre, une imposante grille d'entrée. Le patriotisme, ou une cruelle réquisition, avait eu raison d'elle. Nous remontâmes une longue allée flanquée de rhododendrons qui serpentait jusqu'au terre-plein de gravier, devant la maison.

Incroyable ! Pourquoi « Trois Pignons » ? « Onze Pignons » aurait été plus juste ! Chose bizarre, la construction avait l'air curieusement déformée, et je croyais savoir pourquoi. Elle était bâtie sur le modèle du cottage, mais gonflée hors de toutes proportions. On avait l'impression de regarder une maison de campagne à travers de puissants verres grossissants. Avec ses poutres, ses colombages et ses pignons, c'était une maison biscornue qui aurait pu pousser au cours de la nuit, comme un champignon !

L'idée me paraissait toutefois assez claire. C'était celle qu'un restaurateur grec peut se faire de quelque chose d'anglais. Et ça se voulait la maison d'un Anglais construite aux dimensions d'un château. Je me demandai ce que la première Mrs Leonidès en avait pensé. On n'avait dû ni la consulter ni lui montrer les plans. Selon toutes probabilités, son exotique de mari avait dû lui en réserver la surprise. Avait-elle souri ? Ou frissonné ?

Apparemment, elle avait vécu là très heureuse.

— Ça vous laisse sans voix, hein ? fit l'inspecteur Taverner. Bien entendu, le vieux bonhomme y a ajouté beaucoup de choses, il en a fait pour ainsi dire trois maisons indépendantes, avec cuisine et tout le tremblement. C'est extra à l'intérieur, installé comme un hôtel de luxe.

Sophia sortit de la maison, tête nue, avec un chemisier vert et une jupe en tweed. Elle s'arrêta net en me voyant.

— Vous ? s'exclama-t-elle.

— Sophia, répondis-je, j'ai à vous parler. Où pouvons-nous aller ?

Je crus un instant qu'elle allait faire des difficultés, mais finalement elle se tourna vers moi :

— Par ici.

Nous traversâmes la pelouse. La vue était belle, depuis le terrain de golf n° 1 de Swinly Dean jusqu'à un massif de pins perché sur la colline et, au-delà, sur la campagne brumeuse.

Sophia m'entraîna dans un jardin de rocaille, maintenant à l'abandon, et nous nous assîmes sur un siège de bois rustique d'un grand inconfort.

— Eh bien ? demanda-t-elle.

Le ton n'était pas encourageant.

Je vidai mon sac.

Elle m'écouta très attentivement. Son visage n'exprimait rien mais quand je m'arrêtai enfin, elle poussa un soupir. Un profond soupir.

— Votre père est très intelligent, remarqua-t-elle.

— Il a ses qualités, le Vieux. Son idée me paraît tordue, mais…

— Oh, non ! riposta-t-elle. Son idée n'est pas tordue du tout. C'est la seule dont on puisse espérer quelque chose. Votre père, Charles, sait exactement ce qui se passe dans ma tête. Il le comprend mieux que vous.

Avec une violence soudaine, presque désespérée, elle frappa du poing dans sa main.

— Je veux savoir la vérité. Il le faut absolument.

— À cause de nous ? Mais, ma chérie…

— Pas seulement à cause de nous. Il le faut pour que j'aie l'âme en paix. Voyez-vous, Charles, je ne vous l'ai pas dit l'autre soir mais… j'ai peur.

— Peur ?

— Oui, peur… peur… peur… La police pense, votre père pense, tout le monde pense… que c'est Brenda.

— Les probabilités…

— Oh, oui ! c'est très probable. C'est même possible. Mais quand je dis : « C'est probablement Brenda qui l'a fait », j'ai conscience de prendre mes désirs pour des réalités. Parce que, voyez-vous, je ne le pense pas vraiment.

— Vous ne le pensez pas, répétai-je lentement.

— Je ne sais pas. Vous avez tout appris de l'extérieur et c'est ce que je voulais. Maintenant, je vais vous montrer les choses de l'intérieur. Je pense que Brenda n'est pas quelqu'un… ce n'est pas le genre de personne à entreprendre quoi que ce soit de dangereux. Elle est beaucoup trop prudente pour ça.

— Et ce jeune homme ? Laurence Brown ?

— Laurence ? C'est un mollusque. Il n'en aurait jamais eu le cran.

— Je me le demande.

— Oui, n'est-ce pas, nous n'en savons rien. Je veux dire que les gens sont capables de choses extraordinairement surprenantes. L'idée qu'on se fait d'eux est complètement fausse, parfois. Pas toujours, mais parfois. N'empêche que Brenda a toujours eu un comportement conforme à son caractère. Elle est ce que j'appelle du type harem. Elle aime aller au cinéma ou rester assise à manger des sucreries et à lire des romans bon marché, avec de jolies robes et des bijoux. C'est bizarre à dire si l'on songe qu'il avait quatre-vingt-cinq ans, mais je pense qu'elle était séduite par grand-père. Il avait de l'ascendant, vous savez. J'imagine qu'il pouvait donner à une femme l'impression… d'être une reine… la favorite du sultan ! Je pense, j'ai toujours pensé, qu'il avait donné à Brenda le sentiment d'être un personnage romantique irrésistible. Il avait toujours su s'y prendre avec les femmes ; c'est un art qu'on n'oublie pas, aussi âgé qu'on soit.

Je laissai Brenda de côté pour le moment et revins à un propos de Sophia qui m'avait troublé.

— Pourquoi diable avez-vous dit que vous aviez peur ? demandai-je.

Sophia frissonna et se tordit les mains.

— Parce que c'est vrai, répondit-elle à voix basse. Il faut que vous compreniez quelque chose, Charles, c'est très important. Nous formons une famille très étrange, voyez-vous… de gens plus ou moins cruels, mais qui ne le sont pas tous de la même façon. Et c'est cette différence qui est troublante.

Mon visage devait exprimer l'incompréhension car elle poursuivit avec énergie :

— Je vais essayer d'être claire. Prenons grand-père, par exemple. Un jour qu'il nous parlait de sa jeunesse à Smyrne, il nous a raconté en passant qu'il avait poignardé deux hommes au cours d'une bagarre provoquée par je ne sais quelle insulte impardonnable. C'était arrivé comme ça, tout naturellement. Il l'avait presque oublié. Mais c'était si étrange d'entendre parler de ça en Angleterre comme d'une chose banale…

Je hochai la tête.

— C'est une forme de cruauté, poursuivit Sophia. Maintenant, prenons ma grand-mère. Je m'en souviens à peine mais j'en ai beaucoup entendu parler. Elle devait avoir la cruauté propre aux gens dépourvus d'imagination, à tous ses ancêtres chasseurs de renard, à ces vieux généraux du genre « fusillez-moi tout ça », imbus de leur autorité et pleins d'arrogance, prenant sans scrupule leurs responsabilités dans des questions de vie et de mort.

— N'est-ce pas un peu chercher la petite bête ?

— C'est possible, mais ces gens-là m'ont toujours fait peur. Leur autoritarisme confine à la cruauté. Ensuite il y a ma mère, actrice : un amour, mais qui n'a absolument pas le sens de la mesure. C'est une de ces personnes inconscientes et égotistes qui ne savent juger des événements que par rapport à elles. C'est assez effrayant parfois, vous savez. Et puis il y a Clemency, la femme de mon oncle Roger. C'est une scientifique – elle poursuit je ne sais quelles recherches cruciales –, cruelle aussi, à sa manière impersonnelle et impassible. Oncle Roger est exactement le contraire, c'est l'homme le plus doux, le plus adorable qui soit, mais il a un caractère de chien. Le sang lui monte à la tête pour un rien et il ne sait plus ce qu'il fait. Et puis il y a père…

Elle s'interrompit un long moment.

— Père, reprit-elle lentement, n'est que trop maître de lui-même. On ne sait jamais ce qu'il pense. Il ne manifeste jamais la moindre émotion. C'est probablement une espèce de protection inconsciente contre les orgies d'émotion de ma mère, mais parfois… cela m'inquiète un peu.

— Écoutez, mon petit, vous vous mettez dans tous vos états sans aucune raison. Tout cela revient à dire, en fin de compte, que nous sommes peut-être tous capables de tuer.

— C'est sans doute vrai. Même moi.

— Non, pas vous !

— Oh, si, Charles. Vous ne devez pas m'exclure. Je ne fais pas exception à la règle. Je pourrais sans doute tuer quelqu'un… Mais alors, ajouta-t-elle après un silence, il faudrait que ce soit pour une très bonne raison !

Ce fut plus fort que moi. Je me mis à rire. Sophia sourit.

— Je suis peut-être stupide, déclara-t-elle, mais il faut que la mort de grand-père soit éclaircie. Il le faut absolument. Si seulement ce pouvait être Brenda…

Je me sentis brusquement empli de compassion pour Brenda Leonidès.

5

Coiffée d'un vieux feutre cabossé et vêtue d'une jupe informe et d'un gros pull-over, une grande silhouette avançait d'un pas vif dans notre direction s'arrêtant de temps en temps pour se pencher sur les plates-bandes qui bordaient le chemin.

— Tante Edith, dit Sophia, puis quand elle fut près de nous : Je vous présente Charles Hayward, tante Edith. Ma tante, miss de Haviland.

Edith de Haviland avait dans les soixante-dix ans, une tignasse grise, le teint hâlé et le regard perçant.

— Comment ça va ? demanda-t-elle. J'ai entendu parler de vous. De retour de l'Est ? Comment va votre père ?

Plutôt étonné, je répondis qu'il allait très bien.

— Je l'ai connu petit garçon, reprit miss de Haviland. J'ai très bien connu sa mère. Vous lui ressemblez assez. Vous êtes venu nous aider ou, au contraire… ?

— J'espère pouvoir vous aider, dis-je, mal à l'aise.

Elle hocha la tête.

— Un peu d'aide ne nous fera pas de mal. Le coin grouille de policiers. Ils vous sautent dessus à tout bout de champ. Certains ont une tête qui ne me revient pas. Un garçon qui a fréquenté une école convenable ne devrait pas entrer dans la police. L'autre jour, j'ai vu le fils de Moyra Kinoul qui réglait la circulation à Marble Arch. On croit rêver.

Elle se tourna vers Sophia :

— Nannie te réclame, Sophia. Le poisson.

— Quelle barbe ! Bon, j'y vais, je vais téléphoner.

Elle prit le chemin de la maison d'un pas vif. Miss de Haviland fit demi-tour et prit lentement la même direction. Je réglai mon pas sur le sien.

— Je ne sais pas ce que nous deviendrions sans nos nannies, remarqua miss de Haviland. Chacun, ou presque, a sa vieille nannie. Elles reviennent laver, repasser, faire la cuisine, le ménage. Très dévouées. J'ai choisi celle-là moi-même, il y a des années.

Elle se pencha et arracha brutalement quelques pousses vertes entortillées.

— Une horreur, ces liserons ! La pire des mauvaises herbes ! Elle s'enchevêtre aux plantes, les étouffe... et rien à faire pour s'en débarrasser pour de bon : elle continue à courir sous terre...

Elle écrasa méchamment du talon sa poignée de verdure.

— C'est une sale affaire, Charles Hayward, dit-elle en regardant la maison. Qu'en pense la police ? Je ne suis sans doute pas censée vous poser cette question. On a du mal à penser qu'Aristide a été empoisonné. D'ailleurs, on a du mal à se faire à sa mort. Je ne l'ai jamais aimé, jamais ! Mais je n'arrive pas à me convaincre qu'il est mort... La maison paraît tout à coup si... vide.

Je me gardai d'intervenir. En dépit de son ton coupant, Edith de Haviland paraissait en veine de réminiscences.

— J'y pensais ce matin... j'ai vécu ici très longtemps. Plus de quarante ans. Je suis venue quand ma sœur est morte. Il me l'avait demandé. Sept enfants, dont le plus jeune n'avait pas un an... Je n'allais pas les laisser aux mains d'un métèque, non ? Un mariage invraisemblable, bien sûr. J'ai toujours eu dans l'idée que Marcia avait dû être ensorcelée. Cet horrible et vulgaire petit étranger ! Il m'a laissé les mains libres, il faut lui accorder ça. Nurses, gouvernantes, écoles... Et nourriture saine pour les enfants, pas de ces plats suspects de riz épicé comme il avait l'habitude d'en manger.

— Et vous êtes restée ici depuis ?

— Oui. Bizarre, dans un sens... Quand les enfants ont grandi et se sont mariés, j'aurais pu partir. Je crois que je m'étais attachée au jardin. Et puis il y avait Philip. Quand un homme épouse une actrice, il ne doit pas s'attendre à mener une vie de famille. Je ne comprends pas pourquoi les actrices font des enfants. Dès qu'elles en ont mis un au monde, elles filent jouer à Édimbourg ou au diable, le plus loin possible. Philip a pris le seul parti raisonnable : il est venu s'installer ici avec ses livres.

— Qu'est-ce qu'il fait, Philip ?

— Il écrit des livres. Allez savoir pourquoi ! Personne n'a envie de les lire. Ils traitent tous d'obscurs points de détail historiques. Vous n'en avez jamais entendu parler, n'est-ce pas ?

Je fus obligé d'en convenir.

— Trop d'argent, voilà ce qui l'a perdu, déclara miss de Haviland. La plupart des gens sont obligés de mettre un frein à leurs excentricités pour gagner leur vie.

— Ses livres ne lui rapportent rien ?

— Bien sûr que non ! Il fait autorité pour certaines périodes de l'histoire mais il n'attend pas après ses droits d'auteur. Aristide lui a fait don d'une somme fantastique, quelque chose comme une centaine de milliers de livres ! Pour éviter les droits de succession ! Aristide les a tous rendus financièrement indépendants. Roger dirige les Traiteurs Réunis, Sophia touche une rente assez coquette. Quant aux enfants, leur argent est géré par un trust.

— Si bien que personne n'avait rien à gagner à sa mort ?

Elle me lança un étrange regard.

— Si, ils auront tous encore plus d'argent. Mais de toute façon ils auraient pu obtenir la même chose : il suffisait de demander.

— À votre avis, miss de Haviland, qui a bien pu l'empoisonner ?

Comme on pouvait s'y attendre, elle répondit :

— Je n'en ai aucune idée et cela me rend malade ! Si vous croyez que c'est agréable de penser qu'une espèce de Borgia se promène en liberté dans la maison ! La police va jeter son dévolu sur Brenda, je sens ça d'ici.

— À tort, vous pensez ?

— Franchement, je n'en sais rien. Je l'ai toujours trouvée stupide, vulgaire et plutôt conventionnelle. Ce n'est pas l'idée que je me fais d'une empoisonneuse. Mais après tout, quand une jeune femme de vingt-quatre ans épouse un quasi-nonagénaire, il faut bien que ce soit pour son argent, non ? Si les événements avaient suivi leur cours normal, elle pouvait espérer devenir veuve et riche à bref délai. Mais Aristide était un dur à cuire. Son diabète était stabilisé. Il était parti pour vivre cent ans. J'imagine qu'elle s'est lassée d'attendre.

— Dans ce cas…, fis-je, mais je m'arrêtai.

— Dans ce cas, reprit vivement miss de Haviland, tout irait bien. On ne pourrait évidemment pas éviter que cela ne s'ébruite mais, après tout, elle ne fait pas partie de la famille.

— Vous n'avez pas d'autres suggestions à faire ?

— Quelles autres suggestions pourrais-je bien avoir à faire ?

Je me posais justement la question. J'avais dans l'idée que sous ce feutre cabossé se trouvaient cachées beaucoup de choses que j'ignorais.

Derrière ces propos hachés, presque décousus, il y avait, me disais-je, un cerveau qui travaillait avec sagacité. J'en arrivai même un instant à me demander si miss de Haviland n'avait pas empoisonné Aristide Leonidès elle-même…

Ce n'était pas impossible. J'avais encore présente à l'esprit la manière vengeresse dont elle avait piétiné le liseron.

Je me rappelai le mot dont s'était servi Sophia. Cruauté.

Je jetai à Edith de Haviland un coup d'œil à la dérobée.

Si elle avait pour cela une bonne raison, une raison suffisante… Mais qu'est-ce qui paraîtrait à miss de Haviland une bonne raison, une raison suffisante ?

Pour répondre à cette question, il aurait fallu que je la connaisse mieux.

6

La porte d'entrée était ouverte. Nous pénétrâmes dans un vestibule particulièrement spacieux, sobrement meublé de chêne foncé bien ciré et de cuivres étincelants. Dans le fond, là où normalement aurait dû déboucher l'escalier, se trouvait un mur de boiserie blanc percé d'une porte.

— C'est la partie de la maison réservée à mon beau-frère, expliqua miss de Haviland. Le rez-de-chaussée est le domaine de Philip et de Magda.

Par une porte située sur la gauche, nous passâmes dans un grand salon aux murs tapissés de bleu pâle. Les sièges étaient recouverts d'épais brocart et sur toutes les tables, sur tous les murs se trouvaient des photographies ou des dessins d'acteurs et de danseurs. Un Degas était accroché au-dessus de la cheminée. Il y avait des fleurs en quantité, d'énormes chrysanthèmes cuivrés et de grands vases pleins d'œillets.

— J'imagine, dit miss de Haviland, que vous désirez voir Philip ?

Désirais-je voir Philip ? Je n'en avais aucune idée. La seule personne que j'avais désiré voir, c'était Sophia. C'était fait. Elle avait promptement approuvé le plan du Vieux puis s'était retirée de la scène. Elle devait être quelque part en grande conversation téléphonique à propos d'un poisson, sans m'avoir donné aucune indication sur la façon de procéder. Devais-je me présenter à Philip comme un jeune homme désireux d'épouser sa fille, comme un ami entré là sans façon, en passant – à un moment pareil ! – ou comme un collaborateur de la police ?

Miss de Haviland ne me laissa pas le temps de réfléchir. En vérité sa question n'en était pas une, c'était une affirmation. Miss de Haviland avait nettement tendance à affirmer plutôt qu'à questionner.

— Allons dans la bibliothèque, dit-elle.

Nous sortîmes du salon, enfilâmes un couloir et franchîmes une autre porte.

Cette pièce-là était grande, pleine de livres. Les livres ne se contentaient pas des rayonnages qui couraient jusqu'au plafond. Il y en avait sur les tables, sur les chaises, et même sur le sol. Et pourtant, on n'en retirait pas une impression de désordre.

La pièce était froide. Il y manquait une odeur qu'inconsciemment j'attendais. Cela sentait le vieux livre moisi et un peu la cire. Mais il ne me fallut pas trois secondes pour comprendre que ce qui me manquait, c'était l'odeur du tabac. Philip Leonidès ne fumait pas.

En nous voyant entrer, il se leva. C'était un homme d'environ cinquante ans, grand et d'une beauté étonnante. Tout le monde avait si bien mis l'accent sur la laideur d'Aristide Leonidès que je m'attendais, Dieu sait pourquoi, à ce que son fils soit aussi rebutant. En tout cas, rien ne m'avait préparé à des traits si parfaits, à ce nez droit, à cette mâchoire sans défaut, à ces cheveux blonds légèrement mâtinés de gris, coiffés en arrière, et à ce front bien modelé.

— Philip, je vous présente Charles Hayward, déclara Edith de Haviland.

— Ah ! Comment allez-vous ?

Avait-il déjà entendu parler de moi ? Je n'aurais su le dire. La main qu'il me tendit était froide. Son expression n'indiquait pas la moindre curiosité. Cela me rendit plutôt nerveux. Il était là, patient, indifférent.

— Où sont ces horribles policiers ? demanda miss de Haviland. Ils sont venus vous voir ?

— Je crois que l'inspecteur principal Taverner ne va pas tarder, répondit-il après un coup d'œil sur la carte qui traînait sur son bureau.

— Où est-il en ce moment ? Chez Brenda ?

— Je l'ignore.

Il paraissait tout à fait impossible qu'on ait pu commettre un meurtre où que ce soit dans le voisinage de Philip Leonidès.

— Magda est debout ?

— Je ne sais pas. Elle ne se lève généralement pas avant 11 heures.

— Il me semble entendre quelque chose qui lui ressemble.

Ce quelque chose qui ressemblait à Mrs Philip Leonidès, c'était une voix haut perchée, au débit précipité, qui approchait rapidement. La porte qui se trouvait derrière moi s'ouvrit à la volée et une femme entra. Je ne sais comment, mais elle s'était arrangée pour donner l'impression que non pas une, mais trois femmes au moins étaient entrées en même temps.

Elle tenait à la bouche un long fume-cigarette et portait un déshabillé de satin rose qu'elle empêchait, d'une main, de traîner par terre. Ses cheveux, d'un blond vénitien, dégringolaient en cascade dans son dos. Son visage avait cet air nu, presque choquant, que prennent les visages de femmes aujourd'hui, quand ils sont sans aucun maquillage. Elle avait des yeux bleus énormes et parlait rapidement, d'une voix prenante et un peu rauque, avec une diction très claire.

— Chéri ? Je ne peux pas le supporter. C'est impossible. Pense aux entrefilets dans les journaux. Il n'y en a pas encore mais ça ne va pas tarder. Et qu'est-ce que je vais bien pouvoir me mettre à l'enquête ? Je n'arrive pas à me décider. Quelque chose de très, très discret. Pas du noir quand même. Du violet peut-être ? Seulement il ne me reste pas le moindre ticket de textile. J'ai perdu l'adresse de cette horrible bonne femme qui m'en vendait. Vous savez bien, ce garage, quelque part du côté de Shaftesbury Avenue. Et puis, si j'y allais en voiture la police me suivrait, et ils seraient capables de me poser des questions gênantes. Je veux dire, des questions auxquelles Dieu sait ce qu'on peut répondre ! Quel calme ! Comment pouvez-vous être aussi calme, Philip ? Est-ce que vous vous rendez compte que nous allons pouvoir quitter cette affreuse maison, maintenant ? Libres, libres ! Oh, quelle ingratitude ! Ce cher vieux trésor… Bien sûr, nous ne l'aurions jamais quitté de son vivant. Il s'était toqué de nous, pas vrai ? En dépit des efforts que cette femme, là-haut, faisait pour semer la zizanie entre nous. Je suis sûre que si nous l'avions laissé seul avec elle, il nous aurait coupé les vivres. Quelle horrible créature ! Après tout, ce cher vieux trésor en sucre allait sur ses quatre-vingt-dix ans, et nous avions beau avoir le sens de la famille, qui aurait résisté à cette mégère occupant la place ? Vous savez, Philip, à mon avis c'est l'occasion rêvée de monter la pièce sur Edith Thomson. Ce meurtre nous ferait de la publicité à l'avance. Bildenstein pense qu'il pourra obtenir le Thespian – on y joue en ce moment une pièce en vers sur les lugubres mineurs, mais elle ne va plus tenir l'affiche bien longtemps. C'est un merveilleux rôle. Merveilleux ! Les gens prétendent que je ne devrais pas sortir de la comédie, à cause de mon nez… mais il y a beaucoup d'effets comiques à tirer d'Edith Thomson… Je ne suis pas sûre que l'auteur ait compris que la comédie renforce le suspense. Je vois exactement ce que j'en ferai : un personnage apparemment bête, banal… jusqu'à la dernière minute… Et alors, là…

Elle jeta le bras en l'air, sa cigarette jaillit du fume-cigarette et tomba sur le bureau en acajou de Philip qui commença à noircir à l'endroit de l'impact. Impassible, Philip attrapa le mégot, l'éteignit et le jeta dans la corbeille à papier.

— Et alors, chuchota Magda Leonidès, les yeux soudain agrandis, les traits durcis, ce sera pure terreur.

Son visage prit en effet une expression de terreur puis, au bout de quelques secondes, se détendit, se recomposa et prit à la place celle d'une enfant étonnée, sur le point de fondre en larmes.

Ensuite, toute émotion lavée de son visage comme par une éponge, elle se tourna vers moi et me demanda, sur le ton de la conversation :

— Vous ne pensez pas que ce serait la meilleure façon d'interpréter Edith Thomson ?

Je lui répondis que je ne voyais pas d'autre interprétation possible. À ce moment-là, Edith Thomson n'était pour moi qu'un vague souvenir mais je tenais à ce que mes rapports avec la mère de Sophia partent du bon pied.

— Elle ressemblait assez à Brenda, vous ne trouvez pas ? remarqua Magda. Je n'y avais pas pensé jusqu'ici. C'est très intéressant. Dois-je en toucher un mot à l'inspecteur ?

Philip, assis à son bureau, eut un très léger froncement de sourcils.

— Il n'est pas du tout nécessaire que vous le voyiez, Magda. Je suis assez grand pour lui dire tout ce qu'il veut savoir.

— Je ne dois pas le voir ? s'écria-t-elle, un ton plus haut. Au contraire, il faut absolument que je le voie ! Vous manquez tellement d'imagination, mon chéri ! Vous ne comprenez pas l'importance des détails. Il voudra savoir exactement quand et comment tout cela s'est produit, et toutes les petites choses qui ont pu nous frapper à ce moment-là.

— Mère, dit Sophia qui entrait, vous n'allez pas abreuver l'inspecteur d'un tas de mensonges.

— Sophia, ma chérie…

— Je sais que votre mise en scène est déjà au point et que vous vous apprêtez à donner le plus beau des spectacles. Mais vous vous trompez. Vous vous trompez du tout au tout.

— C'est ridicule. Tu ne sais pas…

— Si, je sais. Vous devez interpréter cela de façon toute différente, chère mère. Votre jeu doit être discret, retenu, vous devez être sur vos gardes, parler peu, protéger la famille. Une indifférence feinte, voilà la marche à suivre.

Le visage de Magda Leonidès exprima la naïve perplexité de l'enfant.

— Tu penses vraiment, ma chérie…

— Oui, je le pense.

Et comme un petit sourire apparaissait sur le visage de sa mère, Sophia ajouta :

— Je vous ai fait un peu de chocolat. Il est dans le salon.

— Ah ! je meurs de faim.

Elle s'arrêta à la porte.

— Vous n'avez aucune idée, dit-elle, s'adressant soit à moi, soit aux rayonnages de livres qui se trouvaient derrière ma tête, du plaisir qu'il y a à avoir une fille !

Et sur cette sortie, elle quitta la pièce.

— Dieu sait ce qu'elle va dire à la police ! fit observer miss de Haviland.

— Elle dira exactement ce qu'il faut, coupa Sophia.

— Elle est capable de raconter n'importe quoi.

— N'ayez aucune inquiétude, riposta Sophia. Elle jouera selon les indications du metteur en scène. Et le metteur en scène, c'est moi !

Elle sortit derrière sa mère puis revint aussitôt pour annoncer :

— L'inspecteur Taverner désire vous voir, père. Cela ne vous dérange pas que Charles assiste à l'entretien, n'est-ce pas ?

Le visage de Philip Leonidès exprima un léger étonnement. On en aurait éprouvé à moins. Mais son absence habituelle de curiosité me fut d'un grand secours. Il murmura un vague :

— Oh, certainement pas, certainement pas !

L'inspecteur Taverner entra, solide, sûr de lui, donnant une impression d'efficacité et de précision, rassurant en quelque sorte.

Juste quelques petits désagréments, avait-il l'air de dire, et puis nous quitterons la maison pour de bon. Personne n'en sera plus heureux que moi. Nous n'avons pas l'intention de traîner longtemps dans les parages, je peux vous l'assurer.

Je ne sais pas comment il s'arrangea, sans un mot, en tirant simplement un fauteuil près du bureau, pour faire passer ce message, toujours est-il qu'il y réussit. Je m'assis discrètement un peu à l'écart.

— Eh bien, inspecteur ? commença Philip.

Miss de Haviland demanda sans cérémonie :

— Vous n'avez pas besoin de moi, inspecteur ?

— Pas pour l'instant, miss de Haviland. Plus tard, j'échangerai volontiers quelques mots avec vous.

— Bien sûr. Vous me trouverez en haut.

Elle sortit et referma la porte.

— Eh bien, inspecteur ? répéta Philip.

— Je sais que vous êtes très occupé, monsieur, et je ne vais pas vous déranger longtemps. Mais je dois vous dire en confidence que nos soupçons ont été confirmés. Votre père n'est pas mort de mort naturelle. Sa mort est due à un excès de physostigmine – plus connue sous le nom d'ésérine.

Philip fit un signe de tête sans manifester plus d'émotion.

— Est-ce que cela vous suggère quelque chose ? poursuivit Taverner.

— Qu'est-ce que cela devrait me suggérer ? À mon avis, mon père a pris ce poison par erreur.

— C'est vraiment ce que vous pensez, Mr Leonidès ?

— Oui, c'est tout à fait vraisemblable. N'oubliez pas qu'il avait près de quatre-vingt-dix ans et une très mauvaise vue.

— Il aurait donc vidé le contenu de son flacon de gouttes pour les yeux dans un flacon d'insuline. Cela vous paraît crédible, Mr Leonidès ?

Philip ne répondit pas. Son visage devint encore plus inexpressif.

— Le flacon de gouttes pour les yeux a été retrouvé, vide, dans une boîte à ordures, reprit Taverner. Sans empreintes digitales, ce qui en soi est déjà curieux. Normalement, il y aurait dû y en avoir. Au moins celles de votre père, sinon celles de sa femme ou du valet de chambre…

Philip leva la tête.

— Le valet de chambre, en effet. Que faites-vous de Johnson ?

— Voulez-vous dire qu'il ne vous paraît pas impossible que Johnson ait commis le crime ? Il en a certainement eu l'occasion. Mais les choses changent quand on en vient au mobile. Votre père avait l'habitude de donner chaque année à son valet de chambre une gratification, gratification qui augmentait également chaque année. Votre père lui avait clairement fait savoir qu'elle lui tiendrait lieu de la somme qu'il aurait pu, sinon, lui léguer par testament. Depuis sept ans que Johnson était à son service, cette gratification avait atteint un montant considérable et était encore appelée à augmenter. Johnson avait donc tout intérêt à ce que votre père vive le plus longtemps possible. De plus, ils étaient en excellents termes et les états de service de Johnson sont irréprochables : c'est un serviteur fidèle et un valet parfaitement qualifié. Pour nous, Johnson est au-dessus de tout soupçon, ajouta-t-il après une seconde de silence.

— Je vois, répliqua Philip d'un ton monocorde.

— Et maintenant, Mr Leonidès, aurez-vous l'amabilité de me faire un compte rendu détaillé de vos propres faits et gestes le jour de la mort de votre père ?

— Certainement, inspecteur. Je suis resté ici, dans cette pièce, toute la journée – sauf à l'heure des repas, bien entendu.

— Avez-vous vu votre père à un moment donné ?

— Je suis allé lui dire bonjour après le petit déjeuner, comme d'habitude.

— Vous l'avez trouvé seul ?

— Ma… euh… belle-mère était dans la chambre.

— Votre père était-il le même qu'à l'ordinaire ?

Avec une légère touche d'ironie, Philip répliqua :

— Il n'avait visiblement pas le sentiment prémonitoire qu'on allait l'assassiner ce jour-là.

— La partie de la maison qu'il occupait est complètement séparée de celle-ci ?

— Oui. On ne peut y accéder que par la porte qui se trouve dans le vestibule.

— On ferme cette porte à clef ?

— Non.

— Jamais ?

— À ma connaissance, jamais.

— Tout le monde peut circuler librement entre ces deux parties de la maison ?

— Certainement. La séparation n'est là que pour des raisons de commodité domestique.

— Comment avez-vous appris la mort de votre père ?

— Mon frère Roger, qui occupe l'aile ouest du premier étage, est descendu en courant pour me dire que mon père venait d'avoir une attaque, qu'il respirait difficilement et paraissait très mal en point.

— Qu'avez-vous fait ?

— J'ai aussitôt téléphoné au médecin, ce qu'apparemment personne n'avait songé à faire. Il était absent mais je lui ai laissé un message lui demandant de venir aussi vite que possible. Et puis je suis monté.

— Et alors ?

— Mon père était visiblement très mal. Il est mort avant l'arrivée du médecin.

La voix de Philip n'était chargée d'aucune émotion. Il rapportait simplement des faits.

— Où se trouvait le reste de la famille ?

— Ma femme était à Londres. Elle est rentrée peu après. Sophia n'était pas là non plus, je crois. Les deux plus jeunes, Eustace et Joséphine, étaient à la maison.

— J'espère que vous ne m'en voudrez pas, Mr Leonidès, si je vous demande quelles répercussions le décès de votre père va avoir sur votre situation financière ?

— Je comprends très bien que vous ayez besoin d'être en possession de tous les éléments de l'affaire. Mon père nous a rendus financièrement indépendants depuis des années. Il a promu mon frère président-directeur général et principal actionnaire des Traiteurs Réunis – la plus importante de ses sociétés, dont il a entièrement abandonné l'administration entre ses mains. Il a transféré sur mon compte ce qu'il considérait comme une somme équivalente – environ cent cinquante mille livres en valeurs diverses, un capital que j'étais libre d'utiliser à ma guise. Il avait aussi alloué de généreuses sommes à mes deux sœurs, mortes depuis.

— Il était encore très riche, cependant.

— Non. En fait, il s'était réservé un revenu relativement modeste. Il prétendait ainsi entretenir son intérêt pour la vie. Depuis – et pour la première fois un vague sourire effleura ses lèvres –, diverses nouvelles entreprises l'avaient rendu encore plus riche qu'avant.

— C'est à la suite de difficultés financières que vous êtes venus vivre ici, vous et votre frère ?

— Certainement pas. C'est pour une simple question de commodité. Mon père nous avait assurés que nous serions toujours les bienvenus chez lui. Pour différentes raisons familiales, il s'est trouvé que cela m'arrangeait.

Puis Philip ajouta posément :

— Il se trouve aussi que j'avais beaucoup d'affection pour mon père. Je me suis installé ici avec ma famille en 1937. Je ne paie pas de loyer mais je m'acquitte de ma part des impôts locaux.

— Et votre frère ?

— Mon frère est venu pendant les bombardements de 1943, après que sa maison fut détruite.

— Maintenant, Mr Leonidès, avez-vous une idée des dispositions testamentaires que votre père a pu prendre ?

— J'en ai une idée très claire. Il a refait son testament peu après la fin des hostilités, en 1945. Mon père n'était pas cachottier et il avait un sens aigu de la famille. Il a tenu un conseil de famille en présence de son notaire, lequel, à sa demande, nous a informés des termes de ce testament. Vous les connaissez sans doute déjà. Mr Gaitskill vous les a certainement communiqués. En gros, il laissait cent mille livres, libres de droits, à ma belle-mère, somme qui venait s'ajouter à la très généreuse donation qu'il lui avait faite lors de leur mariage. Le reste de ses biens devait être partagé en trois, l'une me revenant, l'autre revenant à mon frère, et la troisième devant être confiée à un trust au bénéfice des trois petits-enfants. La succession est très importante, mais bien entendu les droits à payer seront très lourds.

— Aucun legs à des domestiques ou à des œuvres charitables ?

— Aucun. Les domestiques qui restaient à son service voyaient leurs gages augmenter chaque année.

— Vous m'excuserez de vous poser cette question, Mr Leonidès, mais n'avez-vous pas un pressant besoin d'argent en ce moment ?

— Comme vous le savez, inspecteur, les impôts sont écrasants, mais mes revenus suffisent amplement à mes besoins, aux miens et à ceux de ma femme. De plus, mon père nous faisait fréquemment de généreux cadeaux et, en cas d'urgence, il serait venu immédiatement à notre secours.

Philip ajouta, clairement et posément :

— Je peux vous assurer, inspecteur, que je n'avais aucune raison financière de désirer la mort de mon père.

— Je serais désolé, Mr Leonidès, d'avoir pu vous laisser penser que j'avais une telle idée en tête. Mais il faut bien que nous rassemblions tous les faits. Je crains d'être obligé à présent de vous poser quelques questions assez délicates. Elles ont trait aux rapports que votre père entretenait avec sa femme. Ils étaient heureux ensemble ?

— Autant que je sache, parfaitement heureux.

— Ils ne se disputaient pas ?

— Je ne crois pas.

— Ils avaient… une grande différence d'âge…

— En effet.

— Avez-vous… excusez-moi… approuvé ce second mariage de votre père ?

— On ne m'a pas demandé mon avis.

— Ce n'est pas une réponse, Mr Leonidès.

— Puisque vous insistez, je dirai que ce mariage ne m'a pas paru… très raisonnable.

— Vous l'avez fait remarquer à votre père ?

— Quand je l'ai appris, les choses étaient faites.

— Cela a été un choc pour vous, hein ?

Philip ne répondit pas.

— Vous lui en avez gardé rancune ?

— Mon père était libre d'agir à sa guise.

— Vous étiez en bons termes avec Mrs Leonidès ?

— Excellents.

— Vous aviez des rapports amicaux ?

— Nous n'avions que peu de rapports.

L'inspecteur changea de sujet.

— Pouvez-vous me dire quelque chose à propos de Mr Laurence Brown ?

— Je crains que non. Il a été engagé par mon père.

— Mais il a été engagé pour s'occuper de vos enfants, Mr Leonidès.

— C'est exact. Mon fils a été frappé de paralysie infantile – légère, heureusement –, mais on a considéré qu'il valait mieux ne pas l'envoyer à l'école. Mon père a proposé de leur donner, à lui et à ma fille Joséphine, un précepteur, mais le choix à l'époque était plutôt limité car le précepteur en question devait être exempté de service militaire. Ce jeune homme avait des références que mon père et ma tante – qui a toujours veillé sur l'éducation des enfants – ont jugées satisfaisantes, et j'ai donné mon accord. J'ajouterai que je n'ai rien à lui reprocher et qu'il s'est occupé de sa tâche avec conscience et compétence.

— Il habite dans la partie de la maison réservée à votre père ?

— Il n'y avait plus de place, ici.

— Avez-vous jamais remarqué – je suis désolé d'avoir à vous poser cette question – des signes d'intimité entre Laurence Brown et votre belle-mère ?

— Il ne m'est jamais arrivé d'observer quoi que ce soit de ce genre.

— Vous n'avez jamais entendu de commérages, de potins à ce sujet ?

— Je n'écoute ni les commérages ni les potins, inspecteur.

— C'est tout à votre honneur, remarqua Taverner. Ainsi vous n'avez rien vu de mal, rien entendu de mal, et vous n'avez rien à dire de mal ?

— Vous pouvez le formuler ainsi, inspecteur.

L'inspecteur Taverner se leva.

— Merci beaucoup, Mr Leonidès.

Il sortit et je le suivis discrètement.

— Oh ! la la ! s'exclama Taverner. Ce type-là est un animal à sang froid, ma parole !

7

— Et maintenant, déclara Taverner, nous allons échanger quelques mots avec Mrs Philip – Magda West de son nom de scène.

— Est-ce qu'elle a du talent ? demandai-je. Son nom ne m'est pas inconnu et j'ai dû la voir jouer quelques fois, mais je ne me rappelle ni où ni quand.

— Elle aurait pu réussir. Elle est passée une ou deux fois en vedette dans le West End et s'est fait un petit nom en province. Elle joue souvent dans les théâtres d'avant-garde et les associations culturelles. En vérité, je pense que ce qui lui a nui, c'est de ne pas avoir besoin de ça pour vivre. Elle peut se permettre de choisir, de se laisser aller à ses goûts et, à l'occasion, de financer un spectacle parce qu'elle s'est entichée d'un rôle – de préférence de celui le moins fait pour lui convenir, d'ailleurs. Résultat, elle a plutôt régressé au rang d'amateur. Elle n'est pas mauvaise, remarquez, surtout dans la comédie, mais les directeurs ne l'aiment pas beaucoup, ils la trouvent trop indépendante ; ils la considèrent comme une faiseuse d'histoires qui prend plaisir à provoquer des querelles et à semer la discorde. Je ne sais pas ce qu'il y a de vrai là-dedans, toujours est-il qu'elle n'est pas très populaire chez ses camarades artistes.

Sophia sortit du salon.

— Ma mère vous attend, inspecteur, dit-elle.

Je suivis Taverner dans le grand salon. Je mis quelques secondes à reconnaître la femme qui était assise là, sur un canapé recouvert de brocart.

Ses cheveux blonds ramenés très haut sur la tête, elle portait un tailleur gris foncé très bien coupé et un chemisier plissé mauve pâle fermé au col par un camée. Pour la première fois, je fus frappé par le charme de son délicieux petit nez retroussé. J'avais du mal à croire que c'était là la créature tumultueuse qui m'était apparue un moment plus tôt en déshabillé rose.

— Inspecteur Taverner ? Entrez, asseyez-vous. Vous fumez ? Quelle horrible histoire ! Je n'arrive tout simplement pas à y croire.

Elle parlait d'une voix basse et dénuée d'émotion, comme quelqu'un qui aurait été déterminé à se montrer à tout prix maître de lui-même.

— Je vous en prie, dites-moi ce que je peux faire pour vous, poursuivit-elle.

— Merci, Mrs Leonidès. Où étiez-vous au moment de la tragédie ?

— Je devais être sur le chemin du retour. J'avais déjeuné à Londres avec une amie. Nous avions assisté à une présentation de collection. Ensuite, après avoir pris un verre au Berkeley avec de vieux amis, je m'étais remise en route. Quand je suis arrivée ici, tout était sens dessus dessous. Apparemment, mon beau-père venait d'avoir une attaque. Il était… mort.

Sa voix trembla juste un petit peu.

— Vous aviez beaucoup d'affection pour votre beau-père ?

— Je lui étais terriblement attachée.

Sa voix avait grimpé dans les aigus. Sophia redressa légèrement le tableau de Degas. Magda reprit sa voix contenue.

— J'avais beaucoup d'affection pour lui, dit-elle posément. Comme nous tous. Il était… très bon pour nous.

— Vous vous entendez bien avec Mrs Leonidès ?

— Nous la voyons rarement.

— Pourquoi ça ?

— Eh bien, nous n'avons pas grand-chose en commun. Pauvre chère Brenda ! La vie n'a pas dû être toujours facile, pour elle.

À nouveau, Sophia tripota le Degas.

— Vraiment ? De quelle façon ?

— Oh, je ne sais pas, répondit Magda en secouant la tête avec un triste petit sourire.

— Mrs Leonidès était-elle heureuse avec son mari ?

— Je pense que oui.

— Pas de disputes ?

Le même petit sourire accompagna le même hochement de tête.

— Je ne sais pas, inspecteur. Nos appartements sont complètement séparés.

— Elle est très amie avec Mr Laurence Brown, non ?

Magda Leonidès prit une expression hautaine. Elle lança à Taverner un regard de reproche.

— Je pense, répondit-elle avec dignité, que vous ne devriez pas me poser des questions comme ça. Brenda est gentille avec tout le monde. C'est une personne vraiment très aimable.

— Vous avez de la sympathie pour Mr Laurence Brown ?

— On ne l'entend pas. Il est charmant mais c'est à peine si on remarque sa présence. Je ne peux pas dire que je l'ai beaucoup vu.

— C'est un bon professeur ?

— J'imagine. En vérité, je n'en sais rien. Philip a l'air d'en être content.

Taverner essaya une tactique plus brutale :

— Désolé de vous demander ça mais, à votre avis, existe-t-il quelque chose comme une histoire d'amour entre Mr Brown et Mrs Brenda Leonidès ?

Magda se leva, très grande dame :

— Je n'en ai jamais vu le moindre signe, répondit-elle. Franchement, inspecteur, ce n'est pas une question à poser. Vous parlez de la femme de mon beau-père.

Je faillis applaudir.

L'inspecteur se leva aussi.

— C'est une question que je ferais mieux de réserver aux domestiques ?

Magda ne répondit pas.

— Merci, Mrs Leonidès, dit l'inspecteur en sortant.

— Vous avez été merveilleuse, maman, déclara Sophia avec chaleur.

Magda passa, l'air pensif, une boucle de cheveux derrière son oreille et se regarda dans la glace.

— Oui, fit-elle. Je crois que c'était la meilleure façon d'interpréter le rôle.

Sophia s'adressa à moi :

— Vous ne suivez pas l'inspecteur ?

— Écoutez, Sophia, qu'est-ce que je suis censé…

Je m'arrêtai. Je ne pouvais quand même pas lui demander carrément devant sa mère quel rôle j'étais supposé jouer. Jusqu'ici, Magda Leonidès n'avait pas semblé s'intéresser à ma personne, sinon comme le destinataire, apparu à point nommé, de sa sortie sur le bonheur d'avoir des filles. Je pouvais être un journaliste, le fiancé de sa fille, un obscur agent des forces de police, ou même l'entrepreneur des pompes funèbres. Pour Magda Leonidès, tous ces gens-là figuraient sous la rubrique générale de « public ».

— Ces chaussures ne conviennent pas. Elles sont trop frivoles, déclara Mrs Leonidès d'un air mécontent, en regardant ses pieds.

Obéissant à l'impérieux signe de tête de Sophia, je me hâtai d'aller rejoindre Taverner. Je le retrouvai dans le vestibule, alors qu'il ouvrait la porte donnant sur l'escalier.

— Je monte voir le frère aîné, m'expliqua-t-il.

Je lui exposai tout de go mon problème.

— Dites-moi, Taverner, qui suis-je censé être ?

Il eut l'air surpris.

— Qui êtes-vous censé être ?

— Oui, qu'est-ce que je fais ici ? Si on me pose la question, qu'est-ce que je réponds ?

— Ah ! Je vois… Quelqu'un vous a posé la question ? voulut-il savoir après un instant de réflexion.

— C'est-à-dire que… non.

— Alors, pourquoi ne pas s'en tenir là ? Jamais d'explications, c'est une excellente devise. Surtout dans une maison aussi tourneboulée que celle-là. Ils ont beaucoup trop de soucis, les uns et les autres, pour être d'humeur à poser des questions. Dans la mesure où vous aurez l'air sûr de vous, ils considéreront que vous faites partie du décor. C'est une grave erreur de parler quand on ne vous demande rien. Hum ! Vous voyez, nous avons passé cette porte et nous montons l'escalier. Tout est ouvert. Bien sûr, toutes ces questions que je leur pose, c'est de la foutaise, j'espère que vous le comprenez. Je me fiche pas mal de savoir qui était dans la maison et qui n'y était pas, ou de savoir où ils étaient ce jour-là.

— Alors, pourquoi…

— Parce que ça me donne l'occasion de les voir, de les jauger, d'écouter ce qu'ils ont à dire, et on ne sait jamais, par hasard, quelqu'un peut laisser échapper un renseignement utile. Je parie que Mrs Magda Leonidès pourrait nous en raconter très long si elle voulait, murmura-t-il après un instant de silence.

— Et vous pensez qu'on pourrait tabler là-dessus ?

— Oh, non ! On ne pourrait pas tabler là-dessus. Mais cela pourrait donner une direction à l'enquête. Tout le monde, dans cette fichue maison, a eu les moyens et l'occasion d'agir. Ce que je veux, c'est un mobile.

En haut de l'escalier, une porte barrait l'accès au couloir de droite. Comme il se devait, Taverner saisit le heurtoir en cuivre et frappa. L'homme qui vint ouvrir – avec une rapidité surprenante – devait se trouver juste de l'autre côté du panneau de bois. C'était une espèce de géant maladroit, à la carrure puissante, aux cheveux noirs ébouriffés, au visage tout à la fois extraordinairement laid et plaisant. Il nous regarda et, vite, détourna les yeux, avec cet air gêné qu'ont souvent les gens timides mais honnêtes.

— Ah ! tiens, dit-il, entrez. Si, si, entrez. J'allais sortir, mais ça ne fait rien. Venez dans le salon. Je vais prévenir Clemency. Ah ! Vous êtes là, ma chérie. Voici l'inspecteur Taverner. Il… est-ce qu'il y a des cigarettes ? Attendez un instant. Si vous n'y voyez pas d'inconvénient…

Il entra en collision avec un paravent, troublé lui murmura « excusez-moi », et sortit.

Comme après le départ d'un bourdon, il s'ensuivit un silence palpable.

Mrs Roger Leonidès était debout, près de la fenêtre. Sa personne, comme l'atmosphère même de la pièce où nous nous trouvions, m'intrigua aussitôt.

Cette pièce devait être la sienne. J'en aurais juré.

Les murs étaient peints en blanc, pas ivoire ou blanc cassé – ce qu'on appelle « blanc » en matière de décoration d'intérieur –, mais blanc pur. Il n'y avait qu'un seul tableau au-dessus de la cheminée, une composition géométrique de triangles gris foncé et bleu outremer. C'est à peine s'il s'y trouvait quelques meubles, uniquement ceux qui étaient absolument nécessaires, trois ou quatre fauteuils, une table au plateau de verre et une petite bibliothèque. Aucun bibelot. De la lumière, de l'air et de l'espace. Il y avait autant de différence entre ce salon et celui du rez-de-chaussée, rempli de fleurs et de brocarts, qu'entre la craie et le fromage blanc. Et Mrs Roger Leonidès était aussi différente de Mrs Philip Leonidès qu'une femme peut l'être d'une autre femme. Tandis que Magda Leonidès donnait l'impression de pouvoir être, et d'être souvent, une demi-douzaine de femmes différentes, Clemency Leonidès, je l'aurais juré, n'aurait jamais pu être autre qu'elle-même. C'était une forte personnalité.

Selon moi, elle devait avoir la cinquantaine ; sur sa tête aux proportions harmonieuses ses cheveux gris, coupés court à la garçonne, poussaient avec tant de magnificence que je ne leur trouvai rien de la laideur qui, pour moi, était indissociable de ce genre de coupe. Elle avait un visage intelligent et sensible, avec de grands yeux gris au regard intense, curieux et pénétrant. Elle portait une simple robe de laine rouge qui soulignait sa sveltesse.

Sur l'instant, je la trouvai plutôt inquiétante. Sans doute parce qu'il me sembla qu'elle devait avoir des critères de vie très différents de ceux d'une femme ordinaire. J'avais tout de suite compris pourquoi Sophia avait parlé de cruauté à son propos. La pièce était glaciale. Je frissonnai.

— Asseyez-vous, inspecteur, dit Clemency Leonidès d'une voix posée et distinguée. Du nouveau ?

— La mort est due à l'ésérine, Mrs Leonidès.

— Alors, c'est bien un meurtre, fit-elle, pensive. Ça ne peut pas être un accident, n'est-ce pas ? D'aucune façon ?

— Non, Mrs Leonidès.

— Je vous en prie, inspecteur, ne soyez pas trop brutal avec mon mari. Il va en être très affecté. Il adorait son père et il est extrêmement sensible. C'est un homme particulièrement émotif.

— Vous étiez en bons termes avec votre beau-père, Mrs Leonidès ?

— Oui, en assez bons termes. Je ne l'aimais pas beaucoup, ajouta-t-elle tranquillement.

— Pourquoi ça ?

— Je désapprouvais les objectifs qu'il s'était fixés dans la vie, ainsi que les méthodes qu'il employait pour les atteindre.

— Et Mrs Brenda Leonidès ?

— Brenda ? Je ne l'ai jamais beaucoup vue.

— Y a-t-il quelque chose entre elle et Mr Laurence Brown ? C'est possible, à votre avis ?

— Vous voulez dire… une histoire d'amour ? Je ne pense pas. Mais de toute façon, je n'en saurais rien.

Sa voix exprimait la plus parfaite indifférence.

Roger revint précipitamment, avec le même effet de bourdon.

— J'ai été retenu, expliqua-t-il. Le téléphone. Eh bien, inspecteur ? Quelles nouvelles ? Qu'est-ce qui a causé la mort de mon père ?

— Il est mort empoisonné avec de l'ésérine.

— Vraiment ? Mon Dieu ! Alors, c'est cette femme ! Elle n'a pas pu attendre ! Il l'a plus ou moins sortie du ruisseau et voilà sa récompense. Elle l'a tué de sang-froid ! Bon Dieu, ça me fait bouillir rien que d'y penser.

— Vous avez une raison particulière pour penser ce que vous suggérez ? demanda Taverner.

Roger marchait de long en large, en se tirant les cheveux à pleines mains.

— Une raison ? Mais qui d'autre, alors ? Elle ne m'a jamais inspiré confiance. Je ne l'ai jamais aimée ! Personne ici, d'ailleurs. Philip et moi avons été atterrés le jour où père est arrivé et nous a dit ce qu'il avait fait ! À son âge ! C'était de la folie… de la pure folie. Mon père était un personnage étonnant, inspecteur. Intellectuellement, il était aussi jeune et fougueux qu'un homme de quarante ans. Tout ce que je possède au monde, c'est à lui que je le dois. Il a tout fait pour moi. Il ne m'a jamais fait défaut. C'est moi qui lui ai fait défaut… quand j'y pense…

Il se laissa lourdement tomber dans un fauteuil. Sa femme s'approcha de lui, apaisante.

— Ça suffit maintenant, Roger. Ne vous mettez pas dans tous vos états.

— Je sais, ma chérie, je sais, dit-il en lui prenant la main. Mais comment rester calme ? Comment s'empêcher de ressentir…

— Nous devons tous garder notre calme, Roger. L'inspecteur Taverner a besoin de notre aide.

— C'est juste, Mrs Leonidès.

— Vous savez ce que j'aimerais faire ? s'écria Roger. Je voudrais étrangler cette femme de mes propres mains. Refuser à ce pauvre vieux les quelques années qui lui restaient à vivre… Si je la tenais…

Il se leva et tendit les mains, tremblant de rage :

— Je lui tordrais le cou… oui, je lui tordrais le cou…

— Roger ! fit Clemency d'un ton sec.

Il la regarda, confus.

— Désolé, ma chérie. Excusez-moi, ajouta-t-il en se tournant vers nous. Je me laisse emporter par mes émotions. Je… excusez-moi…

Il disparut de nouveau.

— En vérité, il ne ferait pas de mal à une mouche, vous savez, déclara Clemency Leonidès avec un très vague sourire.

Taverner accueillit sa remarque avec politesse, puis il entama la série de ses questions soi-disant de routine. Clemency Leonidès y répondit avec précision et concision.

Roger Leonidès était à Londres le jour de la mort de son père, à Box House, le siège social des Traiteurs Réunis. Il était rentré au début de l'après-midi et, à son habitude, avait passé un moment avec son père. Quant à elle, elle se trouvait comme tous les jours sur son lieu de travail, au Lambert Institute, dans Gower Street. Elle était rentrée un peu avant 6 heures.

— Vous avez vu votre beau-père ?

— Non. La dernière fois que je l'ai vu, c'est la veille. Nous avons pris le café ensemble après le dîner.

— Vous ne l'avez pas vu le jour de sa mort ?

— Non. En fait, je suis montée chez lui parce que Roger pensait avoir oublié sa pipe dans sa chambre – une pipe très précieuse –, mais il se trouve qu'il l'avait laissée sur une table du vestibule, si bien que je n'ai pas eu besoin de déranger mon beau-père. Il faisait souvent un petit somme vers 6 heures.

— Quand avez-vous appris qu'il était malade ?

— Brenda est arrivée en courant un peu après 6 heures et demie.

Ces questions étaient sans importance, mais il était visible que l'inspecteur Taverner étudiait de près la femme qu'il interrogeait. Il lui posa encore quelques questions sur la nature de son travail à Londres. Elle lui répondit que ce travail touchait aux effets produits par les radiations atomiques.

— Autrement dit, vous vous occupez de la bombe atomique ?

— Notre travail n'a aucun aspect destructif. Nous faisons des expériences sur les effets thérapeutiques de la désintégration atomique.

Taverner se leva et exprima le désir de visiter leurs appartements. Elle parut un peu surprise mais les lui fit néanmoins visiter de bonne grâce. La chambre à coucher, avec ses lits jumeaux, ses courtepointes blanches et ses objets de toilette rudimentaires, me fit de nouveau penser à une chambre d'hôpital ou à une cellule monacale. La salle de bains était, elle aussi, d'une sévère simplicité, sans aucun appareillage de luxe et sans déploiement de cosmétiques. Dépouillée, d'une propreté immaculée, la cuisine était équipée de tous les instruments qui peuvent faciliter le travail ménager.

Nous arrivâmes enfin devant une porte que Clemency ouvrit en disant :

— Et voici le domaine réservé de mon mari.

— Entrez, entrez ! fit Roger.

Je poussai un soupir de soulagement. L'austérité sans faille que nous avions vue régner jusqu'ici avait fini par me déprimer. Cette pièce-ci avait au contraire quelque chose de profondément personnel. Le bureau à cylindre était couvert de papiers, de vieilles pipes et de tabac. Les fauteuils étaient vieux et rembourrés. Sur le sol, s'étalaient des tapis d'Orient. Les murs étaient ornés de photographies jaunies de groupes – groupes d'écoliers, de joueurs de cricket, de militaires – et d'aquarelles représentant des déserts, des minarets, des voiliers ou des couchers de soleil sur la mer. C'était un endroit agréable, occupé de toute évidence par quelqu'un d'aimable et de sympathique.

Avec des gestes maladroits, Roger sortit des bouteilles et des verres, faisant tomber au passage les livres et les papiers qui traînaient sur un fauteuil.

— C'est un vrai capharnaüm. J'allais ranger tout ça. Trier les vieux papiers… Vous m'arrêterez…

L'inspecteur refusa de boire. J'acceptai.

— Il faut me pardonner, poursuivit Roger en me tendant mon verre, la tête tournée vers Taverner. Je me suis laissé emporter…

Il jeta un coup d'œil autour de lui, l'air coupable, mais Clemency Leonidès n'était pas entrée avec nous.

— Elle est merveilleuse, reprit-il. Ma femme, je veux dire. Elle a été extraordinaire, dans cette histoire, extraordinaire ! Si vous saviez à quel point je l'admire… Elle a vécu des moments terribles… terribles… Il faut que je vous raconte. Avant notre mariage, je veux dire. Son premier mari était un type épatant – un esprit épatant, je veux dire, mais très délicat, tuberculeux, en fait. Il faisait des recherches intéressantes en cristallographie, je crois. Mal payées et très contraignantes, mais il ne voulait pas laisser tomber. Elle trimait pour lui, elle l'entretenait pratiquement, tout en sachant bien qu'il allait mourir. Et jamais une plainte, jamais un murmure. Elle était épuisée mais elle prétendait toujours qu'elle était heureuse. Et puis il est mort et elle en a été très affectée. En fin de compte, elle a accepté de m'épouser. J'étais content de pouvoir lui procurer un peu de repos, un peu de bonheur. J'aurais voulu qu'elle s'arrête de travailler, mais évidemment, elle considérait que c'était son devoir en temps de guerre, et maintenant elle pense qu'elle doit continuer. C'est une épouse merveilleuse, l'épouse la plus merveilleuse qu'un homme puisse rêver. Nom d'un chien, quelle veine j'ai eue ! Je ferais n'importe quoi pour elle.

Taverner fit une réponse appropriée puis se lança dans son habituel interrogatoire de routine. Quand avait-il appris que son père était malade ?

— Brenda est venue m'appeler en courant. Elle m'a dit que mon père était malade, qu'il avait eu une espèce d'attaque. Il n'y avait pas une demi-heure que j'avais quitté le pauvre vieux. Il allait très bien à ce moment-là. Je me suis précipité. Il avait le visage bleu, il étouffait. Je suis descendu quatre à quatre chez Philip. Il a appelé le médecin. Je… nous ne pouvions rien faire. Évidemment, je n'ai pas pensé un instant que cela pouvait cacher une drôle d'histoire. Drôle ? J'ai dit drôle ? Mon Dieu ! quelle idée d'employer ce mot.

Non sans mal, nous arrivâmes à nous désengluer, Taverner et moi, de l'atmosphère chargée d'émotion où baignait Roger Leonidès, et nous nous retrouvâmes encore une fois en haut de l'escalier.

— Oh ! la la ! s'écria Taverner. Quel contraste avec son frère !

Et il ajouta, sans grande logique :

— C'est bizarre, une chambre ! Ça vous en dit long sur son occupant.

J'acquiesçai et il poursuivit :

— C'est bizarre aussi de voir qui épouse qui, vous ne trouvez pas ?

Je ne savais pas très bien s'il faisait allusion à Clemency et Roger ou à Philip et Magda. Cela pouvait s'appliquer aussi bien aux uns qu'aux autres. Cependant, il me semblait que l'un comme l'autre de ces deux mariages pouvaient être considérés comme des mariages heureux. En tout cas, celui de Roger et de Clemency l'était certainement.

— Je ne le vois pas très bien en empoisonneur, et vous ? demanda Taverner. Bien sûr, on ne sait jamais. Ce serait plus son genre à elle. Implacable, hein ? Elle doit avoir un grain à mon avis.

J'acquiesçai de nouveau.

— Je ne pense quand même pas qu'elle irait jusqu'à tuer quelqu'un juste parce qu'elle n'approuve pas ses buts ou son mode de vie, remarquai-je. Maintenant, si elle haïssait vraiment son beau-père… mais est-ce qu'on commet un meurtre simplement sous l'effet de la haine ?

— C'est très rare. Personnellement, je n'ai jamais rencontré un seul cas de ce genre. Non, je pense qu'il est plus raisonnable de s'en tenir à Mrs Brenda. Mais Dieu sait si nous en obtiendrons jamais la preuve.

8

Une femme de chambre nous ouvrit la porte de l'aile opposée. En apercevant Taverner, elle prit une expression à la fois effrayée et légèrement méprisante.

— Vous voulez voir Madame ?

— Oui, s'il vous plaît.

Elle nous laissa, après nous avoir fait entrer dans un grand salon.

Celui-ci avait les mêmes proportions que le grand salon du rez-de-chaussée. Les sièges étaient recouverts de cretonnes de couleur très gaies, les rideaux étaient dans une soie à rayures. Le portrait qui se trouvait au-dessus de la cheminée retint mon attention, non seulement à cause de la maîtrise avec laquelle il avait été peint, mais aussi à cause du visage saisissant du sujet.

C'était le portrait d'un petit vieillard au regard noir et perçant coiffé d'une calotte de velours noir, la tête rentrée dans les épaules. La vitalité, la force de cet homme crevait la toile. Il me sembla que ses yeux brillants ne lâchaient pas les miens.

— C'est lui, dit l'inspecteur Taverner. Peint par Augustus John. C'est quelqu'un, hein ?

— Oui, répondis-je, sentant bien tout ce que ce monosyllabe avait d'insuffisant.

Je comprenais maintenant ce qu'Edith de Haviland avait voulu dire en déclarant que la maison paraissait vide, sans lui. J'avais devant moi le petit homme biscornu qui avait construit la petite maison biscornue – sans qui la petite maison biscornue n'avait plus de sens.

— Et ça, c'est sa première femme, peinte par Sargent, dit Taverner.

J'examinai le tableau accroché entre deux fenêtres. Le portrait était assez cruel, comme souvent chez Sargent. La longueur excessive du visage lui donnait une apparence chevaline, mais la justesse était indiscutable. C'était le portrait d'une Anglaise typique de la bonne – mais pas de la haute – société campagnarde. Belle, mais sans vie. La femme la moins faite pour convenir au puissant petit despote qui grimaçait au-dessus de la cheminée.

La porte s'ouvrit et le sergent Lamb entra.

— J'ai fait ce que j'ai pu avec les domestiques, monsieur, dit-il. Je n'en ai rien tiré.

Taverner soupira.

Le sergent Lamb sortit un carnet de sa poche et alla s'asseoir discrètement à l'autre bout de la pièce.

La porte s'ouvrit de nouveau, livrant passage à la seconde femme d'Aristide Leonidès.

Elle était en noir – une quantité de noir très luxueux. Elle en était enveloppée depuis le cou jusqu'aux chevilles. Elle avait des mouvements coulants et paresseux et, de toute évidence, le noir lui allait bien. Son visage était doux et joli, et ses cheveux bruns assez beaux étaient coiffés de façon un peu trop recherchée. Sous la poudre et le rouge à lèvres, on voyait qu'elle avait pleuré. Elle portait un collier de grosses perles, une énorme émeraude à une main, et un énorme rubis à l'autre.

Je remarquai encore quelque chose à son sujet : elle avait l'air effrayé.

— Bonjour, Mrs Leonidès, dit Taverner très à l'aise. Je suis désolé d'avoir à vous déranger encore.

— C'est inévitable, je suppose, répondit-elle d'une voix monocorde.

— Vous savez, n'est-ce pas, Mrs Leonidès, que vous êtes en droit d'exiger la présence de votre avocat, si vous le désirez.

Comprit-elle la signification de cet avertissement ? Apparemment non. Elle répondit simplement d'un air boudeur :

— Je n'aime pas Mr Gaitskill. Je ne veux pas de lui.

— Vous avez le droit de choisir votre propre avocat, Mrs Leonidès.

— C'est obligé ? Je n'aime pas les avocats. Ils me brouillent les idées.

— Vous êtes libre d'agir à votre guise, répondit Taverner avec un sourire machinal. Alors, on y va ?

Le sergent Lamb suça son crayon. Brenda Leonidès s'assit sur le canapé en face de Taverner.

— Vous avez découvert quelque chose ? demanda-t-elle.

Je remarquai qu'elle tordait nerveusement un coin de sa robe.

— Nous avons définitivement établi que votre mari est mort des suites d'un empoisonnement à l'ésérine.

— Vous voulez dire que ses gouttes pour les yeux l'ont tué ?

— Il est à peu près certain que quand vous lui avez fait sa dernière piqûre, c'est de l'ésérine que vous lui avez injectée, et non de l'insuline.

— Mais je n'en savais rien. Je n'ai rien à voir avec ça. C'est vrai, inspecteur.

— Alors, quelqu'un a délibérément remplacé l'insuline par ces fameuses gouttes.

— Quelle stupidité !

— Oui, Mrs Leonidès.

— Vous pensez... qu'on l'a fait exprès ? Ou que c'est un accident ? Ça ne peut pas être... une plaisanterie, n'est-ce pas ?

— Non, ça ne peut pas être une plaisanterie, Mrs Leonidès.

— Alors ça ne peut être qu'un domestique.

Taverner ne répondit pas.

— Ça ne peut être que ça. Qui d'autre aurait pu faire une chose pareille ?

— Vous en êtes bien sûre ? Réfléchissez, Mrs Leonidès. Vous ne voyez rien ? Personne ne lui en voulait ? Il n'y a pas eu de disputes ?

— Je ne vois rien du tout, répliqua-t-elle en le défiant du regard.

— Vous m'avez bien dit que vous étiez au cinéma, cet après-midi-là ?

— Oui. Je suis rentrée à 6 heures et demie… C'était l'heure de son insuline… Je… je lui ai fait son injection, comme d'habitude, et alors il… il est devenu tout drôle. Ça m'a terrifiée… J'ai couru chez Roger… Mais je vous ai déjà raconté tout ça. Est-ce qu'il faudra que je recommence encore et encore ? s'écria-t-elle avec nervosité, en haussant soudain le ton.

— J'en suis désolé, Mrs Leonidès. Et maintenant, puis-je parler à Mr Brown ?

— À Laurence ? Mais pourquoi ? Il ne sait rien de tout ça.

— J'aimerais quand même lui parler.

Elle lui jeta un regard soupçonneux.

— Il est dans la salle d'étude, il fait du latin avec Eustace. Vous voulez que je vous l'envoie ?

— Inutile… je vais y aller.

Taverner sortit aussitôt. Nous le suivîmes, le sergent et moi.

— Vous lui avez flanqué la frousse, monsieur, dit le sergent Lamb.

Taverner répondit par un grognement. Il nous entraîna à sa suite, par une volée de marches et un couloir, dans une grande pièce donnant sur le jardin. Un jeune homme blond, d'une trentaine d'années, et un bel adolescent brun de seize ans s'y trouvaient, assis à la même table.

Ils levèrent la tête en nous entendant entrer. Eustace, le frère de Sophia, fixa les yeux sur moi tandis que Laurence Brown posait un regard angoissé sur l'inspecteur Taverner.

Je n'avais encore jamais vu quelqu'un à ce point paralysé par la frayeur. Il se leva, se rassit, et dit, d'une voix qui n'était qu'un murmure :

— Ah !… euh… bonjour, inspecteur.

— Bonjour, répondit Taverner d'un ton sec. Puis-je vous parler un instant ?

— Oui, bien sûr. Avec plaisir. Du moins…

Eustace se leva.

— Vous voulez que je vous laisse, inspecteur ? demanda-t-il d'un ton aimable mais légèrement insolent.

— Nous… nous reprendrons ça plus tard, dit son professeur.

Eustace se dirigea vers la porte sans se presser, la démarche raide. Au moment de sortir, il intercepta mon regard, fit le geste de se trancher la gorge et sourit. Puis il tira la porte sur lui.

— Eh bien, Mr Brown, l'analyse est concluante, dit Taverner. La mort de Mr Leonidès est due à l'ésérine.

— Je… vous voulez dire… Mr Leonidès a vraiment été empoisonné ? J'espérais…

— Il a été empoisonné, répliqua Taverner sèchement. Quelqu'un a substitué des gouttes d'ésérine à l'insuline.

— Je n'arrive pas à le croire… C'est inimaginable…

— La question est la suivante : qui avait un mobile ?

— Personne. Absolument personne ! s'écria Brown, très agité.

— Vous ne tenez pas à la présence de votre avocat, n'est-ce pas ?

— Je n'ai pas d'avocat. Je n'en veux pas. Je n'ai rien à cacher… rien.

— Vous comprenez, bien sûr, que tout ce que vous pourrez dire sera consigné ?

— Je suis innocent… Je vous assure que je suis innocent.

— Je n'ai jamais prétendu le contraire… Mrs Leonidès était beaucoup plus jeune que son mari, non ? reprit Taverner après un silence.

— Je… Je suppose… Je veux dire, eh bien, oui.

— Elle devait se sentir bien seule, parfois ?

Laurence Brown ne répondit pas. Il passa sa langue sur ses lèvres sèches.

— Elle a dû apprécier que quelqu'un, plus ou moins de son âge, vienne vivre ici.

— Je… non, pas du tout… je veux dire…, je n'en sais rien.

— Il me semblerait tout naturel que des liens d'affection se soient noués entre vous.

Brown protesta avec véhémence.

— Mais non ! C'est faux ! Il n'y a rien eu de pareil ! Je sais bien à quoi vous pensez, mais c'est faux ! Mrs Leonidès a toujours été très bonne avec moi et j'ai le plus grand… le plus grand respect pour elle… mais rien de plus, je vous assure… rien de plus… C'est monstrueux d'insinuer des choses comme ça ! Monstrueux ! Je ne me vois pas tuant un homme ou trafiquant des flacons, ou quoi que ce soit de ce genre… Je suis très sensible, très nerveux… Je… la seule idée de tuer est un cauchemar pour moi… ils l'ont bien compris, au tribunal… Mes convictions religieuses m'interdisent de tuer. J'ai été mobilisé dans un hôpital à la place… un travail affreusement pénible… dans la chaufferie… Je n'ai pas pu le supporter… alors on m'a permis de me consacrer à l'enseignement. J'ai fait de mon mieux ici avec Eustace et Joséphine, une enfant très intelligente, mais difficile. Et tout le monde a été très gentil avec moi… Mr Leonidès, et Mrs Leonidès, et miss de Haviland. Et voilà maintenant qu'il arrive cette chose horrible, et que vous me soupçonnez de meurtre… moi… moi !

L'inspecteur Taverner l'examina d'un œil flegmatique.

— Je n'ai pas dit ça, fit-il observer.

— Mais vous le pensez ! Je sais bien que vous le pensez ! Ils le pensent tous ! Ils ont une façon de me regarder… Je… Je ne peux pas continuer à vous parler. Je ne me sens pas bien.

Il se précipita hors de la pièce. Taverner tourna lentement la tête vers moi.

— Eh bien, que pensez-vous de lui ?

— Il est terrorisé.

— Bon, mais encore ? Est-ce un assassin ?

— Si vous voulez mon avis, intervint le sergent Lamb, il n'en aurait jamais eu le courage.

— Il n'aurait jamais pu assommer quelqu'un ou le menacer d'un revolver, reconnut l'inspecteur. Mais dans ce cas particulier, qu'y avait-il à faire ? Seulement tripoter deux flacons… Aider un vieillard à quitter ce monde presque sans douleur.

— De l'euthanasie, en somme, remarqua le sergent.

— Et ensuite, après un intervalle décent, épouser peut-être une femme dont l'héritage se monte à cent mille livres, libres de droits, qui possède déjà une fortune équivalente sans compter des perles, des rubis et des émeraudes grosses comme un œuf. Enfin, soupira Taverner, tout ça, c'est théories et conjectures ! Je me suis arrangé pour lui flanquer une belle frousse, mais qu'est-ce que ça prouve ? Innocent, il aurait la même trouille. Et de toute façon, je ne pense pas qu'il ait fait ça lui-même. C'est beaucoup plus vraisemblablement la femme. Seulement, pourquoi diable n'a-t-elle pas ensuite jeté – ou au moins rincé – le flacon d'insuline ? Pas de témoignages de domestiques sur leurs rapports ? demanda-t-il en se tournant vers le sergent.

— La femme de chambre prétend qu'il est amoureux d'elle et que c'est réciproque.

— Sur quoi se fonde-t-elle ?

— Sur la façon dont il la regarde quand elle lui verse son café.

— Ça nous ferait une belle jambe devant un juge ! Rien à signaler dans leur conduite ?

— En tout cas, personne n'a rien vu.

— S'il y avait eu quelque chose à voir, je vous parie qu'ils l'auraient vu. Figurez-vous que je commence à penser qu'il n'y a vraiment rien entre eux. Retournez lui parler, dit-il en s'adressant à moi. J'aimerais connaître vos impressions sur elle.

Je m'exécutai, un peu à contrecœur, mais non sans une certaine curiosité.

9

Je trouvai Brenda Leonidès à l'endroit exact où je l'avais laissée. Elle réagit vivement en me voyant entrer.

— Où est l'inspecteur Taverner ? Il va revenir ?

— Pas tout de suite.

— Qui êtes-vous ?

Enfin, on me posait la question que j'avais attendue toute la matinée.

J'y répondis sans trop m'éloigner de la vérité.

— Je suis en rapport avec la police, mais je suis aussi un ami de la famille.

— La famille ! Tous des ordures ! Je les déteste !

Elle me regardait, la bouche pincée. Elle paraissait tout à la fois maussade, effrayée et furieuse.

— Ils ont toujours été odieux avec moi, toujours. Depuis le début. Je n'avais pas le droit d'épouser leur cher papa, peut-être ? Qu'est-ce que ça pouvait bien leur faire ? Ils avaient tous des masses d'argent. C'est lui qui le leur avait donné. Ils n'avaient pas assez de cervelle pour en gagner eux-mêmes ! Pourquoi un homme n'aurait-il pas le droit de se remarier, même s'il est un peu âgé ? En vérité il n'était pas vieux du tout intérieurement. Je l'aimais beaucoup. Oui, je l'aimais bien.

Elle me regardait d'un air de défi.

— Je comprends, dis-je. Je comprends.

— J'imagine que vous ne me croyez pas, mais c'est vrai. J'en avais par-dessus la tête des hommes. J'avais envie d'une maison, j'avais envie que quelqu'un s'occupe de moi et me dise des choses gentilles. Aristide me disait des choses gentilles… et il me faisait rire… et il était malin. Il inventait toutes sortes de manières astucieuses de tourner ces stupides règlements. Il était très, très malin. Sa mort ne me fait aucun plaisir. J'en suis désolée au contraire.

Elle s'enfonça dans le canapé. Sa bouche, qu'elle avait relativement grande, se retroussa aux commissures en un drôle de sourire lymphatique.

— J'ai été heureuse, ici. J'étais en sécurité. J'allais chez tous ces couturiers chics dont on parle. Je n'y étais pas plus déplacée qu'une autre. Et Aristide me donnait de jolies choses…

Elle tendit la main pour contempler son rubis.

L'espace d'un instant je crus voir, dans sa main et son bras tendus, une patte de chat et, dans sa voix, je crus percevoir un ronronnement.

Elle se souriait toujours à elle-même.

— Quel mal y a-t-il à ça ? J'étais gentille avec lui. Je le rendais heureux. Vous savez où je l'ai rencontré ? fit-elle en se penchant vers moi.

Elle poursuivit, sans attendre ma réponse :

— Au Gay Shamrock. Il avait commandé des œufs brouillés et des toasts et j'étais en larmes quand je les lui ai apportés. « Asseyez-vous, il m'a dit, et racontez-moi ce qui ne va pas. – Oh ! je ne peux pas, j'ai dit, je serais fichue dehors si je faisais un truc comme ça. – Non, vous ne serez pas fichue dehors, il m'a dit, je suis chez moi ici. » Alors je l'ai regardé. Quel drôle de petit vieux, j'ai pensé d'abord, mais il avait une espèce de force… Je lui ai tout déballé. Ils ont dû vous en parler, j'imagine… et me faire passer pour une moins que rien. Mais ce n'est pas vrai. J'ai reçu une très bonne éducation. On avait une boutique... une boutique de style... des travaux d'aiguille. Je n'étais pas la fille facile ou à sortir avec un tas de garçons. Mais avec Terry, c'était pas la même chose. Il était irlandais... et il a dû partir à l'étranger... Il n'a jamais écrit, rien... J'ai été idiote, bien sûr. Mais c'était fait, vous voyez ? J'étais dans le pétrin... comme n'importe quelle misérable boniche...

Sa voix était chargée d'un mépris souverain.

— Aristide a été merveilleux. Il m'a dit que tout irait bien. Il m'a dit qu'il était seul, que nous allions nous marier tout de suite. C'était comme un rêve. C'est là que j'ai découvert que c'était le grand Leonidès, celui qui possédait des tas de boutiques, de restaurants et de night-clubs. Un vrai conte de fées, non ?

— Un genre de conte de fées, en effet, répliquai-je, ironique.

— On nous a mariés dans une petite église de la City... et puis nous sommes partis à l'étranger.

— Et l'enfant ?

Elle me regarda avec des yeux qui revenaient de très loin.

— Il n'y a pas eu d'enfant, tout compte fait. Je m'étais trompée.

Elle sourit, de son pauvre sourire, les coins de la bouche relevés.

— Je me suis juré que je serais une bonne épouse pour lui, et je l'ai été. Je commandais tout ce qu'il aimait manger, je portais les couleurs qu'il aimait et je faisais tout ce que je pouvais pour lui faire plaisir. Et il était heureux. Mais son horrible famille ne nous a jamais fichu la paix. Ils étaient toujours à vivre à ses crochets, de vrais pique-assiette. La vieille miss de Haviland… elle aurait dû partir, à mon avis, quand il s'est marié. Je ne me suis pas gênée pour le dire. Mais Aristide répondait : « Elle est ici depuis si longtemps. Elle est chez elle, maintenant. » En fait, ça lui plaisait d'avoir tout son monde autour de lui, de les tenir sous sa coupe. Ils étaient ignobles avec moi, mais il n'avait pas l'air de le remarquer ou d'y trouver à redire. Roger me déteste… vous avez vu Roger ? Il m'a toujours détestée. Il est jaloux. Quant à Philip, il fait du chiqué et ne m'adresse jamais la parole. Et maintenant, ils essayent de faire croire que je l'ai assassiné… mais ce n'est pas moi… ce n'est pas moi ! Je vous en prie, croyez-moi… dit-elle en se penchant vers moi.

Je la trouvai très pathétique. À cet instant, le mépris avec lequel la famille Leonidès parlait d'elle, son empressement à penser qu'elle était l'auteur du crime, me parurent tout à fait inhumains. Elle était seule, traquée et sans défense.

— Et si ce n'est pas moi, ils pensent que c'est Laurence, poursuivit-elle.

— Laurence ?

— J'ai pitié de lui. C'est une petite nature, il a été réformé. Pas parce que c'est un froussard mais parce qu'il est trop sensible. J'ai essayé de lui remonter le moral pour qu'il se sente un peu plus heureux. Mais il doit s'occuper de ces horribles gamins. Eustace passe son temps à se moquer de lui et Joséphine… Vous avez vu Joséphine ? Vous savez à quoi elle ressemble.

Je lui expliquai que je ne l'avais pas encore rencontrée.

— Il m'arrive de me demander si cette petite a bien toute sa tête. Elle a des manières si sournoises et l'air si bizarre… Elle me donne la chair de poule, des fois.

Joséphine ne m'intéressait pas. Je revins à Laurence Brown.

— Qui est-il ? demandai-je. D'où vient-il ?

Ma question n'était pas très adroite. Elle rougit.

— Il est comme tout le monde. Comme moi… Que pouvons-nous contre eux tous ?

— Vous ne croyez pas que vous exagérez un peu ?

— Non, pas du tout. Ils veulent que Laurence – ou moi – soit reconnu coupable du meurtre. Et ce policier est de leur côté. On n'a pas une chance.

— Il ne faut pas vous énerver comme ça.

— Et pourquoi ce ne serait pas l'un d'eux qui l'aurait tué ? Ou quelqu'un de l'extérieur ? Ou un domestique ?

— C'est le mobile qui manque…

— Oh ! le mobile… Est-ce que j'ai un mobile ? Et Laurence ?

Je répondis, plutôt gêné :

— Ils pensent, j'imagine, que vous et… euh… Laurence, vous êtes amoureux l'un de l'autre… que vous désirez vous marier…

Elle se redressa de toute sa taille :

— C'est dégoûtant d'insinuer ça ! Et ce n'est pas vrai ! On n'a jamais parlé de ça ensemble. C'est juste qu'il me faisait pitié et j'essayais de lui remonter le moral. Nous étions amis, c'est tout. Vous me croyez ?

Je la croyais. C'est-à-dire, je croyais que Laurence et elle étaient amis, selon son expression. Mais je croyais aussi qu'elle était, inconsciemment sans doute, amoureuse de lui.

C'est avec cette idée en tête que je descendis à la recherche de Sophia.

J'allais entrer dans le salon quand je l'aperçus qui pointait la tête par une autre porte, un peu plus loin dans le couloir.

— Ouh, ouh ! fit-elle. J'aide Nannie à préparer le déjeuner.

Je fis quelques pas dans sa direction ; elle sortit dans le couloir, referma la porte derrière elle et, me prenant par le bras, m'entraîna dans le salon. Celui-ci était vide.

— Eh bien, dit-elle, vous avez vu Brenda ? Que pensez-vous d'elle ?

— Franchement, elle me fait pitié.

Sophia eut l'air amusé.

— Je vois, fit-elle. Elle vous a eu.

Cela m'agaça un peu.

— Le fait est, lui fis-je remarquer, que je comprends son point de vue. Ce qui n'est pas votre cas, apparemment.

— Son point de vue sur quoi ?

— Sincèrement, Sophia, est-ce que quelqu'un, dans votre famille, s'est jamais montré gentil, ou même simplement correct avec elle, depuis qu'elle est arrivée ici ?

— Non, nous n'avons jamais été gentils avec elle. Pour quelle raison aurions-nous dû l'être ?

— Par charité chrétienne, je ne sais pas, moi.

— Vous atteignez de grandes hauteurs morales, Charles. Brenda a dû rudement bien jouer son numéro.

— Vraiment, Sophia, on dirait… Je ne comprends pas ce qu'il y a.

— Il y a que je suis honnête et que je ne fais pas semblant. Vous avez compris le point de vue de Brenda, dites-vous. Eh bien, penchez-vous un peu sur le mien. Je n'aime pas les jeunes femmes qui inventent des histoires pitoyables pour épouser de riches vieillards. J'ai le droit de ne pas aimer ce genre de femmes et je ne vois pas une seule raison qui m'obligerait à dire le contraire. Et si les faits vous avaient été rapportés froidement, point par point, elle n'aurait pas eu droit non plus à votre sympathie.

— Vous pensez qu'elle l'a inventée, cette histoire ?

— À propos de l'enfant ? Je n'en sais rien. Personnellement, je crois que oui.

— Et vous lui en voulez d'avoir roulé votre grand-père ?

— Oh ! Elle ne l'a pas roulé ! s'écria Sophia en riant. Personne n'a jamais roulé grand-père. Il voulait Brenda. Il voulait jouer au grand seigneur avec sa pauvresse de serveuse. Il savait exactement ce qu'il faisait et tout s'est passé comme il l'avait prévu. Du point de vue de grand-père, ce mariage a été une complète réussite, comme toutes ses autres opérations.

— Avoir engagé Laurence Brown comme précepteur, est-ce aussi une réussite de votre grand-père ? demandai-je ironiquement.

Sophia réfléchit.

— Finalement, je ne suis pas sûre que cela n'en ait pas été une. Il voulait que Brenda s'amuse et soit heureuse. Il a pu penser que les robes et les bijoux ne suffisaient pas, qu'elle avait besoin d'une histoire d'amour anodine. Il a pu calculer que quelqu'un comme Laurence Brown, quelqu'un de vraiment soumis, si vous voyez ce que je veux dire, ferait l'affaire. Une belle amitié amoureuse toute teintée de mélancolie, voilà qui pourrait empêcher Brenda d'entretenir une liaison sérieuse à l'extérieur. Ce genre de machination ne m'étonnerait pas de la part de grand-père. C'était un vieux démon, vous savez.

— Ça m'en a tout l'air.

— Il ne pouvait pas prévoir que cela finirait par un meurtre… C'est pourquoi, déclara Sophia avec une soudaine véhémence, malgré tout mon désir, je n'arrive pas à croire qu'elle l'a tué. Si elle avait prémédité de le faire, ou si Laurence et elle avaient prémédité ça ensemble, grand-père l'aurait su. Cela doit vous paraître un peu tiré par les cheveux, je pense…

— Je dois le reconnaître.

— … mais c'est parce que vous n'avez pas connu grand-père. Il n'aurait certainement pas été complice de son propre assassinat ! Et voilà ! Nous nous heurtons à un mur.

— Elle est terrorisée, Sophia. Absolument terrorisée.

— Par l'inspecteur Taverner et ses joyeux compagnons ? Oui, ils sont assez terrifiants. Laurence est à bout de nerfs, c'est ça ?

— Pratiquement. Il s'est donné en spectacle d'une façon répugnante. Je n'arrive pas à comprendre ce qu'une femme peut trouver à un homme de cet acabit.

— Vraiment ? Laurence a pourtant beaucoup de sex-appeal.

— Ce gringalet ? m'exclamai-je, sceptique.

— Les hommes se figurent toujours que pour séduire le sexe opposé, il faut nécessairement ressembler à l'homme des cavernes ! Laurence est séduisant, ça ne fait aucun doute, mais ça m'aurait étonnée que vous vous en aperceviez. Brenda vous a bel et bien harponné, ajouta-t-elle en me regardant.

— Ne soyez pas ridicule. Elle n'est même pas jolie. Et elle ne fait certainement pas…

— Étalage de ses charmes ? Non, elle s'arrange seulement pour vous apitoyer. Elle n'est pas vraiment belle, elle a un petit pois dans la cervelle, mais elle a une caractéristique exceptionnelle : elle s'entend à provoquer des conflits. Elle a déjà réussi à en provoquer un entre vous et moi.

— Sophia ! m'écriai-je, atterré.

Sophia se leva.

— N'en parlons plus, Charles. Il faut que j'aille préparer le déjeuner.

— Je vais venir vous aider.

— Non, vous allez rester ici. Nannie serait affolée de voir un homme dans sa cuisine.

— Sophia ! criai-je encore au moment où elle sortait.

— Oui, qu'y a-t-il ?

— Juste un problème domestique. Comment se fait-il qu'il n'y ait, ni en bas ni en haut, quelqu'un en tablier et coiffe blanche pour vous ouvrir la porte ?

— Grand-père avait une cuisinière, une bonne, une femme de chambre et un valet de chambre. Il adorait s'entourer de domestiques. Il leur donnait des gages faramineux pour se les attacher. Clemency et Roger ont juste une femme de ménage qui vient tous les jours. Ils n'aiment pas les domestiques – tout au moins Clemency ne les aime pas. Si Roger ne faisait pas quotidiennement un déjeuner substantiel dans la City, il mourrait de faim. De la laitue, des tomates et des carottes crues, voilà ce que Clemency appelle un repas. Quant à nous, nous avons des domestiques, puis ma mère pique une crise et ils s'en vont. Nous prenons alors quelqu'un à la journée, et ensuite tout recommence. En ce moment, nous sommes dans la phase à la journée. Nannie, c'est l'élément stable, prêt à parer à toute éventualité. Voilà, vous savez tout.

Sophia sortit. Je me laissai tomber dans un grand fauteuil et me livrai à mes réflexions.

Là-haut, j'avais vu les choses du point de vue de Brenda. Ici, à l'instant, on venait de me montrer les choses du point de vue de Sophia. Je comprenais du reste parfaitement la légitimité de son point de vue – qui pouvait être considéré comme le point de vue de la famille. Ils ne pouvaient accepter l'étrangère qui s'était introduite chez eux par des moyens qu'ils jugeaient ignobles. C'était leur droit. Comme Sophia l'avait dit, rapportés point par point dans un rapport, les faits n'auraient pas eu bonne figure…

Mais il y avait l'aspect humain de l'affaire, l'aspect que je voyais et qu'ils ne voyaient pas. Ils étaient, ils avaient toujours été riches et nantis. Ils n'avaient aucune idée de ce qui faisait rêver les malheureux. Brenda Leonidès rêvait de richesse, de jolies choses, de sécurité, d'un foyer. En contrepartie, elle prétendait faire le bonheur de son vieux mari. J'avais sympathisé avec elle. Oui, tandis que je l'écoutais, je sympathisais avec elle… Et maintenant, avais-je toujours autant de sympathie pour elle ?

Deux aspects de la question… Différents angles de vision… Quel était le bon angle ?… le bon angle…

Je n'avais pas beaucoup dormi la nuit précédente et m'étais levé de bonne heure pour accompagner Taverner. Et là, dans le salon de Magda Leonidès, dans cette atmosphère tiède et parfumée, dans les moelleux coussins de mon gros fauteuil, mes paupières s'alourdirent, s'alourdirent…

Brenda, Sophia, le portrait d'un vieillard… mes pensées s'effilochèrent dans un délicieux brouillard.

Je m'endormis.

10

Je m'éveillai si progressivement que je ne compris pas tout de suite que j'avais dormi. L'odeur entêtante des fleurs m'emplissait les narines. Devant moi, une tache ronde et blanche flottait dans l'espace. Il me fallut quelques secondes pour me rendre compte qu'il s'agissait d'un visage humain, un visage suspendu dans l'air, à trente ou quarante centimètres de moi. Au fur et à mesure que je reprenais mes esprits, la vision se précisait. Le visage – rond, front bombé, cheveux coiffés en arrière et petits yeux noirs de fouine – n'avait pas perdu son aspect de farfadet, mais il était enfin rattaché à un corps, un petit corps maigrichon et me regardait gravement.

— Salut ! fit-il.

— Salut ! répondis-je en clignant des yeux.

— Je m'appelle Joséphine.

J'étais déjà parvenu à cette conclusion. Joséphine, la sœur de Sophia, devait avoir, d'après moi, onze ou douze ans. C'était une enfant extraordinairement laide, qui offrait une très nette ressemblance avec son grand-père. Il ne me parut pas impossible qu'elle pût avoir aussi son cerveau.

— Vous êtes l'amoureux de Sophia, dit Joséphine.

Je reconnus le bien-fondé de sa déclaration.

— Mais vous êtes venu ici avec l'inspecteur Taverner. Pourquoi vous êtes venu avec l'inspecteur Taverner ?

— C'est un ami à moi.

— Ah, oui ? Je ne l'aime pas. Je ne lui raconterai pas des choses.

— Quelles sortes de choses ?

— Des choses que je sais. Je sais un tas de choses. J'aime savoir des choses.

Elle s'assit sur le bras de mon fauteuil et continua l'examen implacable de mon visage. Je commençais à me sentir mal à l'aise.

— Grand-père a été assassiné. Vous le saviez ?

— Oui, je le savais.

— Il a été empoisonné. Avec de l'é-sé-rine, dit-elle en prononçant le mot très soigneusement. Intéressant, n'est-ce pas ?

— Sans doute, oui.

— Eustace et moi, ça nous intéresse beaucoup. Nous adorons les romans policiers. Je suis un policier, maintenant. Je rassemble des indices.

C'était une enfant plutôt macabre, pour mon goût.

Elle revint à la charge.

— L'homme qui est venu avec l'inspecteur Taverner, c'est aussi un policier, non ? Dans les livres, on dit qu'on peut toujours reconnaître un policier en civil à ses bottines. Mais celui-là, il porte des chaussures en daim.

— Tout change, tout passe.

Joséphine interpréta ce commentaire à sa façon.

— Oui. Il va y avoir beaucoup de changements ici, à mon avis. Nous allons aller vivre dans une maison à Londres, sur la Tamise. Maman attend ça depuis longtemps. Elle va être drôlement contente. Papa sera sûrement d'accord, s'il peut emporter ses livres. Avant, il n'aurait pas pu. Il avait perdu tellement d'argent avec Jézabel !

— Jézabel ?

— Oui, vous ne l'avez pas vue ?

— Ah ! C'est une pièce ? Non, je ne l'ai pas vue. J'étais à l'étranger.

— Ça n'a pas duré longtemps. En fait, ça a été un flop épouvantable. Il faut dire que maman n'est pas vraiment faite pour jouer Jézabel, vous ne trouvez pas ?

Je pesai mes impressions sur Magda. Rien dans son déshabillé rose ni dans son tailleur n'évoquait Jézabel, mais j'étais tout disposé à croire qu'il existait beaucoup d'autres Magda, inconnues de moi.

— Peut-être pas, répondis-je, prudent.

— Grand-père avait toujours dit que ça ferait un flop. Il disait qu'il ne mettrait pas un sou dans ce genre de drames religieux historiques. Il disait que ça ne pourrait jamais faire un succès. Mais maman débordait d'enthousiasme. Moi non plus, ça ne me plaisait pas. Ce n'était pas du tout comme dans la Bible. Je veux dire, Jézabel n'est pas méchante comme dans la Bible. Elle est patriote et très gentille. Ça fait que c'est ennuyeux. Quand même, à la fin ça s'arrange. On la jette par la fenêtre. Seulement, il n'y a pas de chiens qui viennent la dévorer. C'est rudement dommage, vous ne trouvez pas ? C'est ce que je préfère, quand les chiens la dévorent. Maman dit qu'on ne peut pas avoir de chiens sur scène, mais je ne vois pas pourquoi. On pourrait avoir des chiens savants. « Et ils la dévorèrent toute, sauf la paume de ses mains », cita-t-elle, sentencieuse. Pourquoi est-ce qu'ils n'ont pas mangé la paume de ses mains ?

— Je n'en ai aucune idée, répondis-je.

— On ne croirait jamais qu'il y a des chiens qui peuvent être aussi difficiles, vous ne trouvez pas ? Les nôtres, ils ne sont pas comme ça. Ils mangent n'importe quoi.

Joséphine réfléchit un instant à ce mystère biblique.

— Je suis désolé que la pièce ait fait un flop, dis-je.

— Oui. Maman a été terriblement bouleversée. Les critiques étaient abominables. Quand elle les a lues, elle a éclaté en sanglots, elle a pleuré toute la journée, elle a jeté son petit déjeuner à la tête de Gladys, et Gladys a donné son congé. C'était rigolo.

— Si je comprends bien, tu aimes le théâtre, Joséphine.

— On a fait un examen post mortem à mon grand-père. Pour trouver de quoi il est mort. Ils appellent ça un PM, mais ça vous embrouille, je trouve. PM, ça peut être aussi Premier ministre, par exemple.

— Cela te fait de la peine que ton grand-père soit mort ?

— Pas particulièrement. Je ne l'aimais pas beaucoup. Il m'a empêchée d'apprendre la danse.

— Tu voulais apprendre la danse ?

— Oui, et maman voulait aussi, et papa n'y trouvait rien à redire, mais grand-père a dit que je ne serais pas bonne.

Elle se laissa glisser par terre, envoya promener ses chaussures et s'efforça de se mettre sur ce que, techniquement, je crois, on appelle les pointes.

— Bien sûr, il faut avoir des chaussons spéciaux, expliqua-t-elle, et même avec ça, vous attrapez des fois des abcès horribles au bout des doigts de pied.

Elle remit ses chaussures et me demanda :

— Vous aimez cette maison ?

— Je n'en suis pas très sûr.

— J'imagine qu'on va la vendre. Sauf si Brenda continue à y vivre. Je crois qu'oncle Roger et tante Clemency ne vont pas partir maintenant.

— Ils devaient partir ? demandai-je, mon intérêt soudain éveillé.

— Oui. Ils devaient partir mardi. À l'étranger, quelque part. Ils devaient prendre l'avion. Tante Clemency avait acheté une de ces valises poids-plume…

— Je ne savais pas qu'ils devaient partir à l'étranger.

— Personne ne le savait. C'était un secret. Ils ne voulaient le dire à personne avant d'être loin. Ils voulaient laisser un mot pour grand-père. Pas épinglé sur une pelote à aiguilles, ajouta-t-elle. Ça, ça se fait seulement dans les vieux livres, et c'est les femmes qui le font quand elles quittent leur mari. Mais aujourd'hui ce serait ridicule, vu que personne n'a plus de pelote à aiguilles.

— C'est bien vrai. Mais dis-moi, Joséphine, sais-tu pourquoi ton oncle Roger allait… partir ?

Elle me lança un regard en coin.

— Je crois bien que oui. C'est en rapport avec le bureau d'oncle Roger à Londres. Je crois bien, mais je ne suis pas sûre, qu'il a détourné quelque chose.

— Qu'est-ce qui te fait penser ça ?

Joséphine se rapprocha de moi et me souffla à la figure :

— Le jour où grand-père a été empoisonné, oncle Roger a été enfermé un temps fou avec lui dans sa chambre. Ils ont parlé, parlé… Et oncle Roger disait qu'il avait toujours été un bon à rien et qu'il avait déçu grand-père, et que c'était pas tellement l'argent, c'était qu'il n'avait pas été digne de confiance. Il était dans un état !

Je considérai Joséphine avec des sentiments mitigés.

— Joséphine, dis-je, personne ne t'a jamais appris qu'il est très vilain d'écouter aux portes ?

Joséphine hocha vigoureusement la tête.

— Bien sûr qu'on me l'a dit. Mais si on veut découvrir des choses, on est bien obligé d'écouter aux portes. Je parie que l'inspecteur Taverner le fait aussi.

La question méritait examen. Joséphine poursuivit avec véhémence :

— De toute façon, s'il ne le fait pas, l'autre le fait, celui avec les souliers en daim. Et ils cherchent dans les bureaux des gens, et ils lisent toutes leurs lettres, et ils découvrent tous leurs secrets. Seulement, ils sont idiots ! Ils ne savent pas où chercher !

Joséphine affichait une tranquille supériorité. Je fus assez bête pour ne pas prêter attention à ces propos. Cette enfant terrible reprit :

— Eustace et moi, on sait un tas de choses, mais moi, j'en sais plus qu'Eustace. Et je ne le lui dirai pas. Il pense que les femmes ne seront jamais de grands détectives. Mais moi, je dis que si ; je vais tout écrire dans un carnet et après, quand la police sera complètement égarée, moi j'arriverai et je dirai : « Je sais qui est le coupable. »

— Tu lis beaucoup de romans policiers, Joséphine ?

— Des tas.

— Tu penses que tu sais qui a tué ton grand-père ?

— Je pense, oui… mais je dois trouver encore quelques preuves.

Après un instant de silence, elle ajouta :

— L'inspecteur Taverner croit que c'est Brenda, hein ? Ou Brenda et Laurence ensemble, parce qu'ils sont amoureux.

— Tu ne devrais pas dire des choses comme ça, Joséphine.

— Pourquoi pas ? Ils s'aiment tous les deux.

— Tu n'es pas capable d'en juger.

— Si, j'en suis capable. Ils s'écrivent. Des lettres d'amour.

— Joséphine ! Comment le sais-tu ?

— Parce que je les ai lues. Des lettres affreusement bébêtes. Mais il est bébête, Laurence. Et il a eu peur de se battre, pendant la guerre. Il est allé dans des caves et dans des chaufferies. Quand les V-2 passaient ici, il devenait vert, vraiment vert. Ça nous faisait bien rire, Eustace et moi.

J'ignore ce que je lui aurais répondu, pour la bonne raison qu'une voiture arriva à ce moment-là. En un éclair, Joséphine était à la fenêtre, le nez collé au carreau.

— Qui est-ce ? demandai-je.

— C'est Mr Gaitskill, le notaire de grand-père. Il vient sûrement pour le testament.

Surexcitée, elle sortit précipitamment, pour vaquer sans doute à ses activités d'espionnage.

Magda Leonidès entra dans la pièce et, à ma grande surprise, vint vers moi et me prit les mains.

— Dieu merci vous êtes encore là, mon ami. Nous avons tellement besoin d'un homme, ici !

Elle abandonna mes mains, alla rectifier la position d'un fauteuil, se regarda dans la glace, ramassa sur une table un petit coffret en émail de Battersea et resta là, pensive, à l'ouvrir et à le fermer.

Sa pose était très séduisante.

Sophia passa la tête par la porte et chuchota un avertissement :

— Gaitskill !

— Je sais, répondit Magda.

Quelques instants plus tard, Sophia entrait accompagnée d'un petit homme âgé. Magda posa son coffret et alla à sa rencontre.

— Bonjour, Mrs Philip. Je monte au premier. Il semble qu'il y ait un malentendu à propos du testament. Votre mari m'a écrit, pensant qu'il était entre mes mains. Mais d'après ce que m'a dit Mr Leonidès lui-même, il devrait se trouver dans son coffre. Vous ne savez rien à ce propos, j'imagine.

— À propos du testament de ce pauvre trésor ? fit Magda en ouvrant des yeux étonnés. Non, bien sûr que non. Ne me dites pas que cette méchante femme, là-haut, l'a détruit ?

— Allons, Mrs Philip, fit le notaire en la sermonnant du doigt. Ne lâchez pas la bride à votre imagination. Il s'agit simplement de savoir où votre beau-père l'a déposé.

— Mais il vous l'a envoyé… il vous l'a sûrement envoyé, après l'avoir signé. C'est ce qu'il nous a dit, en tout cas.

— Je crois savoir que la police a examiné les papiers personnels de Mr Leonidès, déclara Mr Gaitskill. Il faut que je m'entretienne un instant avec l'inspecteur Taverner.

Il sortit.

— Ma chérie ! s'écria Magda, elle l'a détruit. J'ai raison, je le sens.

— C'est absurde, mère. Elle n'aurait pas fait une idiotie pareille.

— Ce ne serait pas idiot du tout. S'il n'y a pas de testament, elle hérite de tout.

— Chut ! Gaitskill revient.

Le notaire pénétra dans la pièce, suivi de l'inspecteur Taverner et de Philip.

— Je tiens de Mr Leonidès, disait Gaitskill, qu'il aurait déposé son testament à la banque.

Taverner secoua la tête.

— Je me suis mis en rapport avec la banque. Mis à part quelques valeurs, aucun papier personnel appartenant à Mr Leonidès n'est en garde chez eux.

— Roger, peut-être… ou tante Edith…, suggéra Philip. Tu devrais peut-être leur demander de descendre, Sophia.

Convoqué, Roger Leonidès ne fut d'aucun secours.

— C'est invraisemblable… absolument invraisemblable, déclara-t-il. En signant le testament, père a clairement dit qu'il allait l'envoyer à Gaitskill le lendemain, par la poste.

— Si ma mémoire est bonne, intervint Gaitskill en rejetant la tête en arrière et en fermant à demi les yeux, c'est le 24 novembre de l'année dernière que, selon ses instructions, j'ai fait tenir à Mr Leonidès un projet de testament. Il a approuvé ce projet, me l'a retourné, et, en temps voulu, je lui ai envoyé le document à signer. Au bout d'une semaine, je me suis hasardé à lui rappeler que je n'avais pas encore reçu le testament dûment signé et approuvé, et je lui ai demandé s'il voulait y apporter une modification. Il m'a répondu qu'il en était parfaitement satisfait et a ajouté qu'après l'avoir signé, il l'avait envoyé à sa banque.

— C'est tout à fait exact, intervint Roger avec empressement. C'était l'année dernière, vers la fin novembre… tu t'en souviens, Philip ? Père nous avait tous fait monter, un soir, pour nous lire son testament.

Taverner se tourna vers Philip Leonidès.

— Cela concorde avec vos souvenirs, Mr Leonidès ?

— Oui, répondit Philip.

— Cela ressemblait beaucoup à la succession Voysey, remarqua Magda en soupirant d'aise. J'ai toujours pensé qu'il y avait quelque chose de théâtral dans un testament.

— Miss Sophia ?

— Oui, dit Sophia. Je m'en souviens parfaitement.

— Et quelles étaient les dispositions du testament ? demanda Taverner.

Mr Gaitskill allait les exposer avec précision, à sa façon, mais Roger Leonidès le devança.

— C'était un testament très simple. Electra et Joyce étant mortes, leur part était revenue à père. William, le fils de Joyce, ayant été tué au combat en Birmanie, l'argent qu'il avait laissé était allé à son père. Philip, moi et les enfants sommes les seuls parents survivants. C'est ce que père expliquait. Il laissait cinquante mille livres, libres de droits, à tante Edith, cent mille livres libres de droit à Brenda, la maison à Brenda ou, si elle préférait, une maison qu'elle achèterait à Londres. Le reste devait être partagé en trois parts, l'une me revenant, l'autre revenant à Philip, la troisième devant être partagée entre Sophia, Eustace et Joséphine, les deux portions destinées à Eustace et Joséphine devant être confiées à un trust en attendant leur majorité. C'est bien ça, n'est-ce pas, Mr Gaitskill ?

— En gros, ce sont bien les dispositions du document que j'avais rédigé, reconnut Mr Gaitskill, mécontent qu'on ne lui ait pas permis de les exposer lui-même.

— Père nous l'a lu, reprit Roger. Puis il nous a demandé si nous avions des observations à faire. Nous n'en avions pas.

— Brenda en a fait une, remarqua miss de Haviland.

— Oui, approuva Magda, radieuse. Elle a dit qu'elle ne pouvait pas supporter d'entendre son cher vieux Aristide parler de sa mort. Ça lui donnait la chair de poule, comme elle disait. Et après sa mort, elle ne voulait pas un sou de cet horrible argent.

— Ça, fit miss de Haviland, c'est une protestation purement conventionnelle, typique des gens de sa classe.

La pique était cruelle. Je mesurai soudain la haine qu'Edith de Haviland nourrissait à l'égard de Brenda.

— C'était un partage juste et raisonnable de ses biens, constata Mr Gaitskill.

— Et quand il a fini de lire son testament, que s'est-il passé ? demanda l'inspecteur Taverner.

— Après l'avoir lu, répondit Roger, il l'a signé.

— Comment et quand l'a-t-il signé, demanda Taverner.

Du regard, Roger lança un appel de détresse à sa femme. En réponse à son S.O.S., Clemency prit la parole, à la satisfaction du reste de la famille.

— Vous voulez savoir exactement de quelle façon il a procédé ?

— S'il vous plaît, Mrs Leonidès.

— Mon beau-père a posé le testament sur son bureau et a demandé à l'un d'entre nous – à Roger, il me semble – de sonner. Ce que Roger a fait, et en réponse à son coup de sonnette, Johnson est arrivé. Mon beau-père l'a prié d'aller chercher Janet Woolmer, la femme de chambre. Quand ils ont été là tous les deux, il a signé le testament et leur a fait apposer leur signature sous la sienne.

— La procédure est tout à fait correcte, déclara Mr Gaitskill. Un testament doit être signé par le testateur en présence de deux témoins qui doivent apposer leur signature au même moment, au même endroit.

— Et ensuite ? demanda Taverner.

— Mon beau-père les a remerciés et ils se sont retirés. Mon beau-père a pris le testament, l'a mis dans une longue enveloppe et a déclaré qu'il l'enverrait à Mr Gaitskill le lendemain.

— Vous êtes tous d'accord, c'est bien ainsi que les choses se sont passées ? insista Taverner.

Un murmure d'assentiment lui répondit.

— Vous dites que le testament était sur son bureau. Étiez-vous loin, les uns et les autres, de ce bureau ?

— Assez loin. Au moins à trois ou quatre mètres.

— Mr Leonidès était-il assis à ce bureau quand il vous a lu le testament ?

— Oui.

— S'est-il levé, ou a-t-il quitté son bureau après avoir lu le testament et avant de le signer ?

— Non.

— Les domestiques ont-ils pu lire ce document au moment où ils l'ont signé ?

— Non, répondit Clemency. Mon beau-père avait placé une feuille de papier sur le texte.

— Comme il convient, intervint Philip. La teneur du testament ne regarde pas les domestiques.

— Je vois, dit Taverner. Ou plutôt… je ne vois pas.

D'un geste vif, il produisit une longue enveloppe qu'il tendit au notaire.

— Jetez un coup d'œil là-dessus et dites-moi ce que c'est.

Mr Gaitskill sortit de l'enveloppe un document qu'il déplia. Il l'examina avec une vive surprise, le tourna et le retourna dans sa main.

— Voilà qui est on ne peut plus étonnant, déclara-t-il. Je n'y comprends rien. Où avez-vous trouvé ça, si je peux me permettre... ?

— Dans le coffre, parmi les papiers de Mr Leonidès.

— Mais de quoi s'agit-il ? Pourquoi toute cette histoire ?

— Ceci est le testament que j'avais donné à signer à votre père, Roger, mais... après ce que vous venez de raconter, je ne comprends pas... Il n'est pas signé !

— Quoi ? Oh ! c'est sans doute un brouillon.

— Non, affirma le notaire. Mr Leonidès m'a retourné le brouillon. J'en ai tiré ensuite le testament – ce testament-ci, déclara-t-il en le frappant du doigt, et je le lui ai envoyé à signer. D'après vos témoignages, il l'a signé devant vous tous, deux témoins y ont apposé leur signature... et pourtant, ce testament n'est pas signé !

— Mais c'est impossible, s'exclama Philip Leonidès, avec une vivacité toute nouvelle chez lui.

— Votre père avait une bonne vue ? demanda Taverner.

— Il souffrait d'un glaucome. Il avait besoin de verres puissants pour lire.

— Il portait ses verres, ce soir-là ?

— Certainement. Il ne les a quittés qu'après avoir signé. Vous vous souvenez ?

— Absolument, confirma Clemency.

— Et vous êtes tous sûrs que personne ne s'est approché du bureau avant qu'il ne signe ?

— Je me le demande, maintenant, intervint Magda en plissant les paupières. Si seulement on pouvait revoir la scène depuis le début…

— Personne ne s'est approché du bureau, dit Sophia. Et grand-père est resté assis tout le temps.

— Le bureau se trouvait au même endroit que maintenant ? Il n'était pas près d'une porte, d'une fenêtre ou d'un rideau ?

— Il était là où il est aujourd'hui.

— J'essaie d'imaginer comment a pu s'opérer une substitution, expliqua Taverner. Il faut bien qu'il se soit produit une substitution quelconque. Mr Leonidès a dû avoir l'illusion qu'il signait le document qu'il venait de lire à haute voix.

— On n'aurait pas pu effacer les signatures ? demanda Roger.

— Non, Mr Leonidès. Pas sans laisser de traces. Mais il y a une autre possibilité. Ce document n'est peut-être pas celui que Mr Gaitskill a envoyé à Mr Leonidès et qu'il a signé en votre présence.

— Si, riposta Mr Gaitskill. Je suis prêt à jurer qu'il s'agit bien du document original. Il y a un petit défaut dans le papier, dans le coin supérieur gauche. Avec un peu d'imagination, on dirait un aéroplane. Je l'avais remarqué, à l'époque.

Ils se regardèrent les uns les autres, ébahis.

— La situation est très étrange, fit observer Mr Gaitskill. Je n'en vois pas de précédent dans toute ma carrière.

— C'est impossible, déclara Roger. Nous étions tous là. Cela n'a tout simplement pas pu se produire.

Miss de Haviland toussota.

— Dire d'une chose qui s'est produite qu'elle n'a pas pu se produire n'a jamais été qu'une perte de temps, remarqua-t-elle. Où en sommes-nous ? Voilà ce que j'aimerais savoir.

Gaitskill redevint aussitôt le notaire prudent.

— Il va falloir examiner très soigneusement la situation, déclara-t-il. Le document annule, bien évidemment, tous les testaments antérieurs. Nous avons un grand nombre de témoins qui ont effectivement vu Mr Leonidès signer ce que sans doute, en toute bonne foi, il prenait pour son testament. Hum ! Très intéressant. Joli petit problème légal.

Taverner regarda sa montre.

— Je ne voudrais pas vous empêcher d'aller déjeuner.

— Vous ne voulez pas rester et déjeuner avec nous, inspecteur ? proposa Philip.

— Merci, Mr Leonidès, mais j'ai rendez-vous avec le Dr Gray, à Swinly Dean.

Philip se tourna vers le notaire.

— Voulez-vous déjeuner avec nous, Gaitskill ?

— Avec plaisir, Philip.

Tout le monde se leva. Je m'approchai discrètement de Sophia.

— Dois-je partir, dois-je rester ? murmurai-je.

Je trouvai à ma phrase quelque chose de ridicule. On aurait dit un titre de chanson.

— Partir, je pense, répondit Sophia.

Je me glissai silencieusement dehors, à la suite de Taverner. Joséphine était en train de se balancer, accrochée à une porte capitonnée qui menait aux appartements du fond. Apparemment, quelque chose l'amusait énormément.

— La police est stupide, observa-t-elle.

Sophia sortit du salon.

— Qu'est-ce que tu fabriques, Joséphine ?

— J'aide Nannie.

— Je crois plutôt que tu écoutais aux portes.

Joséphine lui fit une grimace et s'en alla.

— Cette enfant, dit Sophia, c'est un vrai problème.

11

Au Yard, dans le bureau paternel, je trouvai Taverner en train de conclure son rapport, autrement dit le récit de ses malheurs.

— Voilà, vous savez tout, disait-il. J'en ai cuisiné un bon nombre, et qu'est-ce que ça m'a donné ? Rien du tout. Pas de mobile. Aucun d'entre eux n'est fauché. Et tout ce que nous avons pu récolter contre la femme et son amoureux, c'est qu'il lui fait les yeux doux quand elle lui sert son café !

— Allons, Taverner, je peux peut-être vous donner quelques bricoles, dis-je.

— Vraiment ? Eh bien, Mr Charles, allez-y. Qu'avez-vous ?

Je m'assis, allumai une cigarette, m'enfonçai dans mon fauteuil et leur racontai tout.

— Roger Leonidès et sa femme s'apprêtaient à partir pour l'étranger le mardi suivant. Roger et son père avaient eu un entretien orageux le jour de la mort du vieux. Le vieux Leonidès avait découvert une malversation et Roger avait reconnu sa culpabilité.

Taverner devint écarlate.

— Où diable êtes-vous allé pêcher tout ça ? Si c'est chez les domestiques…

— Je ne l'ai pas pêché chez les domestiques, je le tiens d'un agent privé.

— Qu'est-ce que vous entendez par là ?

— Et j'ajoute que, conformément aux règles des meilleures histoires de détectives, il – ou plutôt elle – a battu la police à plate couture. Je pense aussi, continuai-je, que mon détective privé cache beaucoup d'autres atouts dans sa manche.

Taverner ouvrit la bouche et la referma. Les questions se bousculaient dans sa tête au point qu'il ne savait par où commencer.

— Roger ! dit-il enfin. Alors Roger n'est pas blanc-bleu ?

J'avais éprouvé certaines réticences à révéler ce que je savais. J'aimais bien Roger Leonidès. Je me rappelai sa chambre, accueillante et confortable, le charme et la cordialité du personnage. Je répugnais à lancer les chiens – fût-ce ceux de la justice – sur ses traces. Bien sûr, les informations de Joséphine n'étaient peut-être pas fiables, mais j'avais tendance à la croire.

— Alors, c'est la gosse qui vous a raconté ça ? dit Taverner. Elle a l'air d'être au courant de tout ce qui se passe dans cette maison.

— Comme tous les enfants, en général, remarqua mon père.

Si l'information était exacte, cela changeait tout. Si Roger, comme le suggérait Joséphine, avait détourné les fonds des Traiteurs Réunis et que son père l'avait découvert, il aurait pu être vital pour le fils de réduire l'auteur de ses jours au silence et de quitter l'Angleterre avant qu'on ne découvre la vérité. Roger était peut-être passible de poursuites.

On décida de procéder sans délai à une enquête sur les Traiteurs Réunis.

— Si c'est ça, il va y avoir un krach fantastique, remarqua mon père. Les intérêts en jeu sont énormes.

— Si l'affaire est vraiment en mauvaise posture, nous tenons notre mobile, dit Taverner. Le père convoque Roger. Roger s'effondre et avoue. Brenda Leonidès est au cinéma. Roger n'a plus qu'à se rendre dans la salle de bains où il vide un flacon d'insuline pour le remplir d'ésérine, et le tour est joué. À moins que ce ne soit sa femme. Après être rentrée, ce jour-là, elle est allée dans l'autre aile de la maison – soi-disant pour chercher une pipe que Roger aurait oubliée. Mais elle a très bien pu y aller pour substituer l'ésérine à l'insuline avant que Brenda ne rentre et ne fasse son injection au vieux Leonidès. Elle en aurait été capable, elle ne manque pas de sang-froid.

Je hochai la tête.

— Oui, je la vois très bien faisant ça. Ses nerfs résisteraient à n'importe quoi ! Et puis je ne pense pas que Roger aurait songé au poison. Le truc de l'insuline a quelque chose de féminin.

— Des hommes ayant usé du poison, ce n'est pas ce qui manque, fit remarquer mon père.

— À qui le dites-vous ! déclara Taverner avec conviction.

— Quand même, Roger n'a pas la tête de l'emploi.

— Rappelle-toi Pritchard, dit le Vieux. Il était très sociable.

— Disons alors qu'ils ont fait le coup ensemble.

— En mettant l'accent sur lady Macbeth, dit mon père tandis que Taverner s'esquivait. C'est l'impression qu'elle te fait ?

Je revis la silhouette svelte et gracieuse debout près de la fenêtre, dans une pièce austère.

— Pas tout à fait, répondis-je. Lady Macbeth est essentiellement une femme avide. Je ne pense pas que Clemency Leonidès le soit. Je ne pense pas qu'elle se soucie d'amasser des biens.

— Mais elle peut se soucier désespérément de la sécurité de son mari ?

— Sans aucun doute. Et elle pourrait certainement se montrer… ma foi, oui, cruelle.

Le Vieux m'observait.

— Qu'est-ce que tu as en tête, Charles ?

Je ne le lui dis pas, ce jour-là.

*

Convoqué le lendemain, je trouvai mon père en compagnie de Taverner.

Ce dernier paraissait très content de lui et plutôt excité.

— Les Traiteurs Réunis sont au bord de la faillite, dit mon père.

— Le krach peut se produire d'un instant à l'autre, renchérit Taverner.

— J'ai constaté que les actions avaient beaucoup baissé hier, dis-je. Mais ce matin, elles ont l'air de remonter.

— Nous avons dû enquêter avec la plus grande discrétion, expliqua Taverner. Pas de questions directes. Rien qui puisse causer la panique ou flanquer la frousse à notre gentleman volant. Mais nous avons obtenu certaines informations de source privée et cela ne fait aucun doute : les Traiteurs Réunis sont au bord du gouffre. Il n'y a aucune chance pour qu'ils puissent tenir leurs engagements. La vérité, c'est que la société est scandaleusement mal gérée depuis des années.

— Par Roger Leonidès ?

— Oui. Il a les pleins pouvoirs, vous savez.

— Et il s'est servi dans la caisse…

— Non, répliqua Taverner. Nous ne le pensons pas. Pour dire les choses crûment, c'est peut-être un meurtrier mais ce n'est pas un escroc. Il s'est simplement conduit… comme un imbécile. Apparemment, il n'a aucune jugeote. Il prenait des risques quand il ne fallait pas, il reculait quand il aurait dû foncer. Il déléguait ses pouvoirs à des incapables. D'un bon naturel, il faisait confiance à ceux qui le méritaient le moins. Toujours et en toute occasion, il a fait ce qu'il ne fallait pas faire.

— Il y a des gens comme ça, remarqua mon père. Ce ne sont pas forcément des imbéciles, ils ne savent pas juger les hommes, voilà tout. Et ils s'emballent toujours au mauvais moment.

— Un type de ce genre ne devrait pas faire des affaires, observa Taverner.

— Il n'en aurait sans doute jamais fait s'il n'était pas né, par hasard, fils d'Aristide Leonidès.

— Quand son père lui a passé la main, la société était en plein boum. Une mine d'or ! Il lui suffisait de se caler dans son fauteuil et de la laisser rouler toute seule.

— Non, dit mon père en secouant la tête. Aucune affaire ne roule toute seule. Il y a toujours des décisions à prendre, quelqu'un à sacquer, un poste à pourvoir, des problèmes de politique générale à résoudre. Et apparemment Roger Leonidès y répondait toujours de travers.

— C'est vrai, confirma Taverner. D'abord, c'est un brave type. Sous prétexte qu'il avait de l'affection pour eux, ou parce qu'ils étaient là depuis des lustres, il gardait les pires nullards. Il lui prenait parfois les idées les plus folles, les plus irréalistes, mais il s'entêtait à vouloir les mettre en application malgré les énormes mises de fonds nécessaires.

— Mais rien de criminel, dans tout ça ? insista mon père.

— Non, rien de criminel.

— Alors, pourquoi ce meurtre ? demandai-je.

— Qu'il ait été un simple imbécile ou un filou, le résultat est le même ou à peu près, dit Taverner. Pour sauver les Traiteurs Réunis de la débâcle, il faudrait trouver une somme colossale d'ici – il consulta son carnet – … d'ici mercredi au plus tard.

— Une somme comme il devait en hériter, ou comme il pensait en hériter, selon le testament de son père ?

— Exactement.

— Mais il n'aurait pas pu disposer de cet argent en liquide.

— Non, mais il aurait obtenu du crédit. Cela revient au même.

Le Vieux hocha la tête.

— Est-ce qu'il n'aurait pas été plus simple pour lui d'aller demander de l'aide à son père ?

— Je pense qu'il l'a fait, répondit Taverner. C'est sans doute ce que la gosse a entendu. J'imagine que le vieux a refusé catégoriquement de s'enfoncer dans une mauvaise affaire. Il n'était pas du genre à céder, vous savez.

Taverner avait probablement raison. Aristide Leonidès avait refusé de mettre de l'argent dans la pièce de Magda en prévoyant qu'elle n'aurait aucun succès. La suite lui avait donné raison. Il était généreux avec sa famille, mais il n'était pas homme à gaspiller son argent dans des entreprises vouées à l'échec. Et les Traiteurs Réunis exigeaient des milliers, probablement des centaines de milliers de livres. Il avait refusé, point à la ligne. Et Roger n'avait pas eu d'autre solution que de le liquider pour éviter la banqueroute.

Oui, nous tenions bien là un mobile.

Mon père regarda sa montre.

— Je lui ai demandé de venir, dit-il. Il sera ici d'une minute à l'autre.

— Roger ?

— Oui, Roger.

— « Voulez-vous entrer dans mon salon, dit l'araignée à la mouche », murmurai-je.

Taverner me regarda, choqué.

— Nous l'informerons de tous ses droits, déclara-t-il sévèrement.

Le décor était monté, le sténographe installé. Une sonnerie se fit entendre et quelques minutes plus tard, Roger Leonidès apparaissait.

Il entra, maladroit et empressé, et bouscula un fauteuil. Il me fit de nouveau penser à un bon gros chien. Et en même temps, je fus définitivement convaincu que ce n'était pas lui qui avait transféré l'ésérine dans le flacon d'insuline. Il l'aurait renversée, il aurait cassé le flacon ou raté l'opération d'une manière ou d'une autre. Non. C'était, avec son accord sans doute, l'œuvre de Clemency.

Il se mit à parler précipitamment.

— Vous vouliez me voir ? Vous avez trouvé quelque chose ? Bonjour, Charles, je ne vous avais pas vu. C'est gentil d'être venu. Mais je vous en prie, dites-moi, sir Arthur…

Un type si sympathique, tellement sympathique… Mais c'est le cas d'un tas d'assassins, d'après ce qu'ont coutume de déclarer ensuite leurs amis. Judas, je lui souris.

Mon père prit un ton froid et officiel. On prononça les mots d'usage : déposition… consigner… sans aucune contrainte… avocat…

Roger les écarta tous avec impatience.

Je notai le petit sourire sardonique de l'inspecteur Taverner qui trahissait le cours de ses pensées. « Toujours sûrs d'eux, ces gens-là. Ils ne peuvent pas se tromper. Ils se croient bien trop malins ! »

Je m'assis discrètement dans un coin et j'écoutai.

— Si je vous ai demandé de venir, Mr Leonidès, commença mon père, ce n'est pas pour vous apporter des informations, mais au contraire pour vous demander, à vous, les informations que vous vous êtes abstenu de nous donner jusqu'ici.

Roger Leonidès prit l'air stupéfait.

— Abstenu de vous donner ? Mais je vous ai tout dit, absolument tout !

— Je ne crois pas. Vous avez eu une conversation avec le défunt, le jour de sa mort, dans l'après-midi ?

— Oui, oui. J'ai pris le thé avec lui. Je vous l'ai dit.

— Vous nous l'avez dit, oui, mais vous ne nous avez pas raconté cette conversation.

— Nous avons… simplement… parlé.

— Peut-on savoir de quoi ?

— Des petits faits de la vie quotidienne, de la maison, de Sophia…

— Et les Traiteurs Réunis ? Vous y avez fait allusion ?

J'avais sans doute espéré jusque-là que toute cette histoire avait été inventée par Joséphine. Si tel était le cas, cet espoir fut rapidement déçu.

Roger changea de visage. En une seconde, il passa d'un joyeux empressement à quelque chose proche du désespoir.

— Oh, mon Dieu ! dit-il, en se laissant tomber dans un fauteuil, la figure dans les mains.

Taverner prit une expression de chat satisfait.

— Vous reconnaissez, Mr Leonidès, que vous n'avez pas été franc avec nous ?

— Comment l'avez-vous appris ? Je pensais que personne ne le savait… Je ne vois pas comment quelqu'un a pu le savoir…

— Nous avons des moyens pour découvrir ces choses, Mr Leonidès… Peut-être comprendrez-vous maintenant qu'il vaut mieux nous dire la vérité, ajouta-t-il après un silence plein de gravité.

— Oui, oui, bien sûr. Je vais tout vous dire. Que voulez-vous savoir ?

— Est-il vrai que les Traiteurs Réunis sont au bord de la faillite ?

— Oui. Elle ne peut plus être évitée. Le krach est imminent. Si seulement mon père avait pu mourir avant de l'apprendre… C'est une telle honte, un tel déshonneur pour moi…

— Est-ce que vous risquez des poursuites ?

— Non, pas du tout. Ce sera la banqueroute, mais une banqueroute honorable. Les créditeurs se verront octroyer vingt shillings pour une livre si je mets mes biens personnels dans l'affaire, et c'est ce que je vais faire. Non, ma honte, c'est d'avoir failli à mon père. Il m'avait fait confiance. Il m'avait cédé cette société, son affaire la plus importante, son affaire favorite. Il n'intervenait jamais, il ne me réclamait jamais de comptes. Il… il me faisait confiance… Et je l'ai déçu…

— Vous dites qu'il ne risque pas d'y avoir de poursuites, remarqua mon père. Dans ce cas, pourquoi aviez-vous décidé de partir à l'étranger sans prévenir personne de vos intentions ?

— Vous savez ça aussi ?

— Oui, Mr Leonidès.

— Vous ne comprenez donc pas ? Je n'avais pas le courage de lui avouer la vérité. J'aurais eu l'air de lui réclamer de l'argent. De lui demander de me remettre le pied à l'étrier. Il… il m'aimait beaucoup. Il aurait essayé de m'aider. Mais je ne pouvais pas… Je ne pouvais pas continuer… Cela aurait donné une nouvelle catastrophe… Je ne suis pas fait pour ça. Je n'en ai pas les capacités. Je ne suis pas comme mon père. Je l'ai toujours su. J'ai fait ce que j'ai pu. Mais ça n'allait pas. J'étais si malheureux… Mon Dieu ! Vous n'avez pas idée à quel point j'étais malheureux. J'essayais de débrouiller tout ça, j'espérais me remettre à flot, j'espérais que le cher vieux n'en entendrait jamais parler. Et puis c'est arrivé… plus moyen d'éviter le krach. Clemency – ma femme – me comprenait, elle était d'accord avec moi. Nous avons échafaudé un plan. Ne rien dire à personne. Partir. Laisser la tempête se déchaîner. J'aurais écrit une lettre à mon père pour tout lui expliquer… pour lui expliquer combien j'avais honte et lui demander de me pardonner. Il a toujours été si bon pour moi… vous n'imaginez pas ! Et il aurait été trop tard, alors, pour qu'il puisse faire quelque chose. C'était ce que je voulais. Ne pas lui demander, ou même avoir l'air de lui demander de l'aide. J'aurais recommencé tout seul, quelque part. J'aurais vécu simplement, humblement. En cultivant des choses. Du café. Des fruits. Avec rien de plus que l'essentiel… Ç'aurait été dur pour Clemency, mais elle jurait que ça lui était bien égal. Elle est merveilleuse… absolument merveilleuse.

— Je vois, dit mon père d'un ton sec. Et qu'est-ce qui vous a fait changer d'avis ?

— Changer d'avis ?

— Oui. Qu'est-ce qui vous a décidé à aller trouver votre père et, tout compte fait, à lui demander de l'argent ?

Roger ouvrit de grands yeux.

— Mais je ne l'ai pas fait !

— Allons, Mr Leonidès !

— Vous vous trompez du tout au tout. Je ne suis pas allé le trouver. C'est lui qui m'a fait appeler. Il avait dû en entendre parler dans la City. La rumeur, vous savez ce que c'est. De toute façon, il savait toujours tout. Il s'est mis à me questionner. Bien sûr, j'ai fini par m'effondrer… Je lui ai tout raconté. Je lui ai expliqué que ce n'était pas tellement l'argent, c'était de l'avoir déçu alors qu'il m'avait fait confiance…

La gorge serrée, Roger essaya d'avaler.

— Le cher vieux… poursuivit-il. Vous n'imaginez pas comme il a été bon pour moi. Pas le moindre reproche. Il était si gentil. Je lui ai dit que je ne réclamais pas d'aide, que je préférais m'en aller, comme prévu. Mais il n'a rien voulu entendre. Il voulait à tout prix venir à mon secours, remettre les Traiteurs Réunis sur pied.

— Vous voudriez nous faire croire que votre père était disposé à vous apporter une assistance financière ? interrogea Taverner.

— Évidemment ! Il a même écrit à ses hommes d'affaires en leur donnant ses instructions.

Il dut lire l'incrédulité dans les yeux des deux autres, car il rougit.

— Écoutez, dit-il, j'ai encore la lettre sur moi. Je devais la mettre à la poste. Mais après, bien sûr, avec… avec toutes ces émotions, j'ai oublié. Je dois encore l'avoir dans ma poche.

Il sortit son portefeuille et se mit à le fouiller. Finalement, il trouva ce qu'il cherchait : une enveloppe froissée et timbrée, adressée, d'après ce que je pus lire en me penchant, à Messrs. Greatorex et Hanbury.

— Lisez-la vous-même, si vous ne me croyez pas, dit-il.

Mon père déchira l'enveloppe et déplia la lettre. Taverner se planta derrière lui. Il me fut impossible de la parcourir à ce moment-là, mais j'en pris connaissance plus tard. Ordre était donné à Messrs. Greatorex et Hanbury de réaliser certains investissements et de lui envoyer un de leurs collaborateurs le lendemain pour prendre des instructions relatives aux Traiteurs Réunis. Certaines parties de la lettre étaient inintelligibles pour moi, mais son sens général était clair : Aristide Leonidès s'apprêtait à renflouer les Traiteurs Réunis.

— Nous allons vous donner un reçu pour cette lettre, Mr Leonidès, dit Taverner.

Roger prit le reçu et se leva.

— Ce sera tout ? Vous comprenez ce qui s'est passé, n'est-ce pas ?

— Mr Leonidès vous a remis cette lettre et vous l'avez quitté, dit Taverner. Qu'avez-vous fait ensuite ?

— Je me suis précipité chez moi. Ma femme venait de rentrer. Je lui ai raconté ce que mon père se proposait de faire, et comment il avait été merveilleux avec moi ! Je… en vérité, je ne savais pas trop ce que je faisais.

— Et votre père est tombé malade… combien de temps après ça ?

— Laissez-moi réfléchir… Une demi-heure, une heure peut-être. Brenda est arrivée en courant. Elle était en pleine panique. Elle trouvait qu'il avait l'air bizarre. Je… Je suis monté aussitôt avec elle. Mais je vous ai déjà raconté tout ça.

— Quand vous êtes allé voir votre père la première fois, êtes-vous entré à côté, dans sa salle de bains ?

— Je ne crois pas. Non… je suis sûr que non. Pourquoi ? Vous ne pensez quand même pas…

Mon père ne lui laissa pas le temps de donner libre cours à sa soudaine indignation. Il se leva et lui serra la main.

— Merci, Mr Leonidès. Vous nous avez été très utile. Mais vous auriez dû nous dire tout ça avant.

La porte se referma sur Roger. Je me levai et allai jeter un coup d'œil à la lettre que mon père avait laissée sur sa table.

— C'est peut-être un faux, suggéra Taverner, qui n'avait pas perdu tout espoir.

— Peut-être, répondit mon père, mais je ne le pense pas. Je pense que nous devons accepter l'évidence. Le vieux Leonidès s'apprêtait à tirer son fils de cette mauvaise passe. Vivant, il avait des chances d'y arriver, beaucoup plus que Roger après sa mort, surtout si on apprend maintenant qu'on ne trouve pas de testament et, par conséquent, que l'héritage de Roger est sujet à caution. Ce qui implique des délais, des problèmes… Les choses étant ce qu'elles sont, le krach est inévitable. Non, Taverner, Roger et sa femme n'avaient aucune raison de se débarrasser du vieux Leonidès. Au contraire…

Il s'interrompit et répéta, songeur, comme si une idée venait soudain de le frapper :

— … au contraire…

— Qu'avez-vous en tête, monsieur ? demanda Taverner.

Le Vieux répondit lentement :

— Si Aristide Leonidès avait vécu ne serait-ce que vingt-quatre heures de plus, Roger était tiré d'affaire. Mais il n'a pas vécu ces vingt-quatre heures. Il est mort soudainement et dramatiquement, en moins d'une heure.

— Hum ! fit Taverner. Vous pensez que quelqu'un, dans la maison, souhaitait la faillite de Roger ? Quelqu'un qui aurait eu des intérêts financiers opposés ? Ça ne paraît guère vraisemblable.

— Quelle est la situation en ce qui concerne le testament ? demanda mon père. Qui hérite maintenant de Leonidès ?

— Vous connaissez les hommes de loi. Impossible de leur tirer une réponse précise. Il existe un testament antérieur. Que Leonidès a fait quand il a épousé sa seconde femme. Celle-ci hérite d'une somme équivalente, miss de Haviland touche un peu moins et le reste va à Philip et Roger. Dans la mesure où le dernier testament n'est pas signé, je pensais que le précédent prenait automatiquement sa place, mais il paraît que ce n'est pas si simple que ça. Il est de règle qu'un nouveau testament révoque le précédent, des témoins ont assisté à sa signature et sont garants des intentions du testateur. Est-il mort ou non intestat ? Il semble que cela puisse se jouer à pile ou face. Mais dans ce cas, apparemment la veuve touche la totalité, ou au moins un intérêt servi à vie.

— Donc si le testament a disparu, c'est Brenda Leonidès qui en est la bénéficiaire la plus probable ?

— Oui. S'il y a eu un tour de passe-passe, elle doit y être pour beaucoup. Et qu'il y ait eu un tour de passe-

passe, c'est l'évidence même, mais du diable si je vois comment on s'y est pris.

Je n'y voyais pas plus clair moi-même. Nous étions, il faut croire, d'une invraisemblable stupidité. Mais c'est aussi, bien entendu, que nous examinions la situation sous un angle qui n'était pas le bon.

12

Un court silence suivit le départ de Taverner.

— Les meurtriers, quelle sorte de gens sont-ils ? demandai-je enfin.

Le Vieux me regarda d'un air songeur. Nous nous comprenions si bien tous les deux qu'il avait deviné ce que j'avais en tête en lui posant cette question. Il y répondit avec un grand sérieux.

— Oui. C'est devenu une question importante… très importante pour toi… Le meurtre te touche de près maintenant. Tu ne peux plus l'envisager de l'extérieur.

Je m'étais toujours intéressé, en amateur, aux affaires spectaculaires que la police judiciaire avait eu à traiter. Mais, comme l'avait fait remarquer mon père, je m'y étais intéressé de l'extérieur, comme on regarde un objet à travers une vitrine. Mais désormais, comme Sophia s'en était avisée beaucoup plus vite que moi, le meurtre était devenu un élément dominant de ma vie.

Le Vieux poursuivit :

— Je ne suis pas sûr d'être la personne la plus qualifiée pour te répondre. Je pourrais t'adresser à l'un ou l'autre des psychiatres qui travaillent pour nous. Ils te serviraient ça tout cuit, sur un plateau. Taverner, lui, pourrait te donner des informations que nous sommes seuls à connaître. Mais ce que tu veux savoir, si je comprends bien, c'est ce que j'en pense, moi, personnellement, étant donné mon expérience des criminels. C'est bien ça ?

— C'est exactement ça, dis-je avec reconnaissance.

Du doigt, mon père traça un petit cercle sur son bureau.

— Quelle sorte de gens ils sont ? Certains, déclara-t-il avec un vague sourire mélancolique, sont des types tout ce qu'il y a de bien.

Je dus avoir l'air légèrement surpris.

— Mais oui, des gens bien et on ne peut plus ordinaires, comme toi et moi… ou comme ce Roger Leonidès qui vient juste de sortir. Le meurtre, vois-tu, est un crime d'amateur. Je ne parle pas des gangsters, bien sûr, mais du genre de meurtre auquel tu penses. On a souvent le sentiment que ces braves gens ont été surpris par le meurtre presque par accident. Ils se sont trouvés coincés, ou alors ils ont désiré désespérément quelque chose, de l'argent, une femme, et ils ont tué pour l'obtenir. Les freins qui fonctionnent chez la plupart d'entre nous ne fonctionnent pas chez eux. Comme tu sais, un enfant transforme son désir en action sans le moindre scrupule. S'il est fâché contre son chat, il va lui dire « Je vais te tuer », et il va lui taper sur la tête à coup de marteau. Ensuite il aura le cœur brisé parce que son chat ne revient pas à la vie. Dieu sait combien d'enfants ont essayé de sortir un bébé de son landau pour le noyer, pour la seule raison que le nourrisson captait toute l'attention des autres ou se mettait en travers de leurs plaisirs. Ils arrivent – très tôt – à un stade où ils apprennent à savoir que ça, c'est « mal », parce que ça entraîne une punition. Plus tard, ils acquièrent le sentiment que c'est effectivement mal. Mais je soupçonne que certaines personnes ne parviennent jamais à cette maturité morale. Elles savent bien que c'est mal de commettre un meurtre, mais elles ne ressentent pas ce mal. Si j'en juge par mon expérience, les meurtriers n'éprouvent jamais de remords. C'est là, sans doute, la marque de Caïn. Les meurtriers sont à part, ils sont différents… le meurtre est un mal, mais pas pour eux… Pour eux il est nécessaire… C'est la victime qui l'a réclamé. C'était le seul moyen.

— Si quelqu'un haïssait le vieux Leonidès, disons le haïssait depuis très longtemps, à votre avis cela pourrait être une raison ? demandai-je.

— De la haine pure ? Je dirais que c'est très improbable, répondit mon père en me regardant avec curiosité. Par « haïr », tu entends j'imagine « détester » à son paroxysme. La haine jalouse, c'est différent, elle naît de l'amour et de la frustration. Tout le monde sait que Constance Kent aimait beaucoup le petit frère qu'elle a tué. On suppose qu'elle a voulu s'approprier l'amour et l'attention qu'on lui accordait. Je crois qu'on tue plus souvent les personnes qu'on aime que celles qu'on hait. Sans doute parce que les personnes qu'on aime sont les seules qui peuvent vous rendre la vie intolérable.

» Mais tout ça ne t'avance pas beaucoup. Si je te comprends bien, ce que tu voudrais, c'est un signe, une espèce de marque universelle qui te permettrait de reconnaître un meurtrier au milieu d'une assemblée de gens apparemment normaux et sympathiques ?

— Oui, c'est bien ça.

— Ont-ils un commun dénominateur ? Je me le demande. Tu sais, déclara-t-il en s'arrêtant pour réfléchir, s'il y en a un, je serais tenté de dire que c'est la vanité.

— La vanité ?

— Oui. Tous les meurtriers que j'ai rencontrés étaient vaniteux… Neuf fois sur dix, c'est leur vanité qui les a perdus. Ils ont beau avoir peur d'être découverts ils ne peuvent pas s'empêcher de se rengorger et de fanfaronner, et en général ils sont convaincus qu'ils sont beaucoup trop malins pour être pris. Et puis, ajouta-t-il, encore autre chose : un meurtrier a besoin de parler.

— De parler ?

— Oui. Quand tu as commis un crime, tu éprouves un sentiment de grande solitude. Tu voudrais en parler à quelqu'un et tu ne peux pas. Cela ne fait qu'augmenter ton désir. Par conséquent, puisque tu ne peux pas parler de la façon dont tu as commis ton crime, tu peux au moins parler du meurtre lui-même, le discuter, avancer des théories, le passer au crible. À ta place, Charles, je chercherais de ce côté-là. Retourne là-bas, mêle-toi à eux, fais-les parler. Évidemment, ce ne sera pas du tout cuit. Coupables ou innocents, ils seront contents d'avoir l'occasion de parler à un étranger, parce qu'ils peuvent lui dire des choses qu'ils ne peuvent pas se dire entre eux. Mais il n'est pas impossible que tu remarques une différence. Une personne qui a quelque chose à cacher ne peut pas vraiment se permettre de parler. Les types des Renseignements savaient ça, pendant la guerre. Si vous étiez capturé, nom, grade, unité, un point c'est tout. Ceux qui essayaient de donner de fausses informations finissaient toujours par faire un faux pas. Fais-les parler, Charles, et guette le faux pas, ou l'éclair qui trahit le coupable.

Je lui rapportai ce que Sophia m'avait dit à propos de la cruauté dans leur famille – leurs différentes sortes de cruauté. Cela parut l'intéresser.

— Oui, elle a mis le doigt sur quelque chose, convint-il. Presque toutes les familles ont un point faible ; c'est le défaut de la cuirasse. La plupart des gens se débrouillent avec une faiblesse, mais quand ils en ont deux, et de nature différente, c'est beaucoup plus difficile. L'hérédité, voilà une chose bien intéressante. Prends la cruauté des Haviland et ce qu'on pourrait appeler l'absence de scrupules des Leonidès. Tout va bien pour les Haviland parce qu'ils ne sont pas dénués de scrupules, et tout va bien pour les Leonidès car, bien que dénués de scrupules, ce sont de braves gens. Mais supposons qu'un descendant hérite de ces deux caractères… Tu vois ce que je veux dire ?

Je n'avais jamais envisagé le problème en ces termes. Mais mon père poursuivait :

— À ta place, je ne me casserais pas la tête sur ces questions d'hérédité. C'est un sujet délicat et beaucoup trop complexe. Non, mon garçon, vas-y et fais-les parler. Ta Sophia a raison sur un point : pour elle comme pour toi, seule compte la vérité. Il faut absolument la découvrir.

Comme je sortais, il ajouta :

— Et attention à la fillette.

— Joséphine ? Il ne faut pas que je lui laisse voir mes intentions, c'est ce que vous voulez dire ?

— Non, ce n'est pas ce que je veux dire. Je veux dire : fais attention à elle. Il ne faudrait pas qu'il lui arrive quelque chose.

J'ouvris de grands yeux.

— Allons, allons, Charles ! Il y a un tueur impitoyable dans la maison. Et Joséphine a l'air d'être au courant de tout ce qui se passe.

— En tout cas, elle savait tout à propos de Roger, même si elle en avait tiré la conclusion que c'était un escroc. Elle m'a fait un récit qui semble assez exact de ce qu'elle avait entendu.

— Oui, oui. Il n'y a pas de meilleur témoignage que celui des enfants. Je leur fais toujours confiance. Bien entendu, le témoignage en question ne vaut rien devant un tribunal. Les enfants ne supportent pas qu'on leur pose des questions directes. Ils bredouillent, prennent l'air idiot et prétendent ne rien savoir. Mais ils sont à leur mieux quand ils veulent se rendre intéressants. C'est ce que Joséphine a voulu faire avec toi : se rendre intéressante. Tu pourras en tirer davantage en t'y prenant de la même façon. Surtout ne lui pose pas de questions. Fais semblant de croire qu'elle ne sait rien. Elle viendra d'elle-même.

Et il ajouta :

— Mais fais attention à elle. Elle pourrait en savoir un peu trop pour son bien.

13

C'est avec un certain sentiment de culpabilité que je pris le chemin de la Maison Biscornue – comme j'avais pris l'habitude de l'appeler. J'avais rapporté à Taverner les confidences de Joséphine à propos de Roger, mais je ne lui avais pas parlé des lettres que, d'après elle, Brenda et Laurence Brown auraient échangées.

Je faisais semblant de penser, pour me trouver une excuse, qu'il s'agissait d'une simple construction romanesque et qu'il n'y avait aucune raison de croire que c'était vrai. Mais en réalité, je répugnais à renforcer l'accusation contre Brenda. J'avais été touché par sa situation pathétique, entourée comme elle était de l'hostilité de toute une famille, solidement soudée contre elle. Si ces lettres existaient, Taverner et ses sbires finiraient bien par les trouver. Il me déplaisait d'être celui qui fait peser de nouveaux soupçons sur une femme en difficulté. De plus, elle m'avait solennellement affirmé qu'il n'existait rien de pareil entre elle et Laurence, et j'étais plus disposé à ajouter foi à ses propos qu'à ceux de ce gnome malicieux prénommé Joséphine. Brenda ne m'avait-elle pas dit elle-même que Joséphine était un peu zinzin ?

J'étouffai en moi la désagréable certitude qu'au contraire Joséphine était bien saine d'esprit. Je me rappelais l'intelligence que j'avais vue briller dans ses petits yeux noirs de fouine.

J'avais téléphoné à Sophia pour lui demander si je pouvais revenir.

— Avec plaisir, Charles.

— Comment vont les choses ?

— Je ne sais pas. Ça va. Ils continuent à fouiller la maison. Qu'est-ce qu'ils cherchent ?

— Je n'en ai aucune idée.

— Nous sommes tous très nerveux. Venez aussi vite que vous pourrez. Je vais devenir folle si je ne peux pas parler à quelqu'un.

Je répondis que je me mettais en route aussitôt.

Il n'y avait personne en vue quand j'arrivai devant la maison. Je payai le taxi, qui s'en alla. Devais-je sonner ou entrer ? La porte était ouverte.

Comme je restais là, hésitant, j'entendis un léger bruit derrière moi. Je tournai vivement la tête. C'était Joséphine qui, plantée à l'orée d'une haie d'ifs, le visage partiellement caché derrière une grosse pomme, me regardait.

En me voyant tourner la tête, elle s'éloigna.

— Salut, Joséphine.

Elle ne répondit pas et disparut derrière la haie. Je traversai l'allée et la suivis. Je la trouvai assise sur un banc inconfortable, près du bassin aux poissons rouges, balançant les jambes et mordant dans sa pomme. Pardessus cette rose circonférence, elle me jetait un regard sombre, chargé à n'en pas douter d'hostilité.

— Je suis revenu, Joséphine, dis-je.

Ce n'était pas très brillant comme entrée en matière, mais son silence et son regard fixe me mettaient assez mal à l'aise.

Avec un sens aigu de la stratégie, elle ne répondit pas.

— Elle est bonne, cette pomme ? demandai-je.

Cette fois, Joséphine condescendit à répondre. Sa réponse tint en un mot :

— Cotonneuse.

— Dommage, fis-je. Je n'aime pas les pommes cotonneuses.

Joséphine répliqua avec mépris :

— Personne n'aime ça.

— Pourquoi tu ne m'as pas répondu quand je t'ai dit « Salut » ?

— Parce que je ne voulais pas.

— Pourquoi ?

Joséphine retira la pomme de sa bouche pour ne pas nuire à la clarté de son accusation.

— Vous êtes allé rapporter à la police, dit-elle.

— Oh ! fis-je, plutôt déconcerté. Tu veux dire… à propos…

— À propos d'oncle Roger.

— Mais tout va bien, Joséphine, lui assurai-je. Tout à fait bien. Ils savent qu'il n'a rien fait de mal… je veux dire, qu'il n'a pas détourné d'argent ni rien de ce genre.

— Ce que vous pouvez être bête.

— Je suis désolé.

— Je ne me fais pas de souci pour l'oncle Roger. Simplement, ce n'est pas comme ça qu'un détective travaille. Vous ne savez pas qu'il ne faut jamais rien dire à la police avant que tout soit fini ?

— Oh ! je vois, dis-je. Je suis désolé, Joséphine. Je suis vraiment désolé.

— Il y a de quoi. Je vous avais fait confiance, ajouta-t-elle d'un ton de reproche.

Pour la troisième fois, je répétai que j'étais désolé. Joséphine parut un peu radoucie. Elle mordit de nouveau dans sa pomme.

— De toute façon la police l'aurait découvert, dis-je. Tu… Je… Nous n'aurions pas pu le garder secret.

— Vous voulez dire, à cause de la banqueroute ?

Comme d'habitude, Joséphine était bien informée.

— On va bien finir par en arriver là, j'imagine.

— Ils vont en parler ce soir, déclara Joséphine. Père, mère, oncle Roger et tante Edith. Tante Edith lui donnera son argent – sauf qu'elle ne l'a pas encore –, mais papa, je ne crois pas. Il dit que si Roger s'est fourré dans le pétrin, c'est sa faute à lui et à quoi ça sert de s'enfoncer davantage ? Et maman, elle ne veut pas en entendre parler parce qu'elle veut que papa garde l'argent pour Edith Thomson. Vous connaissez son histoire, à Edith Thomson ? Elle était mariée, mais elle n'aimait pas son mari. Elle était amoureuse d'un jeune homme qui s'appelait Bywaters qui était descendu d'un bateau, et après le théâtre il a pris une autre rue et il l'a poignardée dans le dos.

Une fois de plus, je fus émerveillé par l'étendue des connaissances de Joséphine et par sa capacité – légèrement obscurcie par l'imprécision des pronoms – à présenter en deux mots les faits les plus saillants du drame.

— Comme ça, ça a l'air très bien, dit Joséphine, mais je pense que la pièce ne sera pas du tout comme ça. Ça va encore faire comme Jézabel. J'aimerais bien savoir, ajouta-t-elle en soupirant, pourquoi les chiens n'ont pas voulu manger la paume de ses mains.

— Joséphine, tu m'as dit que tu étais à peu près sûre de savoir qui était l'assassin.

— Eh bien ?

— Qui est-ce ?

Elle me lança un regard de mépris.

— Je vois, dis-je. Pas avant le dernier chapitre… Même si je promets de ne pas le répéter à l'inspecteur Taverner ?

— J'ai besoin de quelques preuves encore, déclara Joséphine. Mais de toute façon je ne vous le dirais pas, ajouta-t-elle en jetant son trognon de pomme dans le bassin aux poissons rouges. Vous, vous êtes Watson.

Je digérai l'insulte.

— O.K. ! ripostai-je. Je suis Watson. Mais même Watson était en possession des données.

— Des quoi ?

— Des faits. Et après, il en tirait des conclusions fausses. Ça ne t'amuserait pas de me voir tirer des conclusions fausses ?

Un instant, Joséphine parut tentée. Puis elle secoua la tête.

— Non, dit-elle, puis elle ajouta : De toute façon, je n'ai pas une passion pour Sherlock Holmes. C'est terriblement dépassé. Ils se baladent en charrettes anglaises.

— Et ces lettres ? demandai-je.

— Quelles lettres ?

— Les lettres que Laurence Brown et Brenda se sont écrites, d'après toi.

— Oh, ça ? Je l'ai inventé, dit Joséphine.

— Je ne te crois pas.

— Si, je l'ai inventé. Je fais ça souvent. Ça m'amuse.

Je la dévisageai. Elle me dévisagea en retour.

— Écoute, Joséphine, je connais quelqu'un au British Museum qui sait des tas de choses sur la Bible. S'il me dit pourquoi les chiens n'ont pas mangé les paumes de Jézabel, tu me diras pour les lettres ?

Cette fois, Joséphine parut vraiment hésiter.

Quelque part, non loin de là, une brindille craqua avec un bruit sec. Joséphine déclara catégoriquement :

— Non, je ne vous dirai rien.

J'encaissai ma défaite. Plus tard, au cours de la journée, je devais me rappeler le conseil de mon père.

— Ah ! bon, c'est juste un jeu, lui dis-je. En vérité, tu ne sais rien du tout.

Joséphine cilla mais ne mordit pas à l'hameçon.

Je me levai.

— Il faut que j'y aille. Je vais voir Sophia. Tu viens avec moi ?

— Je reste ici, répondit Joséphine.

— Non, tu ne resteras pas ici, répliquai-je. Tu vas venir avec moi.

Je la mis d'un coup sec et sans cérémonie sur ses pieds. Surprise, elle fut tentée de protester, mais se laissa faire finalement d'assez bonne grâce, en partie sans doute parce qu'elle était curieuse de savoir comment les autres allaient réagir en me voyant.

À cet instant, je n'aurais pas su dire pourquoi je tenais tant à ce qu'elle m'accompagne. Je n'en pris conscience qu'au moment où je franchissais la porte d'entrée.

C'était à cause du craquement soudain d'une brindille.

14

On entendait des voix dans le grand salon. J'hésitai, mais finalement je longeai le couloir sans m'arrêter et, obéissant à je ne sais quelle impulsion, poussai une porte capitonnée. Elle donnait sur un corridor assez sombre, mais une porte s'ouvrit soudain sur une vaste cuisine éclairée. Une femme âgée apparut – âgée et plutôt corpulente. À l'instant même où je l'aperçus, avec le tablier blanc bien propre qui ceignait sa taille généreuse, je me sentis rasséréné. C'est le sentiment que vous procure toujours une bonne Nannie. À trente-cinq ans, elle me rassurait comme un petit garçon de quatre ans.

Pour autant que je sache, Nannie ne m'avait jamais vu, mais elle dit aussitôt :

— Mr Charles, n'est-ce pas ? Venez dans la cuisine, je vais vous faire une tasse de thé.

C'était une grande cuisine où l'on se sentait bien. Je m'assis à la table, au milieu de la pièce, et Nannie m'apporta une tasse de thé et deux biscuits sur un plateau. Plus que jamais, j'eus l'impression de me retrouver dans ma chambre d'enfant. Tout allait bien, je n'avais plus peur ni du cabinet noir ni de l'inconnu.

— Miss Sophia va être contente que vous soyez là, dit Nannie. Elle est sur les nerfs. Ils sont tous sur les nerfs, ajouta-t-elle d'un ton de reproche.

Je regardai autour de moi.

— Où est Joséphine ? Elle est rentrée avec moi pourtant.

Nannie fit claquer sa langue avec réprobation.

— En train d'écouter aux portes et de griffonner dans ce ridicule petit carnet qu'elle transporte partout avec elle. Elle devrait bien plutôt se trouver à l'école, à jouer avec des enfants de son âge. Je l'ai dit à miss Edith et elle était d'accord, mais le maître, lui, c'était son idée qu'elle était bien mieux ici, à la maison.

— Il l'aime beaucoup, je suppose.

— Oui, monsieur. Il les aimait tous beaucoup.

Je me demandai, un peu surpris, pourquoi elle mettait ainsi au passé l'affection que Philip portait à sa progéniture. Voyant mon expression, Nannie rougit légèrement et expliqua :

— Quand je dis le maître, je veux dire Mr Leonidès père.

La porte s'ouvrit violemment sans me laisser le loisir de répondre, et Sophia entra.

— Ah ! Charles, dit-elle et elle ajouta d'un trait : Oh ! Nannie… je suis si contente qu'il soit là.

— Je le sais bien, mon petit.

Nannie s'empara d'un certain nombre d'ustensiles et disparut dans l'arrière-cuisine, fermant la porte derrière elle.

Je me levai, m'approchai de Sophia et la serrai contre moi.

— Vous tremblez, ma chérie. Que se passe-t-il ?

— J'ai peur. J'ai très peur.

— Je vous aime. Si seulement je pouvais vous emmener…

Elle s'arracha à moi et secoua la tête.

— Non, c'est impossible, Charles. Il faut d'abord en finir avec cette histoire. Mais c'est très pénible, vous savez. C'est très pénible d'avoir le sentiment que quelqu'un – quelqu'un qui vit dans cette maison, quelqu'un que je vois et à qui je parle tous les jours, est un assassin froid et calculateur…

Je n'avais rien à répondre à ça. On ne peut pas réconforter quelqu'un comme Sophia avec des paroles creuses.

— Si seulement on savait…, dit-elle.

— Je reconnais que c'est bien là le pire…

— Vous savez ce qui me fait le plus peur ? chuchota-t-elle. C'est que nous ne le saurons peut-être jamais…

Je me rendais bien compte du cauchemar que ce serait… Et il me paraissait hautement probable qu'on ne découvrirait jamais l'assassin du vieux Leonidès…

Cela me rappela brusquement un point qui avait attiré mon attention et à propos duquel je m'étais promis d'interroger Sophia.

— Dites-moi, Sophia, quels sont ceux qui savaient qu'il y avait des gouttes d'ésérine dans cette maison… je veux dire, primo, qui savaient que votre grand-père en usait, secundo, qui savaient que c'était un poison et connaissaient la dose fatale ?

— Je vois où vous voulez en venir, Charles. Mais cela ne donnera rien. Nous le savions tous.

— Vous le saviez vaguement, j'imagine, mais de façon précise…

— Nous le savions tous de façon précise. Grand-père aimait beaucoup avoir toute la famille réunie autour de lui. Et un jour qu'il avait des ennuis avec ses yeux et que nous étions tous montés prendre le café avec lui après le déjeuner, Brenda est allée chercher l'ésérine pour lui en mettre une goutte dans chaque œil. Joséphine, qui pose toujours des questions à propos de tout, a demandé : « Pourquoi il y a écrit "Collyre – ne pas avaler" sur le flacon ? Qu'est-ce qui se passerait si on avalait tout le flacon ? » Grand-père a souri et il a dit : « Si un jour Brenda se trompait et me l'injectait au lieu d'insuline, je me mettrais sans doute à suffoquer, je deviendrais tout bleu et puis je mourrais parce que, vois-tu, je n'ai pas le cœur bien solide. » Joséphine a fait « Oh ! » et grand-père a continué : « Alors, nous devons faire bien attention à ce que Brenda ne m'injecte pas de l'ésérine à la place de l'insuline, n'est-ce pas ? » (Sophia s'interrompit, puis reprit :) Nous l'avons tous entendu, vous comprenez ? Nous étions tous là !

Je comprenais. J'avais vaguement pensé que des connaissances un peu précises avaient été nécessaires. Maintenant, il apparaissait évident à mes yeux que le vieux Leonidès avait fourni lui-même le schéma de sa propre mort. Le meurtrier n'avait pas eu besoin de se fatiguer à concevoir un plan ou un stratagème quelconque. La victime lui avait offert elle-même, sur un plateau, une méthode simple et facile pour entraîner la mort.

Je respirai un bon coup.

— Oui, c'est horrible, n'est-ce pas ? dit Sophia qui avait suivi mes pensées.

— Vous savez, Sophia, il y a une chose qui me frappe.

— Laquelle ?

— Vous avez raison, ça ne peut pas être Brenda. Elle n'aurait jamais utilisé ce moyen… alors que tout le monde avait entendu… que tout le monde se souviendrait…

— Je n'en sais rien. Elle est assez stupide, vous savez.

— Pas stupide à ce point-là. Non, ça ne peut pas être Brenda.

Sophia s'écarta de moi.

— Vous ne voulez pas que ce soit Brenda, n'est-ce pas ?

Que pouvais-je répondre à ça ? Je ne pouvais pas, non, je ne pouvais pas déclarer carrément : « Si, j'espère bien que c'est Brenda. »

Pourquoi ? À cause du sentiment que j'avais que la jeune femme était seule dans son camp, pendant que de l'autre la puissante famille Leonidès concentrait toute son animosité sur elle ? Par esprit chevaleresque ? Par pitié pour le faible ? Pour celui qui est sans défense ? Je me la rappelais, assise sur le canapé dans ses somptueux vêtements de deuil, l'accent désespéré, le regard terrifié.

Nannie revint très opportunément de son arrière-cuisine. J'ignore si elle sentit qu'il régnait, entre Sophia et moi, une certaine tension, mais elle nous dit d'un ton de reproche :

— Les meurtres et tout ça, en voilà des conversations ! Il faut oublier, voilà ce que je pense. Laissez ça à la police. C'est leur sale travail, pas le vôtre.

— Oh ! Nannie, est-ce que tu te rends compte qu'il y a un assassin dans cette maison ?

— En voilà des bêtises, miss Sophia, vous m'énervez. Est-ce que la porte d'entrée n'est pas tout le temps ouverte ? Toutes les portes d'ailleurs, il n'y en a pas une seule fermée à clef. Si ce n'est pas une invitation pour les voleurs et les cambrioleurs…

— Mais ce n'était sûrement pas un cambrioleur. Rien n'a été volé. Et pourquoi un cambrioleur aurait-il pénétré ici juste pour empoisonner grand-père ?

— Je n'ai pas dit que c'était un cambrioleur, miss Sophia. J'ai seulement dit que toutes les portes sont ouvertes. N'importe qui peut entrer. Si vous voulez mon avis, ce sont les communistes, déclara Nannie en hochant la tête avec satisfaction.

— Pourquoi diable les communistes auraient-ils voulu tuer mon pauvre grand-père ?

— Eh bien, tout le monde dit qu'ils sont derrière tout ce qui se passe. Mais si c'est pas les communistes, alors écoutez bien ce que je vais vous dire : c'est les catholiques.

De l'air de quelqu'un qui a eu le dernier mot, Nannie disparut de nouveau dans l'arrière-cuisine. Sophia et moi éclatâmes de rire.

— Une authentique protestante, remarquai-je.

— N'est-ce pas ? Venez, Charles, allons au salon. On y tient un conseil de famille. Il était programmé pour ce soir, mais il a commencé plus tôt.

— Je ne voudrais pas être de trop, Sophia.

— Si vous devez épouser quelqu'un de la famille, vous avez intérêt à voir à quoi elle ressemble quand elle ne met pas de gants.

— De quoi s'agit-il ?

— Des affaires de Roger. Vous y avez déjà été mêlé. Vous savez, c'est de la folie de penser que Roger aurait pu tuer grand-père. Il l'adorait.

— Je ne l'ai jamais vraiment cru. Mais je pensais que Clemency avait pu le faire.

— C'est moi qui vous avais fourré cette idée dans la tête. Mais vous faites fausse route là aussi. Si Roger perdait tout son argent, ça lui serait bien égal, à Clemency. En vérité, je crois que ça lui ferait plutôt plaisir. Elle éprouve une étrange passion pour le dénuement. Allez, venez.

Quand j'entrai avec Sophia dans le salon, tout le monde s'arrêta de parler. Tous les yeux se tournèrent vers nous.

Ils étaient tous là. Philip était installé dans un grand fauteuil cramoisi, entre les deux fenêtres. Son beau visage revêtu d'un masque de gravité, il avait l'air d'un juge sur le point de prononcer sa sentence. Roger était assis à califourchon sur un pouf, près de la cheminée. À force de passer ses doigts dans les cheveux, ceux-ci étaient droits sur sa tête. La jambe gauche de son pantalon tire-bouchonnait et sa cravate était de travers. La discussion l'avait visiblement échauffé. Clemency, derrière lui, paraissait trop mince pour le gros fauteuil rembourré qu'elle occupait. Le regard ailleurs, elle semblait étudier les panneaux du mur d'un œil indifférent. Edith était assise toute droite dans un fauteuil à oreilles. Les lèvres serrées, elle tricotait avec une incroyable énergie. Ce qu'il y avait de plus beau à voir, dans cette pièce, c'était Magda et Eustace. Ils avaient l'air sortis d'un tableau de Gainsborough. Ils étaient assis sur le canapé – le beau garçon brun, dont le visage exprimait l'ennui, et Magda, en duchesse des « Trois Pignons », le bras étendu sur le dossier du canapé ; un petit pied chaussé d'une pantoufle de brocart dépassait de sa longue robe de taffetas.

Philip fronça les sourcils.

— Sophia, dit-il, je regrette, mais nous sommes en train de discuter d'affaires de famille tout à fait privées.

Les aiguilles de miss de Haviland cliquetèrent. Je m'apprêtais à présenter mes excuses et à me retirer, mais Sophia prit les devants.

— Charles et moi comptons nous marier, déclara-t-elle d'une voix claire et déterminée, je tiens à ce qu'il soit présent.

— Et pourquoi pas ? s'écria Roger en sautant de son pouf avec une force explosive. Je n'arrête pas de te le dire, Philip, il n'y a rien de privé là-dedans ! D'ici un jour ou deux, le monde entier est appelé à le savoir. De toute façon, mon vieux, me dit-il en me posant une main amicale sur l'épaule, vous savez déjà tout. Vous étiez là ce matin.

— Dites-moi comment ça se présente à Scotland Yard, s'écria Magda. On se demande toujours… est-ce qu'il y a une table ? Un bureau ? Des chaises ? Quel genre de rideaux ? Pas de fleurs, j'imagine. Un dictaphone ?

— Ça suffit, mère, dit Sophia. N'oubliez pas que vous avez demandé à Vavasour Jones de couper cette scène à Scotland Yard. Vous trouviez que ça n'allait pas avec le reste.

— Ça lui donnait l'air d'une pièce policière, répliqua Magda. Edith Thomson est un drame psychologique, ou un drame de terreur psychologique… qu'est-ce qui sonne mieux, à ton avis ?

— Vous étiez là ce matin ? me demanda vivement Philip. Pourquoi ? Ah, évidemment ! votre père…

Il fronça les sourcils. Plus clairement que jamais, je sentis que je n'étais pas le bienvenu. Mais Sophia s'accrochait à mon bras.

Clemency approcha un siège.

— Asseyez-vous, me proposa-t-elle.

Je lui lançai un regard reconnaissant et j'obéis.

— Vous pouvez dire tout ce que vous voulez, déclara miss de Haviland, reprenant apparemment les choses là où ils les avaient laissées, je pense que nous devons respecter les désirs d'Aristide. En ce qui me concerne, quand cette histoire de testament sera résolue, tout ce qui me reviendra sera à ton entière disposition, Roger.

Roger tirait frénétiquement sur ses cheveux.

— Non, tante Edith. Non ! s'écria-t-il.

— J'aimerais pouvoir en dire autant, déclara Philip, mais il faut prendre tous les éléments en considération...

— Cher vieux Philip, tu ne comprends donc pas ? Je n'accepterai pas un sou de qui que ce soit.

— Il n'acceptera pas d'argent, confirma Clemency avec brusquerie.

— De toute façon, Edith, dit Magda, quand cette histoire de testament sera réglée, il disposera de sa part.

— Mais cette histoire de testament ne pourra pas être réglée en temps voulu, remarqua Eustace.

— Tu n'y connais rien, Eustace, coupa Philip.

— Le gosse a parfaitement raison, s'écria Roger. Il a mis le doigt dessus. Rien ne peut plus empêcher le krach. Plus rien.

Il avait dit ça avec une espèce de satisfaction.

— Il n'y a vraiment rien à discuter, déclara Clemency.

— De toute façon, quelle importance ? ajouta Roger.

— J'aurais pensé que cela avait, au contraire, beaucoup d'importance, remarqua Philip, les lèvres pincées.

— Mais non ! s'écria Roger. Non ! Rien n'a d'importance quand on songe que père est mort ! Père est mort, et nous sommes là à discuter de questions d'argent !

Une légère rougeur colora les joues pâles de Philip.

— Nous essayons seulement de t'aider, lâcha-t-il d'un ton sec.

— Je le sais bien, mon vieux Philip, je le sais bien. Mais on n'y peut rien. Alors restons-en là.

— Je pense que je pourrais réunir une certaine somme d'argent, avança Philip. Les valeurs ont beaucoup baissé et une partie de mon capital est immobilisée, car je dois faire face à des règlements pour Magda, mais…

— Tu ne peux pas trouver l'argent, mon chéri, intervint-elle. Ce serait absurde d'essayer, et pas très juste pour les enfants.

— Mais puisque je vous dis que je n'attends rien de personne ! hurla Roger. J'en ai la voix cassée à force de vous le répéter ! Je ne demande qu'à voir les choses suivre leur cours.

— C'est une question de dignité, fit remarquer Philip. Celle de père. La nôtre.

— Ce n'était pas une affaire de famille. Cela ne concerne que moi.

— Oui, dit Philip en le fixant du regard. Cela ne concerne que toi.

Edith de Haviland se leva.

— Il me semble que cette discussion a assez duré, déclara-t-elle.

L'autorité qui perçait dans sa voix ne manquait jamais de produire son effet.

Philip et Magda se levèrent aussitôt. Eustace sortit sans se presser et la raideur de sa démarche me frappa. Il ne boitait pas vraiment, mais il marchait d'un pas saccadé.

Roger passa son bras sous celui de Philip.

— C'est très chic de ta part de l'avoir même envisagé, lui dit-il.

Les deux frères sortirent ensemble.

Magda les suivit en murmurant : « Quelle histoire ! » et Sophia déclara qu'elle devait s'occuper de ma chambre.

Edith de Haviland remballait son tricot. Le regard qu'elle posa sur moi me fit penser qu'elle allait me parler. J'y lus comme un appel. Quoi qu'il en soit, elle changea d'avis, soupira et sortit derrière les autres.

Clemency était allée à la fenêtre et regardait le jardin. Je m'approchai d'elle. Elle tourna vaguement la tête vers moi.

— C'est fini, Dieu merci, dit-elle, puis elle ajouta avec dégoût : Ce que cette pièce peut être grotesque !

— Elle ne vous plaît pas ?

— Elle m'empêche de respirer. Elle sent les fleurs fanées et la poussière.

Je trouvais son jugement injuste. Mais je comprenais ce qu'elle voulait dire. C'était un univers clos.

C'était une pièce féminine, exotique, douillette, protégée de l'air de l'extérieur. Une pièce où un homme ne pouvait pas se sentir heureux bien longtemps. Ce n'était pas un endroit fait pour se détendre, lire son journal et fumer sa pipe, les pieds sur un tabouret. Quoi qu'il en soit, je préférais ce salon à l'expression abstraite de la personnalité de Clemency, à l'étage au-dessus. Tout compte fait, je préfère le boudoir à la salle d'opérations.

— C'est un décor de théâtre, remarqua-t-elle en regardant autour d'elle. Une toile de fond pour que Magda puisse répéter ses rôles. Vous avez compris, n'est-ce pas, ce que nous venons de faire ? Acte II : le conseil de famille. Mis en scène par Magda. Cela n'avait aucun sens. Il n'y avait rien à débattre, rien à discuter. Tout est réglé. Terminé.

Sa voix n'exprimait aucune tristesse. Bien plutôt de la satisfaction. Elle intercepta mon regard.

— Vous ne comprenez donc pas ? insista-t-elle avec irritation. Nous sommes libres, enfin ! Vous ne comprenez pas que Roger est malheureux, profondément malheureux, depuis des années ? Il n'a jamais eu le moindre goût pour les affaires. Ce qu'il aime, ce sont les chevaux, les vaches, se promener dans la campagne. Mais il adorait son père. Comme tout le monde ici. C'est bien ce qui ne va pas dans cette maison. Trop d'esprit de famille. Je ne veux pas dire par là que mon beau-père était un tyran, qu'il les brutalisait ou les persécutait. Non. Il leur donnait de l'argent et la liberté. Il les adorait. Et ils l'adoraient en retour.

— Vous voyez quelque chose de mal à ça ?

— Oui. Je crois que quand les enfants sont devenus grands, il faut rompre les liens avec eux, s'effacer, disparaître, les obliger à vous oublier.

— Les obliger ? Vous ne trouvez pas ça un peu radical ? La contrainte n'est-elle pas aussi mauvaise d'un côté que de l'autre ?

— S'il ne s'était pas fait une telle personnalité...

— On ne peut pas se faire une personnalité, répliquai-je. C'était une personnalité.

— En tout cas, il avait trop de personnalité pour Roger. Roger l'adorait. Il aurait voulu faire tout ce que son père désirait qu'il fasse, être le fils que son père désirait avoir. Et il ne pouvait pas. Il n'en avait pas les capacités. En matière d'affaires, c'était... oui, autant le dire carrément, un imbécile. Ça a failli lui briser le cœur. Il a été malheureux, il s'est débattu pendant des années pour essayer d'empêcher l'entreprise de dégringoler ; il avait soudain de merveilleuses idées, de grands projets qui tournaient court et ne faisaient qu'aggraver les choses. C'est terrible de prendre conscience, jour après jour, qu'on est un raté. Vous ne savez pas à quel point il a été malheureux. Moi je le sais.

Elle me regarda de nouveau en face.

— Vous avez cru, vous avez même suggéré à la police, que Roger pouvait avoir tué son père... pour de l'argent ! Ce que ça peut être ridicule... vous ne pouvez pas savoir !

— Maintenant, je le sais, dis-je humblement.

— En fait, quand Roger a compris qu'il ne pouvait plus éviter le désastre, que le krach se profilait inéluctablement, il en a été soulagé. Oui, soulagé. Il ne craignait qu'une chose, que son père l'apprenne. Mais il attendait avec impatience cette vie nouvelle que nous allions vivre, dit-elle en frémissant un peu et d'une voix plus douce.

— Où comptiez-vous aller ?

— Aux Barbades. Un cousin lointain m'a laissé en héritage une petite propriété là-bas… oh ! pas grand-chose, mais c'est quelque part où aller. Nous aurions été horriblement pauvres, mais nous nous serions débrouillés tant bien que mal, la vie est très bon marché là-bas. Nous aurions été ensemble, tranquilles, loin d'eux tous.

Elle soupira.

— Roger est ridicule. Il se faisait du souci pour moi, parce que je n'aurais plus rien. Il a été contaminé par l'attitude des Leonidès envers l'argent. Du vivant de mon premier mari, nous étions très pauvres, et Roger pense que j'ai eu beaucoup de courage, que j'ai été merveilleuse ! Il ne se rend pas compte que j'étais heureuse, vraiment heureuse ! Je n'ai jamais été aussi heureuse depuis. Et pourtant… je n'ai jamais aimé Richard comme j'aime Roger.

Elle avait les yeux mi-clos. Je la sentais vibrer intensément.

Elle rouvrit les paupières et posa son regard sur moi.

— Vous voyez, je n'aurais jamais tué quelqu'un pour de l'argent. Je n'aime pas l'argent.

À n'en pas douter, elle pensait exactement ce qu'elle disait. Clemency Leonidès était une de ces rares personnes qui sont insensibles à l'argent. Qui détestent le luxe, lui préfèrent l'austérité et se méfient de la possession.

Cependant, il en est qui pour être personnellement insensibles à l'argent, peuvent être tentés par le pouvoir qu'il confère.

— Vous pouvez ne pas en désirer pour vous-même, dis-je, mais si on l'emploie bien, on peut faire beaucoup de choses avec de l'argent. On peut en faire don à la recherche, par exemple.

Je soupçonnais Clemency d'éprouver de la passion pour son travail, mais elle me répondit simplement :

— Je ne suis pas sûre que ces dons soient vraiment utiles. On les emploie mal, d'habitude. C'est avec de l'enthousiasme, de l'énergie… et de l'intuition qu'on réalise les plus grandes choses, en général. La plupart du temps, les équipements coûteux, la formation, les expériences ne donnent pas les résultats qu'on en attend. Parce que l'argent est tombé dans de mauvaises mains.

— Cela ne vous ennuiera pas d'abandonner votre travail pour aller aux Barbades ? Vous êtes toujours décidés à y aller, je suppose.

— Oh, oui ! Dès que la police nous y autorisera. Non, cela ne m'ennuiera pas du tout d'abandonner mon travail. Pourquoi cela m'ennuierait-il ? Je n'aimerais pas vivre dans l'oisiveté, mais j'aurai beaucoup à faire, là-bas. Ah ! si seulement tout cela pouvait se régler rapidement pour que nous puissions partir, ajouta-t-elle avec impatience.

— Qui a pu faire ça, Clemency, à votre avis ? En admettant que ni vous ni Roger n'ayez trempé dans cette histoire – et franchement, je n'ai aucune raison de le penser –, intelligente comme vous l'êtes, vous devez bien avoir votre petite idée ?

Elle me lança un curieux et rapide regard en coin. Son ton, quand elle me répondit, avait perdu toute spontanéité. Elle était mal à l'aise, plutôt embarrassée.

— On ne peut pas se livrer à des suppositions, déclara-t-elle. Ce ne serait pas scientifique. La seule chose qu'on peut dire, c'est que Brenda et Laurence sont des suspects tout désignés.

— Alors vous pensez que c'est eux ?

Clemency haussa les épaules.

Elle resta un instant à la porte, comme si elle guettait un bruit, puis elle sortit, croisant Edith de Haviland au passage.

Edith vint directement à moi.

— Je voudrais vous parler, me dit-elle.

Les paroles de mon père me revinrent à l'esprit. Était-ce…

Mais Edith de Haviland poursuivait :

— J'espère que vous ne vous trompez pas sur lui. Sur Philip, je veux dire. Il est assez difficile à comprendre. Il peut vous paraître froid et réservé, mais il n'est pas du tout comme ça. C'est juste une façon d'être. Il n'y peut rien.

— Je ne pensais vraiment pas…

Mais elle ne m'écoutait pas.

— Et maintenant, à propos de Roger. Ce n'est pas que Philip manque de générosité. Il n'a jamais été près de ses sous. Et c'est un amour… il a toujours été un amour… mais il faut le comprendre.

Je la regardai avec l'air, je l'espère, de quelqu'un qui ne demande qu'à comprendre. Elle poursuivit :

— À mon avis, cela tient en partie au fait qu'il était le second. Il se passe souvent quelque chose avec les enfants qui viennent en second… ils partent avec un handicap. Il adorait son père, vous savez. Bien sûr, tous les enfants adoraient Aristide et il les adorait tous. Mais il était particulièrement heureux et fier de Roger. C'était l'aîné, le premier. Et je pense que Philip en était conscient. Il s'est retiré en lui-même. Il s'est mis à aimer les livres, le passé, tout ce qui l'éloignait de la vie de tous les jours. Je crois qu'il a souffert… ils souffrent, les enfants…

Elle s'arrêta et reprit :

— En vérité, ce que je veux dire, c'est qu'il a toujours été jaloux de Roger. Il n'en sait sans doute rien lui-même. Je crois bien que Philip… Oh ! c'est horrible à dire et je suis sûre qu'il ne s'en rend pas compte… Je crois bien que Philip n'est pas aussi désolé qu'il devrait l'être de ce que Roger se soit cassé la figure.

— Vous voulez dire que ça lui ferait plutôt plaisir que Roger se soit conduit comme un imbécile ?

— Oui, reconnut miss de Haviland, c'est exactement ce que je veux dire.

Elle fronça un peu les sourcils et ajouta :

— Cela m'a fait de la peine, vous savez, qu'il n'ait pas offert aussitôt à son frère de l'aider.

— Vous jugez qu'il aurait dû ? Après tout, Roger a fait un fameux gâchis. Il est adulte. Il n'y a pas d'enfants à protéger. S'il était malade ou réellement dans le besoin, sa famille l'aiderait sûrement, mais je suis persuadé qu'il préférerait de loin prendre un nouveau départ par ses propres moyens.

— Oh ! sans aucun doute. Il ne se fait du souci que pour Clemency. Mais Clemency est une créature qui sort de l'ordinaire. Elle a un goût authentique pour l'inconfort, elle n'a besoin que d'une tasse, n'importe laquelle, pour boire son thé. C'est moderne, je suppose. Elle est indifférente au passé, indifférente à la beauté.

Elle m'examina des pieds à la tête.

— C'est une terrible épreuve pour Sophia, reprit-elle. Cela me fait pitié de voir sa jeunesse gâchée par cette histoire. Je les aime tous, vous savez. Roger et Philip, et maintenant Sophia, Eustace et Joséphine. Tous sont de bons enfants. Tous sont les enfants de Marcia. Oui, je les aime vraiment. Mais, notez bien, c'est à cette branche de la famille que je voue une véritable idolâtrie.

Elle me tourna brusquement le dos et me planta là. Je restai sur l'impression que, par sa dernière remarque, elle avait voulu dire quelque chose que je ne saisissais pas vraiment.

15

— Votre chambre est prête, m'annonça Sophia.

Côte à côte, nous regardions le jardin. Il paraissait morne et désolé avec ses arbres aux branches à moitié dénudées qui se balançaient dans le vent.

Sophia se fit l'écho de mes pensées.

— Ce que ça peut être lugubre…

Une silhouette, puis une autre, sortirent de derrière la haie d'ifs qui bordait le jardin de rocailles. Dans la lumière crépusculaire, elles avaient toutes les deux quelque chose de sinistre et d'immatériel.

La première était Brenda Leonidès. Enveloppée dans un manteau de chinchilla gris, elle avait des gestes feutrés, des mouvements de chat. Elle glissait dans le demi-jour avec une grâce inquiétante.

J'aperçus son visage quand elle passa devant la fenêtre. Elle avait ce vague sourire, ce sourire de travers que je lui avais déjà remarqué. Quelques minutes plus tard Laurence Brown, maigre et souffreteux, se matérialisa lui aussi dans la pénombre. Je ne peux pas dire ça autrement : ils n'avaient pas l'air de deux personnes en train de marcher, de deux personnes revenant d'une promenade. Furtifs, irréels, on aurait dit deux fantômes.

Était-ce sous le pied de Brenda ou sous celui de Laurence qu'une brindille avait craqué ? Par une association d'idées toute naturelle, je demandai :

— Où est Joséphine ?

— Probablement avec Eustace, dans la salle d'étude. Je me fais du souci pour Eustace, ajouta-t-elle, les sourcils froncés.

— Pourquoi ?

— Il est tellement maussade, tellement bizarre. Il a beaucoup changé depuis cette maudite paralysie. Je ne le comprends plus. Parfois, j'ai l'impression qu'il nous déteste tous.

— Ça lui passera sûrement. C'est une période qu'il doit traverser.

— Oui, sans doute. Il n'empêche que je me fais beaucoup de soucis, Charles.

— Pourquoi, mon amour ?

— Parce que père et mère ne s'en font aucun. Ils ne se conduisent pas comme un père et une mère.

— Ce n'est peut-être pas plus mal. Il y a beaucoup plus d'enfants qui souffrent d'ingérence que de non-ingérence.

— C'est vrai. Je ne l'ai remarqué qu'après mon retour de l'étranger, mais ils forment un drôle de couple… Père qui vit résolument dans d'obscurs sentiers de l'histoire et mère qui se complaît à créer des mises en scène… Cette ânerie, ce soir, c'est tout elle. C'était complètement inutile. Mais elle avait envie de jouer dans un conseil de famille. Elle s'ennuie tellement ici qu'elle s'évertue à monter des scénarios.

L'espace d'un instant, j'eus une vision fantastique : la mère de Sophia empoisonnant d'un cœur léger son vieux beau-père afin d'assister aux premières loges à un drame policier dont elle interpréterait le rôle principal.

L'idée était comique. Je l'écartai comme telle mais elle me laissa un vague sentiment de malaise.

— On ne peut pas laisser mère un instant sans surveillance, reprit Sophia. On ne sait jamais ce qu'elle est capable d'inventer !

— Ne pensez plus à votre famille, Sophia, dis-je avec fermeté.

— Je ne demanderais pas mieux, mais c'est un peu difficile en ce moment. J'étais heureuse là-bas, au Caire, je les avais tous oubliés.

Je me rappelai en effet que Sophia ne m'avait jamais parlé ni de sa maison, ni de sa famille.

— C'est pour ça que vous n'en parliez jamais ? demandai-je. Parce que vous vouliez les oublier ?

— Je pense, oui. Nous avons toujours beaucoup trop vécu ensemble. Nous avons… nous avons beaucoup trop d'affection les uns pour les autres. Ce n'est pas comme dans certaines familles où tout le monde se hait. Ça ne doit pas être drôle tous les jours, mais c'est presque pire de vivre comme nous, entortillés dans des conflits sentimentaux.

Et elle continua :

— C'est sans doute pour cela que je vous ai expliqué que nous vivions tous ensemble dans une petite maison biscornue. Je voulais dire par là qu'en grandissant, nous n'avions pas appris l'indépendance, nous n'avions pas appris à nous tenir droit chacun séparément. Nous sommes tous un peu emmêlés, enchevêtrés. Comme du liseron, ajouta-t-elle.

Je revis aussitôt Edith de Haviland, écrasant de son talon, dans le sentier, une pousse de liseron…

La porte s'ouvrit à la volée et Magda, déjà au milieu de la pièce, cria :

— Voyons, mes chéris, pourquoi n'allumez-vous pas ? Vous êtes presque dans le noir.

Et elle actionna les interrupteurs, et les lumières jaillirent sur les murs et sur les tables, et elle tira, avec Sophia et moi, les épais rideaux roses, et nous nous trouvâmes de nouveau dans un décor au parfum de fleurs, et Magda, se jetant sur un canapé, s'exclama :

— Quelle scène incroyable, non ? Eustace était furieux ! Il m'a dit qu'il trouvait tout ça positivement indécent. Ce que les garçons peuvent être amusants !

Elle soupira :

— Roger est un amour. Je l'adore quand il s'ébouriffe les cheveux et qu'il se met à tout faire dégringoler. Est-ce que ce n'est pas gentil, de la part d'Edith, de lui avoir offert son héritage ? Ce n'était pas juste pour l'épate, elle était vraiment prête à le faire. Mais c'était complètement idiot, cela aurait pu faire penser à Philip qu'il devrait en faire autant ! Edith ferait n'importe quoi pour la famille ! L'amour d'une vieille fille pour les enfants de sa sœur a quelque chose de pathétique. Il faudra que j'interprète un jour ce rôle de la tante dévouée et vieille fille. Indiscrète, obstinée, dévouée.

— Cela a dû être dur pour elle après la mort de sa sœur, remarquai-je, refusant de me laisser entraîner à discuter ce nouveau rôle de Magda. Je veux dire, si elle détestait à ce point le vieux Leonidès.

Magda m'interrompit.

— Elle le détestait ? Qui vous a raconté ça ? C'est ridicule. Elle était amoureuse de lui, oui.

— Mère ! s'écria Sophia.

— N'essaie pas de me contredire, Sophia ! À ton âge, évidemment, deux beaux jeunes gens au clair de lune, ça ne peut être que ça, l'amour.

— Elle m'a dit qu'elle l'avait toujours détesté, fis-je observer.

— C'était sans doute vrai quand elle est arrivée. Elle en voulait à sa sœur de l'avoir épousé. Ils étaient souvent en désaccord, mais elle était bel et bien amoureuse de lui ! Je sais de quoi je parle, mes chéris. Bien sûr, comme c'était la sœur de sa défunte femme et tout ça, il ne pouvait pas l'épouser et il n'y a sans doute jamais songé – pas plus qu'elle, d'ailleurs. Materner ses enfants et se quereller avec lui suffisait à son bonheur. Mais elle n'a pas apprécié du tout qu'il épouse Brenda. Ah, mais pas du tout !

— Père et vous non plus, coupa Sophia.

— Ça nous a même horriblement déplu ! Mais pas tant qu'à Edith. Ma chérie, si tu avais vu la façon dont elle regardait Brenda !

— Allons, mère ! fit Sophia.

Magda lui lança un coup d'œil affectueux et un peu coupable, un coup d'œil d'enfant gâtée et malicieuse. Puis elle poursuivit, sans paraître le moins du monde gênée par l'incohérence de ses propos :

— J'ai décidé qu'en fin de compte, Joséphine devait aller à l'école.

— Joséphine ? À l'école ?

— Oui. En Suisse. Je vais m'occuper de ça dès demain. Je crois sincèrement qu'il faut la sortir d'ici tout de suite. C'est très mauvais pour elle de se trouver mêlée à une histoire pareille. Ça lui donne des idées malsaines. Ce qu'il lui faut, ce sont des enfants de son âge. Une vie d'écolier. C'est ce que j'ai toujours pensé.

— Grand-père ne voulait pas qu'elle aille à l'école, dit lentement Sophia. Il était tout à fait contre.

— Il voulait nous avoir tous ici, sous ses yeux, ce cher vieux trésor. Les vieilles personnes sont souvent très égoïstes à cet égard. Un enfant doit vivre parmi les enfants. Et c'est tellement sain, la Suisse, les sports d'hiver, le grand air, tout ça, et ils ont une nourriture bien meilleure que la nôtre !

— Ce ne sera pas facile à organiser avec toutes ces nouvelles réglementations sur les changes, fis-je remarquer.

— Allons donc, Charles ! Il existe un tas de combines dans le système éducatif, ou alors on peut faire un échange avec un enfant suisse, ce ne sont pas les moyens qui manquent. Rudolf Alstir est à Lausanne. Je vais lui télégraphier demain pour qu'il s'occupe de tout arranger. Joséphine peut être partie avant la fin de la semaine.

Magda donna un coup de poing dans un coussin, nous sourit, alla à la porte et resta là un moment, à nous regarder avec ravissement.

— Les jeunes sont les seuls qui comptent, dit-elle comme si elle récitait un vers. Ils doivent toujours venir en premier. Et n'oubliez pas les fleurs, mes chéris, les gentianes bleues, les narcisses…

— En novembre ? demanda Sophia, mais Magda était déjà loin.

Sophia poussa un soupir d'exaspération.

— Maman est vraiment fatigante ! Il lui pousse des idées, elle envoie des milliers de télégrammes et tout doit être réglé à la seconde. Pourquoi s'affoler comme ça et expédier Joséphine en Suisse ?

— L'école, ce n'est peut-être pas une mauvaise idée. Je pense que la fréquentation d'enfants de son âge ne lui ferait pas de mal, à Joséphine.

— Ce n'était pas l'avis de grand-père, déclara Sophia, entêtée.

J'en fus un peu irrité.

— Ma chère Sophia, vous croyez vraiment qu'un vieux bonhomme de plus de quatre-vingts ans est le juge le plus qualifié pour connaître le bien des enfants ?

— Il était le juge le plus qualifié pour tout le monde, dans cette maison, répondit Sophia.

— Plus qualifié que votre tante Edith ?

— Non, peut-être pas. Elle était pour l'école. Je reconnais que Joséphine file un mauvais coton… elle a pris l'horrible habitude de fourrer son nez partout. Mais à mon avis, c'est parce qu'elle joue au détective.

Était-ce seulement pour le bien de Joséphine que Magda avait pris cette soudaine décision ? Je me le demandai. Joséphine était remarquablement bien informée sur toutes sortes de choses qui s'étaient produites avant le meurtre et qui ne la regardaient pas. Une saine vie d'écolière avec toutes sortes de jeux lui ferait sans aucun doute le plus grand bien. Mais la décision de Magda me paraissait bien soudaine et expéditive. La Suisse, il est vrai, était loin…

16

« Laisse-les parler », m'avait dit le Vieux.

En me rasant le lendemain matin, j'essayai de voir où cela m'avait mené.

Edith de Haviland m'avait parlé, elle était même venue à moi spécialement pour ça. Clemency m'avait parlé – ou était-ce moi qui lui avais parlé ? Magda m'avait parlé, en ce sens que j'avais fait partie du public d'une de ses exhibitions. Sophia m'avait parlé, évidemment. Et même Nannie m'avait parlé. Étais-je beaucoup plus avancé après tout ce que j'avais appris ? Y avait-il eu dans tout ça une parole, une phrase significatives ? Mieux encore, avais-je eu un seul témoignage de cette vanité anormale sur laquelle mon père avait mis l'accent ? Je n'en voyais pas trace.

La seule personne qui n'avait manifesté aucun désir de me parler, d'aucune façon et sur aucun sujet, c'était Philip. N'était-ce pas, en un certain sens, assez anormal ? Il devait quand même bien l'avoir compris, au bout du compte, que je voulais épouser sa fille. Et pourtant, il continuait à se conduire comme si je n'étais pas là. Il désapprouvait sans doute ma présence dans la maison. Edith de Haviland l'avait excusé. Elle avait prétendu que c'était juste une « façon d'être ». Et elle avait paru se faire du souci pour lui. Pourquoi ?

Je me concentrai sur le père de Sophia. C'était, à tous points de vue, un individu refoulé. Il avait été un enfant jaloux et malheureux. Il s'était replié sur lui-même. Il s'était réfugié dans les livres, dans l'histoire. Cette froideur et cette réserve étudiées pouvaient recouvrir un bon nombre de sentiments exacerbés. Le fait qu'il ne gagnait rien à la mort de son père n'était pas un argument convaincant : il ne me serait pas venu un instant à l'idée que Philip Leonidès aurait pu tuer son père parce qu'il considérait qu'il ne possédait pas autant d'argent qu'il l'aurait voulu. Mais il aurait pu désirer la mort de son père pour une raison profonde, psychologique. Philip était revenu vivre dans la maison et, plus tard, à cause des bombardements, Roger l'avait rejoint, et Philip avait été contraint de constater, jour après jour, que Roger était le préféré de son père… Dans son esprit torturé, les choses avaient-elles pu en arriver au point où seule la mort de ce père pouvait lui apporter le soulagement ? Et où il imaginerait que son frère serait soupçonné ? Roger était à court d'argent, au bord de la faillite. Ignorant tout du dernier entretien qu'il avait eu avec son père et de l'aide que celui-ci lui avait offerte, Philip ne pouvait-il pas penser qu'un motif si puissant ferait aussitôt soupçonner son aîné ? L'équilibre mental de Philip était-il suffisamment perturbé pour le mener jusqu'au meurtre ?

Je m'entamai la peau du menton avec mon rasoir et poussai un juron.

Que diable essayais-je de faire ? De coller ce meurtre sur le dos du père de Sophia ? C'était du joli. Ce n'était pas exactement pour ça qu'elle m'avait demandé de venir.

Ou... était-ce pour cela au contraire ? L'appel de Sophia cachait quelque chose, avait caché quelque chose depuis le début. Pour peu qu'elle ait pensé que son père pouvait être l'assassin, elle n'aurait jamais consenti à m'épouser. Et si c'était vrai ? Lucide et courageuse comme l'était Sophia, elle voulait connaître la vérité, car le doute constituerait une barrière infranchissable entre nous. En fait, ne m'avait-elle pas dit : « Prouvez-moi que cette horrible chose que j'imagine n'est pas vraie, mais si elle est vraie, prouvez-le-moi également de façon à ce que je puisse envisager le pire et lui faire face. »

Edith de Haviland savait-elle que Philip était coupable, ou le soupçonnait-elle ? Qu'avait-elle voulu dire par : « c'est à cette branche de la famille que je voue une véritable idolâtrie » ?

Et que voulait dire ce regard bizarre que Clemency m'avait lancé quand je lui avais demandé qui elle soupçonnait, et qu'elle m'avait répondu : « Laurence et Brenda sont des suspects tout désignés » ?

Toute la famille voulait que ce soit Brenda et Laurence, souhaitait que ce soit Brenda et Laurence, mais ne croyait pas vraiment que c'était Brenda et Laurence…

Bien sûr, toute la famille pouvait se tromper, et cela pouvait bien être Brenda et Laurence, après tout.

Ou alors, ce pouvait être Laurence, sans Brenda…

Ce qui serait une bien meilleure solution.

Je me tamponnai une dernière fois le menton et descendis prendre mon petit déjeuner, résolu à avoir un entretien avec Laurence aussi vite que possible.

C'est seulement après ma deuxième tasse de café que je me rendis compte que la maison biscornue produisait son effet sur moi. Ce que je cherchais, moi comme les autres, ce n'était pas la vraie solution, mais la solution qui me convenait le mieux.

Après le petit déjeuner, je montai au premier. Sophia m'avait dit que je trouverais Laurence en train de donner une leçon à Eustace et Joséphine, dans la salle d'étude.

Sur le palier, devant la porte de l'appartement de Brenda, j'hésitai. Devais-je sonner, frapper ou entrer, tout simplement ? Finalement, je décidai de considérer la maison comme un tout, j'étais chez les Leonidès et non dans les appartements privés de Brenda.

J'ouvris la porte et entrai. Tout était tranquille, on aurait dit qu'il n'y avait personne. À ma gauche, la porte du grand salon était fermée. À ma droite, une porte ouverte menait à la chambre à coucher d'Aristide Leonidès, et à la salle de bains attenante où se trouvait la réserve d'insuline. La police en avait fini avec son inspection. Je poussai la porte de la salle de bains et me faufilai à l'intérieur. Je me rendis compte alors combien il était facile pour quelqu'un de la maison – ou de l'extérieur, du reste ! – de monter et de s'introduire dans cette pièce sans être vu.

Je regardai autour de moi. C'était une salle de bains luxueusement installée, avec un carrelage étincelant et une baignoire profonde. D'un côté, se trouvaient divers appareils électriques : un chauffe-plat, un grill, une bouilloire électrique, un toaster, tout ce dont le valet de chambre d'une bonne maison peut rêver. Une petite armoire laquée blanc était fixée au mur. Je l'ouvris. Elle contenait la pharmacie : deux verres gradués, une œillère pour les bains d'œil, un compte-gouttes et quelques flacons étiquetés. De l'aspirine, du borate de soude, de l'iode. De l'élastoplaste, des pansements, etc. Sur un autre rayonnage se trouvaient la réserve d'insuline, deux seringues hypodermiques et un flacon d'alcool. Sur un troisième rayonnage, des comprimés – de un à deux, à prendre le soir, selon la prescription médicale. Le collyre devait sans aucun doute avoir eu sa place sur ce rayonnage. Tout était propre, bien rangé, facile à trouver pour qui en aurait besoin, et tout aussi facile à trouver pour un assassin.

J'aurais pu faire ce que je voulais avec ces flacons, puis redescendre tranquillement sans que personne ait même eu vent de ma présence. Tout cela ne m'apprenait rien de nouveau, mais me faisait toucher du doigt la difficulté du travail de la police.

Ce n'était qu'auprès du coupable, ou des coupables, qu'on pourrait découvrir ce qu'il nous fallait.

« Faites-les trembler, m'avait dit Taverner. Tenez-les en haleine. Faites-leur croire que nous avons quelque chose. Restons bien en vue. Tôt ou tard notre criminel renoncera à faire cavalier seul, il essaiera de se montrer encore plus malin, et alors… nous n'aurons plus qu'à le cueillir. »

Mais, jusqu'à présent, le criminel n'avait pas réagi à ce traitement.

Je sortis de la salle de bains. Toujours personne. Je continuai mon chemin dans le couloir. Je passai à gauche devant la salle à manger, à droite devant la chambre à coucher de Brenda et la salle de bains où une femme de chambre s'affairait. La porte de la salle à manger était fermée. Derrière, j'entendis Edith de Haviland qui téléphonait à l'inévitable poissonnier. Un escalier en colimaçon conduisait à l'étage supérieur. Je l'empruntai. Je savais que je trouverais là la chambre à coucher et le salon d'Edith, deux autres salles de bains et la chambre de Laurence Brown. Plus loin encore, au-dessus du logement des domestiques, une volée de marches menait à une grande pièce construite sur l'arrière de la maison : la salle d'étude.

Je m'arrêtai à la porte. On entendait la voix de Laurence Brown.

Les façons de Joséphine devaient être contagieuses, pensai-je. Et sans la moindre honte, je collai mon oreille à la porte et écoutai.

C'était une leçon d'histoire, et plus précisément sur le Directoire.

La stupeur me fit ouvrir de grands yeux. C'était une énorme surprise pour moi de découvrir que Laurence Brown était un merveilleux professeur.

Je ne sais pas pourquoi cela me surprenait tellement. Après tout, Aristide Leonidès avait toujours su choisir ses hommes. En dépit de ses airs de rat, Laurence possédait le don suprême d'éveiller l'enthousiasme et l'imagination de ses élèves. Le drame de Thermidor, le décret mettant Robespierre hors la loi, les munificences de Barras, les astuces de Fouché, Napoléon lieutenant, jeune et famélique, tout cela devenait réel, prenait vie.

Tout à coup Laurence s'arrêta pour poser une question à Eustace et Joséphine. Il les incitait à se mettre à la place de l'une ou l'autre des figures de l'histoire. S'il n'obtint guère de résultat avec Joséphine, qui parlait comme si elle était enrhumée, en revanche Eustace me parut avoir perdu son ton maussade habituel. Il faisait preuve d'intelligence et d'un sens aigu de l'histoire, probablement hérité de son père.

J'entendis ensuite le bruit des chaises raclant le plancher. Je descendis et remontai prestement quelques marches, et j'avais vraiment l'air d'arriver quand la porte s'ouvrit.

Eustace et Joséphine sortirent.

— Salut, dis-je.

Eustace me regarda avec étonnement.

— Vous cherchez quelque chose ? me demanda-t-il poliment.

Comme si je n'existais pas, Joséphine passa à côté de moi sans s'arrêter.

— Je veux juste voir votre salle d'étude…

Ce fut tout ce que je trouvai à répondre.

— Vous l'avez déjà vue l'autre jour, non ? C'est un endroit pour les enfants, rien d'autre. Avant, c'était la nursery. Il reste encore plein de jouets.

Il me tint la porte et j'entrai.

Laurence Brown était près de la table. Il leva le nez, rougit, murmura quelque chose en réponse à mon salut et sortit à toute allure.

— Vous lui avez fait peur, dit Eustace. Il prend très facilement peur.

— Est-ce qu'il te plaît ?

— Oh ! ça va. Il se conduit comme un imbécile, c'est sûr.

— Mais ce n'est pas un mauvais professeur ?

— Non. En fait, il est même très intéressant. Il sait un tas de choses. Il vous présente tout sous un autre angle. Je ne savais pas qu'Henri VIII écrivait des poèmes – à Anne Boleyn, bien sûr – qui ne sont pas si mal que ça.

Nous nous entretînmes un moment de sujets divers, de Chaucer, des dessous politiques des Croisades, de la vie au Moyen Âge, et du fait qui étonnait beaucoup Eustace – qu'Oliver Cromwell avait interdit de fêter le jour de Noël. Sous ses airs méprisants et sa mauvaise humeur, je découvrais chez Eustace un esprit curieux et agile.

Je ne tardai pas à comprendre l'origine de cette mauvaise humeur. Sa maladie n'avait pas seulement été pour lui une épouvantable épreuve. Il avait été frustré, arrêté en plein élan au moment où il jouissait pleinement de la vie.

— J'aurais dû faire partie de l'équipe de cricket à la rentrée. Je la trouve plutôt raide d'être obligé de rester cloué à la maison et de prendre des cours avec une sale gosse comme Joséphine. Elle n'a que douze ans, nom d'un chien.

— Vous ne suivez pas les mêmes cours, si ?

— Non, bien sûr, elle ne fait pas de mathématiques avancées, ni de latin. Mais c'est la barbe de partager son professeur avec une fille.

Je m'efforçai d'apaiser sa mâle fierté blessée en lui faisant remarquer que Joséphine était une fille très douée pour son âge.

— Vous trouvez ? À mon avis, c'est une vraie nouille. Elle est passionnée par la détection policière, elle fourre son nez partout et prend des notes dans un petit carnet noir en faisant semblant d'avoir découvert des tas de trucs. C'est une idiote, voilà ce que c'est, déclara Eustace avec condescendance. À mon avis, ajouta-t-il, les filles ne peuvent pas être détectives. C'est ce que je lui ai dit. Ma mère a raison, plus vite on l'expédiera en Suisse, mieux ça vaudra.

— Elle ne te manquera pas ?

— Une fille de cet âge-là ? cracha Eustace avec hauteur. Bien sûr que non. De toute façon, c'est la foire, cette maison ! Maman passe son temps à Londres pour obliger de pauvres auteurs dramatiques à adapter des pièces pour elle, et elle fait des histoires à n'en plus finir, pour rien. Papa s'enferme avec ses livres et n'entend même pas ce qu'on lui dit. Je ne vois pas pourquoi je devrais supporter des parents pareils. Et puis il y a oncle Roger, tellement cordial que c'en est répugnant. Tante Clemency, ça va, elle ne vous embête pas, mais par moments j'ai l'impression qu'elle est un peu timbrée. Tante Edith aussi ça va, mais elle est vieille. Les choses sont un peu plus marrantes depuis que Sophia est revenue, sauf quand elle pique des colères. C'est quand même une drôle de famille, vous ne trouvez pas ? Sans compter une grand-mère assez jeune pour être votre tante ou votre sœur aînée… Je veux dire, on se sent complètement ridicule !

Je pouvais comprendre ce qu'il éprouvait. Un peu. Je me rappelais – très vaguement – ma propre hypersensibilité à son âge. L'horreur que j'avais de voir mes proches parents, ou moi-même, s'écarter de la norme.

— Et ton grand-père ? demandai-je. Tu avais de l'affection pour lui ?

Eustace eut une curieuse expression.

— Grand-père, répondit-il, était absolument antisocial !

— Dans quel sens ?

— Il n'avait qu'une idée en tête : le profit. Laurence dit que c'est très mal. Et c'était un individualiste forcené. C'est une espèce en voie de disparition, non ?

— Eh bien, répliquai-je assez brutalement, il a disparu.

— Tant mieux, déclara Eustace. Ce n'est pas que je sois sans cœur, mais on ne peut plus jouir de la vie à cet âge-là !

— Tu crois ?

— Impossible, j'en suis sûr. De toute façon, il était temps qu'il tire sa révérence. Il…

Comme Laurence Brown revenait, Eustace s'interrompit.

Laurence se mit à farfouiller dans les livres, mais il me sembla qu'il m'observait du coin de l'œil.

Il jeta un coup d'œil à sa montre :

— Eustace, sois-là à 11 heures juste, dit-il. Nous avons assez perdu de temps ces derniers jours.

— OK ! monsieur.

Eustace s'éloigna, traînant la jambe et sifflotant.

Laurence me lança de nouveau un regard aigu et s'humecta les lèvres. J'étais convaincu qu'il n'était revenu que pour me parler.

Finalement, après avoir déplacé encore quelques livres, faisant semblant d'en chercher un, il me demanda :

— Euh… Où en sont-ils ?

— Qui ça, « ils » ?

— La police.

Son nez remua. Un petit rat pris au piège, pensai-je, tout à fait un petit rat pris au piège.

— Ils ne me mettent pas dans la confidence, répondis-je.

— Ah!… je croyais que votre père était dans les hautes sphères de la police.

— Il l'est. Mais il n'est pas homme à trahir des secrets officiels, répliquai-je d'un ton volontairement pompeux.

— Alors vous ne savez pas comment… si… Est-ce qu'ils vont arrêter quelqu'un ?

— Pas que je sache. Mais, comme je vous l'ai dit, je ne le saurais pas forcément.

Tenez-les en haleine, avait dit l'inspecteur Taverner. Faites-les trembler. Ma foi, Laurence Brown tremblait, et de tous ses membres.

— Vous ne savez pas ce que c'est…, commença-t-il, parlant vite et avec nervosité. La tension… Sans comprendre quoi… Je veux dire, ils ne font qu'aller et venir en posant des questions… Des questions qui n'ont rien à voir avec l'affaire…

Il s'interrompit. J'attendis. Il voulait parler, eh bien, qu'il parle.

— Vous étiez là quand l'inspecteur a suggéré cette chose monstrueuse, l'autre jour ? À propos de Mrs Leonidès et de moi… C'est monstrueux. On se sent désarmé. On n'a pas le pouvoir d'empêcher les gens de penser des choses ! Mais tout ça, ce sont d'affreux mensonges. Juste parce qu'elle est… parce qu'elle était beaucoup plus jeune que son mari. Les gens ont l'esprit mal tourné… tellement mal tourné… J'ai l'impression… Je ne peux pas m'empêcher de penser qu'il s'agit d'un complot.

— Un complot ? Voilà qui est intéressant.

C'était intéressant, mais pas dans le sens où il l'entendait.

— La famille, vous comprenez. Je n'ai jamais plu à la famille de Mr Leonidès. Ils ont toujours été très distants avec moi. J'ai toujours senti qu'ils me méprisaient.

Ses mains se mirent à trembler.

— Sous prétexte qu'ils ont toujours été riches et puissants, ils me regardaient de haut. Qu'est-ce que j'étais pour eux ? Un précepteur. Un misérable objecteur de conscience. Mais mes objections venaient bien de ma conscience. Oui, de ma conscience !

Je ne dis rien.

— Très bien ! s'écria-t-il. Et si j'avais eu peur, en effet ? Peur de faire un beau gâchis. Peur, au moment d'appuyer sur la détente, de ne pas pouvoir me résoudre à le faire. Comment être sûr que c'est un nazi que vous allez abattre ? C'est peut-être un brave type, un garçon sans opinions politiques qui a été tiré de sa campagne pour servir son pays. Pour moi, la guerre est mauvaise, vous comprenez ? Elle est mauvaise.

Je restai silencieux. J'étais convaincu que j'obtiendrais plus par mon silence qu'en discutant ou en acquiesçant.

En argumentant ainsi avec lui-même, Laurence Brown dévoilait beaucoup de lui-même.

— On s'est toujours moqué de moi, reprit-il d'une voix tremblante. J'ai le chic pour me rendre ridicule. Ce n'est pas que je manque de courage, mais je fais toujours tout de travers. Je suis entré dans une maison en flammes pour sauver une femme bloquée à l'intérieur. Mais je me suis tout de suite perdu, et évanoui à cause de la fumée. Les pompiers ont eu un mal fou à me retrouver. Je les ai entendus qui disaient : « De quoi il se mêle, ce crétin ! » Quoi que je fasse, tout le monde est contre moi. Celui qui a tué Mr Leonidès s'y est pris de façon à ce que ce soit moi qu'on suspecte. Quelqu'un l'a tué pour me perdre.

— Et Mrs Leonidès ?

Il rougit, ce qui l'éloigna du rat et le rapprocha de l'homme.

— Mrs Leonidès est un ange, dit-il, un ange. Elle était merveilleuse de bonté et de gentillesse avec son vieux mari. Penser qu'elle aurait pu l'empoisonner, c'est risible… proprement risible ! Et cet inspecteur borné qui ne voit même pas ça !

— Il est un peu prévenu, vous savez. Il a tellement d'affaires de vieux maris empoisonnés par leurs jeunes et gentilles épouses dans ses dossiers…

— Quel insupportable balourd ! s'exclama Laurence Brown, furieux.

Il alla dans un coin de la pièce fourrager dans une bibliothèque. Convaincu que je n'en tirerais plus rien, lentement, je quittai les lieux.

Comme je longeais le couloir, une porte s'ouvrit sur ma gauche et Joséphine jaillit comme un diable de sa boîte.

Elle avait les mains et la figure noires de crasse et une toile d'araignée lui pendait à l'oreille.

— D'où viens-tu, Joséphine ?

Je jetai un coup d'œil par la porte entrouverte. Deux marches menaient à une espèce de grenier rectangulaire où j'aperçus, dans l'obscurité, quelques grandes citernes.

— De la salle aux citernes.

— Qu'est-ce que tu fabriquais dans la salle aux citernes ?

— De la détection, me répondit-elle d'un ton bref et net.

— Que diable peut-on bien détecter parmi des citernes ?

Ce à quoi Joséphine répondit simplement :

— Il faut que j'aille me laver.

— En effet, ce ne serait pas du luxe.

Avant de disparaître dans la salle de bains la plus proche, elle me lança :

— Le second meurtre ne va plus tarder maintenant, vous ne pensez pas ?

— Qu'est-ce que tu entends par « le second meurtre » ?

— Eh bien, dans les livres, il y a toujours un second meurtre vers ce moment-là. Quelqu'un qui sait quelque chose est liquidé avant qu'il puisse raconter ce qu'il sait.

— Tu lis trop de romans policiers, Joséphine. Dans la vie, ça ne se passe pas comme ça. Et si quelqu'un sait quelque chose, dans cette maison, il n'a aucune envie d'en parler.

La réponse de Joséphine me parvint à travers les glouglous de l'eau coulant d'un robinet.

— Quelquefois, c'est quelque chose qu'ils ne savent pas qu'ils savent.

J'essayai de comprendre. Puis, abandonnant Joséphine à ses ablutions, je redescendis.

Juste au moment où je franchissais la porte menant à l'escalier du premier, Brenda sortit du salon.

Elle s'approcha de moi, posa la main sur mon bras et me regarda bien en face.

— Alors ? me demanda-t-elle.

En terme différent, elle me posait la même question que Laurence. Mais ce mot tout seul lui donnait beaucoup plus de poids.

Je secouai la tête.

— Rien, dis-je.

Elle poussa un long soupir.

— J'ai si peur, Charles, j'ai si peur...

Sa terreur était bien réelle. Elle me la communiqua, dans cet espace étroit où nous nous trouvions. J'avais envie de la rassurer, de l'aider. J'éprouvais encore une fois le sentiment poignant de la voir seule en butte à l'hostilité environnante.

Si elle s'était écriée : « Qui est pour moi ? », qui aurait répondu ? Laurence Brown ? Et qu'est-ce que c'était, Laurence Brown ? Ce n'était pas un roc sur lequel prendre appui pendant la tempête. C'était l'embarcation la plus frêle. Je les revoyais, surgissant tous les deux de derrière la haie, dans le jardin, la veille.

J'avais envie de l'aider. J'avais follement envie de l'aider. Mais que pouvais-je dire, ou faire ? Et au fond de moi-même, j'éprouvais un étrange sentiment de culpabilité, comme si l'œil méprisant de Sophia était braqué sur moi. Je me la rappelai disant : « Alors, elle vous a eu. »

Sophia ne comprenait pas, ne voulait pas comprendre la situation de Brenda. Seule, soupçonnée de meurtre, sans personne pour la soutenir…

— L'enquête a lieu demain, dit Brenda. Qu'est-ce… Qu'est-ce qui va se passer ?

Sur ce point, je pouvais la rassurer.

— Rien, répondis-je. Ne vous faites pas de souci pour ça. L'enquête sera ajournée par la police pour complément d'instruction. Cela dit, la presse va probablement se mettre en branle. Jusqu'à présent, nulle part il n'a été fait allusion à autre chose qu'une mort naturelle. Les Leonidès sont puissants. Mais si l'enquête est ajournée… eh bien, la fête va commencer.

En voilà une chose à dire ! La fête ! Qu'est-ce qui m'avait pris de choisir ce mot-là ?

— Est-ce… Est-ce qu'ils vont être épouvantables ?

— À votre place, je n'accorderais aucune interview. Croyez-moi, Brenda, vous devriez prendre un avocat.

Elle recula en étouffant un terrible cri de détresse.

— Non, non, pas pour ce que vous pensez, protestai-je. Mais il vous faudrait quelqu'un pour veiller sur vos intérêts, vous conseiller sur les procédures à suivre, sur ce que vous devez dire et faire, et sur ce que vous devez ne pas dire et ne pas faire. Vous êtes très seule, voyez-vous, ajoutai-je.

Elle me serra le bras.

— Oui, dit-elle, au moins vous, vous le comprenez. Ça me soulage, Charles, c'est vrai, ça me soulage…

Je descendais, réconforté et satisfait, quand j'aperçus Sophia.

— Vous en avez mis un temps ! me fit-elle remarquer d'un ton froid et plutôt sec. On vous a appelé de Londres. Votre père veut vous voir.

— Au Yard ?

— Oui.

— Je me demande bien pourquoi. On ne vous a rien dit ?

Sophia secoua la tête, le regard inquiet. Je la serrai contre moi.

— Ne vous en faites pas, ma chérie. Je ne serai pas long.

17

L'atmosphère me parut tendue. Mon père était assis à son bureau, l'inspecteur Taverner était adossé à la fenêtre, et Mr Gaitskill, l'air ulcéré, occupait le fauteuil du visiteur.

— … un extraordinaire manque de confiance, était-il en train de dire d'un ton aigre.

— Bien sûr, bien sûr, lui accorda mon père pour l'apaiser. Ah ! Charles, tu as fait vite. Il est arrivé quelque chose d'assez surprenant.

— Du jamais vu, renchérit Mr Gaitskill.

Visiblement, quelque chose l'avait vexé à mort. L'inspecteur Taverner me sourit derrière son dos.

— Je résume, vous permettez ? demanda mon père. Mr Gaitskill a reçu ce matin une communication plutôt étonnante. En provenance d'un certain Mr Agrodopoulos, propriétaire du restaurant Delphos. C'est un très vieux monsieur d'origine grecque, qu'Aristide Leonidès a aidé quand il était jeune, et qui lui en est toujours resté profondément reconnaissant. De son côté, il semble que Leonidès ait eu en lui une entière confiance.

— Je n'aurais jamais cru que Leonidès était d'un naturel aussi secret et soupçonneux, remarqua Mr Gaitskill. Évidemment, il était d'un âge très avancé… pratiquement retombé en enfance, on peut dire.

— Ce sont les racines qui parlent, reprit mon père gentiment. Voyez-vous, Gaitskill, quand on est très vieux, on a tendance à revenir à sa jeunesse et à ses amis de jeunesse.

— Mais je m'occupe des affaires de Leonidès depuis plus de quarante ans ! s'exclama Mr Gaitskill. Quarante-trois ans et demi, pour être exact.

Taverner sourit de nouveau.

— Qu'est-ce qui s'est passé ? demandai-je.

Mr Gaitskill ouvrit la bouche mais mon père le devança.

— Dans sa communication, Mr Agrodopoulos déclare obéir à certaines instructions de son ami Aristide Leonidès. En bref, il y a environ un an, Mr Leonidès lui a confié une enveloppe scellée, à charge pour lui de la remettre à Mr Gaitskill aussitôt après sa mort. Au cas où Mr Agrodopoulos mourrait avant lui, son fils, un filleul de Mr Leonidès, était chargé d'obéir à ces mêmes instructions. Mr Agrodopoulos explique son retard par le fait qu'étant alité avec une pneumonie il n'a appris la mort de son ami que la veille, dans l'après-midi.

— Tout cela est contraire aux usages de la profession, fit remarquer Mr Gaitskill.

— Après avoir ouvert l'enveloppe et pris connaissance de son contenu, Mr Gaitskill a jugé qu'il était de son devoir…

— Étant donné les circonstances, précisa Mr Gaitskill.

— … de nous le communiquer. Il s'agit d'un testament, dûment signé et certifié, accompagné d'une lettre.

— Alors, le testament a finalement été retrouvé ? dis-je.

Mr Gaitskill devint cramoisi.

— Ce n'est pas le même ! cria-t-il. Ce n'est pas le testament que j'ai rédigé à la demande de Mr Leonidès. Celui-ci est écrit de sa main, ce qui est plutôt dangereux de la part d'un profane. On dirait que Mr Leonidès a cherché à me faire passer pour un parfait imbécile.

L'inspecteur Taverner s'efforça de mettre du baume sur la blessure.

— C'était un très vieux monsieur, Mr Gaitskill, lui dit-il. Avec les années, on devient un peu loufoque, pas fou bien sûr, juste un peu excentrique…

Mr Gaitskill renifla.

— Mr Gaitskill nous a appelés, poursuivit mon père, il nous a communiqué les principales clauses du testament, et nous lui avons demandé de venir nous apporter les deux documents. Et je t'ai convoqué aussi, Charles.

Je ne voyais pas pourquoi on m'avait convoqué. Le procédé me paraissait peu orthodoxe, aussi bien de la part de mon père que de celle de Taverner. J'aurais dû apprendre la teneur du testament en temps voulu, et la façon dont Mr Leonidès avait disposé de son argent ne me regardait pas du tout.

— Ce n'est pas le même testament ? demandai-je. Je veux dire, est-ce qu'il dispose autrement de ses biens ?

— En effet, dit Mr Gaitskill.

Mon père avait les yeux fixés sur moi. L'inspecteur Taverner faisait tous ses efforts pour ne pas me regarder. Je me sentis vaguement mal à l'aise…

Ils avaient quelque chose en tête, tous les deux, quelque chose dont je ne possédais pas la clef.

J'adressai un coup d'œil interrogateur à Gaitskill.

— Ça ne me regarde pas, dis-je, mais…

— Les dispositions testamentaires de Mr Leonidès ne sont, bien sûr, pas un secret, me répondit-il. J'ai pensé qu'il était de mon devoir d'en faire part d'abord à la police et de procéder ensuite selon ses directives. Si j'ai bien compris… il existerait, disons… un arrangement entre vous et miss Sophia Leonidès ?

— J'espère l'épouser, mais elle s'y refuse dans les circonstances présentes.

— Louable attitude, remarqua Mr Gaitskill.

Je n'étais pas d'accord avec lui, mais ce n'était pas le moment d'en discuter.

— Par ce testament daté du 29 novembre de l'année dernière, reprit Mr Gaitskill, à part un legs de cent cinquante mille livres à sa femme, Mr Leonidès laisse tous ses biens sans exception, meubles et immeubles, à sa petite-fille Sophia Katherine Leonidès.

J'écarquillai les yeux. Je m'attendais à tout sauf à ça.

— Il laisse tout à Sophia ? C'est incroyable ! Il explique pourquoi ?

— Il explique tout très clairement dans sa lettre d'accompagnement, déclara mon père. Vous ne voyez pas d'inconvénient à ce que Charles la lise ? demanda-t-il à Mr Gaitskill en saisissant une feuille de papier sur son bureau.

— Je m'en remets entièrement à vous, répondit Mr Gaitskill froidement. Cette lettre explique en effet, et excuse peut-être – quoique j'en doute – l'extraordinaire conduite de Mr Leonidès.

Le Vieux me tendit la lettre. Elle était couverte d'une toute petite écriture, à l'encre très noire, qui dénotait du caractère et de la personnalité. Ce n'était pas du tout celle d'un vieillard, à ceci près que les lettres, bien formées, étaient caractéristiques d'un temps révolu où l'instruction était chèrement acquise et appréciée en conséquence.

Voici ce que disait la lettre :

Cher Gaitskill,

En recevant ceci, vous allez être étonné, et probablement offensé. Mais j'ai mes raisons pour me conduire d'une manière qui vous paraîtra sans doute inutilement dissimulée. Chez l'individu, je crois depuis longtemps à la personnalité. Il y a toujours dans une famille – je l'ai constaté dans mon enfance et ne l'ai jamais oublié – un caractère fort sur lequel retombe généralement le fardeau d'avoir à prendre soin des siens. Dans ma famille, je fus cette personne. Je suis venu à Londres, je m'y suis établi, j'ai subvenu aux besoins de ma mère et de mes grands-parents restés à Smyrne, j'ai arraché un de mes frères aux griffes de la loi, j'ai permis à ma sœur de se libérer d'un mariage malheureux, bien d'autres choses encore. Dieu ayant bien voulu m'accorder une longue vie, j'ai pu veiller sur mes enfants et petits-enfants. Beaucoup d'entre eux m'ont été enlevés par la mort. Les autres – je suis heureux de pouvoir le dire – vivent sous mon toit. Quand je mourrai, le fardeau que j'ai porté devra passer sur les épaules de quelqu'un d'autre. Je me suis demandé si je devais partager ma fortune aussi également que possible entre les êtres qui me sont chers. Mais en fin de compte, cela ne conduirait pas à une véritable égalité. Les hommes ne naissent pas égaux et, pour compenser les inégalités naturelles, on doit rectifier la balance. En d'autres termes, quelqu'un doit me succéder, doit prendre sur lui, ou sur elle, la responsabilité du reste de la famille. Tout bien réfléchi, je considère qu'aucun de mes fils n'est apte à endosser cette responsabilité. Mon cher fils Roger n'a aucun sens des affaires et, bien que d'un naturel aimable, il est trop impulsif pour avoir du jugement. Mon fils Philip a trop peu confiance en lui pour faire autre chose que fuir la vie. Mon petit-fils Eustace est trop jeune, et je ne pense pas qu'il ait le bon sens et le jugement nécessaires. Il est indolent et se laisse trop facilement influencer par les idées du premier venu. Seule ma petite-fille Sophia me paraît avoir les qualités requises. Elle est intelligente, elle a du jugement, du courage, l'esprit juste et impartial et, je crois, de la grandeur d'âme. C'est à elle que je confie le bien de la famille – et celui de ma belle-sœur au grand cœur, Edith de Haviland, à qui je suis profondément reconnaissant d'avoir consacré toute sa vie aux miens.

Ceci explique le document ci-joint. Ce qui sera plus difficile à expliquer – du moins à vous, mon vieil ami – c'est le subterfuge que j'ai employé. J'ai cru bon d'éviter toutes spéculations sur les dispositions que j'avais pu prendre, et je n'ai pas l'intention de faire savoir à ma famille que j'ai fait de Sophia mon héritière. Comme mes deux fils ont déjà reçu des fortunes considérables, je ne pense pas que mes dispositions testamentaires les placeront dans une situation humiliante.

Pour mettre un frein à la curiosité et aux conjectures, je vous ai demandé de me rédiger un testament. Ce testament, je l'ai lu à toute ma famille rassemblée. Je l'ai posé sur mon bureau, je l'ai recouvert d'une feuille de papier blanc et j'ai fait appeler deux domestiques. Quand ils ont été là, j'ai remonté un peu la feuille de papier de façon à découvrir le bas du document, je l'ai signé et le leur ai fait signer à leur tour. Inutile de préciser que ce que j'ai signé et ce qu'ils ont signé, c'était le testament que je joins ici, et non celui que vous aviez rédigé et dont je leur avais donné lecture.

Je ne compte pas que vous comprendrez ce qui m'a poussé à user de cette supercherie. Je vous demande seulement de me pardonner de vous avoir laissé dans le noir. Les vieux aiment à garder leurs petits secrets.

Merci, mon cher ami, pour le zèle avec lequel vous vous êtes toujours occupé de mes affaires. Transmettez à Sophia tout mon amour. Demandez-lui de veiller de son mieux sur la famille et de la protéger du malheur.

Bien à vous,
Aristide Leonidès

Je lus avec un immense intérêt ce remarquable document.

— Extraordinaire ! dis-je.

— Tout à fait extraordinaire, renchérit Mr Gaitskill en se levant. Je le répète, je pense que mon vieil ami Leonidès aurait pu me faire confiance.

— Non, Gaitskill, déclara mon père. Il était retors de nature. Il aimait, si je peux m'exprimer ainsi, donner aux choses un tour biscornu.

— Ça c'est bien vrai, monsieur, dit l'inspecteur Taverner avec conviction. Si quelqu'un était retors, c'était bien lui !

Toujours ulcéré, Gaitskill sortit d'un pas raide. Il avait été blessé au plus profond de sa conscience professionnelle.

— Il a été rudement touché, dit Taverner. Gaitskill, Callum & Gaitskill, un cabinet très respectable. Pas d'entourloupettes avec eux. Quand le vieux Leonidès montait une affaire douteuse, il ne le faisait jamais par l'intermédiaire de Gaitskill, Callum & Gaitskill. Il faisait travailler au moins une demi-douzaine de cabinets juridiques. Oh ! pour être retors, il était retors.

— Et jamais il ne l'a été autant qu'en rédigeant son testament, remarqua mon père.

— Nous avons été stupides, dit Taverner. Si on y réfléchit, la seule personne qui pouvait nous avoir joué un tour avec ce testament, c'était lui. Tout simplement, il ne nous est pas venu à l'idée qu'il ait pu chercher à le faire !

Je me rappelai Joséphine m'affirmant, avec son sourire supérieur, que les policiers étaient idiots.

Mais Joséphine n'avait pas assisté à la lecture du testament. Et même si ce jour-là elle écoutait à la porte – ce que j'étais tout disposé à croire ! –, elle aurait difficilement pu deviner ce que son grand-père faisait. Pourquoi, alors, ces airs supérieurs ? Que savait-elle qui lui faisait penser que les policiers étaient idiots ? Ou n'était-ce encore qu'une manière de se faire valoir ?

Frappé par le silence qui régnait dans la pièce, je levai la tête. Mon père et Taverner m'observaient. En réponse à je ne sais quoi, dans leur attitude, je m'écriai, d'un ton de défi :

— Sophia n'était au courant de rien ! De rien de tout ça !

— Non ? fit mon père.

Était-ce une question ou une approbation ?

— Elle va en être absolument stupéfaite !

— Oui ?

— Stupéfaite !

Un silence suivit. Puis, avec une violence soudaine, le téléphone se mit à sonner.

— Oui ? fit mon père en prenant le combiné.

Il écouta un instant et dit :

— Passez-la-moi. C'est Sophia, ajouta-t-il à mon adresse. Elle veut vous parler. C'est urgent.

Je lui pris le combiné des mains.

— Sophia ?

— Charles ? C'est vous ? C'est… Joséphine !

Sa voix se brisa.

— Eh bien, quoi, Joséphine ?

— Elle a été frappée à la tête. Commotion cérébrale. Elle est… elle est plutôt mal en point… Ils disent qu'elle ne s'en remettra peut-être pas…

Je me tournai vers les deux autres.

— Joséphine a été assommée.

— Je t'avais bien dit d'avoir l'œil sur cette enfant ! fit mon père en s'emparant du combiné.

18

En moins de temps qu'il n'en faut pour le dire, Taverner et moi foncions dans un car de police en direction de Swinly Dean.

Je revoyais Joséphine émergeant de la salle des citernes et remarquant avec désinvolture que le moment était venu du « second meurtre ». La pauvre enfant ne se doutait pas qu'elle avait toutes les chances d'être la victime de ce « second meurtre ».

Le reproche tacite que m'avait fait mon père me paraissait justifié. Oui, j'aurais dû avoir l'œil sur Joséphine. Si nous n'avions, Taverner et moi, aucune piste pouvant nous mener à l'assassin du vieux Leonidès, il était hautement probable que Joséphine, elle, en avait une. Ce que j'avais pris pour des bêtises d'enfant cherchant à se faire valoir pouvait bien être tout autre chose. En exerçant ses sports favoris, la filature et l'espionnage, elle avait très bien pu tomber sur une information qu'elle n'était pas capable de juger à sa juste valeur.

Je songeai à la brindille qui avait craqué dans le jardin.

J'avais vaguement soupçonné un danger, alors. Je m'étais conduit en conséquence sur le moment, mais ensuite mes soupçons m'avaient paru irréels et mélodramatiques. J'aurais dû au contraire ne pas oublier qu'il s'agissait d'un meurtre, que celui qui l'avait commis risquait sa peau et qu'en conséquence, il n'hésiterait pas à répéter son geste si sa sécurité en dépendait.

Guidée par on ne sait quel mystérieux instinct maternel, Magda avait peut-être senti que Joséphine était en danger, ce qui expliquerait sa hâte soudaine et fiévreuse à vouloir expédier sa fille en Suisse.

Quand nous arrivâmes, Sophia vint à notre rencontre. Joséphine, nous dit-elle, avait été transportée en ambulance à l'hôpital. Le Dr Gray leur ferait connaître aussitôt que possible le résultat des radiographies.

— Qu'est-ce qui s'est passé ? demanda Taverner.

Sophia nous conduisit derrière la maison dans une petite cour abandonnée. Dans un coin, une porte était entrouverte.

— C'est une espèce de buanderie, nous expliqua Sophia. Il y a une chatière découpée dans le bas de la porte. Joséphine avait l'habitude de grimper dessus et de se balancer.

Je me rappelai comment, moi aussi, je me balançais sur les portes dans mon enfance.

La buanderie était petite et sombre. Des caisses en bois, un vieux tuyau, des outils de jardin en piteux état, quelques débris de meubles, c'était à peu près tout ce qu'on y voyait. Et un lion en marbre, juste derrière la porte.

— C'est l'arrêt de porte de l'entrée, expliqua Sophia. Quelqu'un l'a juché en équilibre sur le haut de la porte.

Taverner y passa la main. C'était une porte basse, qui ne le dépassait pas de trente centimètres.

— Joli traquenard, dit-il.

Il fit aller et venir la porte en l'examinant. Puis il se pencha sur le bloc de marbre, mais sans y toucher.

— Est-ce que quelqu'un l'a touché ?

— Non, répondit Sophia. Je n'ai laissé personne approcher.

— Très bien. Qui l'a trouvée ?

— Moi. Il était 1 heure et Nannie avait beau l'appeler, Joséphine ne se montrait toujours pas pour déjeuner. Elle l'avait vue qui traversait la cuisine pour aller dans la cour environ un quart d'heure avant. Nannie m'a dit : « Elle doit être encore en train de lancer sa balle ou de se balancer sur la porte », et je suis allée la chercher.

— Vous dites qu'elle avait l'habitude de s'amuser de cette façon ? Qui était au courant ?

Sophia haussa les épaules.

— À peu près tout le monde dans la maison, j'imagine.

— Qui d'autre utilise cette buanderie ? Les jardiniers ?

Sophia secoua la tête.

— Pratiquement personne.

— Et on ne voit pas cette petite cour de la maison, ajouta Taverner. N'importe qui a pu venir y installer son piège. Mais c'était risqué…

Il s'interrompit, regarda la porte et la fit doucement pivoter sur ses gonds.

— Ce n'était pas du tout cuit. Touchée ou manquée. Et plus probablement manquée que touchée. Mais elle n'a pas eu de chance. Elle a été touchée.

Sophia frissonna.

Taverner regarda le sol. Il était entaillé en plusieurs endroits.

— On dirait qu'on a fait des essais… pour voir comment ça tombait. Le bruit ne devait pas porter jusqu'à la maison.

— Non, nous n'avons rien entendu. Nous ne nous doutions de rien jusqu'à ce que je la trouve ici, à plat ventre. Elle avait du sang dans les cheveux, ajouta-t-elle, la voix brisée.

— C'est son écharpe ? demanda Taverner en montrant du doigt une écharpe de laine à carreaux qui traînait par terre.

— Oui.

Se servant de l'écharpe, Taverner ramassa le bloc de marbre avec précaution.

— On y trouvera peut-être des empreintes, dit-il sans grand espoir. Mais je pense que celui qui a fait ça a dû se montrer… prudent. Qu'est-ce que vous regardez ? me demanda-t-il.

Je contemplais une chaise de cuisine en bois, cassée, qui se trouvait parmi les débris de meubles. Il y avait de la terre sur le siège.

— C'est bizarre, remarqua Taverner. Quelqu'un a dû monter sur cette chaise avec des chaussures boueuses. Pour quoi faire ?

Il secoua la tête.

— À quelle heure l'avez-vous trouvée, miss Leonidès ?

— Il devait être 1 heure 05.

— Et votre Nannie l'avait vue passer environ vingt minutes plus tôt. Qui est la dernière personne qu'on ait vue dans la buanderie avant ça ?

— Je n'en ai aucune idée. Joséphine elle-même, probablement. Je sais qu'elle s'est balancée sur la porte ce matin, apres le petit déjeuner.

— C'est donc entre ce moment-là et 1 heure moins le quart que le piège a été installé. Vous dites que ce morceau de marbre servait à caler la porte d'entrée ? Savez-vous depuis quand il n'était plus à sa place ?

Sophia secoua la tête.

— La porte est restée fermée toute la journée. Il faisait très froid.

— Savez-vous où se trouvaient les uns et les autres, ce matin ?

— Je suis sortie faire un tour. Eustace et Joséphine ont pris leurs leçons dans la salle d'étude jusqu'à midi et demi – avec une récréation à 10 heures et demie. Père a dû rester dans la bibliothèque toute la matinée.

— Et votre mère ?

— Elle sortait juste de sa chambre quand je suis rentrée de ma promenade, c'est-à-dire vers midi et quart. Elle ne se lève pas très tôt.

Nous rentrâmes dans la maison. Je suivis Sophia dans la bibliothèque. Philip était assis, blême et hagard, dans son fauteuil habituel. Accroupie, la tête sur les genoux de son mari, Magda pleurait silencieusement.

— Ils ont téléphoné de l'hôpital ? demanda Sophia.

Philip secoua la tête.

— Pourquoi ne m'ont-ils pas laissée partir avec elle ? dit Magda en sanglotant. Mon bébé… mon drôle d'affreux bébé… J'avais l'habitude de lui dire qu'on me l'avait changée au berceau, et ça la rendait furieuse.

Comment ai-je pu être aussi cruelle ? Et maintenant elle va mourir ! Je sais qu'elle va mourir !

— Allons, ma chérie, allons, dit Philip.

Je n'avais rien à faire au milieu de cette détresse familiale. Je me retirai discrètement et allai rejoindre Nannie. Je la trouvai, pleurant silencieusement dans la cuisine.

— C'est ma punition, Mr Charles, pour toutes les mauvaises choses qui me sont passées par la tête. Une punition, voilà ce que c'est !

Je ne cherchai pas à approfondir sa pensée.

— Il y a de la méchanceté dans cette maison. Voilà ce qu'il y a. Je ne voulais pas le voir ni le croire. Mais voir, c'est croire. Quelqu'un a tué le maître et le même quelqu'un a dû essayer de tuer Joséphine.

— Pourquoi essaierait-on de tuer Joséphine ?

Nannie écarta un coin de son mouchoir et me jeta un coup d'œil entendu.

— Vous savez très bien comment elle est, Mr Charles. Elle aime savoir des choses. Elle a toujours été comme ça, même quand elle était tout bout de chou. Elle se cachait sous la table pour écouter les bavardages des femmes de chambre et après, elle faisait du chantage. Comme ça, elle se sentait importante. Vous comprenez, Mr Charles, la maîtresse ne s'occupait pas beaucoup d'elle. Elle n'était pas belle comme les deux autres. Elle a toujours été une petite chose ingrate. La maîtresse lui disait qu'on l'avait changée au berceau. J'ai toujours blâmé la maîtresse pour ça parce qu'à mon avis, c'est ça qui l'a fait tourner à l'aigre, cette gamine. Elle s'est vengée d'une drôle de façon, remarquez, elle trouvait des choses sur les gens et elle leur faisait savoir qu'elle les savait. Mais c'est dangereux, ça, quand on a un empoisonneur dans les parages !

Oui, c'était dangereux. Et cela me fit penser à autre chose.

— Savez-vous où elle met son petit carnet noir, l'espèce de calepin sur lequel elle note toutes sortes de choses ?

— Je vois ce que vous voulez dire, Mr Charles. Elle faisait un tas de chichis avec ça. Elle suçait son crayon, et puis elle écrivait quelque chose et elle suçait de nouveau son crayon. « Ne faites pas ça, je lui disais, vous allez vous empoisonner avec le plomb. – Oh ! non, elle me répondait, parce que c'est pas vraiment du plomb dans un crayon, c'est du carbone. » Je ne vois pas comment c'est possible, parce que si vous appelez ça une mine de plomb, c'est quand même bien parce qu'il y a du plomb dedans.

— C'est ce qu'on pourrait croire. Mais, en fait, elle avait raison. (Joséphine avait toujours raison !) Eh bien, ce carnet ? Vous savez où elle le met ?

— Aucune idée, monsieur. Ça fait partie de ces choses qu'elle faisait en dessous.

— Elle ne l'avait pas sur elle quand on l'a trouvée ?

— Oh ! non, Mr Charles. Il n'y avait pas de carnet.

Quelqu'un s'en était-il emparé ? Ou l'avait-elle caché dans sa chambre ? Il me vint à l'idée d'aller voir. Je ne savais pas très bien où était la chambre de Joséphine, mais comme j'hésitais dans le couloir, j'entendis Taverner qui m'appelait :

— Par ici ! Je suis dans la chambre de la gosse. Vous avez déjà vu un spectacle pareil ?

J'entrai et m'arrêtai net.

On aurait dit qu'une tornade était passée par là. Les tiroirs des commodes étaient ouverts et leur contenu éparpillé sur le sol, le matelas et la literie arrachés du lit, les tapis en tas, les chaises renversées, les tableaux décrochés du mur, les photographies sorties de leurs cadres.

— Seigneur ! m'exclamai-je. Qu'est-ce que ça signifie ?

— À votre avis ?

— Quelqu'un cherchait quelque chose…

— Exactement.

Je regardai autour de moi et émis un sifflement.

— Mais comment diable… ? Personne n'a pu venir ici et faire tout ça sans qu'on l'entende… ou sans qu'on le voie !

— Pourquoi ? Mrs Leonidès passe sa matinée dans sa chambre à se faire les ongles, téléphoner à ses amies et faire joujou avec ses toilettes. Philip reste dans la bibliothèque à feuilleter ses livres. La nounou épluche ses pommes de terre et écosse ses haricots dans la cuisine. Dans une famille où chacun connaît les habitudes de l'autre, rien n'est plus facile. Et je vous dirai même plus. N'importe qui, dans cette maison, a pu faire ce petit travail, tendre un piège à l'enfant et mettre sa chambre sens dessus dessous. Mais celui qui l'a fait était pressé, il n'a pas eu le temps de chercher tranquillement.

— N'importe qui, vous dites ?

— Oui. J'ai vérifié. Ils ont tous un trou dans leur emploi du temps : Philip, Magda, la nurse, Sophia. Même chose au premier. Brenda a passé seule la plus grande partie de la matinée. Laurence et Eustace ont eu une demi-heure de récréation, de 10 heures et demie à 11 heures. Vous étiez avec eux à ce moment-là, mais pas tout le temps. Miss de Haviland était seule dans le jardin. Roger était dans son bureau.

— Clemency était à Londres, à son travail. C'est la seule.

— Non, elle n'est pas non plus hors de cause. Comme elle avait la migraine, elle est restée à la maison aujourd'hui – dans sa chambre, seule avec sa migraine. N'importe qui a pu le faire, n'importe quel membre de cette fichue famille ! Mais j'ignore lequel ! Je n'en ai pas la moindre idée. Si seulement je savais ce qu'ils cherchaient ici… dit-il en regardant autour de lui. Et si je savais s'ils l'ont trouvé…

Quelque chose s'agita dans ma tête… un souvenir…

Ce souvenir prit corps quand Taverner me demanda :

— Qu'est-ce qu'elle faisait, la gosse, la dernière fois que vous l'avez vue ?

— Attendez ! m'écriai-je.

Je sortis en trombe et grimpai l'escalier. Je pris à gauche la volée de marches et montai au dernier étage. Je poussai la porte de la salle aux citernes et grimpai encore deux marches, tête baissée car le plafond était bas et mansardé. Puis je regardai autour de moi.

Quand je lui avais demandé ce qu'elle fabriquait là, Joséphine m'avait répondu qu'elle faisait de la « détection ».

Je n'avais pas compris ce qu'on pouvait détecter dans un grenier plein de toiles d'araignées et de citernes. Mais un grenier de ce genre, c'était une excellente cachette. Joséphine avait probablement caché là quelque chose qu'elle n'était pas en droit de posséder. Si c'était le cas, il ne me faudrait pas longtemps pour le trouver.

Cela me prit exactement trois minutes. Derrière la plus grande des citernes, de laquelle s'échappait un sifflement qui ajoutait une note sinistre à l'atmosphère, je trouvai un paquet de lettres enveloppées dans un morceau déchiré de papier kraft.

Je lus la première :

Oh ! Laurence, mon chéri, mon tendre amour à moi. Quel plaisir, l'autre soir, quand tu as cité ce vers. Tu ne me regardais pas, mais j'ai compris qu'il m'était destiné. « Vous dites très bien les vers », a déclaré Aristide. Il ne pouvait pas savoir ce que nous ressentions tous les deux. Mon chéri, je suis convaincue que tout s'arrangera bientôt. Nous nous réjouirons qu'il n'ait jamais rien su, qu'il soit mort heureux. Il a été très bon avec moi. Je ne voudrais pas le voir souffrir. Mais je ne pense pas qu'on puisse avoir plaisir à vivre après quatre-vingts ans. Pour ma part, je ne voudrais pas de ça ! Bientôt, nous serons ensemble pour toujours. Comme ce sera merveilleux quand je pourrai t'appeler : « mon cher, cher époux... » Mon amour, nous avons été faits l'un pour l'autre. Je t'aime, je t'aime, je t'aime... Je ne peux pas imaginer de fin à notre amour, je...

Cela continuait encore, mais je ne tenais pas en savoir davantage.

Je redescendis, l'air sombre, et jetai le paquet dans les mains de Taverner.

— C'est bien possible que ce soit ce que cherchait notre ami inconnu.

Taverner lut quelques passages, siffla et feuilleta le paquet.

Puis il me regarda avec l'expression du chat qu'on vient de régaler de crème.

— Eh bien, dit-il doucement, voilà qui met Mrs Brenda Leonidès dans un beau pétrin. Et Mr Laurence Brown aussi. Alors c'était bien eux, tout compte fait…

19

Quand j'y repense, je trouve bizarre qu'avec la découverte de ses lettres – des lettres qu'elle avait écrites à Laurence Brown – ma pitié et ma sympathie pour Brenda Leonidès se soient aussi soudainement et complètement évanouies. Ma vanité avait-elle souffert de découvrir qu'elle aimait Laurence Brown, qu'elle l'adorait, qu'elle en était toquée et qu'elle m'avait sciemment menti ? Je ne sais pas, je ne suis pas psychologue. Mais je préfère penser que ce qui avait tué net ma compassion à son égard, c'était l'idée qu'on avait frappé Joséphine, une enfant, afin de s'assurer ainsi, cruellement, l'impunité.

— À mon avis, c'est Brown qui a installé ce piège, dit Taverner, et cela explique ce qui m'intriguait, justement.

— Qu'est-ce qui vous intriguait ?

— Eh bien, cela paraissait si bête ! Écoutez, admettons que la gosse se soit emparée de ces lettres, des lettres à vous faire pendre ! La première chose à faire était d'essayer de les récupérer – après tout, si la gosse en parlait mais n'avait rien à montrer, on pourrait mettre ça sur le compte de son imagination romanesque. Malheureusement, vous n'arrivez pas à les retrouver. Il ne vous reste plus qu'à mettre la gamine hors d'état de nuire, et pour de bon. Vous avez déjà commis un meurtre, vous n'allez pas chipoter pour un second. Vous savez que l'enfant aime à se balancer sur la porte d'une cour abandonnée. La meilleure chose à faire est de l'attendre derrière cette porte et de la mettre KO avec un tisonnier, une barre de fer ou un bout de tuyau. Ce n'est pas ce qui manque, là-bas. Pourquoi bricoler un piège – un lion en marbre perché sur le haut de la porte –, piège qui risque de ne pas fonctionner et qui, même si l'animal lui tombe dessus, peut ne pas accomplir son travail comme il faut – ce qui s'est effectivement passé? Je vous le demande, pourquoi ?

— Et alors… quelle est la réponse ?

— La première idée qui m'est venue, c'est que c'était lié à un alibi. Quelqu'un voulait posséder un joli petit alibi en béton pour le moment où Joséphine serait assommée. Mais ça ne collait pas parce que, pour commencer, personne n'avait l'air d'avoir le moindre alibi et, deuxièmement, parce qu'on allait forcément s'inquiéter de la gosse à l'heure du déjeuner, qu'on découvrirait le piège, le bloc de marbre, et que tout le modus operandi apparaîtrait en pleine lumière. Évidemment, si le meurtrier avait retiré le bloc de marbre avant qu'on ait trouvé l'enfant, nous aurions pu nous poser des questions. Mais telles que les choses se présentaient, l'histoire n'avait aucun sens.

— Et quelle est votre explication, maintenant ?

— L'élément personnel. L'idiosyncrasie. L'idiosyncrasie de Laurence Brown. Il a horreur de la violence, il ne peut pas se contraindre à user de violence. Il n'aurait jamais pu attendre la gosse derrière la porte et lui flanquer un coup sur la tête. En revanche, il pouvait installer un piège et s'en aller pour ne pas assister à la chose.

— Je vois, dis-je lentement. C'est la même manière de procéder qu'avec l'insuline, remplacée par l'ésérine ?

— Exactement.

— Vous pensez qu'il a agi à l'insu de Brenda ?

— Cela expliquerait pourquoi elle ne s'est pas débarrassée du flacon d'insuline. Évidemment, ils ont pu combiner ça ensemble, ou elle a pu imaginer toute seule le truc du poison – une mort douce pour son vieux mari à bout de forces, et tout allait pour le mieux dans le meilleur des mondes possibles. Mais je ne la vois pas installant le piège. Les femmes ne font jamais confiance aux trucs mécaniques. Et elles ont bien raison. À mon avis, l'ésérine c'est son idée, mais elle a laissé son imbécile d'esclave faire l'échange. Elle est de ceux qui s'arrangent généralement pour ne rien faire de douteux de leurs propres mains. Comme ça, ils gardent la conscience tranquille.

Il s'arrêta un instant, puis reprit :

— Avec ces lettres, le Ministère ne pourra pas nier l'affaire. Elles vont nous éviter bien des explications ! Et si la gosse s'en sort, tout ira comme sur des roulettes. Comment se sent-on quand on est sur le point d'épouser un million de livres ? ajouta-t-il en me jetant un coup d'œil en coin.

Je sursautai. Dans l'agitation de ces dernières heures, j'avais oublié les changements survenus dans les dispositions testamentaires.

— Sophia ignore tout encore. Vous voulez que je la mette au courant ?

— Si j'ai bien compris, Gaitskill va annoncer ces tristes – ou heureuses – nouvelles demain, après l'enquête.

Taverner se tut et me regarda, pensif.

— Je me demande, conclut-il enfin, comment la famille va réagir.

20

L'enquête se passa comme je l'avais prévu. Elle fut ajournée à la requête de la police.

Nous étions de bonne humeur car nous avions appris, la veille au soir, que les blessures de Joséphine étaient beaucoup moins sérieuses qu'on ne l'avait craint et qu'elle se remettrait rapidement. Pour le moment, personne n'était autorisé à lui rendre visite, pas même sa mère.

— Surtout pas sa mère, me murmura Sophia. J'ai bien insisté auprès du Dr Gray. Heureusement, il la connaît…

Je ne devais pas avoir l'air convaincu car Sophia enchaîna :

— Pourquoi ce regard désapprobateur ?

— Eh bien, ma foi… une mère…

— Je suis heureuse, Charles, que vous partagiez quelques-unes de ces charmantes idées démodées. Mais vous ne savez pas encore de quoi ma mère est capable. Elle ne peut pas s'en empêcher, la pauvre chérie. Croyez-moi, il serait impossible d'échapper à une grande scène dramatique. Et les scènes dramatiques ne sont pas ce qu'on peut rêver de mieux pour guérir de blessures à la tête.

— Vous pensez à tout, ma chérie. Vraiment.

— Ma foi, il faut bien que quelqu'un se charge de réfléchir, maintenant que grand-père n'est plus là.

Je la regardai, méditatif. De toute évidence, le vieux Leonidès n'avait pas perdu son flair sur ses vieux jours. Sophia avait d'ores et déjà endossé ses responsabilités.

Gaitskill nous accompagna jusqu'aux « Trois Pignons » après l'enquête. Il s'éclaircit la gorge et annonça pompeusement :

— J'ai une communication qu'il est de mon devoir de vous faire à tous.

La famille se réunit donc dans le salon de Magda. J'éprouvais l'agréable sensation de celui qui se trouve dans les coulisses. Je savais déjà ce que Gaitskill allait dire.

Je me préparai à observer les réactions de chacun.

Gaitskill fut bref et sec. Il ne laissa rien transparaître de ses sentiments personnels ou de son amertume. Il donna lecture d'abord de la lettre d'Aristide Leonidès, puis du testament proprement dit.

Le spectacle était très intéressant. J'aurais voulu avoir les yeux partout à la fois.

Je ne prêtai pas beaucoup d'attention à Brenda ni à Laurence. Rien n'était changé pour Brenda dans ce qu'elle devait toucher. J'observai en premier lieu Roger et Philip, et ensuite Magda et Clemency.

Ma première impression fut qu'ils se comportaient tous très bien.

Philip avait les lèvres serrées, la tête rejetée en arrière, appuyée au dossier du grand fauteuil dans lequel il était assis. Il ne dit rien.

Magda, au contraire, éclata en un flot de paroles dès que Mr Gaitskill eut terminé, sa voix puissante couvrant le filet de voix du notaire comme le déluge un petit ruisseau.

— Sophia, ma chérie… c'est extraordinaire… si romantique… Penser que ce vieux trésor a pu être aussi rusé, aussi fourbe… comme un vieux bébé. Il ne nous faisait pas confiance ? Qu'est-ce qu'il croyait ? Que nous allions nous fâcher ? Il n'a jamais eu l'air de préférer Sophia aux autres. Vraiment, tout ça est très théâtral.

Tout à coup, Magda sauta sur ses pieds avec légèreté, s'approcha de Sophia en dansant et lui fit une profonde révérence :

— Mme Sophia, votre vieille mère fauchée et sans ressources vous supplie de lui faire l'aumône.

Elle prit sans prévenir l'accent cockney :

— T'as pas une p'tite pièce, mon chou ? La mère a envie d'aller au cinéma.

Les doigts recourbés comme des serres d'oiseau de proie, elle s'accrochait à Sophia.

Sans bouger, presque sans desserrer les lèvres, Philip intervint :

— Je t'en prie, Magda, ces clowneries ne sont pas nécessaires.

— Mais… Et Roger ! s'écria Magda en se tournant subitement vers celui-ci. Pauvre cher Roger ! Trésor allait venir à son secours et puis, avant d'avoir pu le faire, il meurt. Et maintenant Roger reste sans rien. Sophia, dit-elle d'un ton impérieux, tu dois faire quelque chose pour Roger.

Avec une expression de défi, Clemency fit un pas en avant.

— Non, répliqua-t-elle. Elle ne doit rien faire. Rien du tout.

Traînant les pieds comme un bon gros nounours, Roger alla vers Sophia et lui prit affectueusement les mains :

— Je ne veux pas un sou, ma chère enfant. Dès que cette histoire aura été éclaircie – ou classée, ce qui paraît plus vraisemblable –, Clemency et moi irons vivre aux Antilles. Si jamais je me trouvais le dos au mur, je ferais appel au chef de famille, dit-il en lui adressant un sourire, mais d'ici là, je ne veux pas un sou. En réalité, mon petit, j'ai des goûts très simples ; demande à Clemency si ce n'est pas vrai.

De façon inattendue, Edith de Haviland intervint :

— Tout ça, c'est bien joli, Roger, mais il faut voir de quoi vous aurez l'air. Si tu fais faillite et qu'ensuite tu files à l'autre bout de la terre sans qu'elle t'ait tendu la main, les bavardages sur Sophia iront bon train.

— Qu'importe le qu'en-dira-t-on ? riposta Clemency avec mépris.

— Nous savons qu'il n'a pas d'importance pour vous, Clemency, répliqua vivement Edith de Haviland. Mais Sophia, elle, vit dans ce monde-ci. Elle a de la cervelle et du cœur, et je suis sûre qu'Aristide a eu raison de faire d'elle le chef de la famille – bien que, de notre point de vue d'Anglais, cela puisse paraître bizarre de passer par-dessus la tête de deux fils vivants –, mais il serait très dommage qu'on fasse courir le bruit qu'elle s'est montrée cupide au point de laisser Roger s'enfoncer sans rien tenter pour l'aider.

Roger alla vers sa tante et la serra dans ses bras.

— Vous êtes un amour, tante Edith, et une batailleuse infatigable, mais vous êtes bien loin de comprendre. Nous savons ce que nous voulons et ce que nous ne voulons pas, Clemency et moi !

Le visage en feu, Clemency leur fit face avec une expression de défi :

— Aucun de vous, dit-elle, ne comprend Roger. Vous ne l'avez jamais compris ! Et je ne pense pas que vous le comprendrez jamais. Viens, Roger.

Ils s'en allèrent, tandis que Mr Gaitskill s'éclaircissait la gorge et rangeait ses papiers. Son attitude était nettement désapprobatrice. C'était clair. Ce genre de scènes lui déplaisait au plus haut point.

Je posai enfin les yeux sur Sophia. Elle était debout près de la cheminée, très droite, très belle, la tête haute, le regard ferme. Elle venait d'hériter une immense fortune, mais ce qui me frappait surtout, c'était combien, soudain, elle était seule. Une barrière venait d'être dressée entre elle et sa famille. Et je l'imaginais, se sachant déjà séparée des siens et prête à faire face. Le vieux Leonidès avait chargé ses épaules d'un lourd fardeau – il en était conscient, et elle aussi. Il la trouvait assez solide pour le porter, mais en cet instant, je me sentis profondément désolé pour elle.

Jusqu'ici, elle n'avait pas ouvert la bouche – il faut dire qu'on ne lui en avait même pas donné l'occasion –, mais elle n'allait pas tarder à devoir le faire. Je sentais déjà percer, sous l'affection de la famille, une sourde hostilité. Même dans la gracieuse petite scène que lui avait jouée Magda je déchiffrais une forme subtile de malice. De noirs courants tournoyaient qui n'étaient pas encore remontés à la surface.

Les raclements de gorge de Mr Gaitskill firent place à un discours précis et mesuré.

— Permettez-moi de vous féliciter, Sophia, dit-il. Vous êtes une femme très riche. Je vous conseille de ne pas prendre… euh… de décisions hâtives. Je peux vous avancer tout l'argent nécessaire à vos dépenses courantes. Si vous désirez discuter de vos dispositions à venir, je serai heureux de mettre tout mon savoir à votre service. Quand vous aurez eu tout le temps de réfléchir, vous n'aurez qu'à prendre rendez-vous avec moi à Lincoln's Inn.

— Roger…, recommença Edith de Haviland, obstinée.

Mr Gaitskill se dépêcha de l'interrompre :

— Roger doit se débrouiller seul. C'est un grand garçon… euh… de cinquante-quatre ans, je crois. Et Aristide Leonidès a tout à fait raison. Il n'est pas un homme d'affaires et ne le sera jamais. Si vous redressez les Traiteurs Réunis, ajouta-t-il à l'adresse de Sophia, ne vous faites pas d'illusion, Roger ne sera pas capable d'en assumer la charge.

— Il ne me serait pas venu à l'idée de redresser les Traiteurs Réunis, répondit Sophia.

C'était la première fois qu'elle ouvrait la bouche. Son ton était vif et tranchant.

— Ce serait parfaitement stupide, ajouta-t-elle.

Gaitskill lui lança un coup d'œil en dessous et sourit. Puis il prit congé et s'en alla.

Quelques instants de silence suivirent, chacun prenant conscience que le cercle de famille s'était refermé.

Puis Philip se leva avec raideur.

— Je dois retourner dans la bibliothèque, déclara-t-il. J'ai déjà perdu beaucoup de temps.

— Père..., dit Sophia d'un ton hésitant, presque suppliant.

Je la vis frissonner et reculer sous le regard froid et hostile de Philip.

— Tu me pardonneras si je ne t'adresse pas mes félicitations, déclara celui-ci. Mais cela a été un choc pour moi. Je n'aurais jamais cru que mon père pourrait m'humilier de cette façon... qu'il ne tiendrait pas compte de toute une vie de dévotion... oui, de dévotion.

Pour la première fois, l'homme, le vrai, perçait sous sa réserve glacée.

— Mon Dieu ! s'écria-t-il, comment a-t-il pu me faire ça ? Il a toujours été injuste avec moi, toujours.

— Oh, non ! Philip. Non, tu ne dois pas penser ça, s'écria à son tour Edith de Haviland. Ne le prends pas comme un nouvel affront. Ce n'est pas ça du tout. Les vieux ont toujours tendance à se tourner vers les jeunes générations... Je t'assure, c'est la seule raison... Et à part ça, Aristide avait un sens très aigu des affaires. Je l'ai souvent entendu dire qu'avant de mourir, un homme avait deux sortes de devoirs.

— Il ne s'est jamais intéressé à moi, reprit Philip d'une voix basse et rauque. C'était toujours Roger… Roger. Enfin, il aura quand même compris, ajouta-t-il, les traits soudain déformés par une extraordinaire expression de malveillance, que Roger était un idiot et un bon à rien. Lui aussi, il l'a écarté.

— Et moi ? demanda Eustace.

Je l'avais à peine remarqué jusqu'à présent, mais je m'aperçus qu'il tremblait sous le coup d'une violente émotion. Il était écarlate et je crus voir des larmes dans ses yeux. Sa voix grimpa dans les aigus.

— C'est une honte ! s'écria-t-il. C'est une vraie honte ! Comment grand-père a-t-il pu me faire ça ? Comment ? J'étais son seul petit-fils. Comment a-t-il pu me préférer Sophia ? Ce n'est pas juste. Je le hais. Oui, je le hais. Je ne le lui pardonnerai jamais, aussi longtemps que je vivrai. Maudit vieux tyran ! Je voulais qu'il meure. Je voulais quitter cette maison. Je voulais être mon propre maître. Et maintenant, c'est Sophia qui va me commander et m'embêter, et moi je vais passer pour un imbécile. Ah ! j'aurais préféré mourir…

Sa voix se brisa et il se rua hors de la pièce.

Edith de Haviland fit claquer sa langue.

— Aucune maîtrise de soi, murmura-t-elle.

— Je comprends très bien ce qu'il ressent s'exclama Magda.

— Je n'en doute pas, répliqua Edith d'un ton aigre.

— Le pauvre trésor ! Je vais m'occuper de lui.

Edith se précipita derrière elle.

— Voyons, Magda…

Leurs voix se perdirent au loin. Sophia resta les yeux fixés sur Philip. Il me sembla voir une prière dans son regard. Si tel était le cas, elle ne fut pas exaucée. Il la contempla froidement, redevenu maître de lui.

— Tu as très bien joué tes cartes, Sophia, déclara-t-il, et là-dessus il sortit.

— Comment peut-on dire une chose aussi cruelle ! m'écriai-je. Sophia…

Elle me tendit les mains. Je la pris dans mes bras.

— C'est un peu trop pour vous, tout ça, mon amour.

— Je comprends très bien ce qu'ils ressentent, me répondit Sophia.

— Votre grand-père, ce vieux brigand, n'aurait pas dû vous mettre dans cette situation.

Elle se redressa.

— Il a pensé que je serai capable de le supporter. Et je le supporterai. Mais je voudrais… je voudrais qu'Eustace ne le prenne pas si mal.

— Ça lui passera.

— Vous croyez ? Je me le demande. Il a un caractère à ressasser ses griefs… Et je suis désolée que père ait été blessé.

— Votre mère l'a bien pris, elle.

— Ça l'embête un peu. C'est contre nature de devoir réclamer de l'argent à sa fille pour monter des pièces. Vous aurez à peine tourné le dos qu'elle me sautera dessus avec Edith Thomson.

— Qu'est-ce que vous lui direz ? Si ça peut la rendre heureuse…

Sophia s'arracha à mes bras et releva la tête.

— Je lui dirai : Non ! C'est une mauvaise pièce et le rôle n'est pas pour elle. Ce serait jeter l'argent par la fenêtre.

Je ne pus m'empêcher de rire.

— Qu'est-ce qu'il y a ? me demanda Sophia, soupçonneuse.

— Je commence à comprendre pourquoi votre grand-père vous a laissé son argent. Vous êtes bien sa petite-fille.

21

Mon seul regret, à ce moment-là, était que Joséphine n'ait pas assisté à tout ça. Elle en aurait tiré un si grand plaisir !

Elle s'était remise rapidement et on l'attendait d'un jour à l'autre. Malgré tout, elle manqua encore un autre événement d'importance.

J'étais dans le jardin de rocailles, en compagnie de Sophia et de Brenda, quand une voiture s'arrêta devant la porte. Taverner et le sergent Lamb en descendirent. Ils grimpèrent les marches du perron et pénétrèrent dans la maison.

Immobile, Brenda gardait les yeux fixés sur la voiture.

— Encore eux, dit-elle. Ils sont revenus. Je croyais qu'ils avaient renoncé, je croyais que c'était fini.

Je la vis frissonner.

Elle était venue se joindre à nous dix minutes plus tôt, enveloppée dans son manteau de chinchilla.

— Si je ne prends pas un peu d'air et d'exercice, nous avait-elle déclaré, je vais devenir folle. Mais quand je sors de la maison, il y a toujours un reporter prêt à me sauter dessus. Est-ce que ça va durer toute la vie ?

Sophia lui avait répondu qu'à son avis, les reporters finiraient bientôt par se lasser.

— Vous pourriez sortir avec la voiture, avait-elle ajouté.

— Je vous dis que j'ai besoin d'exercice.

Puis elle avait demandé brusquement :

— Vous avez mis Laurence à la porte, Sophia. Pourquoi?

Sophia avait répondu tranquillement :

— Nous avons pris d'autres dispositions pour Eustace. Et Joséphine doit partir pour la Suisse.

— Laurence en a été très affecté. Il a l'impression que vous ne lui faites pas confiance.

Sophia n'avait pas répondu et c'est à ce moment-là que Taverner était arrivé en voiture.

Frissonnant dans l'humidité de l'air automnal, Brenda murmura :

— Qu'est-ce qu'ils veulent? Pourquoi viennent-ils ?

Je pensais savoir pourquoi. Je n'avais rien dit à Sophia des lettres que j'avais trouvées derrière la citerne, mais je savais qu'elles avaient été transmises au procureur.

Taverner ressortit de la maison et traversa la pelouse dans notre direction. Brenda frissonna de plus belle.

— Qu'est-ce qu'il veut ? répéta-t-elle, nerveuse. Qu'est-ce qu'il veut ?

Taverner nous rejoignit et, sèchement, d'un ton officiel, usant de la terminologie officielle, il déclara :

— J'ai ici un mandat d'arrêt contre vous. Vous êtes accusée d'avoir administré de l'ésérine à Aristide Leonidès, le 19 septembre dernier. Je dois vous prévenir que tout ce que vous direz pourra être utilisé contre vous.

Brenda s'effondra. Elle se mit à hurler et s'accrocha à moi.

— Non, non, non, ce n'est pas vrai ! cria-t-elle. Charles, dites-leur que ce n'est pas vrai ! Je n'ai rien fait. Je ne sais rien. C'est un complot. Ne les laissez pas m'emmener. Ce n'est pas vrai, je vous dis. Ce n'est pas vrai. Je n'ai rien fait.

C'était horrible. Horrible. J'essayai de la calmer. Je détachai ses doigts de mon avant-bras. Je lui assurai que je lui trouverais un avocat, qu'elle devait rester calme, qu'un avocat arrangerait tout.

Taverner la prit gentiment par le coude.

— Venez, Mrs Leonidès. Vous ne voulez pas mettre un chapeau ? Non ? Alors, allons-y.

Elle recula et le regarda avec de grands yeux de chat.

— Laurence, dit-elle. Qu'avez-vous fait de Laurence ?

— Nous arrêtons aussi Mr Laurence Brown, répondit Taverner.

Alors elle renonça. Les joues ruisselantes de larmes, elle parut s'affaisser, se dégonfler. Elle se laissa emmener par Taverner sans résistance jusqu'à la voiture. Je vis Laurence Brown et le sergent Lamb sortir de la maison. Ils montèrent tous dans la voiture qui disparut.

Je respirai un bon coup et me tournai vers Sophia. Elle était très pâle et paraissait bouleversée.

— C'est horrible, Charles. Absolument horrible.

— Je sais.

— Il faut lui trouver un très bon avocat, le meilleur qui existe. Il faut qu'elle ait toute l'aide possible.

— On ne se rend pas compte de ce que ça représente. C'est la première fois que je vois arrêter quelqu'un.

— Oui, on n'imagine pas…

Nous restâmes tous les deux silencieux. Je pensais à l'expression de terreur sur le visage de Brenda. Elle m'avait paru familière, et je compris soudain pourquoi. C'était cette même expression que j'avais vue chez Magda Leonidès, le jour de mon arrivée dans la maison biscornue, quand elle avait parlé d'Edith Thomson. « Et alors, avait-elle dit, ce sera pure terreur… vous ne pensez pas ? »

Pure terreur… c'était ce qu'exprimait le visage de Brenda. Brenda n'était pas une lutteuse. Je m'étonnais qu'elle ait eu assez de cran pour commettre un assassinat. Mais elle ne l'avait peut-être pas commis. C'était peut-être Laurence Brown, avec sa manie de la persécution, sa personnalité instable, qui avait fait passer le contenu d'un petit flacon dans un autre petit flacon – geste si simple – pour libérer la femme qu'il aimait.

— Alors, c'est fini, déclara Sophia.

Elle soupira, puis demanda :

— Mais pourquoi les arrête-t-on maintenant ? Je pensais qu'on n'avait pas assez de preuves.

— On en a trouvé d'autres depuis. Des lettres.

— Vous voulez dire des lettres d'amour ?

— Oui.

— Les gens sont fous de garder des choses pareilles !

Oui, bien sûr. Fous. Et leur folie ne tire jamais de leçon de l'expérience des autres. Impossible d'ouvrir un journal sans y trouver un exemple de cette folle passion : le besoin de conserver la chose écrite, l'assurance écrite de l'amour qu'on vous porte.

— C'est affreux, dis-je, mais il ne faut pas trop y penser. Après tout, c'est bien ce que nous espérions, non ? C'est ce que vous m'avez dit ce soir-là, chez Mario. Vous m'avez dit que tout irait bien si c'était la bonne personne qui avait tué votre grand-père. La bonne personne, c'était Brenda, n'est-ce pas ? Brenda ou Laurence ?

— Taisez-vous, Charles. Je me sens abominable.

— Il faut être raisonnable, Sophia. Nous pouvons nous marier, maintenant. Vous n'avez plus aucune raison de me faire attendre. La famille Leonidès est hors de cause.

Elle me regarda. Je n'avais jamais remarqué jusque-là combien ses yeux étaient d'un bleu éclatant.

— Oui, répondit-elle. En effet, j'imagine que nous sommes hors de cause à présent. Car nous sommes hors de cause, n'est-ce pas ? Vous en êtes sûr ?

— Ma chère enfant, aucun de vous n'avait l'ombre d'un mobile.

Elle pâlit subitement.

— À part moi, Charles. Moi, j'avais un mobile.

— Oui, évidemment, fis-je, décontenancé. Mais pas vraiment. Vous n'étiez pas au courant du testament.

— Si, Charles, murmura-t-elle.

— Quoi ?

Je la regardai. J'étais glacé, tout à coup.

— Je savais que grand-père m'avait légué sa fortune.

— Comment ça ?

— Il me l'avait dit. Environ quinze jours avant sa mort. Il m'avait déclaré soudain : « Je t'ai laissé toute ma fortune, Sophia. Tu devras t'occuper de la famille quand je ne serai plus là. »

— Vous ne m'en aviez rien dit.

— Non. Vous comprenez, quand ils ont expliqué comment le testament avait été fait et signé, j'ai pensé qu'il s'était peut-être trompé – qu'il s'était imaginé m'avoir tout laissé. Ou alors, s'il m'avait tout laissé, que le testament avait disparu et qu'on ne le retrouverait jamais. Je ne tenais pas à ce qu'on le retrouve. J'avais peur.

— Peur ? Pourquoi ?

— À cause… du meurtre, je crois.

Je me rappelai le regard de terreur de Brenda, sa panique folle, irraisonnée. Je me rappelai la pure terreur que Magda conjurait à volonté quand elle jouait le rôle d'une meurtrière. Sophia ne se laisserait pas aller à la panique, mais comme elle était réaliste, elle voyait clairement que le testament de Leonidès faisait d'elle une suspecte. Je comprenais mieux maintenant – ou pensais mieux comprendre – son refus de tout engagement et son insistance à me voir chercher la vérité. Seule la vérité, m'avait-elle déclaré, serait bonne pour elle. Je me rappelai le ton grave et passionné avec lequel elle m'avait dit cela.

Nous avions rebroussé chemin et marchions vers la maison quand soudain, à un certain endroit, je me rappelai quelque chose d'autre qu'elle m'avait dit.

Elle m'avait dit qu'elle serait peut-être capable de tuer quelqu'un, mais seulement, avait-elle ajouté, pour quelque chose qui en vaudrait vraiment la peine.

22

Roger et Clemency apparurent à un tournant du jardin. Ils marchaient vite. Le costume de tweed informe que portait Roger lui allait beaucoup mieux que ses costumes de ville. Il avait l'air gai, surexcité. Clemency était sombre.

— Salut, vous deux, dit Roger. Enfin ! Je croyais qu'ils n'allaient jamais l'arrêter, cette ignoble femme. Je me demande bien ce qu'ils attendaient. Bon, ils l'ont pincée, et son misérable petit ami aussi… J'espère bien qu'on va les pendre, tous les deux.

Clemency devint encore plus sombre.

— Ne sois pas si barbare, Roger, dit-elle.

— Barbare ? Tu plaisantes ! On empoisonne froidement un vieillard confiant et sans défense, et quand je me réjouis de voir qu'on a pris les meurtriers et qu'ils vont payer, tu me trouves barbare ! Je n'ai pas honte de le dire, cette femme, je l'étranglerais volontiers de mes propres mains… Elle était avec vous, n'est-ce pas, quand la police est venue la chercher ? ajouta-t-il. Comment a-t-elle pris ça ?

— Ç'a été horrible, répondit Sophia à voix basse. Elle était folle de terreur.

— Bien fait pour elle.

— Ne sois pas si vindicatif, dit Clemency.

— Oh ! je sais, ma chérie, mais tu ne peux pas comprendre. Ce n'était pas ton père. J'aimais mon père. Tu ne comprends pas ? Je l'aimais !

— Si je n'ai pas encore compris…, fit Clemency.

Plaisantant à demi, Roger répliqua :

— Tu manques d'imagination, Clemency. Et si c'était moi qu'on avait empoisonné ?

Elle battit des paupières et serra les poings.

— Ne dis pas des choses comme ça, même pour rire, riposta-t-elle.

— Ne t'en fais pas, ma chérie, d'ici peu nous serons loin de tout ça.

Nous nous remîmes en route vers la maison, Roger devant, avec Sophia, Clemency et moi fermant la marche.

— Je suppose que maintenant… ils nous laisseront partir ? me demanda Clemency.

— Vous êtes si pressée que ça ?

— Je n'en peux plus.

Surpris, je la regardai. En réponse, elle hocha la tête et m'adressa un petit sourire désespéré :

— Vous ne voyez pas, Charles, que je n'arrête pas de lutter ? De lutter pour mon bonheur. Pour celui de Roger. J'ai eu si peur que la famille l'oblige à rester en Angleterre. De le voir étouffer parmi eux, enchevêtré dans ces liens de famille. J'ai eu peur que Sophia ne lui offre une rente et qu'il décide de rester en Angleterre à cause de moi, pour que ma vie soit plus facile, plus confortable. L'ennui, avec Roger, c'est qu'il ne vous écoute pas. Il se met des idées en tête, et ses idées sont toujours mauvaises. Il ignore tout. Comme tous les Leonidès, il pense que le bonheur d'une femme est lié au confort et à l'argent. Mais je lutterai pour mon bonheur, oui, je lutterai. J'emmènerai Roger loin d'ici, là où il pourra mener la vie qui lui convient, où il ne se sentira pas un raté. Je le veux avec moi, loin d'eux tous, tout de suite.

Elle parlait à voix basse et précipitée, avec un accent de désespoir qui m'étonna. Je n'avais pas compris à quel point elle était à bout. Je n'avais pas compris non plus à quel point elle était possessive et prête à tout pour Roger.

Cela me rappela encore l'étrange expression qu'avait employée Edith de Haviland. « C'est à cette branche de la famille que je voue une véritable idolâtrie », avait-elle précisé avec une intonation particulière. Pensait-elle aussi à Clemency ?

Roger avait aimé son père plus qu'il n'aimerait jamais personne, me dis-je, plus que sa femme, même, quelle que soit l'adoration qu'il lui portait. Pour la première fois, je comprenais le désir impérieux de Clemency d'avoir son mari tout à elle. Son amour pour Roger, c'était toute son existence. C'était son enfant, c'était son mari, c'était son amant.

Une voiture s'arrêta à la porte.

— Tiens ! fis-je. Joséphine est de retour.

Joséphine descendit de voiture avec Magda. Mis à part le bandage qu'elle avait autour de la tête, elle paraissait en pleine forme.

— Je veux voir mon poisson rouge, dit-elle aussitôt en se dirigeant vers nous et vers le bassin.

— Tu ferais mieux d'aller te reposer un peu d'abord, ma chérie, cria Magda, et d'avaler une bonne soupe, peut-être.

— Laissez-moi tranquille, mère, répondit Joséphine. Je me sens très bien et j'ai horreur de la soupe.

Magda parut hésiter. Je savais que Joséphine aurait pu quitter l'hôpital depuis quelques jours déjà mais que, craignant pour sa sécurité, Taverner s'y était opposé. Il ne voulait prendre aucun risque tant que ses suspects ne seraient pas sous les verrous.

— Le grand air lui fera du bien, dis-je à Magda. Je vais la rejoindre et j'aurai l'œil sur elle.

Joséphine arrivait au bassin quand je la rattrapai.

— Il s'est passé beaucoup de choses depuis ton départ, dis-je.

Joséphine ne répondit pas. Elle scrutait l'eau de ses yeux myopes.

— Je ne vois pas Ferdinand.

— Lequel est-ce ?

— Celui qui a quatre queues.

— Ils sont assez amusants, ceux-là. Moi j'aime celui-là, le jaune vif.

— Il est très banal.

— Je n'aime pas beaucoup le blanc, celui qui a l'air d'être mangé aux mites.

Joséphine me lança un regard méprisant.

— C'est un shebunkin. Ils coûtent très cher, beaucoup plus cher que les poissons rouges.

— Tu ne veux pas savoir ce qui s'est passé, Joséphine ?

— Je le sais déjà.

— Tu sais qu'on a trouvé un autre testament et que ton grand-père a laissé toute sa fortune à Sophia ?

Joséphine hocha la tête d'un air blasé.

— Maman me l'a dit. De toute façon, je le savais déjà.

— Tu en avais entendu parler à l'hôpital ?

— Non, je le savais. J'avais entendu quand grand-père l'avait dit à Sophia.

— Tu écoutais ?

— Oui. J'aime écouter.

— C'est très laid, et sache une chose, c'est que ceux qui écoutent aux portes n'entendent pas dire du bien d'eux.

Joséphine me lança un regard étrange.

— J'ai entendu ce qu'il lui disait de moi, si c'est ça que vous voulez dire. Nannie pique une crise quand elle m'attrape à écouter aux portes, ajouta-t-elle. Elle dit que c'est pas des façons pour une petite dame.

— Elle a tout à fait raison.

— Il n'y a plus de dames, aujourd'hui. Ils l'ont dit à la radio. Ils ont dit que c'était ob-so-lète, déclara Joséphine en articulant le mot avec soin.

Je changeai de sujet.

— Tu es rentrée un peu tard pour assister au grand événement, repris-je. L'inspecteur Taverner a arrêté Brenda et Laurence.

Je pensais que cette information ferait grand effet sur mon jeune détective, mais Joséphine ne fit que répéter encore une fois, du même ton blasé et exaspérant :

— Oui, je sais.

— Tu ne peux pas le savoir. Ça vient juste d'arriver.

— On a croisé la voiture sur la route. L'inspecteur Taverner et le policier aux chaussures en daim étaient dedans, avec Brenda et Laurence, alors évidemment, j'ai compris qu'ils avaient dû être arrêtés. J'espère qu'il leur a donné les avertissements d'usage. C'est obligé, vous savez.

Je lui assurai que Taverner avait agi en stricte conformité avec la loi.

— Il a fallu que je lui dise, à propos des lettres, expliquai-je. Je les ai trouvées derrière la citerne. Je t'aurais laissée le faire toi-même si tu n'avais pas été assommée.

Joséphine porta la main à sa tête avec précaution.

— J'aurais pu être tuée, remarqua-t-elle avec suffisance. Je vous avais dit que c'était le moment pour le second meurtre. La citerne, c'était une mauvaise cachette pour ces lettres. Je l'ai deviné tout de suite quand j'ai vu Laurence qui sortait de là, un jour. Je veux dire, c'est pas le genre bricoleur qui fait des choses avec les robinets, les tuyaux ou les fusibles, alors j'ai compris qu'il avait dû cacher quelque chose.

— Mais je pensais…

Je fus interrompu par la voix autoritaire d'Edith de Haviland :

— Joséphine ! Joséphine ! Viens ici tout de suite.

Joséphine soupira.

— Encore des histoires ! Il faut que j'y aille. Avec tante Edith, ça ne rigole pas.

Elle traversa la pelouse en courant. Je la suivis plus lentement.

Joséphine entra dans la maison après un bref échange avec Edith de Haviland. Je rejoignis celle-ci sur la terrasse.

Elle accusait son âge, ce matin-là. Je fus frappé par son expression lasse et douloureuse. Elle avait l'air épuisée, vaincue. Devant mon regard inquiet, elle essaya de sourire.

— Cette enfant ne paraît pas marquée par son aventure, fit-elle observer. Il faudra quand même veiller un peu mieux sur elle, à l'avenir. Quoique… ce ne sera sans doute plus nécessaire. Je suis contente que tout soit fini, soupira-t-elle après un silence. Mais quel spectacle ! Quand on vous arrête pour meurtre, on pourrait au moins montrer un peu de dignité. Je ne supporte pas les gens comme Brenda, qui s'effondrent et poussent des cris. Ils n'ont pas de cran, ces gens-là. Laurence Brown avait tout de l'animal pris au piège.

Je fus pris d'un vague sentiment de pitié.

— Les pauvres, dis-je.

— Oui, les pauvres… Je suppose qu'elle aura assez de bon sens pour penser à elle. Je veux dire, pour prendre un bon avocat, et tout ça.

C'était étrange. Ils détestaient tous Brenda et, en même temps, ils désiraient tous qu'elle ait la meilleure défense possible.

Edith de Haviland poursuivit :

— Cela va prendre combien de temps ? Combien de temps va encore durer toute cette histoire ?

Je lui répondis que je ne le savais pas exactement. Brenda et Laurence seraient probablement inculpés et jugés. Cela prendrait trois ou quatre mois puis, s'ils étaient condamnés, ils feraient appel.

— Vous pensez qu'ils seront condamnés ? me demanda-t-elle.

— Je ne sais pas. Je ne sais pas s'ils ont des preuves suffisantes. Il y a des lettres.

— Des lettres d'amour ? Alors, ils étaient amants ?

— Ils s'aimaient, tout au moins.

Elle s'assombrit.

— Cela ne me plaît pas, Charles. Je n'aime pas Brenda. Je l'ai beaucoup détestée par le passé. J'ai eu des paroles très dures pour elle. Mais maintenant… je voudrais mettre toutes les chances de son côté, toutes les chances possibles. C'est ce qu'Aristide aurait voulu. J'ai le sentiment que je dois veiller à ça… à ce que Brenda soit traitée avec équité.

— Et Laurence ?

— Oh, Laurence ! fit-elle en haussant les épaules. Les hommes sont assez grands. Mais Aristide ne nous pardonnerait jamais…

Elle laissa sa phrase inachevée. Puis elle reprit :

— Il doit être l'heure de se mettre à table. Nous ferions bien de rentrer.

Je lui expliquai que je partais pour Londres.

— En voiture ?

— Oui.

— Hum ! Est-ce que vous me prendriez avec vous ? Nous sommes libres de nos mouvements, maintenant, non ?

— Bien sûr, mais je crois que Magda et Sophia ont l'intention de s'y rendre après le déjeuner. Vous seriez mieux avec elles que dans ma deux places.

— Je ne veux pas aller avec elles. Emmenez-moi mais n'en parlez pas.

Je fus surpris mais je me conformai à son désir. Nous fîmes la route en silence. Je lui demandai où elle voulait que je la dépose.

— Harley Street.

Cela m'inquiéta, mais je ne dis rien. Elle continua :

— Non, il est encore trop tôt. Laissez-moi au Debenhams. Je déjeunerai là et j'irai à Harley Street ensuite.

— J'espère..., commençai-je.

Puis je m'arrêtai.

— C'est pour ça que je ne voulais pas venir avec Magda. Elle dramatise tout. Elle aurait fait toute une histoire.

— Je suis désolé, dis-je.

— Il ne faut pas. J'ai eu une belle vie. Une très belle vie. Et elle n'est pas encore finie, ajouta-t-elle avec un sourire soudain.

23

Je n'avais pas vu mon père depuis plusieurs jours. Comme je le trouvai occupé de tout autre chose que de l'histoire Leonidès, je partis en quête de Taverner.

Taverner, qui disposait d'un court moment de loisir, accepta d'aller prendre un verre. Je le félicitai d'avoir résolu l'affaire et il accepta mes félicitations, mais il était loin d'avoir l'air radieux.

— Eh oui, c'est terminé, dit-il. Nous tenons notre affaire. Personne ne pourra le contester.

— Vous pensez obtenir une condamnation ?

— C'est impossible à dire. Nous n'avons que des preuves indirectes, comme c'est presque toujours le cas dans les affaires de meurtre. Tout dépendra de l'impression qu'ils feront sur le jury.

— Les lettres sont très compromettantes ?

— À première vue, Charles, elles sont catastrophiques. Il y a des allusions à leur vie commune après la mort du mari. Des phrases comme : « Ce ne sera plus long maintenant. » La défense va évidemment essayer de les interpréter d'une autre façon : le mari était si vieux qu'ils pouvaient raisonnablement s'attendre à ce qu'il meure. Il n'est pas question de poison – du moins noir sur blanc –, mais certains passages peuvent le suggérer. Tout dépendra du juge que nous aurons. Si c'est le vieux Carberry, il ne les lâchera pas. Il ne supporte pas les amours illicites. Eagles ou Humphrey Kerr assureront sans doute la défense. Humphrey est magnifique dans ces cas-là, mais il a besoin de s'appuyer sur de brillants états de service militaires ou des choses de ce genre. Un objecteur de conscience risque de le priver de ses moyens. Plairont-ils au jury ? C'est toute la question. On ne sait jamais, avec les jurés. Mais pour moi, ils ne sont pas vraiment sympathiques, ces deux-là. Elle, c'est une jolie femme qui a épousé un très vieux monsieur pour son argent, et Brown est un objecteur de conscience névrosé. C'est un crime si banal, si conforme au schéma habituel, qu'on a du mal à croire qu'ils ne l'ont pas commis. Évidemment, ils peuvent décider que c'est lui qui l'a commis et qu'elle n'en savait rien, ou au contraire que c'est elle qui l'a commis et que lui n'en savait rien – comme ils peuvent décider qu'ils l'ont commis ensemble.

— Et vous, qu'en pensez-vous ?

Il tourna vers moi un visage de bois.

— Je n'en pense rien. J'ai livré les faits au procureur et on a décidé qu'il y avait lieu de poursuivre. C'est tout. J'ai fait mon devoir et cela ne me regarde plus. Voilà, je vous ai tout dit, Charles.

Mais je ne savais rien. Je voyais bien que, pour une raison ou une autre, Taverner n'était pas satisfait.

C'est seulement trois jours plus tard que je m'en ouvris à mon père. Il ne me parlait jamais de l'affaire. Il régnait entre nous comme une contrainte dont je croyais connaître la raison. Mais je devais briser ce mur invisible.

— Il faut que nous en parlions, dis-je. Taverner n'est pas convaincu que ces deux-là soient coupables… et vous non plus.

Mon père secoua la tête et me dit, comme Taverner :

— Cela ne nous regarde plus. Qu'il y ait une affaire à résoudre, cela ne fait aucun doute.

— Mais vous ne pensez pas, et Taverner ne pense pas non plus qu'ils sont coupables ?

— Ce sera au jury d'en décider.

— Bon Dieu de bon Dieu ! m'écriai-je, je ne vous demande pas le discours officiel. Qu'en pensez-vous, tous les deux, personnellement ?

— Mon opinion personnelle n'a pas plus de valeur que la tienne, Charles.

— Si. Vous avez davantage d'expérience.

— Eh bien, je vais être honnête avec toi : je n'en sais rien !

— Ils pourraient être coupables ?

— Oh, oui !

— Mais vous n'êtes pas sûr qu'ils le sont ?

Mon père haussa les épaules.

— Comment pourrait-on en être sûr ?

— Ne vous esquivez pas, père. Il y a bien des cas où vous avez été sûr, n'est-ce pas ? Sûr à cent pour cent ? Sans le moindre doute dans votre esprit ?

— Parfois, oui. Pas toujours.

— J'aimerais fichtrement que vous soyez sûr, cette fois.

— Moi aussi.

Nous restâmes silencieux. Je pensais à ces deux personnages revenant du jardin au crépuscule. Solitaires, égarés, effrayés. Ils avaient eu peur dès le début. Cela n'était-il pas la preuve d'une conscience coupable ?

Mais je me répondis à moi-même : « Pas forcément. » Brenda et Laurence avaient tous les deux peur de la vie, ils n'avaient pas confiance en eux, pas confiance dans leur capacité à éviter le danger et la défaite, et ils ne voyaient que trop clairement que leurs amours illicites, typiques de celles qui conduisent au meurtre, pouvaient les impliquer d'un moment à l'autre.

Mon père me dit, d'une voix grave et pleine de bonté :

— Allons, Charles, n'ayons pas peur de regarder les choses en face. Tu penses toujours, n'est-ce pas, que le vrai coupable est un membre de la famille Leonidès ?

— Pas vraiment. Mais je me demande…

— Tu le penses. Tu te trompes peut-être, mais tu le penses.

— Oui.

— Pourquoi ?

— Parce que… – je réfléchis, essayant d'y voir clair… – parce que… – voilà, ça y était – parce que c'est ce qu'ils pensent eux-mêmes.

— C'est ce qu'ils pensent eux-mêmes ? C'est intéressant. Très intéressant. Tu veux dire qu'ils se soupçonnent les uns les autres, ou qu'ils connaissent le coupable ?

— Je n'en suis pas certain, répondis-je. Tout cela est très nébuleux, très confus. Je pense, tout compte fait, qu'ils essayent de se cacher la vérité à eux-mêmes.

Mon père hocha la tête.

— Pas Roger, repris-je. Roger croit de tout son cœur en la culpabilité de Brenda et souhaite de tout son cœur la voir pendue. C'est… c'est un soulagement de se trouver avec Roger parce qu'il est simple, sans doute aucun, ni arrière-pensée. Mais les autres ont l'air de s'excuser, ils sont tous mal à l'aise, ils me chargent de m'assurer que Brenda a bien le meilleur avocat, la meilleure défense possible… pourquoi ?

— Parce qu'au fond du cœur ils pensent qu'elle n'est pas coupable, répondit mon père. Oui, ça m'en a tout l'air…

Puis il me demanda tranquillement :

— Qui cela pourrait être ? Tu leur as parlé à tous. Tu parierais sur qui ?

— Je ne sais pas. C'est bien ce qui me rend fou. Aucun d'eux ne colle avec votre portrait du meurtrier, et pourtant je sens, oui, je sens que l'un d'eux est bien le meurtrier.

— Sophia ?

— Oh, mon Dieu ! Non !

— Tu penses que c'est une possibilité, Charles. Ne le nie pas. D'autant plus que tu ne veux pas te l'avouer. Et les autres ? Philip ?

— Son mobile serait absolument extravagant !

— Les mobiles peuvent être extravagants… ils peuvent être aussi absurdement minces. Voyons voir ce mobile ?

— Il est affreusement jaloux de Roger… il l'a toujours été, toute sa vie. Du fait que son père préférait Roger, Philip s'est replié sur lui-même. Roger était sur le point de faire faillite et le vieux l'a appris. Il a promis à Roger de lui remettre le pied à l'étrier. On peut supposer que Philip l'a appris. Si le vieux mourait cette nuit-là, Roger ne pourrait plus compter sur son aide. Roger serait perdu, liquidé. Oh ! je sais, c'est absurde…

— Non ! pas du tout. Ce n'est pas normal mais ça arrive. C'est humain. Et Magda ?

— Elle est assez infantile. Elle… elle n'a aucun sens des proportions. Mais je n'aurais songé à elle qu'une seule fois sans cette manière brutale qu'elle a eue de vouloir expédier Joséphine en Suisse. Je n'ai pas pu m'empêcher de penser qu'elle avait peur de quelque chose que Joséphine pourrait savoir, ou dire…

— Et c'est là que Joséphine a reçu son coup sur la tête ?

— Enfin, ça ne peut quand même pas être sa mère !

— Pourquoi pas ?

— Mais, père, une mère ne pourrait pas…

— Charles, Charles ! Tu ne lis jamais les faits divers ? Tous les jours tu vois des mères se mettre à haïr un de leurs enfants, un seul en général, alors qu'elles aiment les autres. Pour une raison qu'il est souvent très difficile de saisir. Mais quand cette aversion existe, elle est d'une incroyable violence.

— Elle disait de Joséphine qu'on la lui avait « changée au berceau », admis-je à regret.

— Et la gosse, ça la touchait?

— Je ne crois pas.

— Qui reste-t-il encore ? Roger ?

— Roger n'a pas tué son père. J'en mettrais ma main au feu.

— Bon, éliminons Roger. Sa femme… comment s'appelle-t-elle ? Clemency ?

— Oui. Et si elle avait tué son beau-père, ce serait pour une très étrange raison.

Je lui racontai ma conversation avec elle. Je lui dis qu'à mon avis, elle aurait pu empoisonner le vieux Leonidès dans son désir passionné de soustraire Roger à l'Angleterre.

— Elle persuade Roger de partir sans le dire à son père. Là-dessus, le vieux l'apprend. Il est disposé à renflouer les Traiteurs Réunis. Clemency voit tous ses projets à l'eau, tous ses espoirs déçus. Et elle tient désespérément à Roger, jusqu'à l'idolâtrie.

— Tu répètes ce que t'a dit Edith de Haviland !

— Oui. Et Edith, voilà aussi quelqu'un à qui je pense, quelqu'un qui pourrait l'avoir fait. Mais je ne vois pas pourquoi. Je crois seulement que pour ce qu'elle considérerait comme une raison bonne et suffisante, elle pourrait obéir à sa propre loi. C'est ce genre de femme.

— Et elle aussi tient beaucoup à ce qu'on assure à Brenda une défense convenable ?

— Oui. Mais c'est peut-être par acquit de conscience. Je ne crois pas du tout que si elle était coupable, elle voudrait que l'un d'eux soit accusé du crime.

— Sans doute pas. Mais est-ce qu'elle aurait pu assommer Joséphine ?

— Non, répondis-je lentement. Je ne peux pas le croire. Cela me fait penser que Joséphine m'a dit quelque chose qui me trotte dans la tête, mais je n'arrive pas à me rappeler quoi. Ça m'échappe. Mais c'est quelque chose qui ne colle pas avec le reste. Si seulement je pouvais me rappeler…

— Peu importe. Ça te reviendra. Rien d'autre ? Personne d'autre ?

— Si. Des tas de choses. Vous vous y connaissez en paralysie infantile ? Je songe à ses répercussions sur le caractère ?

— Eustace ?

— Oui. Plus j'y pense, plus il me semble qu'Eustace pourrait faire l'affaire. Il détestait son grand-père et lui en voulait. Il est d'humeur sombre et bizarre. Il n'est pas normal. C'est le seul de la famille que je crois capable d'assommer Joséphine sans remords si elle savait quelque chose sur lui – et rien n'est plus vraisemblable. Cette enfant sait tout. Elle marque tout sur un petit carnet…

Je m'arrêtai.

— Bon Dieu ! Quel imbécile je fais !

— Qu'est-ce qui se passe ?

— Je me rappelle maintenant ce qui ne collait pas. Pour Taverner et moi, ça ne faisait pas l'ombre d'un doute que c'était pour retrouver les lettres qu'on avait mis à sac la chambre de Joséphine. J'ai pensé qu'elle les avait prises et qu'elle les avait cachées dans la salle aux citernes. Mais l'autre jour, elle m'a clairement dit que c'était Laurence qui les avait dissimulées là. Comme elle l'avait vu sortir du grenier, elle est allée fouiner et elle a déniché les lettres. Ensuite, bien sûr, elle les a lues. C'est bien d'elle ! Mais elle les a laissées où elles étaient.

— Et alors ?

— Vous ne voyez pas ? Ce n'était pas les lettres qu'on cherchait dans la chambre de Joséphine. Ce devait être autre chose.

— Quoi donc ?

— Le petit carnet noir dans lequel elle notait ses « détections ». Voilà ce qu'on cherchait ! Je pense aussi que celui qui le cherchait ne l'a pas trouvé. Je pense que c'est Joséphine qui l'a. Mais si c'est le cas…

Je me dressai d'un bond.

— Dans ce cas, reprit mon père, elle n'est pas en sécurité. C'est ce que tu veux dire ?

— Oui. Elle ne sera en sécurité qu'en Suisse. Ils ont l'intention de l'envoyer là-bas, vous savez.

— Est-ce qu'elle a envie d'y aller ?

Je réfléchis.

— Je ne crois pas.

— Dans ce cas, elle n'est sûrement pas encore partie, déclara mon père. Mais je pense que tu as raison, elle est en danger. Tu ferais bien d'y aller.

— Qui ? Eustace ? Clemency ? m'écriai-je, au désespoir.

— Pour moi, tous les faits pointent clairement dans une direction, me répondit mon père gentiment. Je m'étonne que tu ne le voies pas toi-même. Je…

Glover ouvrit la porte.

— Mes excuses, Mr Charles, le téléphone. Miss Leonidès, de Swinly. C'est urgent.

On rejouait la même scène, c'était horrible. La victime était-elle encore Joséphine ? Et le meurtrier, cette fois, avait-il réussi son coup ?

Je me précipitai au téléphone.

— Sophia ? Charles à l'appareil.

La voix de Sophia me parvint. Elle avait un accent désespéré.

— Charles, ce n'est pas fini. Le meurtrier est toujours là.

— Que diable voulez-vous dire ? Qu'est-ce qui se passe ? C'est… Joséphine ?

— Ce n'est pas Joséphine. C'est Nannie.

— Nannie ?

— Oui. Il y avait du chocolat… le chocolat de Joséphine, elle ne l'avait pas bu. Elle l'avait laissé sur la table. Nannie a trouvé que c'était dommage de le perdre. Alors elle l'a bu.

— Pauvre Nannie ! Elle est très mal ?

La voix de Sophia se brisa.

— Oh, Charles ! Elle est morte.

24

Le cauchemar recommençait.

C'est à quoi je pensais tandis que nous roulions, Taverner et moi, vers Londres. C'était la réédition de notre voyage précédent.

De temps en temps, Taverner lâchait un juron.

Quant à moi, je ne faisais que répéter, stupidement et en pure perte :

— Alors ce n'était pas Brenda et Laurence. Ce n'était pas Brenda et Laurence…

L'avais-je jamais vraiment cru ? J'avais été si content de le penser. Si content de pouvoir écarter ainsi d'autres… possibilités beaucoup plus sinistres.

Ils étaient tombés amoureux l'un de l'autre. Ils s'étaient écrit des lettres bêtement sentimentales et romantiques. Ils s'étaient bercés de l'espoir que le vieux mari de Brenda ne tarderait pas à mourir de sa belle mort – mais je me demandais s'ils avaient jamais vraiment désiré sa mort. Les affres et les souffrances d'un amour malheureux me paraissaient leur convenir tout aussi bien, ou même mieux, qu'une banale vie de couple marié. La passion de Brenda, je n'y croyais pas beaucoup. Elle était trop anémique, trop apathique. Elle n'avait soif que de romanesque. Et Laurence aussi était du genre à préférer la frustration assortie de rêves vagues aux satisfactions effectives de la chair.

Ils avaient été pris au piège et, terrifiés, ils n'avaient pas été assez astucieux pour trouver une issue. Laurence avait même eu l'incroyable sottise de conserver les lettres de Brenda. Brenda avait sans doute détruit les siennes puisqu'on ne les avait pas retrouvées. Et ce n'était pas Laurence qui avait posé le lion en marbre en équilibre sur le haut de la porte de la buanderie. C'était quelqu'un d'autre, dont le visage était encore masqué.

Nous nous arrêtâmes devant la maison. Taverner descendit de la voiture et je le suivis. Dans le vestibule se trouvait un policier en civil que je ne connaissais pas. Il salua Taverner, et celui-ci le prit à part.

Des valises munies d'étiquettes attirèrent mon attention. Comme je les contemplais, Clemency entra par la porte du fond, vêtue de sa robe rouge, d'une veste de tweed et d'un feutre rouge.

— Vous arrivez à temps pour les adieux, Charles, me dit-elle.

— Vous partez ?

— Pour Londres, ce soir. Notre avion décolle de bonne heure demain matin.

Elle était calme et souriante, mais il me sembla qu'elle avait l'œil aux aguets.

— Vous ne pouvez quand même pas vous en aller maintenant ?

— Pourquoi pas ? demanda-t-elle d'une voix dure.

— Avec cette mort…

— La mort de Nannie ne nous concerne pas.

— Peut-être pas. Mais quand même…

— Pourquoi dites-vous « peut-être pas » ? Elle ne nous concerne en aucune façon. Roger et moi étions en haut, en train de boucler nos bagages. Tout le temps où ce chocolat est resté sur la table du vestibule, nous ne sommes pas descendus une seule fois.

— Pouvez-vous le prouver ?

— Je peux répondre de Roger et il peut répondre de moi.

— Et c'est tout ? Vous êtes mari et femme, ne l'oubliez pas.

Elle laissa éclater sa colère.

— Vous êtes impossible, Charles ! Roger et moi partons mener la vie qui nous plaît. Pourquoi diable aurions-nous voulu empoisonner une gentille et stupide vieille femme qui ne nous a jamais fait aucun mal ?

— Ce n'était peut-être pas elle que vous aviez l'intention d'empoisonner.

— Nous avions encore moins de raisons d'empoisonner une enfant.

— Cela dépend de l'enfant, non ?

— Qu'est-ce que vous voulez dire ?

— Joséphine n'est pas une enfant ordinaire. Elle sait beaucoup de choses sur les gens. Elle…

Je m'interrompis. Joséphine sortait du salon. Elle était en train de croquer son inévitable pomme, et au-dessus de cette boule rose, ses yeux brillaient d'une espèce de joie morbide.

— Nannie a été empoisonnée, dit-elle. Exactement comme grand-père. C'est terriblement excitant, non ?

— Cela ne te fait ni chaud ni froid ? lui demandai-je sévèrement. Tu l'aimais bien, pourtant.

— Pas particulièrement. Elle était toujours à m'attraper pour une raison ou une autre. Elle faisait que m'embêter.

— As-tu de l'affection pour quelqu'un, Joséphine ? lui demanda Clemency.

— J'aime tante Edith, répondit l'enfant. J'aime beaucoup tante Edith. Et je pourrais aimer Eustace, seulement il est toujours teigneux avec moi, et puis ça ne l'intéresse pas de chercher qui a fait tout ça.

— Tu ferais mieux d'arrêter de chercher, Joséphine, lui dis-je. C'est dangereux.

— Je n'ai plus besoin de chercher, déclara-t-elle. Je sais.

Le silence se fit. L'air grave, Joséphine avait les yeux fixés sur Clemency. Un bruit qui ressemblait à un profond soupir me parvint. Je me retournai d'un bond. Edith de Haviland était au milieu de l'escalier, mais il me sembla que ce n'était pas elle qui avait soupiré. Le bruit était venu du salon d'où Joséphine était sortie.

Je marchai d'un pas vif jusqu'à la porte que j'ouvris d'un coup sec. Il n'y avait personne en vue.

Je n'en étais pas moins sérieusement troublé. Quelqu'un, derrière la porte, avait entendu ce que disait Joséphine. Je retournai vers elle et la pris par le bras. Elle croquait sa pomme et, impassible, fixait toujours Clemency. Sous la gravité de son regard, il me semblait percevoir une certaine satisfaction maligne.

— Viens, Joséphine, lui dis-je. Nous devons avoir une petite conversation.

Elle pouvait protester tant qu'elle voulait, je n'étais pas d'humeur à le supporter. Je l'entraînai de force jusque dans une petite pièce inoccupée où nous pouvions être raisonnablement sûrs de ne pas être dérangés. Je la fis entrer, fermai la porte derrière nous et fis asseoir la fillette sur une chaise. Je pris un autre siège et m'installai face à elle.

— Maintenant, Joséphine, nous allons mettre cartes sur table. Qu'est-ce que tu sais exactement ?

— Un tas de choses.

— Ça, je n'en doute pas. Ta caboche déborde d'informations plus ou moins significatives. Mais tu as parfaitement compris ce que je veux dire, n'est-ce pas ?

— Évidemment. Je ne suis pas complètement idiote, moi.

Je ne cherchai pas à savoir si c'était moi ou la police qu'elle visait et poursuivis :

— Tu sais qui a mis quelque chose dans ton chocolat ?

Joséphine hocha la tête.

— Tu sais aussi qui a empoisonné ton grand-père ?

De nouveau, Joséphine hocha la tête.

— Et qui t'a assommée ?

De nouveau, Joséphine hocha la tête.

— Alors tu vas y aller de ce que tu sais. Tu vas tout me raconter… et tout de suite.

— Non.

— Si, il le faut. Tout renseignement que tu possèdes ou que tu as pu dénicher, tu dois le transmettre à la police.

— Je dirai rien à la police. Ils sont idiots. Ils pensent que c'est Brenda la coupable – ou Laurence. Moi, je ne suis pas aussi bête. Je savais bien que c'était pas eux. J'avais mon idée depuis le début, j'ai fait une sorte de test… et maintenant je sais que j'ai raison.

Elle termina sur une note de triomphe.

Je priai le ciel de m'accorder la patience nécessaire et je recommençai.

— Écoute, Joséphine, je reconnais que tu es très intelligente. (Elle parut flattée.) Mais à quoi ça te servira d'être intelligente si tu n'es pas en vie pour en profiter ? Tu ne vois pas, petite idiote, que tant que tu garderas tes secrets d'une façon aussi stupide, tu courras le plus grand danger ?

Joséphine approuva.

— Évidemment.

— Tu l'as échappé belle déjà deux fois. La première, tu as failli y rester. La deuxième a coûté la vie à quelqu'un d'autre. Tu ne comprends pas que si tu continues comme ça à trotter dans la maison en proclamant à grands cris que tu connais l'assassin, ou bien tu seras tuée, ou bien quelqu'un d'autre sera tué à ta place ?

— Il y a des livres où les gens sont tués l'un après l'autre, m'expliqua Joséphine, péremptoire. On finit par découvrir le meurtrier parce qu'il, ou elle, est la seule personne qui reste, pratiquement.

— Nous ne sommes pas dans un roman policier. Nous sommes aux « Trois Pignons », à Swinly Dean, et toi, tu es une bécasse qui a lu trop de livres. Je vais te faire dire ce que tu sais, quitte à te secouer comme un prunier.

— Je peux toujours inventer quelque chose.

— Oui, mais tu ne le feras pas. Qu'est-ce que tu attends, exactement ?

— Vous ne comprenez pas, riposta Joséphine. Je ne le dirai peut-être jamais. Peut-être que… j'aime bien la personne.

Elle s'arrêta un instant, comme pour bien me laisser me pénétrer de ses paroles.

— Et si je le disais, continua-t-elle, je le ferais comme il faut. J'aurais tout le monde assis autour de moi et je récapitulerais tout, avec les preuves, et puis tout à coup je dirais : C'est vous !

Et juste comme elle tendait théâtralement le doigt, Edith de Haviland entra dans la pièce.

— Mets ce trognon dans la corbeille à papiers, Joséphine. Tu as un mouchoir ? Tes doigts sont tout poisseux. Je t'emmène en voiture. Elle sera plus en sécurité dehors pendant les heures qui viennent, ajouta Edith en me jetant un coup d'œil significatif.

Voyant que Joséphine allait se rebeller, elle ajouta :

— Nous allons manger une glace à Longbridge.

— Deux, décida Joséphine, le regard brillant.

— Nous verrons. Maintenant va chercher ton chapeau, ton manteau et ton écharpe bleu marine. Il fait froid aujourd'hui. Charles, accompagnez-la. Ne la laissez pas seule. J'ai juste deux petits mots à écrire.

Elle s'assit au bureau et je suivis Joséphine. Même sans la recommandation d'Edith, je serais resté collé à elle comme une sangsue.

J'étais convaincu que le danger qui la guettait n'était pas loin.

Je finissais de présider à la toilette de la fillette quand Sophia entra. Elle parut stupéfaite de me voir.

— Eh bien, Charles, vous voilà devenu femme de chambre ? Je ne savais pas que vous étiez ici.

— Je vais à Longbridge avec tante Edith, annonça Joséphine, pleine de son importance. Nous allons manger des glaces.

— Brrrr… Par ce temps ?

— Les glaces, c'est toujours bon. Quand on a froid dedans, ça vous fait plus chaud dehors.

Sophia fronça les sourcils. Elle avait l'air soucieux. Je fus frappé par sa pâleur et ses yeux cernés.

Nous retournâmes auprès d'Edith. Elle était en train de sécher l'encre de deux enveloppes. Elle se leva aussitôt.

— Nous partons tout de suite, dit-elle. J'ai demandé à Evans de nous amener la Ford.

Elle sortit dans le hall. Nous la suivîmes.

Mon regard fut de nouveau attiré par les valises et leurs étiquettes bleues. Dieu sait pourquoi, elles éveillaient en moi une vague inquiétude.

La Ford attendait devant la maison.

— Il fait beau, remarqua Edith de Haviland en enfilant ses gants et en jetant un coup d'œil sur le ciel. I'air est froid mais vivifiant. Une vraie journée d'automne anglais. Ils sont beaux, les arbres, avec leurs branches dénudées qui se détachent sur le ciel… Il ne leur reste plus, suspendues, que quelques feuilles dorées…

Elle se tut un instant, puis se retourna pour embrasser Sophia.

— Au revoir, ma chérie. Ne te fais pas trop de soucis. Il faut savoir faire face et supporter certaines choses. Viens, Joséphine, ajouta-t-elle en montant dans la voiture.

Joséphine s'installa à côté d'elle et, comme la voiture démarrait, elles nous firent toutes les deux un signe de la main.

— Elle a sans doute raison, il vaut mieux éloigner Joséphine pour le moment. Mais il faut absolument que nous forcions cette enfant à nous dire ce qu'elle sait, Sophia.

— Elle ne sait rien. Elle fait la maligne, c'est tout. Joséphine adore se rendre intéressante.

— Il n'y a pas que ça. Sait-on quel poison il y avait dans ce chocolat ?

— De la digitaline, d'après eux. Tante Edith en prend pour son cœur. Elle en avait un flacon plein en haut, dans sa chambre. Maintenant, le flacon est vide.

— Des choses comme ça, ça se garde sous clef.

— C'est ce qu'elle a fait. Mais cela ne devait pas être bien difficile de découvrir où elle la cachait, cette clef. Et quelqu'un l'a trouvée.

— Quelqu'un ? Qui ?

Je regardai de nouveau les valises. Je m'écriai soudain :

— Ils ne peuvent pas partir. On ne doit pas les y autoriser.

Sophia eut l'air surpris.

— Roger et Clemency ? Charles, vous ne pensez pas…

— Et vous ? Qu'est-ce que vous pensez ?

Sophia fit un geste d'impuissance.

— Je ne sais pas, Charles, murmura-t-elle. Tout ce que je sais, c'est que ça recommence… le cauchemar recommence…

— Oui, c'est exactement ce que je me disais en arrivant tout à l'heure, avec Taverner.

— Parce que c'est comme ça, un cauchemar. On marche avec quelqu'un qu'on connaît, et tout à coup il change de visage… on ne le reconnaît plus… c'est un inconnu… un être cruel et inconnu…

Et tout à coup elle s'écria :

— Sortons, Charles, sortons ! Nous serons plus en sécurité dehors. J'ai peur de rester dans cette maison.

25

Nous restâmes longtemps dans le jardin. Par une sorte d'entente tacite, nous ne parlâmes pas de l'horrible menace qui planait sur nous. À la place, Sophia me parla avec affection de Nannie, de ce qu'ils avaient fait, de jeux avec elle quand ils étaient enfants, des histoires qu'elle leur racontait sur Roger, sur leur père et sur leurs autres frères et sœurs.

— Ils étaient ses vrais enfants, vous comprenez. Ensuite, c'est seulement pendant la guerre qu'elle était revenue nous aider. Joséphine était encore un bébé et Eustace un drôle de petit garçon.

Comme Sophia éprouvait un certain soulagement à évoquer ces souvenirs, je l'encourageais à parler.

Qu'est-ce que Taverner pouvait bien être en train de faire ? Il posait sans doute des questions à tout le monde dans la maison… Une voiture s'éloigna, emportant le photographe et deux policiers, puis une ambulance arriva.

Sophia frissonna. Après quoi, quand l'ambulance repartit, nous comprîmes qu'on emmenait le corps de Nannie pour l'autopsie.

Nous restâmes encore à parler dans le jardin, assis ou à nous promener, les mots servant de plus en plus de couverture à nos véritables pensées.

Avec un frisson, Sophia déclara finalement :

— Il doit être tard… il fait presque nuit. Il faut rentrer. Tante Edith et Joséphine ne sont pas encore là. Elles devraient être de retour à cette heure-ci, non ?

Je ressentis un vague malaise. Que s'était-il passé ? Est-ce qu'Edith retenait exprès l'enfant loin de la maison biscornue ?

Nous rentrâmes. Sophia tira tous les rideaux. Le feu flambait et, dans ce grand salon harmonieux régnait comme l'atmosphère irréelle d'une splendeur passée. Sur les tables, il y avait de grands vases pleins de chrysanthèmes couleur bronze.

Sophia sonna et une femme de chambre, que je reconnus pour l'avoir déjà vue au premier étage, apporta du thé. Elle avait les yeux rouges et reniflait sans arrêt. Je remarquai aussi qu'elle jetait de rapides regards effrayés derrière elle.

Magda vint nous rejoindre, mais le thé de Philip lui fut servi dans la bibliothèque. Magda était l'incarnation du chagrin. Elle parlait peu, ou pas du tout.

— Où sont Edith et Joséphine ? demanda-t-elle brièvement. Elles rentrent bien tard…

Elle avait l'air soucieux.

J'étais moi-même de plus en plus mal à l'aise. Je m'informai auprès de Magda : est-ce que Taverner était toujours dans la maison ? Elle me répondit qu'elle le pensait. Je partis à sa recherche et lui fis part de mon inquiétude à propos de miss de Haviland et de l'enfant.

Il alla immédiatement donner des instructions par téléphone.

— Dès que j'aurai des nouvelles, je vous le ferai savoir, promit-il.

Je le remerciai et retournai au salon. J'y trouvai Sophia et Eustace. Magda était partie.

— Il nous tiendra au courant, expliquai-je à Sophia.

— Il a dû arriver quelque chose, Charles, me répondit-elle à voix basse. Il est sûrement arrivé quelque chose.

— Voyons, ma chérie, il n'est pas si tard…

— Pourquoi est-ce que vous vous faites du souci ? demanda Eustace. Elles sont probablement allées au cinéma.

Là-dessus, il nous quitta.

— Elle a peut-être emmené Joséphine à l'hôtel, ou à Londres. Je crois qu'elle avait conscience du danger qu'elle courait. Peut-être qu'elle s'en rendait mieux compte que nous.

Pour toute réponse, Sophia me lança un regard sombre que je ne sus pas très bien déchiffrer.

— Elle m'a dit adieu et m'a embrassée…

Que voulait-elle signifier – ou me démontrer – par cette remarque décousue ? Je lui demandai si Magda était inquiète.

— Maman ? Non, elle est parfaitement tranquille. Elle n'a aucun sens du temps. Elle est en train de lire *La Femme dispose,* une nouvelle pièce de Vavasour Jones. Une pièce très amusante à propos de meurtre, démarquée d'*Arsenic et Vieilles Dentelles* à mon avis, mais avec un bon rôle de femme, une maniaque du veuvage, une barbe-bleue femelle.

Je ne dis plus rien. Nous restâmes assis en silence, faisant semblant de lire.

À 6 heures et demie, Taverner ouvrit la porte et entra. Son visage nous prépara déjà à ce qui allait suivre.

Sophia se leva.

— Oui ?

— Désolé. J'ai de mauvaises nouvelles pour vous. J'ai fait donner l'alerte générale pour rechercher la voiture. Un automobiliste nous a fait savoir qu'il avait aperçu une Ford, avec un numéro approchant, qui quittait la route à Flackspur Heath et s'enfonçait dans les bois.

— Pas… par le sentier qui mène à la carrière de Flackspur ?

— Si, miss Leonidès.

Il s'arrêta un instant, puis reprit :

— On a trouvé la voiture dans la carrière. Les deux passagères étaient mortes. Tuées sur le coup, si ça peut être une consolation pour vous.

— Joséphine !

C'était Magda, sur le seuil de la porte, dont la voix s'éleva dans un long gémissement.

— Joséphine… Mon bébé…

Sophia alla à elle et la prit dans ses bras.

— Attendez !

Je venais de me rappeler quelque chose. Edith de Haviland assise au bureau, écrivant deux lettres et passant dans le vestibule, ses deux lettres à la main.

Je me précipitai dans le hall. Je trouvai les lettres sur le grand coffre en chêne, placées bien en évidence derrière un samovar en cuivre.

La première était adressée à l'inspecteur Taverner.

Celui-ci m'avait suivi. Je lui tendis la lettre et il l'ouvrit. Je lus, en même temps que lui, son bref contenu :

Lorsque vous lirez cette lettre, je pense que je serai morte. Je ne veux pas entrer dans les détails, mais j'endosse la pleine responsabilité de la mort de mon beau-

frère, Aristide Leonidès, et de Janet Rowe (Nannie). Je déclare solennellement ici que Brenda Leonidès et Laurence Brown sont innocents du meurtre d'Aristide Leonidès. Une enquête auprès du Dr Michael Chavasse, 783 Harley Street, vous confirmera que ma vie n'aurait pu être prolongée au-delà de quelques mois. Je préfère prendre cette voie de sortie et épargner à deux êtres innocents l'épreuve de se voir accuser d'un meurtre qu'ils n'ont pas commis. Je suis saine d'esprit et pleinement consciente de ce que j'écris.

Edith Elfrida de Haviland

Comme je finissais de lire le billet, je m'aperçus que Sophia l'avait lu, elle aussi – avec ou sans l'accord de Taverner.

— Tante Edith..., murmura-t-elle.

Je me rappelai Edith de Haviland écrasant un liseron d'un talon impitoyable. Je me rappelai les soupçons presque extravagants qu'elle m'avait d'abord inspirés. Mais pourquoi...

Avant que j'aie pu me le formuler, Sophia avait déjà exprimé ce que j'avais en tête.

— Mais pourquoi Joséphine ? Pourquoi a-t-elle emmené Joséphine avec elle ?

— Et pourquoi faire ça, de toute façon ? demandai-je. Pour quel motif ?

Mais au moment où je prononçai ces mots, la vérité m'était déjà apparue. Je voyais tout clairement. Je m'aperçus que je tenais toujours la seconde enveloppe à la main. Je la regardai et ce que j'y lus, c'était mon propre nom.

Elle était plus épaisse et plus rigide que l'autre. Je crois que je savais avant de l'ouvrir ce que j'allais y trouver. Je déchirai l'enveloppe et le petit carnet noir de Joséphine en tomba. Je le ramassai, ouvert à la première page.

Comme venant de très loin, j'entendis la voix claire et retenue de Sophia :

— Ce n'est pas ça du tout, disait-elle. Edith n'a rien fait.

— Non, répondis-je en écho.

Sophia se rapprocha de moi et murmura :

— C'était... Joséphine... n'est-ce pas ? C'est ça, Joséphine...

Nous regardâmes ensemble la première annotation portée dans le petit carnet noir d'une écriture pas encore formée, d'une écriture d'enfant :

Aujourd'hui j'ai tué grand-père.

26

Plus tard, je devais m'étonner d'avoir pu être si aveugle. Pourtant, depuis le début la vérité crevait les yeux. Joséphine, et Joséphine seule, avait toutes les qualifications nécessaires : la vanité, le perpétuel besoin de se rendre intéressante, le plaisir de parler, de répéter à l'envi combien elle était intelligente et combien la police était stupide.

Parce que c'était une enfant, je n'avais jamais pensé à elle. Mais on a déjà vu des enfants commettre des crimes, et celui-ci était justement à la portée d'un enfant. Son grand-père lui avait lui-même indiqué la marche à suivre ; il lui en avait pratiquement établi le plan. Il ne lui restait plus qu'à éviter de laisser des empreintes, ce que la plus élémentaire fréquentation du roman policier vous enseigne. Tout le reste n'avait été que fatras, piqué çà et là dans la littérature policière : son carnet, sa manie d'écouter aux portes, ses soi-disant soupçons, son refus de parler avant d'être tout à fait sûre…

Et enfin, cet attentat commis contre elle-même. Une incroyable performance, si l'on considère qu'elle aurait aussi bien pu se tuer. Mais l'enfant qu'elle était n'avait même pas envisagé cette possibilité. Elle était l'héroïne, et l'héroïne n'est jamais tuée. Et pourtant, il y avait un indice, là : les traces de terre sur la vieille chaise de la buanderie. Joséphine était la seule à devoir grimper sur une chaise pour poser le bloc de marbre sur le haut de la porte. De toute évidence, le lion l'avait ratée plus d'une fois – d'où les entailles dans le sol – et elle avait dû patiemment remonter et le remettre en place, en le tenant avec son écharpe pour ne pas laisser d'empreintes. Enfin il était tombé comme il fallait, et elle en avait réchappé de justesse.

La mise en scène avait été parfaite ; elle avait atteint son but : donner l'impression qu'elle était en danger, qu'elle « savait quelque chose », qu'on l'avait attaquée !

Je comprenais maintenant qu'elle avait délibérément attiré mon attention sur sa présence dans le grenier aux citernes. Et que c'était elle qui avait organisé un désordre artistique dans sa chambre avant de rejoindre la buanderie.

Mais elle avait dû être très mécontente quand, en rentrant de l'hôpital, elle avait appris que Brenda et

Laurence avaient été arrêtés. L'affaire était close et elle, Joséphine, ne serait plus sous les feux de la rampe.

Elle avait donc volé la digitaline dans la chambre d'Edith et l'avait mise dans sa tasse de chocolat, tasse qu'elle avait abandonnée ensuite sur la table du vestibule.

Savait-elle que Nannie la boirait ? Peut-être. De son propre aveu, elle en voulait à Nannie de ses critiques. Forte de l'expérience de toute une vie passée avec des enfants, Nannie la soupçonnait-elle ? Je pense que Nannie savait, avait toujours su, que Joséphine n'était pas normale. Parallèlement à son développement intellectuel précoce, son sens moral avait pris du retard. Peut-être aussi que ses diverses hérédités – ce que Sophia appelait le côté cruel de la famille – s'étaient rencontrées en elle. Elle avait hérité la cruelle autorité de la famille grand-maternelle et le cruel égoïsme de Magda, qui ne connaissait que son propre point de vue. Susceptible comme Philip, elle avait sans doute souffert également d'être l'enfant dépourvue de charme de la famille, celle « qu'on leur avait changée au berceau ». Enfin, elle était jusqu'à la moelle des os de la race du vieux Leonidès. Elle était sa petite-fille, elle avait son intelligence et son astuce, mais l'amour que le vieil homme portait à sa famille et à ses amis, elle se l'était réservé à elle-même.

Je songeai que le grand-père avait peut-être compris ce qu'aucun autre membre de la famille n'avait compris, à savoir que Joséphine pouvait être une source de danger pour elle-même et pour les autres. Craignant ce qu'elle était capable de faire, il ne l'avait pas laissée aller à l'école. Il l'avait protégée et gardée à la maison, et je voyais maintenant pourquoi il tenait tant à ce que Sophia s'occupe d'elle.

La soudaine décision qu'avait prise Magda d'envoyer Joséphine à l'étranger était-elle due aussi à une crainte pour l'enfant ? Crainte peut-être inconsciente, vague instinct maternel.

Et Edith de Haviland ? Avait-elle eu des soupçons, puis des craintes – et finalement des certitudes ?

Je tenais sa lettre dans ma main.

Cher Charles. Je vous adresse ceci en confidence, à vous et, si vous le jugez bon, à Sophia. Il faut absolument que quelqu'un connaisse la vérité. J'ai trouvé le carnet ci-joint dans le chenil abandonné derrière la maison. C'est là qu'elle le cachait. Il confirme ce que j'avais toujours soupçonné. Je ne sais pas si j'ai raison ou tort de faire ce que je vais faire. De toute façon, ma vie touche à sa fin et je ne veux pas que cette enfant souffre, comme je pense qu'elle souffrirait si le monde venait à apprendre ce qu'elle a fait.

Presque dans chaque portée, il y a un rejeton qui n'est « pas tout à fait normal ».

Si j'ai tort, que Dieu me pardonne, mais c'est par amour que je le fais. Que Dieu vous bénisse tous les deux.

Edith de Haviland

Je n'hésitai qu'un instant avant de tendre la lettre à Sophia. Ensemble, nous ouvrîmes de nouveau le petit carnet noir de Joséphine.

Aujourd'hui, j'ai tué grand-père.

Nous tournâmes les pages. C'était stupéfiant. Intéressant, j'imagine, pour un psychologue. On y trouvait exposé, avec une terrible clarté, les fureurs d'un égoïsme contrarié. Pitoyable y apparaissait le mobile du crime, enfantin et dérisoire.

Grand-père ne veut pas que je sois danseuse, alors j'ai décidé de le tuer. Comme ça on ira vivre à Londres et maman, ça lui sera égal que je fasse de la danse.

Je ne donnerai ici que quelques passages. Ils sont tous significatifs.

Je veux pas aller en Suisse – j'irai pas. Si maman m'oblige, je la tuerai aussi, seulement j'ai pas de poison. Je peux peut-être en faire avec les fruits de la belladone. Ils sont empoisonnés, c'est ce qu'on dit dans le livre.

Eustace m'a rendue furieuse aujourd'hui. Il dit que je suis qu'une fille, que je connais rien à rien, que mon travail de détection, c'est une idiotie. Il me trouverait pas si idiote s'il savait que c'est moi qui ai fait le meurtre.

J'aime bien Charles, mais il est bête. J'ai pas encore décidé qui je ferai l'assassin. Peut-être Brenda et Laurence – Brenda est mauvaise avec moi, elle dit que je suis zinzin, mais j'aime bien Laurence, il m'a raconté Charlot Korday – elle a tué quelqu'un dans sa baignoire. Elle a pas été très maligne.

Les dernières lignes étaient révélatrices :

Je déteste Nannie. Je la déteste. Je la déteste. Elle dit que je suis qu'une gamine. Elle dit que je cherche à me rendre intéressante. Elle force maman à m'envoyer à l'étranger. Je vais la tuer aussi. Je pense que ça ira avec le médicament de tante Edith. S'il y a un autre meurtre, alors la police va revenir et ça sera de nouveau passionnant.

Nannie est morte. Je suis bien contente. J'ai pas encore décidé où je vais cacher le flacon avec les petites pilules.

Peut-être dans la chambre de tante Clemency... ou alors d'Eustace. Quand je serai si vieille que je n'aurai plus qu'à mourir, je laisserai ça derrière moi avec l'adresse du chef de la police et ils verront quelle grande criminelle j'étais.

Je refermai le carnet. Les larmes de Sophia ruisselaient sur ses joues.

— Oh, Charles ! Charles... c'est affreux. C'est un vrai petit monstre... et pourtant... et pourtant tout ça fait terriblement pitié !

Je ressentais la même chose.

J'avais eu de l'affection pour Joséphine. J'en éprouvais encore. Si on aime quelqu'un, on ne l'en aime pas moins s'il est atteint de tuberculose ou de toute autre maladie mortelle. Comme le disait Sophia, Joséphine était un petit monstre, mais un petit monstre qui inspirait la pitié. Elle était née avec une anomalie, l'enfant biscornue d'une petite maison biscornue.

— Si... elle avait vécu... qu'est-ce qui serait arrivé ? me demanda Sophia.

— Je suppose qu'on l'aurait envoyée dans une maison de correction ou dans un établissement spécialisé. Plus tard, on l'aurait libérée... ou peut-être internée, je ne sais pas.

Sophia frissonna.

— Il vaut mieux que ça se soit passé comme ça. Mais tante Edith... ça ne me plaît pas que l'accusation retombe sur elle.

— C'est elle qui l'a voulu. Je ne pense pas que ce sera rendu public. Simplement, quand Brenda et Laurence passeront devant le tribunal, on abandonnera les poursuites et ils seront lavés de toute accusation. Et vous Sophia, dis-je sur un ton différent cette fois, et en prenant ses mains dans la mienne, vous allez m'épouser. Je viens d'apprendre que j'ai été nommé en Perse. Nous allons partir là-bas tous les deux et vous oublierez la petite maison biscornue. Votre mère va pouvoir monter des pièces, votre père acheter encore plus de livres, et Eustace va bientôt aller à l'université. Ne vous faites plus de soucis pour eux. Pensez à moi.

Sophia me regarda droit dans les yeux.

— Vous n'avez pas peur de m'épouser, Charles ?

— De quoi aurais-je peur ? La pauvre petite Joséphine avait concentré en elle tout ce qu'il y a de mauvais dans la famille. Je suis convaincu que le plus beau et le meilleur de la famille Leonidès vous a été transmis à vous, Sophia. Votre grand-père avait une haute idée de vous et il me semble que, d'habitude, il avait raison. Relevez la tête, ma chérie. L'avenir nous appartient.

— C'est entendu, Charles. Je vous aime, je vous épouserai et je vous rendrai heureux… Pauvre Joséphine, ajouta-t-elle en regardant le petit carnet noir.

— Pauvre Joséphine, dis-je en écho.

— Alors, quelle est la vérité, Charles ? me demanda mon père.

Je ne mens jamais au Vieux.

— Ce n'était pas Edith de Haviland. C'était Joséphine.

Mon père hocha la tête.

— Oui. Il y a quelque temps que j'avais compris ça. Pauvre enfant…

Aubin Imprimeur
LIGUGÉ, POITIERS

Achevé d'imprimer en avril 2005
pour le compte de France Loisirs
123, bd de Grenelle, 75015 Paris
N° d'édition 42686 / N° d'impression L 68334
Dépôt légal, janvier 2005
Imprimé en France